KB112242

겨울이 지나간
세계

지은이 아사다 지로 浅田次郎

1951년 도쿄의 큰 부잣집에서 태어났지만, 집안의 몰락으로 아홉 살 때 가족이 뿔뿔이 흩어지는 쓰라린 경험을 했다. 이후 자위대 입대, 패션 부티크 경영 등을 하다 "뛰어난 작가의 문장을 손으로 직접 베껴 써 보라"는 고교 선배의 권유와 "몰락한 명문가의 아이가 소설가가 되는 경우가 많다"라는 가와바타 야스나리(川端康成)의 문장을 읽고 소설가가 되기로 결심했다. 1991년 39세의 늦은 나이에 소설가로 데뷔한 뒤 1995년《지하철》로 요시카와 에이지 문학상 신인상, 1997년《철도원》으로 나오키상, 2000년《칼에 지다》로 시바타 렌자부로상, 2007년《할복하십시오》로 시바 료타로상, 2008년《중원의 무지개》로 요시카와 에이지 문학상을 받았다.《철도원》에 실린 단편 〈러브레터〉는 2001년 우리나라에서 〈파이란〉이라는 제목으로 영화화되었다.

주요 저서로는《철도원》《천국까지 100마일》《창궁의 묘성》《프리즌 호텔》《지하철》《장미도둑》《파리로 가다》《칼에 지다》《오 마이 갓》《월하의 연인》《쓰바키야마 과장의 7일간》《중원의 무지개》《가스미초 이야기》《온기, 마음이 머무는》등 다수가 있다.

OMOKAGE
Copyright © 2017 by Jiro Asada
All rights reserved.
No part of this book may be used or reproduced in any manner whatsoever without written permission except in the case of brief quotations embodied in critical articles and reviews.
Originally published in Japan by Mainichi Shimbun Publishing Inc.
Korean translation copyright © 2021 by Bookie Publishing House, Inc.
Korean edition is published by arrangement with Mainichi Shimbun Publishing Inc. through BC Agency.

이 책의 한국어판 저작권은 BC에이전시를 통해 저작권자와 독점계약을 맺은 부키㈜에 있습니다.
저작권법에 의해 한국 내에서 보호를 받는 저작물이므로 무단 전재와 복제를 금합니다.

아사다 지로 지음

이선희 옮김

겨울이 지나간 세계

おもかげ

부·키

옮긴이 이선희
부산대학교 일어일문학과를 졸업하고 한국외국어대학교 일본어교육대학원에서 수학했다. 부산대학교 외국어학당 한국어 강사를 거쳐 삼성물산, 숭실대학교 등에서 일본어를 강의했다. 현재 나카타니 아키히로 한국사무소 소장과 KBS 아카데미 일본어 영상번역과정 강사로 있으면서 방송 및 출판 번역 작가로 활동하고 있다. 번역한 책으로는 아사다 지로의 《천국까지 100마일》《쓰바키야마 과장의 7일간》, 히가시노 게이고의 《비밀》《방황하는 칼날》, 기시 유스케의 《신세계에서》《검은 집》《푸른 불꽃》, 이케이도 준의 《한자와 나오키》, 나쓰카와 소스케의 《책을 지키려는 고양이》 등 다수가 있다.

겨울이 지나간 세계

2021년 1월 29일 초판 1쇄 발행 | 2021년 6월 3일 초판 4쇄 발행

지은이 아사다 지로 | 옮긴이 이선희
펴낸곳 부키(주) | 펴낸이 박윤우
등록일 2012년 9월 27일 | 등록번호 제312-2012-000045호
주소 03785 서울 서대문구 신촌로3길 15 산성빌딩 6층
전화 02)325-0846 | 팩스 02)3141-4066
홈페이지 www.bookie.co.kr | 이메일 webmaster@bookie.co.kr
제작대행 올인피앤비 bobys1@nate.com
ISBN 978-89-6051-843-8 03830

책값은 뒤표지에 있습니다. 잘못된 책은 구입하신 서점에서 바꿔 드립니다.

차례

일러두기

· 본문에서 괄호 안의 설명은 모두 옮긴이의 주입니다.

제1장

정년퇴직

옛 친구

땅거미가 내리자 눈이 찾아왔다.

흩날리는 것도 아니고 춤추는 것도 아닌 함박눈이었다. 앞 유리창에 닿자마자 물로 변하고, 와이퍼에 의해 즉시 사라지는 함박눈이 부질없는 생명을 연상시켰다.

시간은 여유가 있다. 잔소리 많은 비서도 없다.

“미안하지만 병원에 들러 주겠나?”

설명이 부족해서인지, 룸미러 안에서 운전기사가 눈을 동그랗게 떴다.

“어디 아프신가요?”

“아니, 지인이 입원해 있네.”

가슴을 쓸어내리는 기척이 전해졌다. 회사 차량의 운전기사는 그림자 같은 존재지만 실은 비서나 부하 직원보다, 때로는 가족보다 더 자신을 신경 써 주는 사람이 아닐까. 얼굴을 마주하지 않아도 단둘이 지내는 시간이 길다. 더구나 홋타 노리오가 상무이사로 승진해 회사에서 차량이 나온 이후부터 그는 계속 홋타의 전속 운전기사로 일해 왔다.

"알겠습니다. 어느 병원으로 갈까요?"

"나카노에 있는 국제병원. 어디 있는지 아나? 오메카이도에서 조금 들어가면 되네만."

"네, 알고 있습니다."

운전기사는 배차 일정표를 흘끔 보았다. 시간이 있다고 해도 나카노의 병원에 들렀다가 아오야마의 레스토랑으로 가기에는 조금 빠듯하다. 환자의 용태가 나쁘다면 시간이 지체될 수도 있다. 약간 기다리게 해도 실례가 되지 않는 접대 상대인지 확인한 것이리라. 역시 믿을 만한 사람이다. 이 운전기사를 7년이나 데리고 있는 것은 과묵한 데다 감이 좋기 때문이다.

수도 고속도로로 들어서자 차는 속도를 올렸다. 터널을 빠져나갈 때마다 무거운 함박눈의 숫자가 더욱 늘어나는 듯했다. 이렇게 되면 접대 시간에 늦지 않는 것보다 교외의 언덕길에 있는 집으로 돌아가는 일이 더 걱정이다. 물론 의미 없는 접대를 일찌감치 끝내는 이유는 될 테지만.

"사이토 씨는 언제까지인가?"

정년퇴직이나 은퇴라는 말은 일부러 피하며 물었다.

"재고용도 내년이 끝입니다."

갑작스러운 질문임에도 미리 준비한 듯한 대답이 돌아왔다.

가로등 불빛이 차 안을 오렌지색으로 물들이며 뒤로 지나갔다. 그 녀석도 회사원으로서 남은 생명을 이런 식으로 헤아렸을까?

다케와키 마사카즈와는 한동안 소원했다. 마지막으로 만난 게 언제였을까? 기억나지 않는다.

다케와키가 본사 부장에서 계열사 임원으로 옮길 때, 전무로 승진해 있던 홋타를 찾아왔었다. 사전에 비서실을 통해서 15분의 면담 시간을 잡은 것은 너무도 고지식한 그다웠다.

정년퇴직까지 1년 남은 시기에 계열사로 나가는 것은 순당한 인사 발령으로, 홋타가 특별하게 손을 쓴 것은 아니었다. 월급은 조금 내려가지만 정년퇴직은 5년이 연장된다. 이른바 그룹 내의 낙하산 인사다. 깨끗하게 그만둔다면 몰라도 재고용을 신청해서 한직에 있는 것보다는 훨씬 좋은 방법이다.

'이야, 자네 덕분에 목이 붙어 있게 됐네.'

'무슨 말인가? 난 아무것도 안 했어. 자네에 관해선 까맣게 잊

고 있었거든.'

그런 말을 주고받고 나서 서로 가족의 소식을 전했다. 그리고 다케와키는 연신 신경을 쓰면서 정확히 15분 만에 자리에서 일어섰다.

'좀 안정되면 한잔하세.'

'그래, 연락할게.'

결코 빈말이 아니었는데 약속은 지키지 못했다. 옛 친구와 하룻밤 술잔을 나누지 못할 만큼 바빴던 것은 아니다. 잊어버린 것이다. 그게 아니라면 아무런 이해관계가 없는 사람이라고 다케와키를 등한시했든지.

차는 하쓰다이에서 수도 고속도로를 빠져나갔다. 눈은 여전히 내렸지만 이 정도의 함박눈이라면 한동안 쌓이지는 않을 것이다.

"사이토 씨는 내비게이션을 안 보는군."

"네, 아무래도 믿음이 안 가서요."

"그렇군. 세상이 온통 믿을 수 없는 것투성이가 됐어."

"경험과 감이 더 정확합니다."

그로부터 6년이 지났다. 그동안 다케와키와 한 번도 만나지 않았을 리가 없다. 그가 옮긴 계열사 사무실은 바로 근처에 있고, 업무 내용도 본사와 깊은 관계가 있다. 아마 몇 번이나 지나치고 엘리베이터도 같이 탔을 것이다. 그때마다 다케와키는 고개를 숙이고 나는 말을 걸지 않았겠지. 아니, 기억이 나지 않는 걸 보면 무시했던 것일 수도. 어느새 옛 친구를 사천 명의 직원 중 한 사람, 아니 정확히 말하면 수만 명이나 되는 계열사 직원 중 한 사람으로밖에 생각하지 않은 것이다.

이사회 회의 자료에 첨부된 퇴직자 명단에서 '다케와키 마사카즈'라는 이름을 발견했다. 6년 전 명단에는 전출하는 계열사 이름이 적혀 있었는데, 이번에는 '정년'이라는 퇴직 사유가, 또 64세와 364일째에 해당하는 날짜가 나란히 적혀 있었다.

명단에 있는 이름은 전부 홋타가 아는 사람들이었다. 정년퇴직 후에 재고용된 사람도, 다케와키처럼 계열사 임원이 된 사람도 있었지만, 입사 동기들은 사장인 홋타를 제외하고 올해가 마지막이었다. 그렇다고 특별한 감정이 있었던 것은 아니다. 신입사원을 백 명 채용하면 백 명이 그만두어야 한다. 단 퇴직 날짜는 똑같지 않으므로, 한 달에 한 번 보고가 올라오는 것뿐이다.

회의가 끝난 뒤, 상무 한 사람이 홋타의 자리에 와서는 명단을 가리키며 물었다.

'사장님, 이 다케와키 씨란 분을 아시지요?'

'그래, 입사 동기라네.'

다케와키의 정년퇴직 날짜는 이미 지났다. 그가 임원으로 있었던 계열사는 의류 제조 판매 회사고 상무는 본사 섬유 부문의 담당 임원이라서, 송별회를 마련해 주려고 묻나 보다 생각했다. 그렇다면 동기인 사장에게 미리 귀띔하지 않을 수 없을 테니까.

그런데 이야기는 뜻밖이었다.

송별회는 사흘 전에 끝났다. 바쁜 사장님을 번거롭게 하지 말라고 다케와키가 신신당부했다고 한다. 그리고 후배들의 배웅을 받고 집으로 향하는 길에 지하철 안에서 쓰러졌다.

금요일 밤의 일이었다. 월요일 회의가 끝난 뒤에 홋타에게 전한 것은 책망할 일이 아니었다.

'그래서 상태는 어떤가?'

'자세한 건 모릅니다. 일단 말씀드리는 게 좋을 것 같아서요.'

본사 담당 상무라면 송별회의 주빈 격으로, 아마 건배사를 한 다음에 일찌감치 자리에서 나왔을 것이다. 자세한 건 알 리가 없고 알 필요도 없다.

사장실로 와서 다케와키의 집으로 전화를 걸었지만 아무도 받지 않았다. 생각이 나서 걸어 본 적이 없는 휴대폰 번호를 누르자 뜻밖에도 부인이 받았다.

같은 사택에 살았던 시절에는 매일 들었던 목소리를 홋타의 귀가 기억하고 있었다. 그 목소리가 말했다. 의식이 돌아오지 않는다고. 바쁘실 테니까 신경 쓰지 말라고도.

"고작해야 10분이나 15분일 걸세. 여기서 기다리게."

차를 현관 앞에 대지 않고 주차장에 넣었다. 회사 차에서 내리고 타는 모습이 다케와키의 가족이나 회사 사람들 눈에 띄지 않았으면 했다.

운전기사가 내미는 우산을 사양하고 홋타는 역시 쏟아지는 눈속을 걷기 시작했다. 고작해야 10분이나 15분. 의식이 돌아오지 않는다면 오래 있어 봤자 소용없다. 마침 저녁 식사 시간인지, 병실의 창문에서는 빛이 넘쳤고 사람들의 말소리로 시끌벅적했다.

증축을 거듭한 오래된 병원이다. 건물은 꼭 고층 병동으로 바꾸지 못해 이렇게 될 수밖에 없었다고 주장하는 것처럼 보였다. 일부 덧붙여 늘린 주차장도, 외래 진료 시간대에는 주차할 공간이 모자랄 듯했다.

홋타는 문득 오테마치에 있는 본사 건물을 재건축했던 때를 떠올렸다. 전쟁 전에 지은 6층짜리 옛 사옥은 공습에도 견디고, 한때는 GHQ(연합국 최고 사령부)에 접수되었다고 한다. 그 사옥에서 일한 것은 1년이 채 되지 않았지만, 화석이 박힌 대리석 계단이나 황동으로 장식된 엘리베이터는 지금도 생생하게 떠올릴 수 있었다.

홋타와 다케와키는 같은 섬유 부문 영업부에서 옆자리에 앉았다. 입사 첫해의 주요 업무는 사무실 이사였다. 지금이라면 전문이사업체에 통째로 맡기겠지만, 호경기임에도 불구하고 합리성을 따지지 않는 시대였다. 연수를 마친 한여름부터 신입 사원들은 골판지 상자를 메고 오테마치의 오피스 거리를 왔다 갔다 했다.

눈의 장막 안에 우두커니 서 있는 낡은 병원은 그 옛날 사옥을 연상케 했다. 수백 개의 병상 하나하나에 목숨이 달려 있어서, 한꺼번에 재건축하기는 불가능했으리라. 도쿄의 오래된 병원에는 이런 식으로 증축을 거듭한 곳이 꽤 많다고 한다. 가까이 다가갈수록 새하얀 외벽과 작은 창문, 그 밑에 가지런히 늘어선 에어컨 실외기의 모습이 더욱 옛날 사옥의 외관과 비슷해 보였다.

다케와키는 송별회가 끝나고 집에 가다가 지하철 안에서 쓰러졌다고 한다. 오기쿠보의 자택에서 회사까지 오가는, 익숙한 마루노우치선 안이다. 아마 신나카노 역에서 병원으로 이송됐을 것이다.

홋타는 병동을 올려다보고 한숨을 쉬었다. 그날 밤, 옛 친구가 돌아갈 곳을 잃어버리고 그리운 사옥과 비스름한 이 병원으로 흘러들어 온 듯한 기분이었다.

접수처에서 이름을 쓰려고 하다가 볼펜 끝이 멈추었다. 순간적으로 다케와키의 풀네임이 떠오르지 않았다.

생각이 난 다음에도 한자를 몰라서 '마사카즈'라고 히라가나로 썼다. 직원이 입력하자 컴퓨터 화면에 '竹脇正一'라고 한자로 표시되었다. 왠지 쓸쓸한 이름처럼 보였다.

"집중치료실에 계시니까 면회를 할 수 있는지 간호사실에서 물어보세요."

딱딱한 말투에 화가 났다. 하지만 면회 온 사람의 감정을 일일이 배려해서는 일을 할 수 없을 것이라고 생각을 고쳤다. 그러니까 상대의 말투에 문제가 있는 게 아니라 자신의 귀가 그런 말투에 익숙하지 않을 뿐이다.

접수처에서 준 안내도를 보면서 집중치료실로 향했다. 동쪽 병동의 2층이다. 증축을 거듭한 병원의 내부는 복잡하기 이를 데 없었다.

홋타 노리오에게는 이렇다 할 만한 지병이 없었다. 동년배 중에는 드문 축에 속할 것이다. 돌이켜 생각해 보면 순조롭게 출세가도에 오를 수 있었던 가장 큰 이유는 체력과 건강 덕분이 아닐까.

의리에 연연하지 않는 성격이라서 누군가의 병문안을 가는 일도 거의 없었다. 오히려 이렇게 불쑥 다케와키의 병문안을 온 자신에게 스스로 놀라고 있었다.

그때 배식 카트가 황급히 그의 옆을 지나갔다. 이쪽 병동의 소란스러움과 반대로 동쪽 병동의 2층은 고요하기 그지없었다. 한 걸음마다 삶이 멀어지고, 그만큼 정확하게 죽음에 가까워지는 것처럼 여겨졌다.

왜 10분이나 15분이라고 시간을 정했을까? 홋타는 스스로에게 물으며 고개를 갸웃거렸다. 여기에는 궁지에 몰린 생명이 있을 뿐, 시곗바늘이 움직일 만한 일은 아무것도 없지 않은가.

병동을 건너가는 문 앞에 이르렀을 때 발길을 멈추었다. 이대로 돌아갈까?

옛 친구에게 유난히 냉담하게 행동했던 것이 너무도 부끄러웠다. 사내 인사가 이른바 라인으로 정해지는 현실에 줄곧 회의를 품었기 때문이지만, 아무리 그래도 일부러 멀리할 만큼 다케와키는 나쁜 사람이 아니었다. 아니, 무엇과도 바꿀 수 없는 소중한 친구였다. 그 결과, 역시 가까이 다가오는 자를 끌어 주고 욕심이 없는 자를 멀리했을 뿐이다.

눈에 젖은 코트를 벗고 겨우 마음을 정했다. 지금까지 냉담하기는 했지만, 그렇다고 겁을 먹어서는 안 된다.

"면회 오셨나요?"

간호사가 말을 걸자 홋타는 작게 친구의 이름을 말했다.

한층 밝은 공간의 중앙에는 반원형 카운터에 둘러싸인 간호사실이 있고, 그곳에서 눈이 닿는 거리에 커튼으로 가로막힌 침대가 나란히 놓여 있었다.

생명의 경계선에 있는 환자들의 모습이 너무도 적나라하게 보였다. 이런 광경을 처음 본다는 사실만으로도 자신은 상당히 행운아임이 틀림없었다. 실제로 같은 나이인 다케와키가 이 집중치료실 어딘가에서 의식을 잃은 채 누워 있지 않은가.

아버지는 20년 전에 심근경색으로 느닷없이 사망했다. 외국에서 부임 중일 때 발생한 일이기에 임종은 지킬 수 없었다. 올해 아흔인 어머니는 여전히 정정해서, 아내의 간병을 받기는커녕 집안일을 떠맡고 있다.

아무리 생각해도 이 나이가 될 때까지 사람의 삶과 죽음에 입회한 적이 없었다. 물론 이 나이가 되기까지 나름대로 고생은 있었지만 병이나 사고, 죽음 같은 불행과 직접 마주치지 않은 것만은 분명하다.

어쩌면 지금 사장 자리에 앉아 있는 것은 자신의 실력도 상사가 끌어 준 것도 아닌 타고난 행운 덕분이 아닐까.

그런 점에서 보면 다케와키는 지독히 운이 없는 사람이었다. 출생은 듣기에도 말하기에도 괴로울 만큼 불행해서, 되도록 화제에 오르지 않도록 신경을 썼다. 더구나 어린 자식을 교통사고로 잃었다. 같은 사택에 살고 같은 또래의 아이가 있어서 남의 일 같지 않았다. 당시 다케와키 부부가 이성을 잃고 서로를 비난하며 헤어지지 않도록 애타는 노심초사했다.

다케와키에게는 업무상의 문제도 운명처럼 따라다녔다. 트러

블의 대부분은 그의 실수가 아니었다. 우연히 그 자리에 있었든지, 아니면 착하고 요령이 없어서 뒤집어썼든지 어느 한쪽이었다.

"다케와키 씨, 면회 왔어요."

쓸데없는 말은 하나도 하지 않고 간호사가 일어섰다.

의료기기에 둘러싸이고 튜브에 칭칭 감겨서 친구는 잠들어 있었다. 창문 너머의 눈이 숱이 많았던 흰머리 위에 쌓여 있는 것처럼 보여서 애처로움이 배가됐다. 아아. 아아……. 소리가 되지 않는 소리가 나며 입술이 파르르 떨렸다.

"아아, 다케 씨. 어떻게 이런 일이……."

침대 난간을 잡고 몸을 지탱하며, 홋타는 잊어 가고 있던 친구의 이름을 불렀다.

아내

홋타 노리오가 올 줄은 생각지도 못했다.

남편의 휴대폰으로 연락이 왔을 때에도 순간적으로 그 사람인 줄 모를 만큼 소원해져 있었다. 더구나 본사 사장이 되고 나서는 옛 친분을 입에 담는 것조차 꺼려지는 사람이었다.

현재 상태가 어떠냐고 물어서 의식이 돌아오지 않는다고 대답하자 홋타는 전화기 너머에서 한동안 침묵했다. 세쓰코도 지금 제정신이 아니라서, 전후 사정이나 자세한 증상을 설명한 기억이 없다.

이렇게 만나는 건 20년 만일까? 홋타가 남편이 부임했던 상하이 지점에 들렀을 때 같이 저녁 식사를 한 게 마지막이었다.

그 후 두 사람 사이에 얼마나 교분이 있었는지 세쓰코는 모른다. 남편은 원래 회사 이야기를 하지 않는 사람이고, 그녀도 동기 중 가장 출세한 홋타의 소식을 묻는 것이 왠지 마음에 걸렸다.

정말 대단해. 그 녀석에겐 이길 수 없어.

홋타가 승진할 때마다 남편은 자기 일처럼 기뻐하며 세쓰코에게 전했다. 질투심 같은 것은 손톱만큼도 없고, 친구를 진심으로 자랑스럽게 여기는 듯했다.

아마 당신도 끌어 줄 거야.

별다른 생각 없이 그렇게 말한 순간, 남편의 안색이 바뀌었다. 농담이야. 세쓰코는 그렇게 말하며 말끝을 흐렸다. 남편은 모범생인 초등학교 반장이 그대로 어른이 된 것처럼 결벽적인 성격으로, 농담이 통하지 않는 일이 종종 있었다.

원래 그런 성격이니까 홋타가 출세할수록 오히려 남편 쪽에서 거리를 두었을 것이다. 그렇다고 답답하거나 화가 나지는 않았다. 남편의 모든 속성 중에서 세쓰코가 가장 사랑한 것은 큰 키와 잘생긴 외모도, 유머 감각도, 태평하리만큼 밝은 성격도 아니라 중요한 순간에 고집스러울 만큼 양보하지 않는 결벽함이니까.

집중치료실에 들어온 홋타는 의자에서 일어선 세쓰코가 눈에 들어오지 않는 듯했다. 팔에 걸친 코트를 떨어트리고 매달리듯 침대 난간을 움켜쥔 뒤, "아아, 다케 씨. 어떻게 이런 일이……"라고 신음하듯 말했다. 그리고 설마 하고 생각한 순간, 두 손으로 얼굴을 가리고 소리 내어 울었다. 병문안을 오는 손님들이 뒤를 끊이지 않았지만 그들은 격려는 해도 한탄은 하지 않았다.

남편은 정말로 죽는게 아닐까, 세쓰코는 처음으로 그렇게 생각했다.

“아아, 오랜만입니다.”

홋타가 겨우 고개를 들고 말했다. 세쓰코를 못 봤던 걸까? 보기는 했지만 감정이 앞섰던 걸까? 어느 쪽인지는 잘 모르겠다.

“오늘에야 들었습니다. 깜짝 놀랐지요.”

홋타는 손수건으로 눈시울을 닦았다. 흐트러진 모습을 부끄러워하지는 않았다. 이렇게 사이가 좋았는데, 사회적 처지가 두 사람을 소원하게 만들었다는 것을 새삼 깨달았다.

“바쁘실 텐데 일부러 와 주셔서 감사해요.”

단어 하나하나에 세심한 주의를 기울여야 했다. 어떻게 말하든 불평이나 빈정거림이 될 것 같다는 생각이 들었다.

“용태는 어떤가요?”

있는 그대로 말해도 좋을지 세쓰코는 잠시 망설였다. 하지만 눈물을 흘리며 가슴 아파해 준 홋타에게 적당히 얼버무리는 것은 예의가 아니라고 생각했다.

“힘든가 봐요. 출혈이 심하고 혈압도 높아서 수술을 할 수 없대요.”

홋타가 창문을 올려다보고 굵은 한숨을 토해 냈다.

힘들다는 의사의 말이 생명의 갈림길을 의미한다는 사실은 알고 있다. 이해하기 쉽게 말하면 위독하다는 뜻이다. 하지만 세쓰코에게는 현실처럼 느껴지지 않았다.

뇌출혈이 일어났을 때, 살릴 수 있다면 수술을 하고 살아날 가능성이 없다면 애초에 수술을 하지 않는다. 그런 이야기를 들은 적이 있다. CT 화상을 보면 정확한 판단을 내릴 수 있는 모양이다. 의사에게 캐물을 용기는 없지만 실제로 남편에게 그 판정이 내려졌다고 생각했다.

“금요일에 송별회가 있었다는 것도 몰랐습니다. 만약 알았다면 모든 걸 제쳐 두고 참석했을 텐데요. 부인도 참석하지 않으셨군요.”

“어떡하겠냐고 묻긴 했는데, 저는 그냥…….”

홋타라면 이해해 줄 것이다. 아마도 회사 사람들은 세쓰코의 참석을 권했겠지만, 남편은 사람들 앞에 아내를 보이기 싫어했고, 세쓰코도 나서는 것을 좋아하지 않았다. 전형적인 옛날 부부다.

“하지만 셋짱 탓이 아니에요.”

창밖의 눈을 바라보던 홋타가 옛날처럼 다정하게 이름을 부르며 말했다. 시간을 착각할 만큼 너무도 갑작스러운 말투에 세쓰코의 가슴은 따뜻해졌다.

세쓰코는 홋타에게 간이 의자를 권했다. 약간 살이 찐 듯했으나 늙었다는 생각은 들지 않았다.

"홋타 씨는 별로 안 변했네요."

"천만에요, 그러는 셋짱이야말로 하나도 안 변했어요. 다케와키는 참 행복하겠어요."

홋타가 묻지도 않았는데 세쓰코는 사흘 전의 사건을 말하기 시작했다.

송별회가 있었던 12월 16일은 남편의 예순다섯 번째 생일의 이튿날, 즉 정년퇴직의 다음 날이었다. 상당히 타이밍이 좋다고 세쓰코는 생각했지만 남편은 재직 중에 송별회를 하는 것보다 낫기 때문이라고 했다. 번잡스러운 연말에 그동안 인연이 있었던 직원들의 일정을 조정하는 일이 쉽지 않아서, 결국 금요일 오후 5시라는 어정쩡한 시간으로 잡혔다고 했다.

그 시간대라면 의리를 지킨 다음에 다시 회사에 들어가서 일을 하든, 거래처 접대를 하러 갈 수 있으리라.

남편은 이른 시간부터 서둘러 준비하기 시작했다. 어제와 조금도 다르지 않은 복장이었다. 하얀 와이셔츠에 소박한 넥타이. 젊은 시절부터 양복은 감색으로 정해져 있었다.

건강은 별로 걱정하지 않았다. 과음은 하지 않았고 담배는 예전에 끊었다. 나이가 있어서 혈압이 조금 높기는 했지만 신경 쓸 정도는 아니었다. 콜레스테롤과 중성지방을 줄이는 약은 먹고 있는데 병이라고는 할 수 없을 정도였다.

평소와 다른 모습은 어디에서도 찾아볼 수 없었다. 현관 앞에서 "다녀올게" "다녀오세요" 하고 말한 것도 똑같았다.

어제만 해도 특별한 감정이 없었는데, 메마른 벚나무 가로수길에서 멀어져 가는 뒷모습을 보며 '이런 모습을 보는 것도 오늘이 마지막이네' 하고 생각했던 것만은 분명하다. 불길한 예감이 있었을지도 모르겠다.

그리고 세쓰코는 거실에 팸플릿을 펼치고, 남편에게 맡기면 언제가 될지 모르는 해외여행 계획을 짰다. 부부가 함께할 시간은 앞으로 충분하다고 생각했다. 처치 곤란할 만큼 많은 시간이 남아 있다고.

상하이와 베이징에 도합 6년이나 부임했으므로 중국은 이제 충분하다. 여행을 떠난다면 역시 지금까지 가지 못한 유럽이지 않을까. 단체 여행은 일일이 계획을 짜야 하는 번거로움은 없지만 남편도 세쓰코도 사람들과 쉽게 어울리지 못한다. 그럴 바에야 돈과 시간이 들지언정 차라리 개인 여행이 좋지 않을까?

남편은 영어도 잘하는 데다 그동안 해외 출장도 많이 다녔다. 새로운 인생으로 내디디는 두 번째 신혼여행이라고 생각하면 결코 사치가 아니다. 그런 생각을 하면서 팸플릿과 잡지를 뒤적이고, 문득 생각이 나서 케이블에서 방영하는 여행 프로그램을 보았다. 불안이라곤 한 조각도 없는 풍요로운 시간이었다.

소파에서 깜빡 잠이 들었을 때 전화벨이 울렸다. 순간적으로 시계를 본 것은 불길한 예감이 들었기 때문이다. 8시 15분이라는 시각도 똑똑히 기억한다. 그 순간, 세쓰코의 풍요로운 시간은 어딘가로 사라졌다.

'다케와키 마사카즈 씨 댁인가요?'

맨 처음의 그 한마디에 모든 상황을 알아차릴 수 있었다. 상상도 못 한 사건이었음에도 불구하고 마치 선물 상자를 연 순간처럼 모든 것이 분명해졌다. 하지만 그 이후에 무슨 이야기를 나누었는지는 기억에 없다. 그래도 생각 밖으로 침착했던 것은 병이나 죽음이라는 단어가 남편과 어울리지 않기 때문이었다. 세쓰코의 귀는 긴급 전화를 남의 일처럼 듣고 있었다.

가스 불을 확인하고 집에 사람이 없음을 눈치채지 못할 만큼 전등을 켜 놓은 뒤, 꼼꼼히 문단속을 하고 집을 나섰다. 오메카이도까지 걸어가서 거의 타 본 일이 없는 택시를 향해 손을 들었을 때에야 겨우 지금의 사태가 얼마나 심각한지 알았다.

버스나 지하철을 탈 때가 아니라고, 간신히 눈을 뜬 몸이 태평한 마음에 명령을 내린 것이다.

"송별회라면 회사에서 차를 보내는 게 당연한데……. 죄송합니다."

"홋타 씨 탓이 아니에요. 빠르든 늦든 언젠가는 이렇게 됐을 거예요. 신경 쓰지 마세요."

하지만 세쓰코는 알고 있었다. 남편은 회사에서 차를 보내 준다고 했을 때 딱 잘라 거절했을 것이다. 직원들이 준 꽃다발을 껴안고 호텔 현관을 나서는 남편의 모습이 눈앞에 떠올랐다.

"아 참, 굉장한 꽃다발을 받았어요. 지하철 안에서도 계속 들고 있었던 모양이에요. 누가 봐도 송별회를 마치고 집에 가는 길임을 한눈에 알 수 있었을 텐데, 부끄럽지도 않았을까요?"

홋타의 눈이 꽃다발을 찾았다. 남편과 같이 구급차로 운반된 꽃다발은 집중치료실에 가져올 수 없었다. 지금도 병원 어딘가에 피어 있으면 그걸로 충분하다.

"다케와키답군요."

"사람들 눈을 신경 쓰지 않아요."

"그게 아니라 직원들이 준 꽃다발을 누군가에게 줄 수도, 호텔에 두고 올 수도 없었을 거예요. 아니, 애초에 그런 생각은 머리에 없지 않았을까요?"

"모든 분의 마음이니까요. 그런데 그게 이 사람다운 건가요?"

홋타가 고개를 주억거렸다.

"흐음…… 셋짱이라면 알 겁니다."

"물론 알지만요."

40년을 같이 살아도 남편에게는 아직 세쓰코가 모르는 얼굴이 있다. 그건 남편도 마찬가지일 것이다. 세상의 다른 부부들은 어떨지 모르지만 두 사람에게는 서로의 과거를 탐색하지 않는다는 암묵의 규칙이 있었다.

"차도 드릴 수 없어서 죄송해요."

"나야말로 깜빡하고 빈손으로 왔네요."

"의식은 없어도 소리는 들릴지 모른대요."

"그래요? 그러면 함부로 말하면 안 되겠군요."

"이 사람에겐 꽃처럼 세심한 마음은 없어요. 집에 화분이 늘어나면 정글 같다고 뭐라고 하거든요."

"남자는 다 그래요. 나도 마찬가지입니다. 아름답다기보다 지겹다는 생각이 먼저 드니까요."

"부인은 잘 계세요?"

"여전히 베란다에 꽃을 가꾸고 있어요. 한번 찾아와도 괜찮을까요?"

"저도 보고 싶긴 하지만 일부러 오실 것까지는 없어요."

홋타는 얇은 이불 위로 손을 뻗어 남편의 발을 잡았다.

"셋짱에게 꽃을 보여 주고 싶었던 게 아닐까요?"

그 한마디가 가슴에 박혔다. 꽃다발을 안고 지하철 문에 기댄 남편의 모습이 눈꺼풀 안쪽에 떠올랐다. 그럴지도 모른다고 세쓰코는 생각했다.

"미안하지만 다음 일정이 있어서요."

손목시계를 쳐다보며 홋타가 말했다.

"어머나, 저도 모르게 붙잡고 말았네요. 바쁘신데 와 주셔서 감사해요."

세쓰코는 진심으로 머리를 숙였다. 퇴근길에 들른 게 아니라 다시 도심으로 돌아가야 하나 보다. 바쁜 일정 사이에 특별히 시간을 내서 달려와 준 것이다.

"아카네는 잘 있어요?"

"네, 지금 아이를 가져서 옆에 있을 수 없어요."

"몰랐어요. 다케와키도 할아버지가 됐군요. 축하도 하지 못했네요."

"손주는 연년생으로 둘이에요."

딸의 이름을 기억해 준 것이 기뻤다.

"홋타 씨, 손자는요?"

"실은 우리도 둘이에요. 손자가 아니라 아들의 아들이죠."

"네? 아들의 아들이요?"

"그래요. 아직 손자라고 생각하고 싶지 않아요."

홋타는 소리를 죽이고 웃었다. 남편도 비슷한 성격이다. 실수로라도 '할아버지'라고 부르게 하지 않을 거라고 말한 적이 있다.

가기 전에 남편의 얼굴을 들여다보고 홋타는 속삭였다.

"이봐, 다케와키. 이제 그만 눈을 뜨게. 자네에게 하고 싶은 말이 산더미처럼 많아."

농담으로 들리지 않았다. 남편은 지금까지 가족이 알지 못하는 회사라는 세계에 살았으니까.

"저기, 홋타 씨."

세쓰코는 떠나려는 홋타의 등을 향해 말했다. 이 말만은 꼭 전해야 한다.

"저이가 굉장히 고마워했어요. 하나부터 열까지 다 홋타 씨 덕분이라고, 입버릇처럼 계속 말했어요. 정말 고마워요."

등을 돌리고는 인정도 부정도 하지 않고 "그럼……"이란 말을 남긴 채 홋타는 병실을 뒤로했다. 아무런 속셈도 없이 남편의 마음을 대변할 생각이었는데 오히려 홋타를 당황하게 만든 게 아닐까? 세쓰코에게 회사라는 세계는 다른 차원에 있는 미지의 세계나 마찬가지였다.

창가로 다가가서 우산도 쓰지 않은 채 쏟아지는 눈 속을 걸어가는 홋타의 모습을 내려다보았다.

의리

눈앞에서 어떤 아저씨가 넘어졌다.

두 발이 뒤얽히나 싶더니 멋지게 우당탕탕 털썩. 너무나 만화처럼 넘어져서 나도 모르게 웃음을 터트렸다.

내 탓은 아니다. 하지만 내 앞에서 넘어졌으니 그냥 지나칠 수가 없다. 다행히 여기는 병원이라서 다쳐도 금방 대처할 수 있다.

"괜찮으세요? 머리는 부딪치지 않으셨죠?"

나는 아저씨를 부축해서 일으켰다. 생각보다 무겁군. 너무 매달리지는 마세요! 아무래도 머리는 부딪치지 않은 모양이지만 팔꿈치가 아픈 듯 보였다.

"혹시 팔이 부러졌나요? 아프시면 응급센터에 갈까요? 바로

저기거든요."

"아니, 괜찮은 것 같아요."

아저씨인 줄 알았더니 할아버지잖아? 관록과 위엄이 느껴지는 걸 보면 어느 회사 사장님일지도 모른다. 사장님? 혹시…… 본사 사장은 아니겠지. 아버지의 입사 동기인가 해서 옛날에 같은 사택에 살았고, 아내가 어렸을 때 귀여워해 줬다고 들은 적이 있다.

에이, 설마. 그렇게 큰 회사 사장님이 아버지 병문안을 올 리가 없잖아. 한순간 눈이 마주쳤다. 만약 사장님이라면 큰일이다. 현장에서 바로 오느라 작업복 차림에 꼴이 말이 아니다.

"가죽 구두는 위험해요. 눈이 쌓이기 시작했거든요. 보세요, 이런 걸 신어야죠."

나는 새로 장만한 안전화로 땅바닥을 쿵쿵 밟았다. 270밀리미터. 신주쿠 유명 안전용품 판매점의 브랜드 제품. 아내가 내 생일에 선물로 주었다. 너무 감동해서 하마터면 눈물을 흘릴 뻔했다.

"이거 꼴사나운 모습을 보였군요. 고맙습니다."

할아버지가 손을 내밀었다. 악수를 하자는 건가? 평범한 영감님들은 이렇게 하지 않으니까 진짜로 대기업 사장님이 아닐까?

나는 생각을 그만두고 걷기 시작했다. 지금 그런 생각을 할 때가 아니다. 아버지가 돌아가실지도 모른다. 현장에 있어도 마음은 병원에 와 있다. 휴대폰이 울릴 때마다 심장이 멎을 것 같다.

안절부절못하는 모습을 보고 대장님이 발판 위에 올라가지 말라고 소리쳤다.

안으로 한 걸음 내디딜 때마다 안전화가 무거워진다. 꿈이라면 얼마나 좋을까? 아버지가 죽는 건 싫다. 아무리 생각하고 또 생각해도 싫다. 계속 잠들어 있어도 좋으니까 옆에 있었으면 좋겠다.

동쪽 병동 앞까지 와서 마음이 무너져 내렸다. 잠들어 있는 아버지도 갑자기 늙어 버린 어머니의 얼굴도 보고 싶지 않다. 뜨거운 캔 커피를 사서 긴 의자에 앉았다. 아아! 담배 피우고 싶다.

원래는 내가 아이들을 돌보고 아내가 병원에 오는 게 보통이겠지. 아마 다른 집들은 다 그렇게 하지 않을까? 하지만 아내가 슬퍼하는 모습은 보고 싶지 않다. 그래서 분유를 어떻게 주어야 할지 모른다든지, 기저귀를 갈고 싶지 않다든지 핑계를 대고 병원에 온다. 남인 내가 이토록 괴로운 걸 보면 친딸인 아내는 백 배쯤 괴로울 테니까.

창문 너머로 하늘에서 내리는 눈을 보았다. 왜 하필 이런 날에 눈이 오지? 아름답지도, 낭만적이지도 않다. 참 이상하다. 그래도 역시 캔 커피는 맛있다…….

아버지를 처음 만난 날이 떠올랐다. 빌어먹을! 왜 하필 이럴 때 그 기억이 떠오르는 거야? 너무 가슴 아프지 않은가?

역시 하늘하늘 눈이 내리던 추운 날이었다. 대장님이 넥타이를 맨 신사를 현장으로 데려왔다. 다들 건축주라고 여겼지만 나는 보자마자 감이 왔다. 아카네의 아버지일 거라고. 몸 둘 바를 모르겠다. 먼저 찾아뵈어야 한다고 생각만 하는 사이에 먼저 찾아왔다. 이건 반칙 아닌가? 이러면 내가 설 자리가 없잖아!

자동판매기에서 뜨거운 캔 커피를 뽑아서 쌓여 있는 목재 위에 나란히 앉았다. 대장님은 어디론가 가 버렸고, 일꾼들은 나를 보고 히죽히죽 웃었다. 지금 당장 핵전쟁이라도 일어났으면 좋겠다고 생각할 정도였다.

'의외로 맛있군.'

'네? 커피 안 드세요?'

'아니, 커피는 좋아하지만 캔 커피는 마셔 본 적이 없다네.'

그리고 아버지는 진지하게 말했다. 베스트셀러 상품은 많은 사람이 사는 게 아니다. 일부 골수팬들이 매일 산다, 라고.

그런 걸 내가 어떻게 알겠는가? 그런데 갑자기 눈물이 흘렀다. 아버지가 매우 중요한 것을 가르쳐 준 듯한 기분이었다. 눈물을 흘리면서 겨우 말했다.

'저는 안 되나요?'

'안 되지 않네, 조금도.'

'부모님도 없습니다.'

'그게 어때서?'

'나이도 어리고요. 세 살이나.'

'연상의 아내는 쇠짚신을 신고서라도 찾으란 말 못 들어 봤나?'

'네? 그게 무슨 말인데요?'

'연상의 아내를 얻으면 출세한단 뜻이네.'

그때 나는 도망치려고 했다. 그 자리에서 도망칠 뿐 아니라 사죄해서 끝날 일이라면 아카네와 헤어져도 좋다고 생각했다. 산만한 덩치에 비해 지독한 겁쟁이다.

'고등학교를 중퇴했어요. 대장님이 거두어 주시지 않았다면 건달이 됐을 거예요.'

'네 대장이 틀림없는 녀석이라고 장담하더군.'

나도 모르게 일어서서 눈으로 대장님을 좇았다. 장난치지 말고 나와요. 어디로 간 거예요?

'물론 나이에 비해서 큰소리치는 쪽이긴 하지만요.'

나는 발판 위를 올려다보며 '이봐, 뭐하는 거야? 쉬지 말고 일을 해. 일을!'이라고 후배들을 야단쳤다. 녀석들은 모두 고등학교나 전문학교를 나왔다. 개중에는 대학을 졸업하고 건축사 자격증을 딴 녀석도 있다. 하지만 어렸을 때부터 비뚤게 산 덕분에 경험은 내가 제일 많다. 아니, 경험만이 아니다. 태어날 때부터 손끝이 야물었고, 겁쟁이인 만큼 일을 꼼꼼히 한다.

'저는 아무것도 없어요.'

'당연하지. 태어날 때 뭔가 가지고 나온 사람이 어디 있나?'

'하지만 도중에 이런저런 걸 손에 넣지요.'

'죽을 때는 아무것도 가져갈 수 없다네.'

아버지의 말은 고맙다는 차원을 넘어, 대장님의 대패질처럼 내 열등감이나 두려움을 깎아 주었다. 그만큼 아카네를 사랑하는 것이다.

'현장까지 오시게 해서 죄송합니다.'

나는 소년원에서 배운 차렷 자세로 아버지에게 고개를 숙였다. '아카네 씨를 주십시오'라고 교과서 같은 말은 할 수 없었다. 말하려고 했지만 눈물이 앞을 가렸다.

그제야 대장님이 나타났다. 어디에 갔었어요? 너무하잖아요? 나는 역시 핵전쟁이 일어나지 않아서 다행이라고 생각했다.

그날 밤, 아버지와 대장님과 근처에 있는 술집에서 정신을 잃을 때까지 술을 마셨다. 한밤중에 오기쿠보의 집으로 몰려가서 어머니와 아내를 놀라게 만들었다.

'어때? 집 좋지?'

대장님이 자기 집처럼 자랑스럽게 말했다. 당신이 독립하고 나서 처음 지은 집이라고 했다.

차가워진 몸에 커피가 스며들었다. 아버지도 마시게 해 주고 싶지만, 그렇다고 링거에 넣을 수도 없고…….

아버지는 이미 사흘이나 아무것도 못 먹고 아무것도 못 마셨다. 그래서 나도 점심을 안 먹는다. 다이어트를 하려는 게 아니라 그것 말곤 해 줄 수 있는 게 없으니까.

생각이 나서 어머니에게 드리려고 캔 커피를 샀다. 아마 캔 커피를 마셔 본 적이 없지 않을까? 작업복 주머니 안에서 뜨거운 캔을 움켜쥐자 아무것도 할 수 없는 자신이 더욱 한심하게 여겨졌다.

어머니는 우리 결혼을 반대했을 것이다. 눈에 넣어도 아프지 않을 만큼 사랑스러운 외동딸을 왜 나 같은 남자에게 주어야 하는가. 하지만 그런 말은 입도 벙긋하지 않았다.

사무실 아르바이트생이 예전 건축주의 딸이란 사실을 알고서는 농담도 제대로 할 수 없었다. 이래 봬도 그때까지 여자와 문제를 일으킨 적이 없었다.

사귄 지 1년이 지나고 나서야 아버지와 대장님이 죽마고우라는 말을 들었다. 아카네의 말에 따르면 '우리 아빠와 사장님'이다. 술에 취하지 않았다면 그런 말도 하지 않았을 것이다.

멍청하긴! 그런 건 진작 말했어야지! 아내는 머리도 좋고 얼굴도 예쁘고 마음씨도 곱지만, 순수하니까 어쩔 수 없다. 분명히 그런 것 따위 아무 상관이 없다고 생각했을 것이다.

하지만 내게는 상관이 없지 않다. 나는 그날이 가기 전에 대장님을 깨워서, 쇠망치로 머리를 얻어맞을 것을 각오하고 고백했다. 사모님이 말리러 들어오지 않았다면 '목수 살해 사건'이 일어날 뻔했다. '이 녀석, 어떡할 거냐?'라고 물어서 '결혼하겠습니다'라고 대답했다. 프러포즈를 하기 전에 대장님과 약속해 버렸다. 한심한 녀석이다.

그 무렵 아카네는 대형 백화점에 입사해 있었다. 단순한 점원이 아니라 어려운 일도 거침없이 해내는 슈퍼 커리어우먼이었다. 그래서 비가 와 현장 일이 없던 날, 처음으로 신주쿠의 백화점에 가서 약혼반지를 샀다.

비싼 거니까 아카네의 실적도 되고, 무엇보다 사원 할인이 마음에 들었다. 밤에는 스타벅스에서 만나서 아카네가 좋아하는 베트남 요리를 먹으러 갔다. 스타벅스는 금연이고 나는 고수를 싫어하지만.

'자기 바보야?'

아카네는 그렇게 말하면서 반지 낀 손으로 얼굴을 가리고 울었다. 그런 일이 있은 다음에도 좀처럼 오기쿠보에 있는 그녀의 집으로 찾아갈 마음이 들지 않았다.

두 아이의 아빠가 된 지금도 그 무렵과 다르지 않다. 지금도 역시 집중치료실에 가기가 두려워 이런 곳에서 캔 커피를 마시고 있다.

데릴사위가 될 생각이었다. 어차피 부모도 집도 없으니까 '오노 다케시'라는 이름에는 아무런 미련이 없었다. 아니, 애당초 그 이름을 좋아하지 않았다.

'다케와키 다케시라고 성을 바꾸면 데릴사위라는 게 그대로 드러나잖아. 그건 안 되네.'

아버지는 그렇게 말했다. 아무 생각도 하지 않은 것처럼. 나 또한 아무 생각도 하지 않았다. '다케와키 다케시'는 발음이 좋지 않다는 것밖에는.

아버지는 결혼식도 하지 않아도 된다고 말했다. 하지만 그러면 아카네가 너무 가여우니까 소박하게 피로연을 했다. 피로연도 아니다. 신랑 신부만 빌린 의상을 입고 나머지 사람은 평상복을 입은 모임이라고나 할까?

나는 계속 생각했다. 역시 내가 마음에 들지 않는군. 어디서 굴러온 개뼈다귀인지도 모르는 막노동꾼 사내 같은 건 누구에게도 보여 주고 싶지 않은 거라고. 그것 때문에 머리를 싸매고 고민했지만 누구에게도 물을 수 없었다.

나와 아카네는 연애 기간에도 매일 붙어 있지는 않았다. 휴일이 맞지 않아서 어쩔 수 없었다. 이 세상에 비가 오면 쉬는 직장은 그렇게 많지 않다. 공사 기간에 쫓기면 새벽부터 밤늦게까지 일해야 하는 등 아직도 옛날 목수처럼 일한다.

그래서 아버지와 어머니에 관해서는 아카네와 함께 살고 나서 드문드문 들었다. 실은 아카네도 잘 모르는 듯했다. 어쨌든 친척이 없는 것은 둘 다 마찬가지라고 했다. 아마 평생 들을 수 없으리라. 남들에게 말할 수 있는 고생은 빤할 빤자다. 그런데 남들한테 말할 수 없는 고생이라면……. 나도 그 정도는 알고 있다.

아버지와 어머니에 관해서는 잘 모른다. 하지만 아버지는 국립대학을 나온 엘리트고, 더구나 아카네를 나에게 주었다. 정말 굉장하지 않은가.

이런! 캔 커피가 식는다. 나는 패기가 없는 자신을 격려하며 걸음을 내디뎠다. 복도 끝에 있는, 이승과 저승을 가르는 하얀 문이 다가온다.

아버지, 아직 저세상에 갈 나이는 아니잖아요. 이다음에 제 딸들에게는 한껏 화려한 결혼식을 올리게 해 줄 거예요. 그건 꼭 지켜보세요.

확 트인 하얀 방 안에서 아버지는 잠들어 있었다. 창밖에는 눈이 내리고 있다. 커튼은 닫지 않는 편이 좋다. 병실은 따뜻했고 장식 없는 벽에는 눈의 그림자가 얼룩덜룩 물들어 있다. 큰 그림자와 작은 그림자. 이런 벽지가 있어도 좋겠다고 생각했다.

어머니는 아버지의 머리칼을 어루만지며, 캔 커피를 내밀 때까지 내가 온 것도 알아차리지 못했다.

"드신 적이 없을 수도 있지만요."

"있어."

아아, 그렇구나. 나는 따개를 열고 어머니에게 내밀었다.

"상태는 어떠세요?"

"여전히 경과 관찰이래."

나쁘게 생각하고 싶지는 않지만 그 말을 듣자 왠지 절망적인 기분이 들었다. 계속 관찰한다고 해도 뭐가 달라질 것 같지도 않고.

"오늘은 제가 옆에 있을 테니까 집에 가서서 잠깐이라도 눈 좀 붙이세요."

어머니는 한숨으로 대답했다.

"둘이 있어 봤자 할 수 있는 것도 없잖아요."

아내도 그렇게 해 달라고 부탁했다. 여기에는 간이 의자가 있을 뿐이고, 누울 수 있는 곳이라곤 복도의 긴 의자뿐이었다.

역시 나로는 안 되는 걸까? 나는 믿음이 안 가는 걸까? 내가 아이들을 돌보고 아카네가 병원에 오면, 어머니도 집에 가셔서 주무실 수 있을까? 아니다, 아니다. 이것은 내 임무다. 결혼했을 때, 대장님이 하신 말씀을 기억하고 있다.

'다케시, 잘 들어. 의리는 의무야.'

평소에는 어려운 말을 하지 않는데, 대장님은 빌린 기모노를 입은 내 어깨를 잡고 선언하듯 말했다. 피로 이어진 부자관계라면 적당히 해도 되지만, 의리로 얽힌 사이라면 무엇이든 의무가 된다. 아마 그런 뜻이었지 않을까.

지금 내 의무는 아이들을 재우는 게 아니다

"그럼 저기서 잠깐 눈 좀 붙일게."

"저기는 안 돼요. 편의점에서 도시락을 사서 집에 가서 주무세요. 샤워하지 않으면 아버지가 싫어하실 거예요."

좀 더 다정하게 말할 수 있으면 좋겠는데, 내게는 불가능한 일이다. 단어도 부족하고 표현력도 없다.

"다케시, 고맙다."

고개 숙이지 마세요. 그러시면 너무 괴로워요.

죽마고우

나가야마 도오루가 병원에 도착한 것은 밤 8시가 지나서였다.

면회 시간은 7시까지지만 집중치료실은 거기에 해당되지 않는다. 야간 접수처에서 사인을 하고 배지만 받으면 된다. 즉, 병원 규칙에 따르지 않아도 될 만큼 다케와키 마사카즈는 중태란 뜻이다.

사고 소식을 듣고 달려간 날 밤에는 얼굴도 볼 수 없었다. 다음 날도, 일요일인 어제도 튜브에 감긴 채 잠들어 있는 얼굴을 본 게 고작이었다.

함박눈을 맞으며 구급차가 서 있었다. 빙글빙글 돌아가는 빨간 램프가 피어오르는 불꽃처럼 보여서 나가야마는 잠시 그 자리에 못 박혀 버렸다.

구급대원이 이동 침대를 내리자 간호사들이 황급히 끌고 갔다. 마사카즈가 병원으로 실려 온 것은 사흘 전 이 시간쯤이었으리라. 의식을 잃은 그를 저런 식으로 데려갔을 것이다. 구급차의 램프가 꺼질 때까지 나가야마는 눈 속에 우두커니 서 있었다.

"남의 일이 아니니까 당신도 조심해요"라고 아내는 몇 번이고 말했다. 하지만 나가야마는 그 충고를 들을 때 가슴이 찢어지는 것 같았다. 마사카즈를 남이라고 생각한 적이 없기 때문이었다.

친구라는 표현은 맞지 않는다. 차라리 30여 년 전에 집을 지어 준 목수와 건축주라고 말하는 편이 낫다. 하지만 그 이전부터 오랫동안 아는 사이였다.

형제 같다는 말은 아내들의 입버릇이지만, 나이만 같을 뿐 외모와 성격은 딴판이었다. 죽마고우라는 편리한 말이 있다. 이 말이라면 거짓은 아니고 서로의 속마음을 아는 게 당연해서, 남들이 물었을 때는 종종 그렇게 대답했다.

작업복 옷깃에 함박눈이 촉촉이 스며들었다. 구급차의 램프가 완전히 꺼진 것을 보고 나서야 그는 접수처로 향했다.

나가야마 도오루. 65세. 나이를 쓸 때마다 자신의 나이를 믿을 수 없었다. 예순다섯이라고 하면 옛날에는 변명의 여지가 없는 노인이었다. 여름에는 온종일 툇마루에 앉아서 지나가는 사람들을 보거나 겨울에는 두툼한 솜옷을 입고 화로의 재를 긁어 내는……. 그 노인들과 똑같은 시간을 살아왔는데, 자신은 여기저기 현장을 뛰어다니고 마사카즈는 지하철을 타고 회사에 다녔다.

나가야마는 끔찍하게 의사를 싫어하고 약을 꺼렸다. 물론 예순다섯이라는 나이치고는 상당히 건강한 편이기도 했다. 한참을 기다린 후에 거만해 보이는 하얀 가운과 마주하면 무턱대고 화가 났다. 그래서 의사를 만나자마자 재는 혈압의 수치는 믿지 않았다.

감기약이나 설사약은 먹지만 고혈압 약을 처방해 주면 아내 몰래 버리곤 했다. 현장에서 급격히 혈압이 내려가면 오히려 위험하기 때문이다.

의료보험조합에서 건강 진단을 받을 때마다 고콜레스테롤이라는 둥 고지혈증이라는 둥 하면서 약을 줬지만 그 약도 즉시 쓰레기통에 던져 넣었다. 나가야마와 똑같은 말을 듣고 똑같은 약을 먹는 사람이 한두 명이 아니다. 다들 증상이 똑같다면 그것은 병이 아니라 오히려 정상이 아닐까? 그렇다면 문제는 병원이나 의사라고 그는 생각했다. 쓸데없는 약을 먹다가 간이 상하기라도 하면 큰일이다.

술집에서 그런 이야기를 하면 마사카즈는 "아! 깜빡했다"라고 말하며 약을 먹곤 했다. 과음도 하지 않고 담배도 피우지 않았으며 다이어트를 할 필요가 없는 마사카즈가 병에 걸린다면 자신은 예전에 죽었어야 한다.

"그렇게 약 먹을 필요 없어"라고 말한 기억이 있다. 물론 절반은 농담이었지만, 설마 정말로 약을 먹지 않아서 이렇게 된 건 아니겠지, 라고 니가야마는 자신의 말을 후회했다.

쓸쓸한 복도가 이어졌다. 마사카즈가 어떻게 되든 이걸로 병원을 한층 싫어하게 되리라는 것만은 분명하다.

사고 소식을 듣고 허겁지겁 달려온 날 밤에 간호사가 관계를 물어서 죽마고우라고 대답했다. 그때 형제나 친척이라고 말했으면 얼굴을 보게 해 주었을까?

죽마고우. 그것 말고 표현할 방법이 있을까? 마사카즈와는 고향도 다르고 친척도 아니다. 원래는 아무런 인연도 없고 피 한 방울도 섞이지 않은 사이이다. 하지만 마사카즈는 무엇과도 바꿀 수 없는 소중한 죽마고우였다.

고개 숙인 다케시의 옆얼굴을 창문이 액자처럼 두르고 있었다. 창문 액자의 배경은 눈 내리는 검은 밤이다.

"수고가 많군. 셋짱은?"

"집에 가셨어요. 계속 곁에 계셨으니까요."

다케시가 의자를 양보했다.

"여전한 모양이네."

"꿈이라도 꾸시는 걸까요?"

"글쎄. 좋은 꿈이라면 좋겠는데."

"얼굴을 찡그리지 않는 걸 보면 나쁜 꿈 같진 않습니다."

빛이 쏟아지는 꽃밭을 걷다가 강가에서 누군가에게 쫓겨났다는 이야기를, 언젠가 술안주 삼아 얘기할 수 있다면 좋을 텐데. 하지만 마사카즈에게는 그렇게 쫓아 보낼 사람이 없지 않을까? 그렇게 생각하자 견딜 수 없이 불안해졌다. 아무리 그래도 그건 너무 불공평하잖아?

"해가 바뀌고 안정되면 어머니와 같이 종합 건강 검진을 받기로 하셨거든요. 2박 3일에 50만 엔이나 하는 호텔 같은 병원에서요. 팸플릿까지 보여 주셨어요."

그 이야기는 나가야마도 들었다. 아내와 해외여행을 가려고 하는데, 예순다섯과 예순둘의 나이에는 이쪽이 먼저겠지? 그렇게 말하면서 마사카즈는 웃었다.

"진즉 했으면 좋았을 텐데."

"아무리 시간이 남아돌아도 연말에 건강 검진을 받는 건 좀 그렇잖아요? 그보다 대장님도 미리 받아 두시는 편이 좋아요. 아버지와 동갑이시니까요. 50만 엔만 내면 아프지도 않고 괴롭지도 않을 거예요."

"나더러 이틀이나 술도 마시지 말고, 담배도 피우지 말라고? 차라리 죽는 편이 나아."

"그런 말씀 마시고요."

다케시는 간절하게 말했다.

만약 지금 같은 상황에서 자신에게 무슨 일이 생긴다면 이 녀석은 그대로 하늘이 무너질 거라고 나가야마는 생각했다. 현장은 모두 네 군데. 정해 놓은 기간대로 진행되지 않으면 뒤쪽이 막힌다. 고참들은 뿌리부터 철저한 목수라서 회사 일은 아무것도 모른다. 언젠가 다케시에게 모든 것을 맡길 예정이지만 아직 10년 후의 이야기라고 생각했다.

그런데 그 10년은 자신 혼자만의 생각이라고, 마사카즈가 가르쳐 준 것이나 다름없다.

"너 밥 안 먹었지? 내가 여기 있을 테니까 가서 밥 먹고 와."

다케시는 보기와 달리 세심하고 감도 좋다. 잠시 둘만 있게 해 달라는 나가야마의 마음을 순간적으로 알아차렸다.

이봐, 마사카즈.

이제 그만 눈을 뜨게. 아무렇지도 않은 표정을 짓고 있지만 밤에는 잠을 잘 수 없고 밥도 목으로 넘어가지 않아. 술도 맛이 없고 담배만 두 배로 늘었어.

셋짱에게 전화를 받았을 때는 참칫집 의자를 넘어트리고 벌떡 일어섰지. 자세한 이야기를 듣기 전부터 무슨 일이 일어났는지 짐작이 갔네. 건축 설계사와 사무실에서 회의를 하고, 집에 가기 전에 참칫집에 들른 거였어. 카운터에 앉고 얼마 되지 않았을 때 작업복 안의 휴대폰이 울리더군.

'여보세요, 도오루 씨?'

발신자 이름은 '다케와키 마사카즈'인데, 뜬금없이 셋짱의 목소리가 들리면 달리 생각할 게 없지 않나? 자네가 말을 할 수 없는 상황이 되었다고밖에는. 그대로 참칫집에서 뛰어나와 택시를 잡았다네. 내가 달려간다고 해서 뭐가 달라지는 건 아니지만.

어릴 때, 체구가 작은 자네가 개구쟁이들에게 둘러싸여 괴롭힘을 당했잖나? 그때와 똑같은 기분이 들었다네. 녹차밭을 가로질러 오는 내 모습을 보자마자 녀석들은 뿔뿔이 흩어지며 도망쳤지만.

50년도 더 된 이야기일세. 하지만 내게는 어제 일처럼 생생하다네. '작작 좀 해! 또 괴롭히면 나한테 뒈질 줄 알아!' 그렇게 소리쳤지.

요즘은 그렇게 직접적으로 때리는 개구쟁이는 없어지고, 그 대신 음습해졌다고 하더군. 풍경도 완전히 달라졌어. 녹차밭도, 잔디밭도, 이제 어디에도 없다네. 도로가 모두 포장되면서 자갈길도 없어졌지.

택시 창문 너머로 대낮처럼 환한 밤의 풍경을 보는 사이에 '50여 년이 지났구나' 생각했다네. 그리고 겨우 현실을 인정했지.

도쿄 니시사이타마군(郡). 우리가 어릴 때만 해도 도쿄와 이어져서 수백가가 되리라곤 상상도 못 했잖니? 주오선과 사이부선의 역 사이를 보닛버스가 달렸는데……. 흙먼지를 날리고 엔진 소리를 울리면서 느긋하게.

원래 아무런 인연이 없는 곳이었지. 그래서 중학교를 졸업하자마자 뒤도 안 돌아보고 떠나려고 했네. 그런데 다행인지 불행인지 현지 목수의 제자로 들어가서, 결국 그대로 눌러앉았지. 어릴 때 친구들도 있긴 하지만 대부분은 임대 빌딩이나 임대 아파트의 주인들이라네.

"이봐, 마사카즈. 안 춥나? 어디 아프거나 간지러운 데는 없어?"

마사카즈의 귓가에 바싹 대고 말했다. 목소리는 들릴지도 모르니까. 튜브에 칭칭 감긴 손을 잡아 봐도 반응은 없었다. 체온은 비슷한데 내 손은 축축이 젖었고 마사카즈의 손은 바싹 말라 있었다.

마사카즈가 쓰러지고 계속 생각했던 게 한 가지 있다. 만약 의식을 회복할 가망이 없다면 의사는 가족에게 결단을 요구할지도 모른다. 하지만 누가 뭐라고 해도 나는 반대할 것이다. 만에 하나라도 편하게 보내 주고 싶지 않다.

10년이든 20년이든 병원비는 내가 내겠다. 그러는 사이에 내가 똑같은 지경에 처하면, 그때 같이 죽으면 된다.

"이봐, 그러면 되겠지?"

바싹 마른 손등에 대머리 이마를 대고 애원했다.

지금까지 한 번도 자네에게 고개를 숙인 적이 없잖아? 한 번 정도 내 말을 들어 주게. 자네 멋대로 죽지 마.

잠든 얼굴이 상당히 기분 좋아 보이는데, 설마 이상한 생각을 하는 건 아니겠지? 이걸로 됐다든지, 오히려 잘됐다든지, 이제 이 세상에 미련이 없다든지.

말도 안 되는 소리! 회사나 가족은 그렇다고 쳐도, 그동안의 불행은 어쩔 건가? 아직 제대로 만회하진 못했잖나?

열심히 일한 덕에 퇴직금이 많이 나와서 아내와 자식은 행복하겠지만, 자네의 인생은 아직 균형이 맞지 않네. 이제 됐다고 받아들이는 건 앞으로 20년 30년, 연금으로 유유자적하게 산 다음이 아닌가? 그런 인생이라면 나도 이러쿵저러쿵 말하지 않고 웃으면서 보내 주겠네.

아직이야. 아직 멀었어. 우리가 어떤 마음으로 여기까지 왔는지 생각해 보게. 전쟁 이후의 부흥이 뭐였지? 도쿄 올림픽은 뭐였지? 고도 경제 성장은 우리에게 남의 일이었잖나?

그만큼 열심히 살았다곤 안 하겠네. 노력을 했는지 어땠는지도 모르겠네. 다만 모든 세상 사람에게 고개를 조아리지 않으면 살 수 없었었던 것만은 분명해.

그런 인생을 벌써 만회했을 리가 없어.

"다케와키 씨, 링거 바꿀게요."

간호사의 목소리를 듣고 나가야마 도오루는 눈을 떴다. 환자의 손등에 엎드린 채 까무룩 잠이 들었나 보다. 의식이 없는 사람에게 일일이 말을 걸지는 않을 테니까 자신을 깨운 것이겠지.

"이런! 깜빡 잠이 들었군요."

"주무실 거면 복도의 의자에서 주무세요. 담요도 있으니까요."

웃는 얼굴이 다정해 보이는 노련한 간호사다.

"불은 끄지 않나요?"

"안색이 보일 만큼은 켜 둬요."

"눈부시지 않을까요?"

"그러면 그렇다고 불평해 주면 좋을 텐데요."

"'눈이 부셔서 잠을 잘 수 없다!'라고요?"

둘이 함께 작게 웃었다. 환자에게 하는 말투로 볼 때 가족은 아니지만 친한 사이임을 알아차린 모양이다. 죽마고우 말고 좋은 표현은 없을까 하고 나가야마는 생각했다.

"우리는 둘 다 부모가 없었지요."

"네?"

간호사의 손길이 멈추었다. 생전 처음 보는 타인에게 신세타령을 한 적이 없었다. 그래서인지 그렇게 말한 순간 입술이 차가워졌다. 제정신이 아니었든지 나이를 먹었든지 둘 중 하나다.

"전쟁 때문인가요?"

"아니에요, 그렇게 늙지는 않았답니다."

동갑인 두 사람은 전쟁이 끝나고 6년 후에 태어났다. 흔히 말하는 전쟁고아와는 세대가 다르지만 이렇게 나이를 먹으면 구분이 되지 않는다.

"우리 부모님은 교통사고였어요. 옛날에는 흔한 일이었답니다. 지금의 두 배 정도로 사람이 죽었지요."

"다케와키 씨도요?"

"아뇨, 이놈의 사정은 잘 모르지만 죽 같은 시설에서 자랐어요."

이렇게 말하면 이해하리라. 단순한 죽마고우가 아니란 걸.

"그 얘기는 누구에게도 이겁니다."

나가야마는 검지를 세워서 입술 앞에 댔다. 마사카즈의 사정을 아는 사람은 자기뿐이다. 아마 아내나 딸에게도 자세하게 말한 적이 없을 것이다. 부끄러운 이야기라고 여기진 않았겠지만 없었던 과거로 치지 않으면 제대로 살아올 수 없었을 테니까.

나가야마는 집중치료실을 나와서 복도의 긴 의자에 누웠다. 곧바로 간호사가 담요를 가져다주었다. 눈이 쌓이기 시작했을까? 눈꺼풀을 내리자 깊은 정적이 다가왔다.

하나도 기억이 나지 않는 건 이상하다. 아마 생각하지 않으려고 하는 사이에 모든 걸 잊어버린 게 아닐까?

아버지와 어머니는 둘이 오토바이를 타고 달리다가 사고가 났다고 들었다. 그 사실만이 머릿속에 남아 있는 것은 나이가 어느 정도 먹고 나서 시설 선생님이나 누군가한테 들은 탓이다. 자세한 사정은 모른다. 하지만 어느새 상상이 굳어져서, 그 현장을 자기 눈으로 본 것처럼 떠올렸다.

전차의 레일이 반짝반짝 빛나는 한여름의 오후. 아버지는 약간 불량스러워 보이는 알로하셔츠를 입고 오토바이를 몰고 있다. 스카프로 머리를 감싼 어머니는 두 다리를 모은 채로 뒷자리에 옆으로 앉아서 아버지의 등에 뺨을 대고 있다.

오토바이는 노란색 신호를 무시하고 그대로 돌진해서 초록색 전차에 빨려 들어간다. 아버지와 어머니의 몸이 하늘을 날면서 요정처럼 춤을 춘다.

옛날에는 헬멧을 쓰지 않아도 되었던 모양이다. 수많은 여성이 뒷자리에 걸터타는 것을 부끄럽게 여겨서 옆으로 앉았다. 교차로의 신호등도 빨간색과 파란색이 동시에 바뀌었다.

그런 상상은 결코 참혹하지도 끔찍하지도 않았다. 어딘지 모르게 전장으로 향하는 군인들의 용맹하고 애절한 이미지와 비슷했다. 마치 자기 눈으로 본 것처럼 아버지에게 불량스러운 알로하셔츠를 입히거나 어머니에게 하얀 드레스를 입힌 뒤 레이스 양산을 옆구리에 끼우고 선글라스까지 씌운 것은 그 상상이 아름다웠기 때문이다.

그래서 나가야마는 싫증 내지 않고 상상에 상상을 거듭했다. 교차로의 여기저기에 서서 때로는 전차의 운전사나 파출소 순경의 눈이 되어 부모님의 죽음을 바라보았다. 하지만 가장 가슴을 아리게 만드는 것은 한순간 죽음을 향해 돌진하는 아버지의 눈이었다.

상상을 그만둔 것은 어른이 되고 나서였다. 무슨 말을 하다가 마사카즈가 말했다.

'너네 부모님, 교통사고가 아닐지도 몰라. 교통사고라고 하면 모든 게 간단하잖아.'

머리가 좋은 마사카즈의 말이니까 그럴지도 모른다고 생각했다. 더구나 마사카즈는 나가야마보다 훨씬 세상을 잘 알았다.

담요 안에서 조용히 지나가는 여자의 기척을 느꼈지만 무겁게 내리덮은 눈꺼풀을 뜨지 않았다.

제2장

마담 네즈와 시즈카

마담 네즈

여기는 어디지?

나는 지금 무엇을 하고 있지?

침대에 누워 있는 것 같은데, 약이라도 먹였는지 몸이 움직이지 않았다. 하지만 공포는 느껴지지 않았다. 오히려 포근하고 따뜻하며 온몸이 행복으로 가득 차 있었다.

무수한 그림자가 새하얀 벽을 타고 떨어졌다. '저게 뭐지?' 하고 생각하는 사이에 밖에 눈이 내린다는 사실을 알아차렸다. 눈 내리는 밤에 꽃도 그림도 없는 새하얀 방에서 마약 같은 걸 맞고 잠든 모양이다.

납치된 걸까. 아니다, 정년퇴직을 하고 앞으로 연금으로 살아갈 남자를 납치해서 어디에 쓸 것인가. 만약 사람을 잘못 봤거나 착각했다면 이만저만한 민폐가 아닐 수 없다.

좀 더 생각해 보자.

무슨 일이 있었더라? 그래, 송별회다. '다케와키 마사카즈 씨를 보내는 밤'. 불쾌한 제목이지만 어쩔 수 없다. 그것 말곤 표현할 방법이 없었을 테니까.

어쨌든 용케 그렇게 많은 인원이 모였다. 백 명은 넘지 않았을까? 일 때문에 일찍 돌아가거나 늦게 온 사람을 포함하면 전체 인원은 두 배쯤 되었을 것이다. 5시부터 7시가 넘어서까지 계속 있어 준 한가한 녀석들만 백 명. 고마운 이야기가 아닌가. 고작해야 계열사 임원을 위해 본사의 직원과 퇴직한 사람까지 일부러 와 주다니.

젊은 사람들은 나를 싫어한다고 생각했다. 꼰대라든지 사내 갑질이라는 말은 처음부터 우리 세대를 겨냥한 말이었다. 나 자신은 당연한 말과 행동이라고 믿어 의심치 않았으므로 그렇게 쉽게 고쳐질 리가 없었다. 아마 "그래, 나는 꼰대다. 어쩔래?"라고 주장하는, 성희롱과 사내 갑질의 보물창고 같은 상사였겠지.

"이런 이런. 왜 울고 그래? 자네들, 지금 연극하는 거지? 누가 이렇게 어설픈 대본을 썼어?"

순간적인 개그를 받아들이지 않아서 등줄기가 얼어붙었다. 그 이후 무슨 말을 했는지 전혀 기억나지 않는다.

집까지 데려다주겠다는 차량은 거절했다. 특별한 이유는 없다. 그냥 지하철을 타고 가고 싶었을 따름이다. 꽃다발은……. 물론 가지고 갈 거다. 여직원이 눈물을 흘리며 준 꽃을 어떻게 버리겠는가.

그리고 어떻게 했더라?

아카사카미쓰케 역에서 지하철을 탔다. 기차는 민영화가 되고 금방 익숙해져서 JR(일본 국유 철도의 철도 사업을 이어받아 민영화된 주식회사)이라고 부르는데, 지하철은 민영화가 된 후에도 익숙해지지 않아서 내게는 도쿄 메트로(도쿄 지하철 주식회사)가 아니라 여전히 지하철일 뿐이다.

오기쿠보에 집을 지은 이유는 지하철의 시발 역이었기 때문이고, 그것 말고 특별한 이유는 없었다. 도쿄 23구(區) 안의 지하철이 출발하는 곳에서 산다는 것은 내 인생의 가장 큰 사치라고 생각했다. 나이로 보면 약간 이르다는 느낌도 있었지만 마침 땅값이 급상승하기 시작한 무렵이라서 지금밖에 없다고 판단했다.

어중간한 시간인데도 지하철 안은 의외로 북적였다. 항상 문 근처에 자리를 잡는 것은 게으르기 때문이 아니다. 설마 그러진 않겠지만 혹시 기특한 젊은이가 자리를 양보하기라도 하면 적잖이 충격을 받을 것 같아서다. 물론 경로석에는 가까이 가지 않는다.

스스로 생각하는 이미지는 마흔다섯 정도. 하지만 요즘 거울을 보면 실제 나이보다 늙어 보이는 듯하다. 몸도 마음도 녹슬지 않았지만, 얼굴이나 행동을 보고 일흔이 넘은 노인이라고 여기는 젊은이가 있을지도 모른다.

신주쿠에서 자리가 났지만 앉지 않았다. 어디서 들었는데 서 있기만 해도 다리와 허리는 단련된다고 한다. 더구나 꽃다발을 안은 채로 자리에 앉을 용기는 없었다. 선반에 올려놓으면 십중팔구 잊어버릴 것이다.

나카노사카우에 역을 지날 때 즈음 갑자기 머리가 아파 왔다. 두통이나 구토증이 아니라 예전에 경험해 본 적이 없는 통증이 엄습했다. 아무 생각도 할 수 없고, 서 있을 수조차 없어서 기둥을 잡은 채 주르르 주저앉았다.

승객들이 화들짝 놀라며 웅성거렸다.

"저 사람, 이상해."

"승무원을 불러."

"이봐요! 정신 차리세요!"

"움직이면 안 돼요."

어떻게 된 영문인지 몰라도 일단은 기뻤다. 생판 모르는 사람들이 나를 걱정해 주고 있지 않은가. 세상이 이렇게 선의로 가득

차 있는 줄은 지금까지 꿈에도 몰랐다. 고맙습니다, 고맙습니다. 나는 소리가 나지 않는 말을 계속 반복했다. 항상 삐딱하게 살아왔던 자신이 한심했다.

신나카노 플랫폼에서 구급대원의 들것에 실린 것까지는 기억이 난다. 그 후에는 모든 게 암흑으로 변했다.

이제야 알았다.

병원으로 실려 왔다. 그것도 믿기 어렵지만 테러리스트에게 납치되었다는 것보다는 훨씬 수긍이 갔다. 뇌인가 심장인가? 어느 쪽이든 상당히 위험한 모양이다.

마약 주사를 맞은 게 아니라 온몸이 마비되어 있고, 밧줄에 묶인 게 아니라 튜브에 칭칭 감겨 있다. 삐, 삐 하는 전자음은 폭탄의 카운트다운이 아니라 심장 박동이었다.

침대 옆의 간이 의자에 누군가가 앉아 있다. 세쓰코일까? 아니다. 아내보다 더 나이가 많은 할머니다.

"어머나, 눈을 떴네요."

여인은 나를 향해 미소를 지었다. 한 번도 본 적이 없는 얼굴이다. 이웃 사람도 아니고 병문안을 올 만한 친척도 없다. 세쓰코의 지인일까? 아니면 예전 상사의 부인일까? 하지만 그런 것치고는 표정이 너무도 다정하고 친밀했다.

"곤히 잘 자더군요. 이제 다 나은 것 같네요."

"네, 걱정을 끼쳐서 죄송합니다."

순순히 목소리가 나왔다.

"죄송하지만 아내는요?"

"오늘은 댁에 가서 자고 있어요. 사흘이나 꼼짝도 않고 옆에 있었거든요. 고마워해야지요."

"사흘이요?"

생각도 못 했다. 지하철 안에서 쓰러진 건 바로 조금 전인 줄 알았는데.

"그래요, 꼬박 사흘이에요. 하긴 잠들어 있으면 세 시간이나 사흘이나 똑같지만요."

"아내에게 연락해 주십시오."

"지금 깊이 잠들었어요. 좋은 부인이에요."

그렇게 말하면 할 말이 없다. 분명히 같은 헬스클럽이나 피부마사지숍의 멤버겠지, 이런 참견쟁이 할머니가 있다는 이야기를 아내에게 들은 것 같기도 하다. 그러고 보니 나이에 비해서는 미인이다. 짧은 은발은 단정했고 푸른빛이 감도는 안경은 잘 어울렸다. 귀부인의 풍격이 느껴졌다.

"저기…… 누구시죠?"

여인은 터틀넥 스웨터 위 빈약한 가슴에 손을 모으더니, 잠시도 망설이지 않고 이름을 말했다.

"마담 네즈라고 불러 주세요."

농담인가? 설마 사신(死神)은 아니겠지.

마담 네즈. 프랑스어로 '눈'이라는 뜻이다. 프랑스어는 잘 모르지만 그 정도는 알고 있다. 하늘에서 춤을 추며 내려온 눈의 요정이라고 말하고 싶은 걸까? 아니면 '유키코(雪子)'라는 이름을 그렇게 말한 걸까? 그것도 아니면 어느 시대에나 반드시 몇 명은 있는, 프랑스라면 사족을 못 쓰는 그런 여자일까?

하지만 이 할머니는 의외로 그 이름이 잘 어울렸다. 어쩌면 파리에 몇 년 살았을지도 모른다. 그렇다면 역시 예전 상사의 부인일까? 다시 생각해 보았지만 아무리 기억을 더듬어도 짚이는 바가 없었다.

애초에 직장과 사생활을 혼동하는 일본의 관습을 끔찍하게 싫어해서, 신입 사원 시절부터 상사에게 명절과 연말 선물을 보낸 적이 없다. 가족까지 아는 사이라면 젊은 시절에 같은 사택 단지의 맞은편에 6년이나 살았던 홋타 노리오 정도다. 홋타의 아내는 내 아내보다 나이가 어렸으니까 아무리 사장 부인이 되어서 마음고생을 했다고 해도 이렇게 늙었을 리가 없다.

마담 네즈는 연신 미소를 지었다. 수수께끼 같은 미소를 보는 사이에 어려운 퀴즈를 풀기 위해 머리를 짜내는 듯한 기분 좋은 긴장이 온몸을 휘감았다.

발밑으로 시선이 향했다. 커튼은 젖혀 있고, 그 끝에 간호사실 카운터가 보였다. 야간 근무 팀 간호사가 일하고 있지만 이 기묘한 방문객을 신경 쓰는 모습은 없었다.

"저기……."

"네, 왜요?"

"혹시 병실을 착각하신 게 아닌가요?"

설마 그럴 리는 없겠지만 가능성이 전혀 없는 것은 아니다. 마담은 나보다 나이가 훨씬 많아 보였다.

"무슨 말이에요? 눈을 크게 떠 보세요."

노망이 든 것처럼 보이지는 않는다. 더구나 이 병동은 중환자 전용일 테니까 어슬렁거리던 할머니가 길을 잃고 들어올 리도 없다. 일단 간호사들이 이쪽을 쳐다보지도 않는다.

그렇다면 병실을 착각했을 가능성은 없다고 봐야 한다. 생각하자, 생각하자. 지금까지 나누었던 짧은 대화를 돌아보았다.

그렇다. 나는 눈을 뜨자마자 제일 먼저 아내가 어디 있는지 물었다.

'오늘은 댁에 가서 자고 있어요. 사흘이나 꼼짝도 않고 옆에 있었거든요. 고마워해야지요.'

그게 마담 네즈의 대답이었다. 결정적인 힌트다.

간병에 지친 아내가 옆 침대의 보호자에게 뒷일을 맡기고 잠깐 집에 간 건 아닐까? 천장과 발밑에 공간이 있는 하얀 파티션 너머에 마담의 남편이 튜브에 감긴 채 잠들어 있는 것이다. 그런 상황이라면 동병상련으로 "피곤해 보이니까 오늘은 댁에 가서 쉬세요"라고 할 수도 있다. 간호사들도 그런 사정을 알고 있다. 이제야 모든 게 이해된다.

"괜히 폐를 끼쳤군요. 남편분은 좀 어떠신가요?"

나는 자신만만하게 물었다. 그러자 마담 네즈는 어리둥절한 표정을 지었다.

"어머나, 뭔가 착각한 모양이네요. 난 공교롭게도 남편이 없답니다."

"네? 다른 환자의 보호자가 아니신가요?"

마담은 힘줄이 불거진 손등을 입에 대고는 호호호 하고 귀족처럼 웃었다.

얼굴이 화끈 달아올랐다. 퀴즈 프로그램에서 흔히 보는 광경이다. 엉터리로 말한 대답이 빗나갔다면 또 몰라도 자신만만한 대답이 오답인 순간만큼 우스꽝스러운 장면은 없다. 그럴 때는 아내와 둘이 TV 앞에서 배를 잡고 웃는다. 득의양양한 얼굴이 무너지면서 수치와 절망의 색으로 물드는 모습은 비웃고 싶을 만큼 우스꽝스럽다. 지금 내 얼굴도 그렇게 무너져 내리고 있겠지.

그나저나 이 할머니는 대체 누구일까?

내 이론에 따르면 이거냐 저거냐 헷갈릴 때 정답은 첫 느낌을 따르는 것이 좋다. 정보가 많아서 혼란스러울수록 상식적인 판단은 멀어진다. 나는 정신을 차리고 생각했다. 역시 마담은 아내의 헬스클럽 멤버다.

언젠가 아내가 이렇게 말한 적이 있었다.

우리 헬스클럽 멤버 중에 띠동갑쯤 되는 할머니가 있는데, 얼마나 열심히 하는지 몰라요. 그런데 당신만 열심히 하면 되지 나만 보면 이래라저래라하지 뭐예요? 나쁜 사람이 아니란 건 알지만 가끔 짜증이 나요…….

좀처럼 불평을 하지 않는 아내가 그렇게까지 말했다는 건 상당히 마음이 상했다는 뜻이다.

"어머나, 예뻐라! 눈 오는 밤은 낭만적이네요."

창가로 다가가는 마담 네즈의 그림자를 눈으로 좇았다.

그녀의 뒷모습은 헬스클럽을 다니면서 단련한 것처럼 보인다. 야위기는 했지만 등줄기가 꼿꼿하다. 당연히 있어야 할 근육이 제자리에 있는 것이다. 70대에 이만한 몸매를 유지하기란 보통 힘든 일이 아니다.

아내의 말처럼 열심히 단련하는 것이리라. 그런 노력과 결과에 대한 자부심이 있으면 여왕처럼 군림하는 것도 당연하다. 다시 말해 헬스클럽의 여성 멤버들이 나름대로 경의를 표하기도 하지만, 동시에 슬금슬금 피하는 존재가 아닐까?

아내가 평정심을 잃고 전화라도 건 것일까? 아니, 그렇게 친한 사이는 아닐 것이다. 같은 헬스클럽 멤버에게서 듣고 병문안을 왔거나 병원에서 우연히 마주쳐서 이러저러하다고 들었거나. 집과 헬스클럽, 병원 모두 같은 지하철 노선 근처에다 그렇게 멀지 않으니까 양쪽 다 있을 수 있는 이야기다.

나쁜 식으로 생각하는 것은 그만두자. 마담이 선의를 가지고 있는 것만은 틀림없으니까.

눈을 감고 반성했다. 아무래도 요즘 의심이 많아진 듯하다. 원래 뭐든지 좋게 생각하는 낙천주의자였는데, 예순이 지난 무렵부터 악의를 경계하게 되었다.

세상 탓이 아니다. 체력이 약해지면서 사건이나 사고가 일어나기 전에 예방을 해 두려는 동물적인 본능 때문이다. 하지만 생각해 보면 상당히 한심한 이야기다. 그런 본능의 명령에 따라 늙어가면 결국에는 아무도 상대해 주지 않는 편협한 노인이 되지 않을까?

좀 더 관용을 베풀어야 한다. 65년이나 살아왔으니까 선악은 제대로 판단할 수 있을 것이다.

"배고프지 않나요?"

창가에서 침대를 돌아보고 마담은 황당한 말을 했다. 튜브에 묶인 채 사흘이나 의식이 없던 사람에게 배고프지 않느냐니. 아무리 생각해도 이상하지 않은가.

그런데 어떻지? 그 말을 듣고 내 배 속의 상태가 어떤지 생각해 보았다. 공복감은 털끝만큼도 없다. 그렇다면 위가 텅 비어도 필요한 영양분을 링거로 보급하면 육체는 만족하는 법일까? 갈증도 없다. 이것 역시 혈관에 수분을 주입한 덕분일까?

"어머나. 왜 그러세요? 갑자기 허탈한 표정을 짓고."

"사흘을 안 먹어도 사람은 살 수 있다고 생각하니 왠지 허무해지는군요."

문득 먹고 마시는 데 허비한 막대한 돈과 시간이 생각났다.

수입의 몇 분의 1은 식비고, 적어도 하루에 두세 시간은 음식을 먹고 있다. 65년간 그런 시간을 합하면 입이 떡 벌어질 만큼 방대할 것이다.

"당신, 그동안 고생이 많았군요."

마담이 간절한 목소리로 말한 순간 유리창에 하얀 김이 서렸다. 나는 재빨리 반박했다.

"음식을 먹지 않으면 살 수 없는 건 누구나 똑같지요."

"그런 뜻이 아니에요. 풍요로운 시대에 자란 당신들에게 먹는 건 즐거움이었을 거예요. 하지만 당신의 말은 그렇게 들리지 않는군요."

마담은 먹고 싶어도 먹을 수 없는 가난한 시대를 살아왔으리라. 하지만 그런 성실한 고생을 내 인생에 겹치고 싶지 않았다. 나 자신이 얼마나 행복한 사람인지는 잘 알고 있다. 인류 역사상 가장 행복한 시대와 장소에서 태어났기 때문이다. 눈이 핑핑 도는 고도 경제 성장 속에서, 고생이란 말은 이미 죽은 말이 되었다.

전쟁은 없었다. 기회는 공평했다. 숙명적인 어려움에는 최대한 원조가 있었다. 그런 시대에 고생은 비유적인 표현이거나 노력이 부족했다는 뜻이다. 적어도 그렇게 생각하지 않으면 행복한 시대를 살아온 우리는 가혹한 역사에 대한 책임을 질 수 없다.

"고생은 안 했습니다. 먹고 싶은 만큼 먹고, 마시고 싶은 만큼 마신 끝에 이 꼴이 됐지요."

나는 튜브가 감긴 손을 들고 쓴웃음을 지었다. 그렇다, 그 말이 맞다.

나이와 함께 식욕이 왕성해졌다. 게다가 다행스럽게도 체중에는 전혀 변함이 없었다. 나와 동갑인 홋타 노리오는 최근 10년 사이에 적어도 10킬로그램은 쪘다. 나가야마 도오루도 마찬가지니까 환경의 차이는 아니다.

기초대사라는 것 때문일까? 하지만 아내도 역시 몸매가 달라지지 않는 걸 보면 의외로 식단을 신경 쓰고 있을지 모른다. 대사가 아니라 감사로군. 주옥같은 아재 개그지만, 억지로 웃어야 하는 부하 직원도 이제 없다고 생각하니 약간 쓸쓸해졌다.

원래부터 입이 짧은 편으로, 접대할 때 먹어야 하는 일본의 정식이나 프랑스의 풀코스는 항상 남기곤 했다. 남들만큼 먹게 된 것은 쉰이 지난 다음이었다. 식사할 때 그 말을 했더니 아내는 웃으면서 "그 대신 다른 욕망이 없어졌잖아요"라고 말했다. "뭐? 진짜?"라고 딸이 배를 잡고 웃었다.

나와 달리 아내에겐 유머 재능이 있다. 딸도 엄마의 유전자를 물려받았다. 내가 그 말의 의미를 이해한 것은 다음 날 아침 지하철 안이었다. 유머가 부족한 대신 나는 심사숙고를 한다. 그래서 그날은 신문도 보지 않고 오테마치에 다다를 때까지 생각에 잠겼다.

인간에게는 여러 욕망이 있다. 더구나 욕망의 양은 똑같지 않다. 그래서 야심이 있는데 부지런하지 않다든지 잠을 적게 자는 대신에 대식가라든지 돈을 빌려서라도 도박을 한다든지 한다. 그런 욕망을 수치화해서 그래프로 나타낼 수 있다면 형태가 크고 아름다울수록 대단한 인물이라고 말할 수 있지 않을까? 그것이 바로 인간의 그릇이다. 내 그릇은 예쁘장하게 생겼지만, 그렇게 크지 않을 것이다.

그리고 이게 중요한 점인데, 개인적인 욕망의 총량은 일정해서

늘어나지도 줄어들지도 않는다. 그래서 나이와 함께 형태가 변한다. 내 경우는 성욕이 감소한 대신 식욕이 증가했다. 당사자인 아내의 말이니까 틀림없다. 지하철 개찰구를 나왔을 때 겨우 그곳까지 생각이 미쳐서, 길을 걸으며 회심의 미소를 지었다.

그런 생각을 하는 사이에 사흘 내내 링거만으로 살아 있는 나 자신이 한심해서 견딜 수 없었다.

역시 먹고 마시기가 아무리 힘들어도, 건강한 사람이 링거만으로 살아갈 수 있을 리가 없다. 즉, 침대에 누운 채 생각하지 않고 근육도 움직이지 않으므로 여분의 칼로리가 필요하지 않는 것이다.

먹을 수 있다면 먹어 두자. 물론 식욕은 조금도 없지만 인간의 존엄을 걸고.

"듣고 보니 살짝 배가 고픈 것 같군요."

"좋은 일이에요. 그러면 뭐라도 먹으러 갈까요?"

"네? 어디로요?"

"사흘 만에 식사하는 거잖아요. 맛있는 걸 먹으러 가요."

"밖으로 말인가요?"

"괜찮아요. 자아, 어서 가요."

마담 네즈가 어깨를 받치고는 나를 일으켜 세웠다.

"잠깐만요. 괜찮을 리가 없잖아요? 이러시면 안 돼요."

다음 순간 몸을 감고 있던 튜브와 코드가 잇달아 풀렸다. 끈이 저절로 풀리듯, 또는 동그란 고무줄이 튕겨 나가듯. 깜짝 놀라서 두 팔을 문질렀다. 링거의 바늘은커녕 반창고 조각도 남아 있지 않았다.

역시 꿈이다. 아니, 꿈치고는 너무나 선명한 걸 보면 링거액 안에 마약 같은 것이 들어 있어서 환상을 보고 있는 것이다. 틀림없다. 마담의 손에 이끌려 침대에서 내려온 순간, 어느새 양복을 입은 걸 보면.

평소의 습관대로 어두운 창문으로 향했다. 복장은 조금도 흐트러지지 않았다. 사흘이나 누워 있었던 것치고는 셔츠의 옷깃도 느슨해지지 않았다.

"넥타이가 참 멋지네요. 부인이 골라 주셨나요?"

"천만에요. 아내에게 옷을 골라 달라고 한 적은 없습니다. 속옷도 제가 직접 사지요."

"아내를 편하게 해 주는 남편이군요."

내 일은 내가 한다. 그것은 어린 시절부터 몸에 밴 습관이다.

머리를 매만지고 양복의 앞 단추를 채우자 거울 속에 익숙한 모습의 내가 서 있었다. 나는 요즘 모든 회사에서 도입하고 있는 캐주얼복에 익숙하지 않았다. 원래 목적은 에너지 절약이었지만 처음에 높게 설정돼 있던 사내 온도는 어느새 원점으로 돌아갔는데, '여름에는 넥타이를 안 매도 됩니다'라는 습관만 남은 것처럼 느껴졌다.

애당초 넥타이를 하든 안 하든 더위와는 별로 상관이 없다. 그렇다면 비즈니스맨으로서 예의가 없다는 오해를 받거나 단정치 않게 보이는 쪽이 더 위험하지 않을까? 아니, 위험은 둘째치고 나 자신이 그런 차림으로는 안절부절못한다.

"잘 어울려요. 역시 멋지네요."

"멋있다고요?"

"당신은 키도 크고 배도 나오지 않았어요. 더구나 양복은 젊은 사람보단 나이 든 사람이 더 잘 어울리는 법이지요. 젊었을 때는 아무래도 촌스럽게 보이거든요."

"빈말을 잘하시는군요."

"어머나, 빈말이 아니에요. 멋있어요."

"44년이나 입다 보면 누구든 촌스러움은 벗어나지요. 그 대신 캐주얼 차림은 엉망입니다. 골프웨어밖에 없어서 앞으로 뭘 입어야 할지 모르겠군요."

"그렇다면 집에서도 양복을 입으면 어때요?"

웃음을 터트렸지만 퍼뜩 생각이 떠올랐다

집 근처에 매일 아침 양복 차림으로 개와 산책하는 노인이 있었다. 고집불통인 자영업자이거나 고지식한 신사라고 별로 신경을 쓰지 않았지만, 지금 생각하니 그는 '양복을 벗지 못하는 회사원'이었을지도 모른다. 이름도 사는 곳도 끝내 모른 채, 어느 날부터 모습이 보이지 않았다.

그렇다면 캐주얼복도 결코 나쁘지 않다고 생각을 고쳤다. 적어도 앞으로는 넥타이를 매고 개와 산책하는 노인은 없을 테니까.

"자아, 맛있는 걸 먹으러 갈까요?"

마담 네즈는 내 목에 머플러를 두르고 코트를 입혀 주었다. 메마른 여인의 향기가 난다.

그나저나 참 멋진 환상이다. 수많은 약물이 유행한 내 청춘 시절에는 '사이키델릭(psychedelic)'이라는 말이 있었다. 약물로 인한 환각에서의 극채색을 표현한 말이다. 그런데 눈앞의 환각에는 특별한 색도 빛도 없다. 그야말로 또 하나의 현실이라고 생각할 수밖에 없다.

가죽구두의 발소리를 죽이면서 병실을 나섰다. 간호사실에 사람은 보이지 않았다. 무릎이 삐걱거리고 허벅지가 떨렸다. 사흘만에 걸으면 이렇게 되는 거겠지만 정말이지 현실 같은 환각이다.

"세상에나! 다들 얼마나 힘들까요."

열린 커튼 너머로 튜브에 감긴 중환자가 몇 명이나 잠들어 있었다. 베개를 나란히 하고 생사의 경계선을 방황하는 가여운 사람들이지만, 실은 나도 그중 한 사람이다.

여기는 집중치료실이다. 하지만 이곳으로 실려 온 기억은 없다. 지하철 안에서 수많은 사람의 격려를 받고, 정신이 희미해지면서 들것에 실렸다. 사람들이 가마처럼 메고 계단을 올라갔다. 떠올릴 수 있는 건 거기까지다. 나 때문에 잠시 지하철을 세웠으리라. 승객 중에는 용무가 급한 사람도 있었을 텐데, 사람들에게 민폐를 끼쳤다.

설마 하고 돌아본 순간, 빈사 상태로 잠들어 있는 내 모습이 눈에 들어왔다.

"신경 쓰지 마세요."

마담이 내 손을 잡았다.

"신경이 쓰이는군요."

무서운 생각이 들었다. 혹시 이것은 환각이 아니라 내 영혼이 육체를 빠져나와 어딘가로 가려는 게 아닐까.

"마담, 잠시만요."

"왜요?"

마담의 표정은 너무도 태연했다. 물론 이것이 그녀의 사명이라면 정체가 들킬 만한 어설픈 연기는 하지 않겠지만.

"당신은 도대체 누구시죠?"

나는 그녀를 똑바로 쳐다보며 물었다. 순간 마담의 낯빛이 달라졌다. 내게서 눈길을 피하고 곤혹스러운 듯 작은 한숨을 쉬었다.

"마담 네즈라고 했잖아요."

"그런 말씀은 그만하십시오. 당신, 사신이죠?"

"여긴 병원이에요. 무서운 말은 하지 마세요."

그건 그렇다. 생사의 갈림길을 방황하는 사람들 앞에서 사신과 말다툼을 해서는 안 된다.

"하지만 이 말만은 해 둘게요. 저는 사신 같은 게 아니에요."

마담은 그렇게 단언했다.

클라이언트가 자신의 의사를 명확하게 표시한 경우, 아무리 답변이 마음에 들지 않는다 해도 다시 캐물어서는 안 된다. 이건 비즈니스의 기본이다. 순순히 받아들일 수 없어도 재교섭은 다른 날에 해야 한다.

마담 네즈의 대답을 믿은 건 아니지만 일단 안도했다는 듯이 최대한 억지 웃음을 지어 보였다.

"농담입니다, 마담."

"알고 있어요. 조금 지나친 농담이지만요."

"소란이 벌어지지 않을까요?"

"왜요? 보세요, 당신은 계속 잠들어 있잖아요."

여전히 아무 일도 없다는 듯이 잠들어 있는 나 자신에게 손을 흔들고 걸음을 내디뎠다. 마담이 사신인지 아닌지는 둘째치고, 쇠

약해진 다리를 조금이라도 움직이고 싶었다. 한 걸음 걸을 때마다 하반신에 피가 돌아간다. 하얀 문이 가까이 다가온다.

사흘 전, 나는 환자 이송용 이동 침대를 타고 저 문을 통과했다. 물론 기억은 없지만 유리문 너머의 복도 끝에서 죽음의 문턱에 들어선 내가 실려 오는 듯한 기분이 들었다.

'다케와키 씨, 다케와키 씨, 제 말 들리세요?'

이동 침대를 밀면서 간호사가 연신 이름을 불렀다. 저쪽으로 가지 마라, 다시 돌아오라는 것처럼. 이름은 운전면허증이나 신용카드로 확인했으리라. 또 다른 간호사는 입에 끼운 앰부백을 계속 짜고, 응급센터의 젊은 의사가 이동 침대의 끝을 잡고 끌고 있다. 다들 나를 살리려고 하나같이 최선을 다하고 있다.

나를 아는 사람은 아무도 없는데.

'힘을 내요. 숨을 쉬어야 해요!'

'다케와키 씨, 다케와키 씨!'

하얀 문을 열고 환상이 지나칠 때, 다케시나 아카네가 아니라 젊은 그들을 향해 나도 모르게 고개를 숙였다. 진심으로 "죄송합니다"라고 사죄했다.

"이제 되셨나요?"

마담이 작은 머리를 옆으로 살짝 기울이며 말했다.

하얀 문밖은 넓은 복도로, 환자 가족처럼 보이는 사람들이 긴 의자에 앉아 있다. 의료 서비스가 진보한 요즘 병원에서는 보기 드문 광경이다. 잠시 잠을 자는 사람, 멍하니 벽을 바라보는 사람, 작은 목소리로 속삭이는 사람.

우리 가족의 얼굴은 보이지 않는다. 나는 가슴을 쓸어내렸다. 분명히 다들 걱정하겠지만, 잠만 자는 내 곁에 있다고 해서 무엇이 달라지는 것도 아니니까 밤에는 집에 가서 잤으면 좋겠다. 아내는 이미 젊지 않고 다케시는 연말의 공사 기한에 쫓기고 있으며 아카네는 셋째 아이를 가졌다.

복도 끝의 긴 의자에 눈에 익은 대머리가 누워 있었다. 추운 듯이 몸을 웅크리고 담요를 덮은 채 도오루가 잠들어 있었다. 가슴이 시렸다.

"당신 가족에게는 '오늘은 나한테 맡겨라. 어차피 한가하니까' 라고 했을까요?"

가족에게는 부담을 주고 싶지 않은데, 도오루가 있어 주는 것은 기뻤다.

"곤히 잠들었어요. 깨우면 안 돼요."

마담이 내 등을 가볍게 밀었다.

"한가할 리가 없습니다. 보세요, 부츠가 흙투성이잖아요."

목소리가 날카로워졌다. 도오루에 관해서는 내가 누구보다 잘 알고 있다. 마담의 말이 주제넘는다고 생각했다.

"그렇다면 더 자게 내버려 두어야겠군요."

"어차피 밖에 나갈 거라면 같이 밥을 먹고 싶은데요."

"멋대로 말하지 마세요."

지금 누가 멋대로 말하는 걸까? 나일까? 여인일까? 하지만 애당초 이 상황 자체를 이해할 수 없기에 계속 고집을 부릴 수는 없다.

"자기 발로 걷는 기분이 어때요?"

인적이 끊긴 복도를 걸으면서 마담이 물었다.

"기분 좋습니다. 피가 돌아서인지 몸이 가렵군요."

그건 실제의 느낌이었다. 큰 병이나 큰 부상과 인연이 없었던 나는 두 발로 걸을 수 있게 된 이후, 지금까지 걷지 않았던 날은 하루도 없었다.

사흘 만에 일어난 것은 인생에서 처음이다. 피가 무릎이나 복사뼈 등 관절에 낀 녹을 씻어 내리고, 허벅지와 종아리 근육이 뜨거워진다. 견딜 수 없을 만큼 가렵지만 피부의 가려움과 달리 기분이 좋았다.

마담에게 이끌려 계단을 내려갔다. 면회 시간은 이미 지나서 야간 접수처로 드나들 수밖에 없다.

"그냥 나가도 괜찮을까요?"

"상관없어요."

창구의 경비는 우리를 쳐다보지도 않았다. 방문자는 확인하지만 나가는 사람은 상관없는 걸까?

밖에는 눈이 내리고 있었다. 천사가 꽃바구니에서 뿌리는 듯한 부드럽고 포근한 함박눈이다. 도쿄에는 이런 눈이 잘 어울린다. 춤추는 게 아니라 무대의 장막처럼 후드득 떨어져서, 아스팔트를 검게 물들이며 녹아 버리는 눈이.

코트 깃을 세운 것은 집이나 회사를 나설 때의 버릇이지 추워서가 아니다. 눈은 연신 쏟아졌지만, 몸은 따뜻하고 포근했다. 행복한 졸음이 밀려올 때와 비슷한 느낌이라고 할까? 덕분에 골치 아픈 일은 머리 밖으로 밀어낼 수 있었다.

"사흘 만의 식사예요. 뭘 드시고 싶으세요?"

배는 고프지 않아서 딱히 먹고 싶은 음식이 떠오르지 않았다.

"마담, 미안해요. 식사 자리는 남자가 마련해야 하는데."

"어머나! 당신, 정말로 신사군요."

마담은 감탄한 얼굴로 나를 바라보더니 내 팔에 팔짱을 꼈다. 그 동작이 너무나 자연스러워서, 역시 유럽 생활에 익숙한 사람이라고밖에 여겨지지 않았다. 어쩌면…… 그녀가 사는 죽음의 세계에도 그런 습관이 있을지도 모르지만.

"오늘은 그냥 내가 에스코트할게요. 아무리 신사라도 환자는 환자니까요."

듣기에 따라서는 무서운 말이지만 악의는 느껴지지 않았다.

미인은 이득이다. 더구나 이렇게 우아하게 나이 든 여성은 파리에도 그렇게 많지 않다. 인간의 힘으론 어찌할 수 없는 외모의 쇠퇴를, 기품과 지성으로 메우는 것은 어지간한 노력으로는 힘든 일이다.

마담의 발걸음이 가벼웠다. 키는 아내와 비슷할까? 내가 죽든 살든, 아내가 이런 식으로 늙어 갔으면 좋겠다. 이대로 낯선 세계로 끌려갈지도 모른다. 하지만 이번 인생에서 가장 행복한 온도와 습도에 사로잡힌 내 머리는 사고를 중지했다.

"지하철을 타고 싶은데요."

부끄러워하면서 마담의 귓가에 말했다.

"네?"라고 작게 되물으며 마담은 나를 올려다보았다.

"지하철이요?"

그곳은 오메카이도 교차로와 가까운 도로였다. 오래된 아케이드 상점가가 함박눈으로부터 우리를 감싸 주었다. 형광등이 피곤한 듯 깜빡이고, 의외로 어둑한 밤하늘이 펼쳐졌다. 나는 마담의 코트 깃에 있는, 아직 녹지 않은 눈을 손으로 털었다.

"좋아요, 어차피 그렇다면 신주쿠로 갈까요?"

나는 택시를 향해 손을 들려고 하는 마담의 어깨를 끌어당겼다.

"죄송하지만 지하철을 타고 싶습니다."

"당신은 중환자예요."

"그러니까 한 번만 더요."

검지를 세우며 부탁하자 푸른빛이 감도는 안경 안쪽에서 마담의 눈동자에 물기가 어렸다.

"지하철 안에서 쓰러졌어요. 저기요, 저기서 들것에 실렸지요."

"알고 있습니다."

나는 상점가 끝을 쳐다보았다. 멈춰선 구급차의 램프가 황급히 돌아가고 있다.

'이봐요, 이봐요! 눈을 떠요! 숨을 쉬어요!'

어둠을 비추는 빛 속에서 내가 실린 들것이 올라왔다.

'이름은? 이름은 뭔가요?'

'다케와키 씨. 다케와키 쇼이치 씨.'

구급대원이 묻고 역무원이 대답했다. 아니야. 쇼이치가 아니라 마사카즈야.

'다케와키 씨, 힘을 내요! 금방 병원에 도착해요!'

지나가는 사람이 돌아볼 만큼 구급대원이 큰 소리로 말했다.

'이제 괜찮아요! 정신 차려요. 조금만 더 힘을 내세요!'

어? 저 사람은 내 옆에서 게임에 빠져 있던 젊은이가 아닌가? 이렇게 고마울 데가. 자네가 119에 전화해서 구급대원을 불러 주었나 보군.

환상의 구급차가 어둠의 저편으로 사라질 때까지 나는 모든 사람에게 "죄송합니다"라고 사죄했다.

"봤죠? 이렇게 된 거예요."

마담이 콧물을 훌쩍이고 나서 눈물에 젖은 눈으로 나를 올려다보았다.

"생각하고 싶지도 않을 텐데 여기에 오자고 하다니……."

나는 어둡고 넓은 오메카이도를 둘러보았다. 공중에 고속도로가 생기지 않은 덕분에 도로 뒤에는 넓은 하늘이 펼쳐져 있다.

"하지만 계속 지하철로 출퇴근했지요. 매일 신세를 져 놓고 결국 이 꼴이 되다니, 뒷맛이 씁쓸하군요."

과연 그런 이유 때문일까?

그때 문득 알아차렸다. 풍경이 어둡고 넓게 보이는 것은 가로수가 이파리를 모조리 떨구었기 때문이기도 하다는 것을. 이 교차로를 경계로 해서 신주쿠 쪽 가로수는 플라타너스고, 오기쿠보 쪽 가로수는 은행나무다. 왜 그런 걸 알고 있는지 스스로도 이해할 수 없다.

지하철 계단을 내려가자 따뜻한 바람이 올라왔다. 끊임없이 변모하는 도쿄 안에서 옛날과 조금도 달라지지 않은 것은 지하철 냄새뿐일지도 모른다. 그래서 이렇게 바람을 맞을 때마다 누군가가 몸과 마음을 따뜻하게 감싸 주는 듯한 안식을 느낀다.

나는 고향이 없지만 돌아올 사람을 기다리는 바람이 이것과 비슷하지 않을까?

마담 네즈는 지갑에서 동전을 꺼내 티켓을 샀다. 이런 면을 보면 아무래도 사신은 아닌 듯하지만 사신이기 때문에 교통카드인 PASMO가 없는 게 아닐까 하는 의혹이 솟구쳤다.

"이런 거 없나요?"

"아아! 난 그런 거 안 믿어요."

"편리하거든요."

"이 나이가 되면 지하철을 많이 타지도 않고요. 애당초 언제 사용할지도 모르는데 요금을 먼저 지불하다니, 이상하지 않나요?"

그렇게 생각할 수도 있다. 지금은 완전히 생활의 일부가 되어서 아무런 의혹도 들지 않지만, 이런 유형의 카드가 처음 등장했을 때는 나도 그렇게 생각했다. '선불 요금'이라곤 생각하지 않았지만 쓰지 않고 쌓이는 금액이 막대해서, 사업자가 자유롭게 운용할 수 있는 무이자 예치금이 아닐까 하고.

하지만 요즘 교통 요금이 거의 인상되지 않은 건 그 운용금 덕분이라는 생각도 든다.

마담의 팔을 잡고 플랫폼으로 향했다.

"발밑을 조심하세요. 눈이 와서 젖어 있으니까요."

“늙은이 취급하지 마세요. 피장파장이니까요.”

그렇다. 피장파장이다.

계속 헬스클럽에 다니며 운동하는 노인보다 사흘 만에 걷는 노인이 더 위험할 게 빤하지 않은가.

“어쨌든 당신은 참 다정하군요.”

마담은 나를 올려다보며 미소를 지었다. 미소가 아름다운 사람이다.

이 지하철 노선 근처에 오래 살았을까? 그녀의 존재 자체가 오래된 지하철에 익숙한 듯 보였다. 젊은 사람의 눈으로 보면 나도 마찬가지겠지만. 거무칙칙한 하얀 타일도, 살짝 울퉁불퉁한 바닥도, 윤기 없는 굵은 원기둥도, 인간과 마찬가지로 자연스럽게 나이가 들었다.

어린 시절, 도쿄의 지하철은 긴자선과 마루노우치선 두 개밖에 없었다. 신주쿠가 종점이었던 마루노우치선이 오기쿠보까지 연장된 것은 1964년 도쿄 올림픽이 열리기 얼마 전이었다.

“50년 넘게 일만 했군요.”

“44년입니다.”

“당신이 아니라 지하철 말이에요.”

우리는 칙칙한 타일 벽에 기대어 지하철을 기다렸다. 스크린도어가 설치된 것 말고는 달라진 곳이 아무 데도 없었다.

"어린 시절엔 지하철을 타는 게 꿈이었습니다. 도쿄에서 한참 떨어진 교외에 살아서 도심에 나온 적이 없었거든요."

그렇게 말하고 눈을 꾹 감았다. 어린 시절의 기억은 스스로 금기시하는 부분이었다.

출생의 열등감을 없애지 않으면 남들처럼 살아갈 수 없다고 생각하고, 언젠가부터 어린 시절의 기억에 뚜껑을 덮었다. 화제에 오르면 적당히 얼버무렸고, 생각이 날 것 같으면 고개를 흔들어 뿌리쳤다. 그런 한심한 노력 덕분에 그럭저럭 수긍할 만한 인생을 걸어온 건 분명하지만, 요즘엔 기억의 뚜껑이 헐거워진 듯하다.

"지하철은 조용하군요."

나는 말머리를 다른 곳으로 돌렸다.

"그런가요? 시끄럽지 않나요?"

"잡음이 없습니다. 보세요, 왔잖아요?"

땅속의 끝에서 바퀴의 굉음이 가까이 다가왔다. 따뜻한 바람도 짙어졌다. 지하철이 왔다.

우리는 벽을 떠나서 스크린도어를 향해 걸어갔다. 구두 소리가 메아리쳤다. 여기에는 잡음이 없다. 땅의 밑바닥은 조용하고 인간은 겸허했다.

일단 생각해야 할 것은 마담 네즈의 정체였다.

아내의 헬스클럽 멤버인가, 아니면 사신인가. 물론 모든 것이 꿈이라고 여기는 편이 합리적이지만 모든 것이 지나칠 정도로 선명하다.

이 레스토랑만 해도 그렇다.

신주쿠 고층 빌딩에 있는 고급 레스토랑인은 알 수 있다. 창 밖에는 지상보다 훨씬 작은 눈이 연신 쏟아지고 있다. 그 장막 너머에는 눈에 익은 부도심의 마천루가 늘어서 있지만, 이 빌딩이 어디인지 머리를 굴려 봐도 짐작이 되지 않는다. 다시 말해, 시야에 들어온 건물을 하나씩 제거해 나가면 어이없게 대답도 없어지는 것이다.

계열사로 옮긴 후에는 접대와 회식이 눈에 띄게 줄어들었으므로, 최근 몇 년 사이에 새로 지은 빌딩이라면 모르는 게 당연하다. 층고가 어이가 없을 정도로 높다. 2층 정도는 족히 되어서, 그 구조만으로도 상당히 고급 레스토랑임을 알 수 있다. 테이블에는 하얀 식탁보가 깔려 있고, 촛대에 있는 촛불이 식사에 방해가 되지 않을 정도로 꽃다발을 비추고 있다.

“메리 크리스마스. 조금 이를까요?”

“메리 크리스마스. 뭐가 뭔지 잘 모르겠지만요.”

샴페인 잔을 부딪치고 나서 입에 대기 전에 물었다.

“이건 제 완쾌 기념인가요? 아니면 이승에서의 마지막 잔인가요?"

재치 있는 질문이라고 생각했지만 마담은 미소로 대꾸했다.

"조금 이른 크리스마스예요. 이브는 꼭 부인과 같이 보내세요."

다시 잔을 들고 우리는 샴페인을 마셨다.

사흘 만에 입으로 음식물이 들어갔다. 메마른 모래에 생명수가 스며드는 느낌이다. 이 확실한 감각이 꿈이나 환상일 리 없다.

눈을 뜬 이후 계속 온몸을 감싸던 행복감이 더욱 깊어졌다. 불행은 지혜를 낳지만 행복은 사고를 정지시킨다. 지금의 나는 바로 그런 상태에 있다. 인간의 이성을 따르는 게 아니라 짐승처럼 본능이 앞서니까 어쩔 도리가 없다.

지하철에서 내려 잠시 사람들 속에 파묻혀 걷다가, 마담에게 이끌려 이 레스토랑에 도착했다. 지금까지 여성의 에스코트를 받은 적은 한 번도 없었지만, 병에서 회복 중이므로 나는 아무것도 할 수 없었다.

레스토랑 안은 한산했다. 발밑에서 천장까지 유리로 되어 있어서, 몇 쌍의 손님과 같이 함박눈 속에서 떠다니며 식사를 하는 듯한 착각에 빠졌다. 높은 곳은 좋아하지 않지만 직업상 비행기나 고층 빌딩을 두려워하지 않는다.

"언제 예약하셨나요?"

"눈 오는 날, 아주 늦은 시각에요."

메뉴판을 멀리 떼어 놓고 보면서 마담은 슬며시 안경을 바꾸었다. 노안경은 장난스럽게 보이는 빨간 테다.

"사흘 만에 식사하는 거니까 소화가 잘되는 걸 드셔야겠네요. 나한테 맡기겠어요?"

식욕은 없다. 다만 인간의 존엄을 위해 음식을 먹으려고 하는 것뿐이다. 마담은 내 의사와 상관없이 재빨리 주문을 마쳤다. 웨이터와 나누는 대화에서 어딘지 모르게 친밀함이 느껴졌다. 단골 레스토랑일지도 모른다.

"샤넬이 잘 어울리시는군요."

"어머나, 잘 아시네요."

"계속 섬유 분야에서 일했고, 마지막 직장은 의류 회사였으니까요."

"전문가네요."

회사의 섬유 부문은 생사(生絲)나 견직물 수출이 국가의 주력 산업이었던 시대의 전통을 이어받았다. 물론 내 세대에는 다른 부문에 비해 취급액이 그다지 많지 않았지만, 그래도 오랜 전통이 있다는 자부심은 있었다. 출세 코스라는 사실은 틀림없었고, 실제로 홋타 사장도 섬유 부문 출신이었다.

그래서 같은 부문의 계열사로 발령이 났을 때 이의는 없었지만, 업무가 의류 산업으로 축소된 것은 약간 의외였다. 섬유라는 광범위한 세계를 누비고 다니다가 고급 기성복이라는 작은 마을에 조촐하게 정착해 버린 듯한 기분이었다. 하지만 지금 생각하면 이상적인 곳이었다. 휴가도 받을 수 있었고 접대도 줄었으며 무엇보다 정년퇴직을 맞이하는 날까지 지하철로 출퇴근할 수 있었다.

그런 내 눈으로 볼 때, 마담은 샤넬이 잘 어울리는 보기 드문 일본인 여성이었다. 인생의 경력과 풍부한 연애 경험. 체구는 작고 마른 데다 지성은 없는 편이 좋다. 샤넬의 단순하고 자연스러운 디자인은 근대 프랑스 정신에 대한 반항임이 틀림없으니까.

몸에 부드럽게 스며드는 콩소메 수프. 일단 이것부터 시작하라는 마담의 배려다.

터틀넥 스웨터의 가슴 부근에는 작은 다이아몬드 펜던트가 빛나고 있었다.

"마담. 엉뚱한 질문일지도 모르겠지만 해도 괜찮을까요?"

"네, 뭐든 물어보세요."

"저녁 식사 후에는 병원 침대로 보내 주시는 거죠?"

"다른 침대는 싫으세요?"

나는 수프를 먹다가 컥컥거렸다. 안 그래도 조심스럽게 먹고 있었는데. 농담임은 분명하지만 살짝 진심으로 받아들인 듯한 표정을 지어야 한다.

"아내가 걱정하니까요."

이번에는 마담이 컥컥댔다.

"걱정이고 뭐고, 당신은 계속 잠들어 있어요. 병원으로 돌아가든 돌아가지 않든 똑같을 텐데요."

수프를 먹고 입을 닦은 뒤, 나는 마음을 정하고 말했다.

"아니요, 마담. 이대로 당신과 어딘가로 갈 수는 없습니다."

와인을 한 모금 마신 후 마담은 나지막한 목소리로 말했다.

"어딘가라니, 그게 어딘데요?"

저세상. 천국. 명토. 피안(彼岸). 디 아더 월드(The other world). 어떤 표현이든 입에 담기도 끔찍하다.

"직장의 정년퇴직이 인생의 정년퇴직이란 건 너무 슬프지 않나요? 분명히 제게서 일을 빼면 아무런 장점도 없습니다. 이렇다 할 만한 취미도 없고, 당장 하고 싶은 일도 없지요. 그런 인간은 이미 존재 가치가 없는 걸까요? 그렇다면 적당히 일하면서 노후를 위해 취미나 꿈을 남겨 둘 걸 그랬군요. 하지만 제게는 그런 걸 생각할 여유가 없었습니다."

한탄하지도 분노하지도 않고 냉정하게 말했다. 운명에 거역해 봤자 어쩔 수 없지만 내 말이 일리 있다고 생각했다.

"두렵지는 않습니다. 스스로도 이상할 정도로요. 하지만 남편으로서, 아버지로서 책임을 다하지 못했어요. 아직은……."

죽어도 죽을 수 없다고 말하려다 입을 다물었다.

"지금 오해하는 모양이군요."

마담은 스푼을 내려놓고 미소를 지었다.

전채 요리는 가리비 마리네. 내가 아주 좋아하는 음식이다. 어린 시절에 고기를 거의 못 먹고 자란 탓에, 우리 세대에는 해산물을 즐겨 먹는 사람이 많다.

일본인이 생선만 먹었던 시대에도 가리비는 서민이 쉽게 손댈 수 없는 최고급 식재료였다. 처음 먹어 본 곳은 하필 출장을 갔던 뉴욕이었다. 로어맨해튼의 해산물 레스토랑에서 거래처 사람들과 식사를 하고, 'scallop'이라는 단어를 몰라서 창피를 당했다. 먹은 적이 없었으니까 단어를 모르는 게 당연하지만.

"창피할 거 없어요. 40여 년 전에 조개라고 하면 홍합이나 바지락이 고작이었으니까요."

"지금은 입만 열면 불경기라고 하지만 세상 참 좋아졌지요."

건방진 말은 그만두자. 나보다 훨씬 나이가 많은 마담은 제2차 세계대전 이후 식량난 시대에서 살아남았을 것이다.

적당한 화제가 없을 때, 또는 예민한 문제에 직면했을 때는 음식 이야기가 최고다. 하지만 내가 젊었던 시절에는 그것도 상대의 나이에 따라 배려할 필요가 있었다. 고생을 모르는 애송이라고 무시당할지도 모르고, 상대가 고생담이라도 늘어놓으려고 하면 즉시 분위기가 썰렁해지니까.

실제 사내에서도 대부분의 관리자는 군대에 다녀온 사람이었고, 니보다 약간 나이가 많은 선배들은 음식이 충분하지 않은 시대에 성장했다. 즉, 1951년 출생인 나는 배불리 먹을 수 있게 된 최초의 세대였다.

그런데 마담 네즈는 몇 살일까?

불로불사의 요괴라는 의혹은 아직 버릴 수 없지만 아무래도 마음에 걸린다. 언젠가부터 안티 에이징이 국민적인 구호가 되면서 특히 여성의 나이는 알 수 없게 되었다.

예전에 일본에는 '나이만큼 보인다'는 미학이 있었다. 그것은 유럽도 마찬가지지만 유일한 예외는 미국으로, 아마 파워풀한 국가적 특성 때문일 것이다. 미국인은 하나같이 늙음을 두려워하고, 사회에서 소외되지 않도록 어떻게든 젊게 보이려고 기를 쓴다. 그런 면에서 본다면 마담은 이상적인 유러피언 스타일이다.

여성에게 노골적으로 나이를 물을 수는 없다. 하지만 일본에는 옛날부터 내려오는 교묘한 탐색 수단이 있다.

"아까 저를 다정하다고 말씀하셨지요."

나이프와 포크를 든 손을 멈추지 않고 나는 넌지시 말했다.

"네, 아주 다정한 분이에요. 부인은 행복하시겠어요."

"아내에겐 그런 말을 들은 적이 없습니다."

"마음속으로는 그렇게 생각하실 거예요. 내 말이 기분 나빴나요?"

"아니요. 뒤집어 보면 우유부단하기 짝이 없지요. 저는 토끼띠인데, 토끼띠는 모두 성격이 그래서 손해를 본다고 하더군요. 아내도 자주 그런 말을 합니다. 딱 부러지게 행동하라고요."

마담이 진지한 얼굴로 나를 바라보았다. 내 작전을 눈치챘나?

"토끼띠인 사람은 다정하지만 우유부단하다……. 그래요, 분명히 그럴지도 몰라요."

예전의 애인들을 떠올리는 걸까? 마담의 입가에 미소가 감돌며 표정이 젊어졌다.

"누구 짐작되는 남성이라도 있으신가요?"

"듣고 보니 생각이 나네요."

"마담은요?"

잠시도 틈을 주지 않고 되물었다.

"맞춰 보세요. 띠가 성격을 나타내는 건 분명하니까요."

"그렇게 말씀하셔도 전 아직 마담의 성격을 모르거든요."

"성실해요."

그건 안다. 성실한 사신은 무섭지만 아내의 헬스클럽 멤버라면 성실함을 뛰어넘어 오지랖 넓은 할머니다.

“잠시도 가만히 있지 않아요. 돈에도 예민하죠. 애인에게 배신당하는 건 참을 수 없고요. 나도 알고 있어요.”

“그렇군요. 혹시 쥐띠인가요?”

마담은 포크를 든 채 검지를 세우고 고개를 끄덕였다.

아무렇지 않은 표정을 짓고는 순간적으로 암산을 했다. 1951년생인 내가 토끼띠니까 세 살 위인가? 아니, 그렇지 않다. 하지만 예순여덟이 아니라면 그 위의 쥐띠는 여든이 아닌가. 아무리 안티 에이징 시대라곤 하지만 그런 일은 있을 수 없다.

“마담, 실례지만 저보다 조금 누나인가요? 아니면 한참 누나인가요?”

“공교롭게도 조금이 아니에요.”

굉장하다. 이건 기적이라고 해도 좋다.

메인은 혀가자미 뫼니에르. 역시 내가 굉장히 좋아하는 음식이다. 고기의 굽기 정도를 묻지 않아서 생선일 것이라고 짐작은 했지만 이게 나오다니.

“아내에게서 무슨 말을 들으셨나요?”

“네? 무슨 말이요?”

“제가 좋아하는 음식이라든지.”

마담은 손으로 입술을 가리고 웃었다.

"정말 머리가 좋군요. 여자를 잘 꼬시겠어요. 역시 일류 대학 출신 상사맨은 대단해요."

그럴 생각은 없었다. 내가 직접 메뉴를 선택해도 수프, 가리비, 혀가자미 순서였음이 틀림없다. 기호를 고려해도 그렇고, 몸 상태를 생각해도 그렇다.

"이 세상의 마지막 흔적 같군요."

웃을 수 없는 농담을 했다. 원래 유머 센스는 없다. '이거야!'라는 식으로 말한 농담은 백발백중 주변을 썰렁하게 만들고, 어떻게 된 건지 웃길 생각이 없는 곳에서 상대가 웃음을 터트린다.

"걱정 마세요. 병원까지 모셔다드릴게요."

그 말을 듣고 안심했다. 나도 모르게 빙긋이 웃은 다음, 설마 몸만 데려다주는 건 아니겠지 하고 의심했다.

맛있다. 버터가 너무 진하지 않고 맛도 담백해서 지금 내 컨디션에 딱 맞는다. 혀가자미를 처음 먹어 본 것도 사회에 나온 다음이다. 가리비며 혀가자미며 일본어 명칭이 있는 걸 보면 옛날부터 일본에 있었던 해산물이겠지만 먹어 본 적이 없었다.

대학에 다닐 때는 기숙사에 살아서 아침과 저녁은 주는 대로 먹었고 점심은 학생 식당에서 먹거나 빵으로 때웠다. 요즘 젊은 이들은 상상도 못 하겠지만, 아무리 고도 경제 성장기라고 해도

편의점이 없는 시대의 대학생들은 다들 그러했다.

그래서 사회인이 되고 나서 가장 큰 충격은 회식을 할 때마다 만나는 미지의 음식이었다. 그때마다 세상에 이렇게 맛있는 음식이 있나 눈을 동그랗게 뜨곤 했다.

"좋아하는 것 같군요."

"그냥 좋아하는 정도가 아니라 아주 좋아합니다."

"다행이에요. 어때요? 이제 좀 살아 있다는 기분이 드나요?"

"다시 부활했습니다."

이것도 농담은 되지 않지만 진심에서 우러나오는 감상이었다.

눈은 끊임없이 내렸다. 창가의 손님이 한 팀, 두 팀 사라지고 밤은 더 깊어졌다.

내 취향대로 주문하라면 디저트는 항상 정해져 있다. 그렇게 생각한 순간 아이스크림이 나왔다. 식사 메뉴는 틀에 박혀 있다고 해도 디저트는 몇 종류 안에서 선택해야 하니까 이것만은 우연일 리가 없다. 더구나 커피도 내가 좋아하는 에스프레소다.

불가사의란 말은 이럴 때 쓰는 게 아닐까? 역시 아내가 정보를 준 걸까? 그런데 아내와 외식한 적은 거의 없으니까 이렇게까지 내 취향을 알 리가 없다.

"고기는 뺐는데 부족하지 않았나요?"

"아뇨, 지금은 병에서 회복 중이니까요."

어떻게 알고 아이스크림과 에스프레소를 주문했느냐고 물을 수는 없었다. 달콤한 케이크는 싫어하지 않지만 좋아하지도 않았다. 그래서 식후에는 케이크보다 오직 아이스크림이나 셔벗을 주문하곤 했다.

"혹시 제 취향에 맞춰 주신 건가요?"

"아니에요. 우연히 나와 당신 취향이 똑같았을 뿐이에요."

나는 웨이터를 향해 손을 들었다. 행복한 시간에 지나치게 녹아들어서는 안 된다. 이제 병원으로 돌아가야 한다.

"신용카드를 사용할 수 있을까요?"

"당연하죠. 길거리 포장마차도 아니고요."

그건 그렇지만 결제는 어떻게 될까. 꿈이나 환상이 아니라면 내가 정신을 잃어버린 동안 누군가가 멋대로 내 카드를 사용했다면서 큰 소동이 벌어지지는 않을까?

"재촉하는 것 같아서 죄송합니다."

"아니에요. 아주 즐거웠어요."

시계를 봐서는 안 되지만 상당히 늦은 시각이리라.

마담은 손바닥 위에 작은 얼굴을 올려놓고 눈 오는 밤을 바라보았다. 살짝 아쉬운 듯한 표정이었다. 만약 인생의 어딘가에서 만났다면 분명히 사랑에 빠졌을 것이다.

"당신은 참 열심히 살았어요."

그 한마디에 내 마음이 흔들렸다. 생전 처음 보는 사람의 말이기에 순순히 받아들일 수 있었다.

조용한 바닷가

눈꺼풀이 무겁다. 눈이 떠지지 않는다.

마담 네즈는 아무 일도 없이 나를 병원까지 데려다준 것 같지만, 저녁 식사가 끝난 이후의 기억이 전혀 없다. 지금은 원래대로 집중치료실의 침대에서 선잠을 자고 있다. 수많은 튜브와 이어진 몸은 움직이지 않는다.

하지만 행복감만은 저녁을 먹을 때와 변함이 없다. 아무런 고통도 괴로움도 두려움도 없는, 이 편안한 마음이 영원히 계속되었으면 하는 생각마저 든다.

꿈이 아니었다. 그렇다. 마담은 나를 병원까지 데려다주었다. 크리스마스 조명이 켜진 커다란 전나무 밑에서 우리는 헤어졌다.

'이제 푹 주무세요.'

그렇게 말하며 내민 손을 잡다가 나도 모르게 마담을 껴안았다. 이대로 헤어지기 싫었다.

'어머나, 왜 이러실까?'

마담은 내 어깨에 턱을 올린 채 등을 쓰다듬어 주었다.

이 사람이 누구고 무엇 때문에 나와 같이 식사를 했는지, 그런 것은 아무래도 상관이 없었다. 죽음의 갈림길에 있는 내게서 고통과 절망을 없애고 행복하게 해 주었다. 쏟아지는 함박눈까지 다정하고 따뜻하게 느껴질 만큼.

고맙다는 말조차 더러워질 듯해서 나는 그녀를 껴안을 수밖에 없었다. 그렇게 얼마나 있었을까? 마담이 내 가슴을 살며시 밀었다. 소녀가 꽃바구니를 여울물에 던질 때처럼 상큼한 동작이었다.

그녀는 사신이 아니라 천사였다. 그래서 행여나 내 말에 상처를 받을까 봐 가만히 입을 다물었다. 마담은 미소를 지으면서 눈의 장막 안으로 모습을 감추었다.

그 이후의 일은 기억나지 않는다.

"가족에게 연락할까요?"

별안간 간호사의 목소리가 들렸다. 내 얼굴을 들여다보는 이 사람은 담당 의사일까?

"아니, 그럴 필요는 없을 것 같아."

맙소사! 그렇게 심각하단 말인가?

"복도에서 주무시는 분도 계세요."

"그래? 깨우지 않아도 괜찮아."

불안한 대화였다. 목소리의 느낌으로 볼 때 간호사는 베테랑이다. 언뜻 시야에 들어온 의사는 젊어 보였다.

현장 경험과 전문 지식 중 어느 쪽이 옳으냐 하면 대부분 전자인데, 결정권은 주로 후자에게 있다. 이런 계급주의는 한번 생각해 보아야 하지 않을까? 하지만 지금의 판단은 의사 쪽이 옳을 터다. 어쨌든 나는 조금 전에 침대를 빠져나가 고급 해산물 디너를 먹고 왔으니까. 아직은 죽을 것 같지 않다.

조금 무리한 탓에 데이터에 변화가 나타난 게 아닐까? 의사가 지시를 내리고 간호사가 링거액을 조정하고 있다. 그렇게 하지 않아도 된다. 몸을 움직일 수 없을 뿐이지 아프지도 괴롭지도 않으니까.

어쨌든 지금은 가만히 내버려다오. 생사의 갈림길에 있는 게 아니라 더할 나위 없이 행복하니까.

"무슨 일이 있으면 바로 깨워."

의사가 밖으로 나갔다. 아마 하얀 가운을 입은 채 잠시 눈을 붙이리라. 이미지와 현실의 간극이 엄청난, 힘든 일임이 틀림없다.

간호사마저 사라지자 다시 안식이 찾아왔다.

밝지도 어둡지도 않은, 칸막이 너머에서 새어 들어오는 가느다란 빛이 공간을 가득 메우고 있다. 건강한 사람에게는 따분하기 짝이 없겠지만 육체를 거의 움직이지 않는 내게는 풍요로운 시간이다. 구태여 비유하자면 곰이나 다람쥐가 따뜻한 구멍 안에서 동면하는 기분이라고나 할까? 잠들지도 깨지도 않고, 배불리 먹은 가을의 나무 열매를 조금씩 소화시키면서 평온한 시간을 보내는 것이다.

지금까지 내 인생에는 이런 안식이 없었다는 걸 깨달았다. 밤에는 녹초가 될 만큼 지쳐서 기절한 것처럼 잠들고, 아침에는 귀찮아하지도 않고 벌떡 일어나 직장으로 향했다. 책을 읽어도 TV를 봐도 집중하지 못하고 항상 다른 생각을 했다. 그런 생활이 습관이 되어 버려서 정년퇴직 이후에 어떻게 살아야 할지 막막했다.

계속 전쟁터에 있었던 것이다.

그러면 천만다행으로 부활한다고 해도, 그 이후에 어떻게 하면 새로운 인생을 얻을 수 있을까?

전쟁터에 있는 병사와 달리 퇴직하는 날은 정확히 알고 있었다. 그래서 미리 궁리해 뒀어야 했는데, 아무 생각도 없이 결승점을 향해 질주해 버렸다. 정리해야 할 일들이 너무 많아서, 퇴직

예정일이 코앞에 닥치고 나서는 한두 달만이라도 뒤로 미룰 수 없을까 고민했을 정도였다. 그런 상황이기에 휴가도 통째로 남았다. 퇴직하면 그때부터 계속 휴가인데, 왜 재직 중에 정당한 권리로 행사해야 하는지 이해할 수 없었다.

그렇게 해서 결승점에 도착한 순간, 그 자리에 멈추어 섰다. 동료나 직원들의 축복과 갈채도 귓결로 흘려들었다. 이제 달리지 않아도 된다는 사실을 도저히 받아들일 수 없었다.

이렇다 할 만한 취미는 없다. 지금 당장 하고 싶은 일도 없다. 일단 호화로운 해외여행이라도 할까 하고 아내와 이야기했지만, 그것도 꿈이라고 할 만큼 거창한 것은 아니었다. 솔직히 말하면 일을 위해서가 아니라 개인적인 취미를 위해서 비행기를 타는 나 자신을 상상할 수 없었다.

앞으로 어떻게 하면 좋을까? 중대한 후유증이라도 남으면 새로운 인생의 가능성은 바늘구멍처럼 좁아진다.

간호사실에서 말소리가 들리는가 싶더니, 구두 소리를 죽이며 도오루가 들어왔다.

"마짱, 어때?"

어떻긴 뭐가 어때? 보다시피 이렇지.

도오루는 나를 성으로 부른 적이 없다. 항상 '마사카즈'나 '마짱'이다. 그는 튜브와 이어진 내 손을 꼭 잡고 쓰다듬어 주었다.

마음은 고맙지만 온몸에 닭살이 돋았다. 하지만 뿌리치려고 해도 몸이 움직이지 않으므로, 그냥 내버려 두는 수밖에 없다.

살집이 두텁고 투박하며 야구 글러브 같은 도오루의 손. 내가 지금까지 악수를 한 수만 명의 손 중에는 한 번도 본 적이 없는 거친 남자의 손.

“셋짱은 집에 갔어. 나로선 부족해?”

아니, 충분해. 나는 마음속으로 대답했다. 도오루의 온기가 피부에 스며들어 온몸을 돌아다녔다.

“마짱, 내 말 들리지?”

들려. 계속 말해.

“자네, 묘하게 납득하지 마.”

아마 내 얼굴이 편안해 보였으리라. 도오루는 그것이 마음에 들지 않는 것이다. 그나저나 목소리가 너무 크지 않나? 자네는 속삭인다고 생각하겠지만 주변 사람들에게는 이만저만한 민폐가 아닌 동굴 목소리다.

“이제 일하지 않아도 돼. 고액 연봉자라서 퇴직금도 연금도 무지막지하게 많을 테니까 백 살까지 먹고 놀고 편안히 살아.”

과연 그럴까? 자네가 쌓아 올린 재산에 비하면 새 발의 피거든. 뭐 나름대로는 만족하지만.

“셋짱을 어쩔 셈이야?”

어쩌긴 뭐를 어째? 그 사람은 내가 죽든 살든 죽을 때까지 먹고 놀고 편안히 살 수 있어.

"있잖아, 마사카즈. 자네에게 할 말이 있어. 무슨 일이 있어도 꼭 해야 할 말이 한 가지 있다고. 아무리 죽마고우라도 부부 사이에 고개를 들이밀 수는 없잖나?"

그래? 이럴 때니까 마음 놓고 말해 봐. 자네 설교에 귀를 기울인 적은 없지만 참고로 들어 볼게. 내 손을 잡은 도오루의 손에 한층 힘이 담겼다. 나 참, 도대체 무슨 말을 하려고 이래?

"자네, 셋짱한테 아무 말도 안 했지? 부모님을 일찍 여의고, 먼 친척이 거두어서 간신히 대학까지 졸업시켜 줬다고 했나? 내가 셋짱에게 들은 얘기는 대강 그렇더군. 그것도 자네와 결혼하기 전인지 다음인지, 마음에 걸려 하며 내게 물었어. 자네가 아무 말도 안 했는데 내가 이러쿵저러쿵 말할 수 없잖아? 잘은 모르지만 그럴 거라고, 유야무야 대답하는 수밖에 없었네. 하지만 그 이후, 셋짱은 다시 묻지 않았어. 이거 꽤 심각하구나 싶어서 얼마나 무서웠는지 아나? 그런 남편이 이대로 죽어 보게. 뒷맛이 나쁘다는 건 이럴 때 쓰는 말이야."

그런 걸 주제넘은 참견이라고 하거든! 그건 내 프라이버시잖아! 남편의 출생을 왜 꼭 알아야 하는데? 생각만 해도 토할 것 같은 이야기를, 어떻게 아내에게 한단 말인가?

도오루는 설교를 그치지 않았다.

"자네 마음은 모르는 바가 아니야. 아니, 자네 마음을 아는 건 전 세계에 나 하나뿐이겠지. 그런 거, 이상하다고 생각지 않나? 아내가 남편의 정체를 모르고 생판 남인 내가 아는 거."

정체라고? 심한 말을 하는군. 하지만 출생은 곧 인생을 지배하니까 완전히 틀린 말은 아니다.

어차피 베일에 싸여 있을 바에야 더 황당한 정체였다면 좋았을 텐데. 실은 학이라든지, 대나무에서 태어난 달나라 왕자라든지, 멸망한 은하계에서 캡슐에 실려 온 외계인이라든지. 그런 이야기라면 아내도 오히려 마음을 쓸어내릴 거야.

이봐, 도오루. 그렇다고 울 것까진 없잖아? 정말이지, 옛날부터 툭하면 울거나 웃거나 화내거나 참 바쁜 녀석이야. 월급쟁이가 되지 않아서 다행이라고.

숨죽인 오열을 듣는 사이에 문득 생각이 났다.

이 녀석은 자기 아내에게 모든 걸 고백했다. 그렇게 하기를 잘했다고 생각하니까 내 비밀주의를 참을 수 없었던 것이다. 하지만 이 녀석은 나와 사정이 다르다. 중학교를 나와 목수의 제자가 된 도오루는 이웃 도편수가 인품과 실력을 인정해 데릴사위로 받아들였다. 애초에 출생이 탄로 났으므로 고백이라고 할 것까지도 없었다.

아니, 누구와 결혼했든지 도오루는 하나도 감추지 않고 모조리 고백했으리라. 거짓말도 비밀도, 그에게는 어울리지 않는다. 그렇다면 나는 거짓말쟁이인가. 아니다. 쓸데없는 말을 하지 않았을 따름이다.

"그러니까 마짱. 어서 눈을 떠서 셋짱에게 전부 털어놔. 자네가 얼마나 열심히 살았는지 가르쳐 줘. 수치라고 생각하면 딸과 사위에게는 얘기하지 말라고 하면 되잖아. 아이들은 몰라도 되니까."

싫다. 40년이나 살았는데, 이제 와서 어떻게 말하란 건가? 털어놓으라고? 뭘 털어놓으란 건가? 달나라 왕자님도 외계인도 아닌데.

내게 비밀 같은 건 없다. 도오루가 수치라고 생각하는 시대는 나쁜 꿈에 불과하다. 꿈이라면 말할 필요가 없고, 줄거리를 약간 바꾸어도 거짓말쟁이라고는 할 수 없다.

나는 인생을 다시 썼다. 제대로 살아가기 위해서.

"고집도 오기도 없는 눈이군. 그렇게 내려놓고 쌓이지도 않다니 말이야."

창문을 돌아보고 도오루가 말했다. 눈에게 화풀이라도 하려는 걸까? 이 정도라면 내일 현장 일은 중단하지 않아도 된다.

쏟아지는 함박눈의 그림자가 하얀 벽을 반점으로 물들이고 있었다. 고집도 오기도 없는 눈을 보면서 도오루가 무슨 생각을 하는지 알고 있다. 오래전의 이야기다. 1970년 3월. 역시 이런 눈이 내리는 날이었다.

새벽에 일어나 조간신문 배달을 마치고 신문 판매소를 나왔더니 도오루가 작업복 차림으로 기다리고 있었다. 담배를 입에 문 채 발을 동동거리면서.

'오늘 현장 쉬거든. 따라가도 돼?'

'마음대로 해.'

정말로 쉬었는지 아니면 도편수에게 사정해서 특별히 쉬었는지는 모른다. 도오루는 대학 합격 발표장에 따라가 주었다. 그 전후의 기억은 거의 없지만 그날 하루만은 세밀한 그림처럼 모든 것이 선명하다.

재수를 할 여유는 없었다. 수험료도 무시할 수 없기 때문에 국립 대학교 한 곳만을 목표로 정했다. 장학금은 신문사와 대학 양쪽에 신청해 놓았다.

애초에 그 대학을 선택한 이유는 내 실력 때문이 아니라 전통적으로 장학금 제도가 있었기 때문이다. 하지만 입학금 면제 조건에 '학자금 부담자가 입학 전 1년 이내에 사망'이라는 이해할 수 없는 항목이 있었다. 긴급 재난이라면 장학금을 지원하지만 처음부터 가난한 사람은 자격이 없다고도 해석할 수 있었다.

그렇게 부조리한 일은 말이 안 된다고 생각해서 일단 신청했지만 마음 한구석에 불안이 남아서 신문사 장학금 제도도 신청해 두었다. 물론 양쪽 모두 대학에 합격하고 나서 심사를 받아야 했다. 내게 가장 큰 문제는 합격하느냐 마느냐보다 장학금 심사의 결과였다.

내 성장 환경을 보면 신문 판매소에 빌붙어 살며 신문을 배달하고, 도립 고등학교에 다닌 게 고작이었다. 그런 상황에서 대학에 가는 것은 노력이라기보다 행운과 생명력을 건 하나의 전쟁이었다.

고집도 오기도 없는 눈 속에서 내 수험 번호를 발견한 순간, 도오루는 그 자리에서 힘없이 주저앉아 담배를 피우기 시작했다.

인생을 다시 쓰기로 마음먹었다. 제대로 살아가기 위해서.

"마사카즈, 내 말 듣고 있어? 자네 아내와 딸과 사위가 아무리 매달리고 졸라도 자네가 무덤까지 가져가려는 이야기를 내 입으로 해 줄 수는 없어."

알았어. 알았으니까 그만 집에 가서 자. 다시 살아나서 그럴 마음이 생기면 조금씩 얘기할 테니까. 아내도 딸도 사위도, 속 썩이지 않을 정도로 말이야. 그보다 이제 좀 자게 해 주지 않겠나? 지금 기분이 아주 좋거든. 이대로 잠이 들면 멋진 꿈을 꿀 것 같네.

그때 간호사가 다가왔다.

"괜찮으시면 저쪽에서 차라도 드실래요?"

그것 봐, 자네 목소리는 귀에 거슬린다니까.

"아뇨, 괜찮습니다. 아까 캔 커피를 마셨거든요."

멍청한 녀석! 그런 이야기가 아니야. 여기서 나가라는 거라고.

"그러시지 마시고요. 간식거리도 있어요."

"신경 쓰지 마세요. 단것은 별로 좋아하지도 않고요."

간호사는 다정한 손길로 내 손에서 도오루의 손을 떼어 내더니, 맥박을 짚었다. 기계가 이렇게 많이 이어져 있으므로 맥박을 짚을 필요는 없지만, 일부러 그렇게 한 것이다.

"그럼 그렇게 하죠."

이제 겨우 알아들었냐? 도오루는 간호사에게 등을 떠밀려 어린애처럼 맥없이 방에서 나갔다. 베테랑 간호사님. 시야에 들어오지 않지만 분명히 미인일 것이다.

아무래도 도오루는 간호사실에서 차를 대접받고 있는 모양이다. 하여간 목소리가 너무 크다니까. 저 녀석은 그걸 알고 있을까? 아아, 이제 마음 편히 잘 수 있다. 이번에는 어떤 꿈을 꿀까? 가능하다면 마담 네즈를 한 번 더 만나고 싶은데.

몸이 어둠 속으로 녹아들어 간다. 파도 소리가 들린다. 거칠게 부서지는 파도가 아니라 물가로 끊임없이 밀려오는 잔물결 소리다. 나는 튜브의 굴레에서 벗어나 하늘 가득히 펼쳐진 별빛을 받으며 조용히 걷고 있다. 그러는 사이에 별 하나가 커져서 동전이 되고 공이 되더니 결국 빛나는 원이 되었다.

어느새 햇볕이 쏟아지는 여름의 조용한 바닷가에 서 있었다.

태양이 머리의 바로 위에 떠 있고, 내 그림자는 작았다. 하얗고 거친 모래가 발바닥을 태웠다.

"아, 뜨거워!"

황급히 뜨뜻미지근한 바다로 뛰어들었다. 잔물결이 반바지 아래 정강이에 닿았다.

양쪽이 바다 쪽으로 튀어나온 곳에는 소나무가 무성하고, 끝에는 풍요로운 난바다가 보였다. 모양으로 보면 자연이 선물해 준 좋은 항구일 텐데, 어선이 보이지 않는 걸 보면 물이 얕은 모양이다. 그래서인지 여기저기에 물장난을 치는 아이들의 모습이 보였다. 안전요원이나 물놀이의 범위를 표시하는 부표는 어디에도 보이지 않았다. 난바다의 파도는 만 입구에 가로막혀, 온화한 바람과 잔물결만이 밀려오고 있었다.

멋진 꿈이다. 하지만 이번에도 꿈치고는 너무도 선명하다. 풍경은 그렇다고 쳐도 발바닥을 태우는 모래의 열기나 뺨을 스치는 바람의 감촉은 도저히 현실이라고밖에 여겨지지 않는다.

문득 생각이 났다. 여기에 온 적이 있다. 어렴풋한 기시감이 아니라 예전에 분명 여름의 하루를 이곳에서 보낸 것이다.

나는 잔물결이 밀려오는 바다 쪽을 향해 아내와 딸의 이름을 불렀다. 즐겁게 노는 것도 좋지만 배가 고프지 않을까 걱정이 되어서다. 아무리 불러도 돌아보는 얼굴이 없었다. 대신 해변의 끝에서 아내도 딸도 아닌 목소리가 "네!" 하고 대답했다.

그곳에 있는 아담한 해변 찻집에서 새하얀 신드레스를 입은 낯선 여인이 나를 향해 손을 흔들었다.

갈대발이 걸린 처마에서 조금 떨어진 평상에 앉아 여인은 햇볕을 온몸으로 받고 있었다. 그 모습은 마치 누군가를 애타게 기다리는 사이에 해가 높이 떠오르고 그림자가 작아지면서, 햇볕 속에 혼자 남겨졌는데도 줄곧 고집스럽게 꼼짝도 하지 않은 것처럼 보였다. 주변을 둘러보아도 여인이 기다리는 듯한 사람은 보이지 않는다. 시선은 내게 곧바로 향해 있다.

티셔츠를 입은 팔과 가슴을 문지르자 이게 꿈이 아니라는 사실이 분명해졌다. 육체는 완전히 건강을 되찾았다. 그뿐 아니라 어느 정도 근육이 붙어 있는 듯했다. 나는 이미 위기에서 벗어났다. 그리고 재활 치료를 열심히 해서 순조롭게 체력을 회복했지만, 뇌에 장애가 남아서 그동안의 기억을 잃어버린 것이다.

물가에 우두커니 선 채 여인을 향해 손을 흔들었다.

"아, 뜨거워!"

꼴사납게 한 번 뛰어오른 뒤 모래사장을 달렸다. 여인은 소리를 내서 밝게 웃었다. 생판 모르는 남이고 지나가는 사람이라면 그렇게 무례하게 웃지는 않을 것이므로, 분명히 기억을 잃어버린 동안 친해진 사람일 것이다.

"다행이에요, 정말 다행이에요."

여인은 진심으로 축하해 주었다. 그녀의 옆에 나란히 앉아서 발바닥의 모래를 털고 "덕분입니다"라고 대답했다. 그것 말고는 대답할 도리가 없었다. 내 머리는 그녀를 인식하지 못했지만 이렇게 기뻐하는 것을 보면 진심으로 걱정해 준 사람임이 틀림없으니까.

"다행이에요, 정말 다행이에요."

여인은 내 등을 쓰다듬으며 마시던 라무네(일본의 청량음료)를 권했다.

"덥지요? 이거 드세요."

병의 주둥이에는 립스틱이 묻어 있었지만 나는 주저하지 않았다. 목은 말랐고 여인이 그 정도로 가까운 사람이란 건 느낌으로 알 수 있었다. 달콤함이 생명에 스며들었다. 다이어트 같은 건 필요 없는 편리한 체질이지만, 요즘 시대는 건강에 신경 쓰지 않을 수 없어서 달콤한 음료수를 입에 대는 건 오랜만이다.

"그늘에 들어가면 좋을 텐데요."

단어를 신경 쓰며 나는 말했다.

"당신을 지켜봐야 하거든요."

바다 위에 둥글게 펼쳐진 여름 하늘을 둘러보았다. 햇살이 구석구석까지 쏟아져서 바닷바람이라도 불지 않으면 숨을 쉴 수 없을 정도로 더웠다.

여인은 등나무 바스켓에 손을 넣어 짙은 색 선글라스를 꺼내 썼다. 립스틱을 바른 입술만을 남기고 얼굴이 온통 가려졌다. 본인은 알아차리지 못한 듯했지만 얇은 선드레스에 젖가슴이 비쳐 보였다. 그 때문에 그녀를 뚫어지게 관찰할 수 없어서, 하늘이나 바다로 눈을 돌리는 수밖에 없었다.

누구지?

내 회복을 기꺼워해 주는 사람에게 함부로 질문할 수는 없다. 역시 아내가 다니는 헬스클럽의 멤버일까. 치장을 하거나 교양을 얻으려는 묘령의 여성들과 다르게 구도자 같은 외골수의 분위기를 풍겼다.

안티 에이징. 참으로 골치 아픈 신앙이다.

아내가 회원제 헬스클럽에 다닌 지 몇 년째일까?

원래 나처럼 살이 찌지 않는 체질에다 이렇다 할 만한 지병도 없으며 게다가 운동과는 인연이 없는 사람이 헬스클럽에 다녀서 뭐 하겠냐고 생각했지만, 막상 다니기 시작하자 눈에 띄게 체형이 달라졌다.

나에게도 같이 다니자고 연신 권했으나 흥미가 일지 않았다. 어느 나이가 넘으면 근육을 붙이기보다 체력이 떨어질까 걱정하는 편이 자연스럽다고 생각해서다. 어쨌든 좋게 말하면 내성적이고 나쁘게 말하면 매사에 소극적인 아내가 몸만이 아니라 성격까지 젊어지는 것은 바람직했고, 헬스클럽에서 가져오는 건강 정보는 제법 참고가 되었다.

딸을 시집보낸 이후의 공허함을 아내는 그런 식으로 메운 것일 터다. 내게는 여전히 일이 있었지만, 아내이자 어머니가 전부였던 아내는 몸도 마음도 힘들었을지 모른다. 그렇다면 헬스클럽에 다니는 것이 모든 면에서 가장 현명한 해결 방법이라고 생각했다.

그런 아내가 가져온 헬스클럽 멤버에 관한 이야기 중에 이런 사람이 있었던가. 하지만 아내는 항상 식탁에 앉아서 뜨겁게 말하고, 나는 반쯤 어이없는 얼굴로 거의 흘려들어서 기억에 남은 게 거의 없다.

마담 네즈에 이어서 나타난 수수께끼 여인에 대해 나는 한 가지 가설을 세웠다. 아내 말에 따르면 단순히 다이어트를 목표로 하는 사람은 오래 다니지 못한다고 한다. 목표를 달성해도 달성하지 못해도 그만두는 것이다. 즉, 진정한 헬스클럽 멤버는 처음부터 다이어트가 아니라 단련을 목표로 삼는다. 종교에 비유하면 기원을 드리는 사람과 구도자의 차이가 아닐까.

따라서 장기 단련파는 다이어트파와 선을 긋는다. 실로 종교적이자 여성적인 세계다. 물론 아내가 그렇게까지 말한 것은 아니고 어디까지나 아내의 말에서 내 멋대로 추리한 것이지만.

진정한 헬스클럽 멤버라면 끈끈한 정으로 이어져 있으리라. 만약 배우자가 갑자기 쓰러졌다고 하면 '건강'이 유일한 경전인 그녀들은 앞다투어 아내를 도와줄 것이다. 일단 리더 격인 마담 네즈가 온 힘을 다해 나를 위로하고, 이번에는 하얀 선드레스의 여인이 나타난 건 아닐까.

얼굴을 자세히 보지는 않았지만 분위기는 매우 차분했다. 말과 행동으로 볼 때 나이대는 나와 거의 비슷할 것이다. 아니면 아내와 비슷한 예순 전후쯤 될까?

우리는 한동안 입을 다문 채 조용한 바다를 바라보았다. 가끔 두 사람 사이에 놓아 둔 라무네를 번갈아 마셨다. 그렇게 있어도 억지로 말을 짜내야 할 필요성이 느껴지지 않았다. 침묵이 잘 어울리는 걸 보면 원래 말이 없는 사람일 것이다. 아마 배우자도 비슷한 사람으로, 평소에도 대화가 별로 없지 않을까?

장난치는 아이들의 목소리는 잔물결에 섞여 멀어져서, 해변 찻집의 처마에서 휘날리는 '얼음'이라는 깃발의 펄럭임과 마찬가지로 귀에 거슬리지 않았다.

"하나 더 주세요."

여인이 라무네 병을 들고 구슬을 데굴데굴 굴리면서 말했다. 이내 찻집의 안쪽에서 햇볕에 새카맣게 그을린 건장한 청년이 차가운 라무네를 가져왔다.

"하나면 되나요?"

"네."

청년은 우리의 눈앞에서 라무네 뚜껑을 열었다. 최근에는 보지 못한 광경이다. 초록색 병에는 구슬 뚜껑이 박혀 있어서, 전용 병따개로 밀어 넣으면 거품이 힘차게 뿜어 나온다.

우리 둘이 왜 라무네 하나를 나누어 마셔야 하는지 알 수 없었다.

"꼭 연인 같군요."

여인은 한 모금 마신 라무네를 내게 권했다.

"나쁘지 않네요."

나는 웃으면서 대답했다. 겨우 제대로 시선을 나누었다. 나쁘지 않다는 말은 단순한 립 서비스가 아니었다.

아무래도 안티 에이징의 올바른 목적은 나이보다 젊어 보이게 하는 게 아니라 나이에 맞는 매력을 끌어내는 게 아닐까? 그렇게 생각하자 아내도 요즘 젊어졌다고 하기는 좀 그렇지만 아름다워진 듯하다. 매일 얼굴을 보는 내 눈에도 그렇게 보인다면, 다른 사람의 눈에는 충분히 매력적일 것이다. 구도자들이 모두 이런 결과를 본다면 나도 신자가 되어 볼까? 다행히 시간은 얼마든지 있다.

아니, 잠깐만.

그렇게 결론을 내리기에는 이르다. 지금 상태에서 아내의 헬스클럽 멤버가 내 재활 치료를 도와주고 있다는 가설은 가장 합리적으로 여겨진다. 그동안의 기억이 날아간 것도 뇌의 후유증이라고 하면 설명이 된다.

하지만 나는 어젯밤…… 이라고 해야 좋을지 어떨지는 모르겠지만, 어쨌든 눈 내리는 밤에 집중치료실을 빠져나와 최고급 저녁 식사를 했다. 더구나 그때 침대에 누워 있는 내 모습을 내 눈으로 확인했다.

그렇다면 역시 또 하나의 가설을 버리기 힘들다. 즉, 마담 네즈도 이 선드레스의 여인도 사신인지 천사인지는 모르겠지만, 또한 그 사명이 '마중'인지 '격려'인지 둘째친다고 해도, 이 세상에 없는 초현실적인 존재라는 가설이다.

대립하는 두 가지 가설 중 하나를 선택할 수 없다. 나는 철저한 현실주의자이므로 후자를 선택하고 싶지는 않기 때문이다. 평소 내 신조로 보면 결론은 전자로 기울어지리라는 걸 알기에 그렇게 단정할 용기가 없다.

역시 토끼띠라서 우유부단한가? 아니다. 내 신조를 진리라고 말하는 것은 내 자유주의에 어긋난다. 그렇다고 이렇게 행복한 침묵에 몸을 맡기고 있어 봤자 해결되지 않는다. 지금은 나답게 정직하고 솔직하게 물어보자.

"아내는 햇볕에 타는 걸 좋아하지 않지요. 기미가 생긴다고 하면서요."

"난 괜찮아요. 해님을 좋아하거든요."

'해님'이라는 사랑스러운 단어를 듣고 나도 모르게 미소를 지었다. 어린 시절에는 자주 사용했지만 어느새 죽어 버린 말이다.

요즘 들어 이미 죽어 버린 말이나 습관이 되살아나곤 한다. 가까운 기억은 잊어버리고 옛날 기억은 오히려 생생해진다는 노화 현상의 일종이겠지. 어쨌든 이걸로 수수께끼의 여인이 내 나이와 비슷하다는 사실을 깨달았다.

"잠시 제 얘기 좀 들어 주시겠습니까?"

"네, 말씀하세요."

"실은 아직 머리가 맑지 않습니다. 병원 침대에서 어떻게 여기까지 왔는지, 전혀 기억나지 않아요."

여인은 웃지도 놀라지도 않고 라무네를 마셨다.

"그건 어쩔 수 없어요."

태양을 받은 여인의 옆얼굴에는 한 조각의 그늘도 없었다. 검은 머리를 틀어 올려 드러난 이마는 이지적으로 보이고, 콧마루가 오뚝한 데도 차갑게 느껴지지 않았다. 나는 여인에게 매료되었다.

"그래서 당신이 누구인지 잘 모르겠습니다."

여인은 그윽한 눈길로 바다를 바라본 채, 말없이 라무네 병을 내밀었다. 목구멍을 타고 내려가는 달콤한 액체에는 립스틱 향기가 섞여 있었다.

"죄송하지만 이름을 말씀해 주시지 않겠습니까? 다시는 잊어버리지 않을 테니까요."

여인은 혼잣말처럼 "시즈카('조용하다'는 뜻)"라고 말했다. 이 바다가 조용하다는 뜻이겠지만 나는 순간적으로 여인의 이름이라고 생각했다.

"아아, 시즈카 씨군요."

여인의 옆얼굴에 살며시 수줍은 미소가 감돌았다.

"그걸로 됐어요."

잘못 들었다는 걸 알았지만 나는 되묻지 않았다. 시즈카라는 이름이 여인에게 잘 어울렸기 때문이다.

"성은 이리에(入江, 후미라는 뜻으로 물가가 굽이진 곳), 이리에 시즈카 씨."

"그걸로 좋아요."

"상당히 폐를 끼친 것 같군요. 뭐라고 인사를 드려야 할지."

"괜찮아요."

지금은 한여름이다. 지하철 안에서 쓰러진 게 12월이었으므로, 7개월이나 8개월간의 기억을 잃어버린 것이다. 아무것도 생각나지 않는다. 눈 오는 밤의 침대에서 깊은 잠에 빠지고, 눈을 떴나 했더니 이 조용한 바닷가에 우두커니 서 있었다.

나는 반바지 위로 허벅지를 만졌다. 예전보다 근육이 붙은 게 분명하다. 그동안 재활 치료를 부지런히 한 모양이다. 나이가 들면서 다리가 가늘어졌다. 원래 나이가 들면 체형에 관계없이 누구나 근육이 줄어들고 다리가 가늘어진다. 그런데 동년배들은 모두 자신의 처지를 한탄했다. 여성은 어떤지 모르겠지만 남자에게 그 변화는 탄식이 나올 만큼 원통한 일이기 때문이다.

"젊어진 거예요."

시즈카가 혼잣말처럼 툭하니 말했다. 그 말을 듣고 생각에 생각을 거듭했다. 설마! 이 탄탄한 다리나 상쾌한 기분이 재활 치료의 성과가 아니란 말인가.

혹시 시간이 되돌려진 게 아닐까?

"젊어진 거예요."

시즈카는 바다를 바라보면서 내게 들려주듯이 다시 한 번 중얼거렸다. 열심히 노력해서 근육을 되찾은 게 아니라 젊은 시절로 돌아갔다는 말로 들렸다.

현실주의자인 내게는 받아들이기 어려운 이야기지만 생각해 보면 병원의 집중치료실에서 저녁을 먹으러 밖으로 나갔을 정도니까 무슨 일이 일어나도 이상할 것은 없다.

눈앞의 풍경에서 기시감이 느껴진다. 경치만이라면 TV 여행 프로그램이나 잡지 사진에서 봤을 수도 있지만 햇볕에 달궈진 모래나 상쾌한 바닷바람, 암벽에 메아리치는 아이들의 목소리까지 머나먼 기억의 밑바닥에 머물러 있다.

"여기에 와 본 적이 있는 걸까요?"

시즈카가 고개를 끄덕였다.

"아까 부인과 따님의 이름을 불렀잖아요."

그렇다. 어둠에서 나와서 빛 속에 있었을 때, 바다를 향해 아내와 딸의 이름을 불렀다. 그때 이미 현재와 과거는 뒤섞였다. 그러니까 예전에 가족들과 같이 이곳에 온 적이 있는 것이다.

"기억이 안 나는걸요."

"차가운 사람이군요."

"그런가요? 배고프지 않을까 걱정되어서 불렀던 겁니다."

"언제나 그런 것뿐이네요."

"이거야 원, 그런 것뿐이라니. 그게 남자의 사명 아닌가요?"

시즈카가 천천히 내 쪽으로 고개를 돌렸다. 눈은 선글라스로 가려져 있었지만 어이가 없는 듯한, 경멸하는 듯한 시선이 보이는 것 같았다.

내 말이 지나쳤을지도 모른다. 가족을 먹여 살리는 것만이 남자의 사명이라니. 마치 원시인 같지 않은가. 요즘 젊은 사람은 이해할 수 없겠지만 우리 세대만 해도 남성은 사냥에 나가서 사냥감을 잡아 오고, 여성은 동굴에서 아이를 키운다는 원시인의 습성이 남아 있었다. 어쩌면 나는 수만 년 전부터 내려오는 생활양식을 답습한 마지막 세대일지도 모른다.

덧붙여 말하자면 내 마음속에는 배고픔에 대한 처절한 공포가 숨어 있다. 그 공포는 일보다 가정을 우선하게 된 요즘 세태에 철저히 등을 돌리게 했다.

"즐겁지 않아서 잊어버렸나 봐요."

이곳에 왔던 기억이 조금씩 되살아났다.

"가여운 사람이군요."

세상 남자들은 정말로 여름휴가를 가족과 함께 즐겁게 보낼까? 그저 즐거운 척하는 게 아닐까?

적어도 그 무렵의 나는 가정에서 안식을 찾으려고 하지 않았다. 그곳은 1막과 2막 사이의 대기실 같은 곳으로, 다음 대사를 확인하든지 아니면 조금이라도 쉬면서 기운을 북돋우는 곳에 불과했다.

물론 종종 접대 골프도 쳤고 주 5일제 근무에 익숙하지 않아서 급한 일도 없는데 출근하거나 거래처 사람들과 술을 마시러 가기도 했다. 그래서 아내와 딸이 바다에 가고 싶다고 졸랐을 때 조금도 마음이 내키지 않았다. 그저 아버지의 의무라고 생각했을 뿐이다.

그리고 이 바닷가 해수욕장에 왔다. 이곳과 가까운 온천장에 회사 휴양소가 있어서, 그곳 관리인이 조용한 바다가 있다고 가르쳐 주었다. 나는 거의 바다에 들어가지 않고 온종일 멍하니 있었다. 그랬다. 이 해변 찻집의 처마 밑 평상에서 맥주를 마시거나 꾸벅꾸벅 졸면서.

딸은 아직 초등학생이었다. 노트북 컴퓨터도 휴대폰도 없는 우아한 시대의 이야기다.

"생각났나 보군요."

"덕분에요. 난 가여운 사람이 아닙니다. 그 시절은 아직 경기가 좋아서, 느긋하게 있으면 뒤처질 것 같은 기분이 들었지요. 다들 비슷했습니다."

"그런가요? 좀 더 생각해 보세요."

여인은 여전히 말을 많이 하지 않았다. 나는 바다를 둘러보면서 그 하루의 기억을 곱씹어 보았다.

"인간은 싫은 일을 금방 잊어버리죠."

"싫지는 않았습니다. 즐거운 기억이었지요."

그렇게 말한 순간, 끊임없이 파 내려가던 기억의 곡괭이가 탁 하고 바위에 부딪혔다.

점심시간이 되어도 바다에서 나오지 않는 아내와 딸을 부르러 갔다. 점심을 먹은 뒤에는 아내를 찻집에서 쉬게 하고 딸과 둘이 모래성을 쌓았다. 나는 수영에 젬병이었다. 학교에 수영장이 없었던 우리 세대에는 드문 일이 아니었지만 가족에게는 비밀이었다.

문득 뒤를 돌아보자 오후의 타오르는 햇살 속에서 오도카니 서 있는 아내의 모습이 눈에 들어왔다. 무엇을 하는지 한눈에 알 수 있었다. 아내는 죽은 아들의 사진을 안고 있었다.

나는 가눌 곳 없는 분노를 햇볕에 달궈진 모래에 내동댕이치면서 아내에게 다가갔다. 그리고 젖은 후드티셔츠 가슴께에 들고 있는 은색 액자를 빼앗으려고 했다.

'이리 내놔! 내놓으라고!'

하지만 아내는 액자를 주지 않았다.

어떤 말이 오갔는지는 기억나지 않는다. 나는 슬픔을 위로해주지 않고 화를 냈으며, 아내는 아들 사진을 안고 그 자리에 웅크렸다. 아내의 목덜미에 햇빛이 쏟아졌다.

시즈카가 애절하게 말했다.

"좀 더 생각해 보세요."

“누구를 위해서요?”

“누구를 위해서도 아니에요.”

“나 자신을 위해서인가요? 괜히 위하는 척하지 마세요. 생판 남인 주제에 뭘 안다고.”

나는 친박하게 말했다. 내 마음 깊은 곳까지 들어오면 화가 나는 것이 당연하다.

“하지만 잊으면 가엾잖아요.”

“잊지 않으면 살아갈 수 없는 일은 이 세상에 산더미처럼 많아요. 그 나이 정도면 알 것도 같은데요.”

“가여운 건 세쓰코 씨나 하루야 군이 아니에요. 바로 당신이죠.”

이 여자는 도대체 누구일까? 어쩌면 아내의 헬스클럽 멤버가 아니라 컬트교단의 신자가 아닐까?

그것은 무서운 상상이었다. 평소에 잊은 척을 하고 있어도 아내는 영원히 치유되지 않는 상처를 가지고 있다. 나도 마찬가지지만 엄마의 집념과는 비교가 되지 않는다. 그런 아내가 나이가 들수록 잊기는커녕 오히려 슬픔이 더해져서 나 몰래 신앙을 가졌다고 해도 이상할 것은 없다. 마음을 허락한 상대가 아니면 아내는 자신의 속마음을 털어놓지 않는다. 적어도 헬스클럽 멤버에게는.

“잊는 것은 좋은 일이 아니에요.”

"알고 있습니다. 하지만 없었던 것으로 하지 않으면 살아갈 수 없었지요. 서로 잊은 척하며 살면 되는 겁니다."

하루야는 네 살에 죽었다. 교통사고로 치명상을 입은 건 아니었다. 입원 중에 폐렴에 걸리는 바람에 손쓸 도리가 없었다. 너무나 어이가 없고 너무나 악몽 같았다. 딸은 아직 젖먹이 어린아이였다.

아들에게서 잠시 눈을 뗀 건 아내의 실수였다. 하지만 위독하다는 연락을 받고서야 회사를 조퇴했으니 나도 큰소리칠 처지는 아니었다. 서로를 비난하는 시간이 끝없이 이어졌다. 한동안 우리는 타인으로 지냈다. 타인보다 못한 타인으로.

내게는 가족이 없다. 아내는 나만큼은 아니지만 처지는 비슷했다.

그래서 조촐한 장례식에 참석해 준 사람은 거의 사택에 사는 사람들이었다. 상사의 참석은 고사했다. 사택이라고 해도 의외로 서로 친하게 지내지 않는다. 전근이 잦아서 오래 사는 사람이 거의 없고, 부서가 다르면 서로 얼굴도 모른다. 더구나 4층짜리 건물 한 동에 세 곳의 계단이 있고 세로로 나뉜 구조였다.

같은 사택에 사는 홋타 노리오가 장례식을 맡아 주었다. 입사 동기에다 같은 부서였던 홋타와는 친하게 지냈다. 전부는 아니지만 내 개인 사정도 대강 알고 있었다. 화장장에서 유골함에 뼈를 옮겨 준 사람은 홋타 부부뿐이었다. 말수가 적은 홋타는 위로의 말이 생각나지 않는지 우리 부부와 같이 울어 주었다.

허무하게 보내고 나니 다케와키 하루야라는 아들의 이름이 어쩐지 미래가 없는 쓸쓸한 이름으로 느껴졌다. 가마의 문이 닫히고 작은 몸이 불타는 동안 나는 그런 생각을 했다.

다케와키라는 성은 독지가로부터 받았다. 애초에 나 자신에 관해서는 아는 것이 하나도 없었다. 성과 이름 정도는 있었겠지만 '다케와키 마사카즈'가 아닌 것만은 분명했다. 그래서 대학에 입학할 때도, 장학금을 신청할 때도, 물론 회사에 입사할 때도, 혼인 신고서를 제출할 때조차 내 호적에 대해 설명하지 않으면 안 되었다. 그런 고통이 쌓이고 쌓여서 다케와키란 성에 애착을 가질 수 없었다. 그것은 사회에 나를 알리기 위한 기호에 불과했다.

마사카즈라는 이름은 내가 태어났을 무렵, 세상을 떠들썩하게 했던 고쿠테쓰 스왈로스(현 도쿄 야쿠르트 스왈로스 프로야구 팀의 전신)의 가네다 마사이치의 이름에서 따왔다고 한다. 일본 야구의 전설이라는 별명을 가진 불세출의 투수다.

어린 시절의 기억에 따르면 가네다 마사이치(金田正一)의 이름을 읽는 방법에는 몇 가지가 있었다. '쇼이치'라고 읽는 사람이 제일 많았지만 정확한 발음은 '가네다 마사이치'라고 한다. 내가

'마사카즈'가 된 것은 우연히 주변 사람들이 '가네다 마사카즈'라고 생각했기 때문 아닐까. 덕분에 지금도 종종 '쇼이치'나 '마사이치'라고 부르는 사람이 있어서 그때마다 정정해 줘야 한다. 그래서인지 역시 애정을 가질 수 없었고, 기호 같다는 생각이 들었다.

아들이 태어나기 전에 이름을 정하지 못해서 고민했다. 그 이전에 아이의 부모가 되기를 두려워했다. 내 성과 이름은 기호에 불과한데, 그 성을 물려주고 이름을 지어 준다니. 심지어 아버지로서 아이의 인생을 보장해야 한다. 보통 사람들에게는 당연한 일이겠지만 내게는 상상이 안 되는 일이었다.

그래서 하루야(春哉)라고 이름을 지었다. 봄에 태어났기 때문이다. 하루오(春男)는 너무 흔해서 하루야(春也)를 살짝 비틀어 하루야(春哉)로 했다. 지금 와서 생각하면 참 한심하기 짝이 없다. 더구나 구청에 출생 신고서를 제출한 것은 법으로 정해진 기한의 마지막 날인 14일째였다. 그 정도로 아들의 이름을 정하기 힘들었고 아버지가 되기를 망설였다.

하루야의 몸이 사그라져 갈 때, 나는 그 이름이 얼마나 쓸쓸한지, 나 자신이 얼마나 한심한지 깨달았다. 하루야가 태어나고 4년 동안, 아버지임을 부정하지는 않았더라도 계속 망설였음이 틀림없다. 그래도 아이는 멋대로 자란다고 생각했다. 하지만 그렇지 않았다.

장례도 끝내고 무덤도 만들었다. 나와 아내는 하나의 의식을 마칠 때마다 말다툼을 했다. 원인은 항상 사소한 것이었지만, 종국에는 하루야의 죽음을 서로 책망했다. 홋타 부부가 중재해 주지 않았다면 그때 이혼했을 것이다.

"참, 오해하지 않도록 미리 말해 두자면 잊자고 한 건 내가 아닙니다. 부모가 되어서 자기 입으로 그런 말을 할 수 있을 리가 없잖습니까?"

시즈카는 내 표정을 살피면서 "그건 그렇지요"라고 수긍했다.

"친구가 나와 아내를 앞에 앉혀 놓고 잊으라고 말하더군요."

여인은 잠시 생각에 잠긴 얼굴로 바다를 바라보더니 "좋은 사람이네요"라고 대답했다.

"목수분인가요?"

"아뇨, 도오루는 그렇게 생각해도 말을 못 했을 거예요. 덩치는 산만 한데 의외로 겁쟁이거든요."

"겁쟁이요?"

"소심하단 뜻이죠. 적어도 나에 대해서는요. 그건 나도 마찬가지지만요. 아까 그 말은 홋타의 말을 옮긴 겁니다."

홋타는 괴로운 얼굴로 말했다.

'없었던 일로 해. 잊어버린 척을 해도 되네. 아카네를 한쪽 부모가 없는 애로 만들 건가?'

그 한마디가 가슴을 찔렀다.

잊을 수 있을 리가 없다. 아들을 어떻게 잊겠는가. 하지만 잊은 척을 하지 않으면 나와 아내는 살아갈 수 없었다. 아마 그때 헤어졌으면 딸은 아내가 키우고 나는 양육비를 부담했을 것이다. 그리고 언젠가 한쪽이 재혼했다면 가느다란 인연은 끊어졌겠지.

나는 햇볕이 내리쬐는 모래사장으로 눈을 돌렸다. 파도가 밀려오는 곳에서 약간 올라온 저 부근이었을까?

'그만두지 못해!'

질책인지 애원인지 모를 한심한 목소리로 내가 말한 곳은…….

하루야는 바다를 본 적이 없었다. 해마다 바다에 가고 싶다고 했지만 나는 단 하루의 의무조차 수행하지 않았다.

아내는 그동안 잊은 척을 하며 살았지만, 그날 어딘가에 몰래 숨겨 두었던 하루야의 사진을 가져왔다. 어머니로서 당연한 일이고, 나도 입에 담지는 않았지만 계속 하루야의 영혼과 같이 있었다.

아내는 암묵의 약속을 깨트렸다. 내게는 아내의 슬픔을 헤아려 줄 여유가 없었다. 내 앞에서 일부러 그렇게 행동하는 것 같았고, 심지어는 내게 바다로 놀러 가자고 조르라며 딸을 꼬드긴 게 아닐까 의심했다.

기억은 그곳에서 끊어졌다.

나는 한낮의 태양이 만든 나의 작은 그림자를 밟은 채 멍하니 서 있고, 아내는 액자를 껴안은 채 내 발밑에 웅크리고 있다. 조용한 바다를 배경으로 찍은 한 장의 사진처럼 그다음 장면으로 움직이는 일은 없었다.

"잠시 걸을까요?"

시즈카는 선드레스에서 빠져 나온 하얀 팔을 들어서 점원을 부르더니, 천 엔짜리 지폐를 몇 장 주고는 잔돈은 필요 없다고 말했다.

계산을 하려고 해도 내게는 지갑이 없었다.

"나중에 정산할게요."

여인은 붉은 입술 끝을 올리며 웃었다. 월급쟁이의 말투가 재미있었던 걸까?

"아내와 딸은 어디 있어요?"

"글쎄요."

당황하는 나를 힐끔 쳐다보며 시즈카는 걸음을 내디뎠다. 한 손으론 양산을, 다른 손으론 등나무 바구니를 들고 하얀 조화가 달린 비치샌들을 신고 있었다.

나는 햇볕에 달궈진 모래를 밟으면서 여인의 뒤를 따랐다.

시야는 또렷하고 파도 소리는 가까웠으며 바닷바람은 향기로웠다. 나는 역시 젊어져 있었다. 걸으면서 몇 번이고 뒤를 돌아보왔다. 한 채뿐인 해변 찻집에서는 여전히 '얼음' 깃발이 펄럭이고 있었다. 풍경에 어렴풋한 부분은 하나도 없어서, 병상에서 꾸는 꿈이라곤 여겨지지 않았다.

우리는 잔물결이 밀려오는 바닷가를 걸었다. 시즈카는 아무 말도 하지 않고, 레이스 양산을 돌리면서 오래된 노래를 흥얼거렸다. 그러다 별안간 멈추어 서서 양산을 내게 주더니, 내 팔에 팔짱을 끼고 다시 걸음을 옮겼다. 거절할 수 없을 만큼 자연스러운 동작이었다.

영화나 소설도 아닌데, 시간이 되감길 리가 없다. 죽을 만큼 괴로운 경험을 했다가 급격히 회복되면 다시 젊어지는 기분이 드는 것이다. 몸이 회복된 과정이 기억에 없는 것뿐이다. 나는 그렇게 생각하기로 했다.

"잊는 것은 좋은 일이 아니에요."

시즈카는 똑같은 말을 되풀이했다.

"그런가요? 기억은 선택하는 거라고 생각합니다. 싫은 일을 일일이 떠올리면 미래가 없어질 테니까요."

홋타 노리오의 설교를 나는 그런 식으로 해석했다. 덕분에 가까스로 인생을 회복할 수 있었다.

"이제 생각해도 되지 않을까요?"

그렇다, 그녀의 말이 맞다. 나와 아내에게는 앞으로 기대할 만한 미래가 없다. 건강하게 오래 산다고 해도, 여기저기 여행을 다니며 손자들의 성장을 지켜보는 게 고작이리라.

금기를 깨트리고 하루야 이야기를 한다고 해도 그렇게 큰 슬픔은 없겠지. 오히려 같이 살았던 4년간의 기억이 되살아나서 그리워하지 않을까?

정년퇴직이라는 인생의 커다란 전환점에 그런 중요한 의미가 있을지도 모른다. 별세계가 되어 버린 회사의 크고 작은 사건들이 아무리 되돌릴 수 없는 실수였다고 해도, 지금은 모두 웃음으로 넘길 수 있다. 아무리 미련을 가져 봤자 지금까지 다녔던 회사는 나의 소소한 미래와는 관련이 없는 머나먼 우주에 불과하다.

그렇게 생각하면 노후라는 우아한 우주선 안에서 나와 아내가 몰래 숨겨 두었던 하루야의 추억을 넌지시 꺼내 본다 해도 그것은 서로의 감정을 다치게 하지 않는 아름다운 화석이 아닐까.

그렇다. 이제 생각해도 된다. 지금은 서로 그리움만 남아 있을 뿐, 슬픔도 아픔도 없을 테니까.

모래사장이 끝나고 자갈밭이 나타났다. 양동이를 들고 작은 물고기를 찾는 아이들 속에서 딸의 모습을 찾았다. 어찌 된 일인지 내 마음속의 딸은 언제까지나 아직 어린아이이다. 스무 살이 되고 서른 살이 지나도 어린 딸의 흔적은 사라지지 않는다.

눈길을 돌리니 햇빛을 가로막는 절벽 위에 테라스가 튀어나와 있었다.

"우리 점심 먹어요."

시즈카는 그렇게 말하고 절벽에 붙어 있는 나선형 계단을 올라갔다. 설마 바위를 파내서 카페를 만들지는 않았을 테니까 절벽 위에 카페와 주차장이 있을 것이다.

이곳은 기억나지 않는다. 테라스 끝에 나선형 계단을 설치해서 바다와 연결하다니. 어떻게 이런 굉장한 생각을 했을까? 하지만 법에 저촉되거나 소방서의 개선 명령을 받지는 않을까?

계단에는 하얀 페인트가 칠해져 있었다. 멋있기는 하지만 새로 생긴 카페는 아닌 모양이다.

"어머나, 높은 곳을 싫어하세요?"

선드레스의 옷자락을 펄럭이면서 시즈카는 웃었다. 한 바퀴 돌 때마다 나선형 계단은 나를 겁먹게 만들었다. 계단은 종려나무 거목을 따라 위로 올라갔다. 이윽고 조용한 바다를 한눈에 내려다볼 수 있는 곳에 도착했다. 계단을 길게 느끼는 사람은 나뿐일지도 모른다.

높은 곳을 무서워하는 최초의 공포 체험은 지금도 똑똑히 기억하고 있다. 초등학교 1학년인가 2학년 때의 소풍날, 우리는 지은 지 얼마 되지 않은 도쿄 타워에 올랐다. 당시의 전망대는 지금보다 훨씬 낮은 곳에 있었지만, 주위에 고층 빌딩이 하나도 없는 시절에는 현기증이 날 만큼 높아 보였다. 나는 도저히 창가로 다가갈 수 없어서 계속 벽에 달라붙어 있었다.

"걱정 마세요. 자요."

시즈카가 손을 잡아 주었다. 아마 내 손바닥은 그때처럼 축축이 땀에 젖어 있을 것이다.

생각이 났다. 올라갈 때는 엘리베이터를 탔는데, 내려올 때는 계단으로 내려왔다. "괜찮아" 하고 도오루가 손을 잡아 주지 않았다면 분명히 울음을 터트려서 친구들의 웃음거리가 되었을 것이다. 겁이 많은 것이 남자의 수치가 되었던 시대였다.

"그래서요?"

창피함을 무릅쓰고 말한 도쿄 타워의 에피소드를 시즈카는 빙긋이 웃으면서 들어 주었다. 가끔 소리를 내어 웃기도 했다. 말수는 적지만 남의 말을 잘 들어 주는 여인이다. 교묘한 말솜씨에 넘어가 나는 잇달아 수치스러운 이야기를 했고, 그녀를 기쁘게 해 줬다.

테라스에 우리보다 먼저 온 손님은 없었고, 우리는 에나멜 벤치를 뒤로 당겨서 나란히 앉았다. 그러자 발밑은 보이지 않고, 종려나무 그늘에 하늘과 바다가 펼쳐져 있을 뿐이었다.

백발을 뒤로 묶은 남자가 주문을 받으러 왔다. 바닷바람과 잘 어울리는 무뚝뚝한 남자는 이곳에밖에 존재하지 않을 것 같은 분위기를 풍겼다.

나는 맥주를, 시즈카는 커피를 주문했다.

"뉴욕에 가신 적이 있나요?"

"없어요."

엠파이어스테이트 빌딩 전망대는 개방형 공간이라서, 밖에 나가 구경도 할 수 없었다고 말했다.

"심각하군요."

그녀는 소리를 내며 활짝 웃었다.

"만리장성은요?"

"없어요."

1990년대부터 중국과의 거래가 급격히 늘었다. 6년이나 주재원으로 있었던 것은 중국어를 할 수 있는 직원이 부족한 탓이었다. 상하이에서는 3년간 가족과 같이 지냈으나 딸의 교육을 생각해서 베이징에서는 혼자 있었다.

일본에서 손님이 올 때마다 만리장성으로 안내해야 했다. 베이징에서 가깝고 관광용으로 개발한 바다링창청(八达岭长城)이나 무텐위창청(慕田剁長城)도 급경사의 돌계단이 이어져 있어서, 내게는 엠파이어스테이트 빌딩보다 더한 공포였다.

"그래도 클라이언트와 같이 가는 바람에 꽁무니를 뺄 수는 없었지요."

시즈카는 고개를 갸웃거리며 "비행기는 어떻게 타세요?"라고 물었다.

그건 아무렇지도 않았다. 내가 아는 한, 나와 같은 고소공포증 환자는 다들 똑같이 말한다. 비행기라면 질색하는 사람은 많은데, 그들은 고소공포증이 아니라 폐소공포증이거나 만일의 사고를 두려워하는 것이다.

"일을 하면서 익숙해진 걸까요?"

"그럴지도 모르죠. 자리도 창가를 좋아합니다."

나는 문득 아무리 이를 악물어도 견딜 수 없는 고소공포증의 원인에 대해 생각했다.

초등학교 1학년인가 2학년 때, 도쿄 타워 구경이 첫 번째 자각 증상이었음은 틀림없다. 그때까지는 정글짐도 나무 타기도 좋아하고, 높은 곳을 무서워한 적이 없었다. 어쩌면 그날, 커다란 충격을 받은 게 아닐까? 그것이 전망대의 높이로 바뀌어 버린 게 아닐까?

'생각해 봐요'라는 듯이 시즈카는 나를 바라보았다.

그렇다. 그날 나는 슬픔에 젖어 있었다. 이제 막 완성된 도쿄 타워에 간다고 해서 반 친구의 엄마들이 대거 참석했다. 8밀리미터 캠코더로 촬영하는 아빠들도 있었다.

전후의 기억은 없다. 다만 그토록 기대했던 도쿄 타워 구경에, 나와 털끝만큼도 인연이 없는 '엄마'라는 종족이 비집고 들어왔다는 생각을 했다. 학부모 모임에서도 운동회에서도 그런 기분이 든 적은 없었다. 더구나 나는 그 소풍을 애타게 기다렸다.

전망대 창가에는 엄마와 아이가 방울처럼 매달려 있었다. 높은 곳에 익숙지 않은 탓인지 모두 약속이라도 한 것처럼 손을 꼭 잡고 있었다. 그 사이로 파고들어 가서 환호성을 지를 마음은 눈곱만큼도 없었다. 그래서 계속 뒤쪽 벽에 기대거나 주저앉아서 시간이 지나기를 기다렸다.

질투나 선망은 아니었다. 그때까지는 위태로운 순간에 손을 잡거나 어깨를 안아 줄 사람이 이 세상에 있다는 것을 몰랐다. 그러니까 '엄마'라는 종족의 본질과 존재 의의를 생각지도 못한 곳에서 발견한 것이었다.

누구나 가지고 있는데 나만 없다는 불안감은 질투나 선망을 뛰어넘어 견디기 힘든 공포로 바뀌었다.

"이제야 생각이 난 모양이군요."

나는 맥주를 입에 털어 넣고 한 번 주억거렸다.

"이제야 생각이 났다고 해서 무슨 의미가 있지요? 더 비참해지기만 할 뿐이잖아요?"

시즈카는 대답하지 않고 커피를 마셨다. 컵 밑을 손으로 받치는 우아한 동작이었다.

"도오루가 손을 잡아 주었어요."

그렇게 말한 순간, 위로하듯 내 손을 잡은 여인의 손을 힘껏 뿌리쳤다. 아무리 선의라도, 아니 선의라면 더더욱 내민 그 손이 더럽게 느껴졌다.

그녀는 슬픈 표정을 짓더니, 내가 뿌리친 왼손을 죄 많은 물건처럼 오른손으로 조심스럽게 감쌌다.

"죄송해요."

"아니요, 사과는 제가 해야 하죠."

내 성격이 급한지 태평한지 지금도 모른다. 뭐든 좋은 게 좋은 거라는 느긋한 성격이지만 가끔 이런 식으로 감정을 고스란히 드러낸다. 흔히 하는 말로 폭발하는 것이다. 그 스위치가 어디에 있는지 모르기에, 부하 직원들은 항상 내 안색을 살폈다. 아마 월급쟁이로서 내 한계는 그 부분에 있다고 생각한다. 상사로서 도량이 부족했던 것은 분명하다.

그 스위치가 어디 있는지 물론 나는 알고 있다. 꽁꽁 숨겨 놓았던 열등감에 살짝이라도 닿는 순간, 예를 들면 출생이나 학력이나 가정환경 등에 얽힌 편견을 조금이라도 느낀 순간, 나는 이성을 잃는다. 다만 그것이 보편적인 차별 용어라면 조심할 수 있지만, 내 개인적인 경험에 뿌리내린 경우, 상대는 내가 분노한 이유를 알 수 없다.

지금이 좋은 사례다. 반세기도 더 된 옛날에 내 슬픔을 감싸주었던 도오루의 신성한 손길을 다른 사람이 어떻게 알겠는가.

"가끔 의미도 없이 폭발해요."

"미안해요."

"사과하지 마세요. 의미가 없으니까."

"의미가 있어요, 분명히……."

"없다니까요."

착한 여자다. 아내와도 똑같은 대화를 한 기억이 있다. 그것도 한두 번이 아니다. 대화의 주객이 반대였던 적도 있다. 그런 식으로 서로를 위로하면서도 결코 '의미'를 밝히려고 하지는 않았다. 그것이 부부의 예의고 규칙이었다.

에나멜 벤치 위에는 돛천으로 된 새하얀 차양이 튀어나와 있었다. 그늘에서 삐져나온 시즈카의 발톱에는 립스틱과 똑같은 색의 페디큐어가 칠해져 있었다.

카페에 어울리는 재즈 가수의 노랫소리가 흘러 나왔다. 음색이 따뜻한 걸 보면 레코드일 것이다. 하얀 머리칼을 뒤로 묶은 주인의 고집일까? 아니면 나는 지금 CD가 없는 시대에 있는 걸까?

한낮의 맥주가 몸에 스며들었는지 졸음이 밀려왔다.

오래된 레코드판 음악을 듣는 사이에 한 가지 기억이 또 되살아났다.

역 앞 상점가의 뒷골목에 있는 어두컴컴한 찻집. 형형색색 열대어들이 헤엄치는 수조. 손님이 드나들 때마다 귀에 거슬리는 벨소리가 울렸다.

40년이나 지난 일이라서 자세히 기억나지는 않는다. 12월 25일이라는 날짜를 또렷이 기억하는 것은 크리스마스라서가 아니라 결혼기념일이기 때문이다. 설날 휴가를 일찍 받았는지 아니면 대체 휴가라도 받았는지, 어쨌든 구청 창구에 혼인 신고서를 제출한 걸 보면 평일이었다.

프러포즈는 하지 않았다. 우리 세대에 그런 것을 한 남자는 얼마 되지 않는다. 그 대신 결혼식은 올리지 않고 혼인 신고만 하는 커플은 드물지 않았다. 즉, 결혼은 지금처럼 획일적이 아니고 의식이란 생각도 없었으며 굉장히 자유로웠다.

하지만 세상의 눈이 사실혼을 허락하지는 않았기에, 교제를 시작하고 나서 1년쯤 지났을 때 혼인 신고만 하고 부부가 되자는 이야기가 나왔다. 그래서 둘이 서둘러 구청으로 갔는데, 서류를 제출하기 전에 아내의 양해를 얻어야 할 일이 있었다. 내 기묘한 호적에 관해서다. 정식으로 말하기가 꺼려져서, 구청에 가는 길에 있는 찻집으로 들어갔다.

나는 부모가 누군지 모른다. 아내는 어린 시절에 양친이 이혼하고, 각자 다른 사람을 만나서 재혼했다. 하지만 서로 신상 이야기를 한 적은 없다. 불필요한 탐색을 하지 않은 것이다.

잠시 별 상관도 없는 이야기를 하고 나서 불쑥 생각난 척하며 호적등본을 테이블 위에 올려놓았다. 그러자 아내도 핸드백 안에서 자신의 호적등본을 꺼내더니 마치 트럼프놀이라도 하듯 나란히 놓았다. 그렇게 해서 우리는 별로 말하고 싶지 않았던 서로의 내력을 확인했다.

아내의 호적은 복잡하지만 알기 쉬웠다. 오래전에 생모가 제적되고 즉시 계모가 입적하여 동생 셋을 낳았다. 게다가 생모까지 재혼해서 아이를 낳았으니 아내가 있을 곳은 어디에도 없었을 것이다. 내심 아내가 가여워졌다. 내게는 마음이 아플 정도의 그런 굴레는 아무것도 없었다.

반면에 내 호적은 너무도 단순했다. 이렇게 공백투성이 호적등본은 어디에도 없지 않을까? 본적지는 아동 보호 시설이다. 다음 칸에는 '버려진 아이 발견 조서'의 제출 날짜가 적혀 있었다. 1951년 12월 15일이라는 생일은 추정이다. 부모의 이름은 빈칸. 옆에는 '장남'이라고 되어 있지만 근거는 없다.

조서의 내용은 적혀 있지 않았다. 하늘에서 뚝 떨어졌다고밖에 생각할 수 없을 만큼, 예술적일 정도로 간소한 호적이었다. 하지만 아내는 그것을 오랫동안 바라보았다. 그 공백 부분에서 잃어버린 태고의 문자를 읽어 내려고 하는 것처럼.

한참 후에 열대어가 있는 수조로 눈길을 옮기더니 아내는 말없이 눈물을 흘렸다. 나를 가엾게 여겼는지, 자신을 가엾게 여겼는지는 모른다.

'그걸로 되겠어?'

내가 물었다.

'괜찮아요.'

아내가 대답했다.

우리 사이에 끝내 없었던 사랑 고백이나 프러포즈나 결혼식은 전부 그 순간에 이루어졌다. 어쩌면 대사도 동작도 남녀가 반대였을지 모르겠지만 그것은 아무래도 상관없었다.

벨이 울리고 찻집을 나왔을 때, 새로운 세계가 열린 듯한 기분이었다. 시설을 나와 신문 판매소에 입주 배달원으로 들어갔을 때도, 대학에 합격해서 기숙사로 이사했을 때도, 사회인이 되었을 때도 똑같은 감동을 받았지만, 그때만큼 감격스럽지는 않았다. 탈피를 거듭하면서도 좀처럼 변태하지 못했던 곤충이 마침내 날개를 얻고 비상한 듯한 느낌이었다.

아내도 똑같은 기분이었으리라. 간소한 호적을 가진 남자와 복잡한 호적을 가진 여자가 향하는 곳은 똑같았다.

우리는 혼인 신고서를 제출한 뒤, 누가 먼저랄 것도 없이 새로운 등본을 두 통 달라고 했다. 그리고 소중한 부적처럼 가슴에 품은 채, 말없이 겨울의 메마른 가로수 길을 걸었다.

언젠가 태어날 아이를 위해 형식적으로 옷을 빌려 입고 사진을 찍은 것은 그날이었을까?

"당신은 종교가 있나요?"

한낮의 취기에 몽롱해져서는 물었다. 시즈카는 즉시 "없어요"라고 대답했다. 그리고 약간 시차를 두고 "하느님도 부처님도 안 믿어요"라고 덧붙였다.

나의 무서운 상상은 맞지 않았다. 그와 동시에 이 기묘하리만큼 세련된 여인의 인생을 언뜻 본 듯한 느낌이 들었다. 외모에 고생한 흔적이 나타나지 않고, 오히려 그것을 밑거름으로 세련되지는 사람이 있다는 사실을 알고 있다. 능력이나 성격이 아니고 객관적인 행복이나 불행과도 상관없이, 지금의 자신이 행복하다고 믿는 사람이다.

시즈카는 선글라스를 가볍게 잡고 햇볕이 내리쬐는 바다를 바라보았다. 내 질문을 계기로 좋지 않은 기억이 떠올랐을지도 모른다.

"혹시 마담 네즈를 아시나요?"

"네?" 하고 그녀는 작게 놀랐다.

"아아, 본명은 모릅니다. 눈 오는 날에 데이트해서 마담 네즈라고 부르지요. 나이는 당신보다 훨씬 많지만 아주 매력적인 여성이었어요."

두 사람의 분위기가 어딘지 모르게 비슷했던 것이다. 과거를 되돌아보지 않고 미래도 꿈꾸지 않으며 지금의 자신이 행복하다고 믿는 여인. 나는 그 초연한 분위기에 매료되었다.

"몰라요."

잠시 생각에 잠기고 나서 여인은 혼잣말처럼 말했다.

거짓말을 할 이유는 없으리라. 그렇다면 아내의 헬스클럽 멤버라는 유력한 가설도 지워야 한다. 하긴 그렇다면 그렇다고 처음부터 말했을 테고, 내가 그런 가설을 세운 근거는 그녀들의 균형 잡힌 몸매뿐이다.

"이제 졸음이 쏟아지는군요."

"그럼 주무세요."

"일본의 의자는 앉아서 잘 수가 없지요."

"느끼한 말이네요."

그녀가 몸을 기대어 왔다. 나는 잠기운을 이기지 못하고 선드레스의 어깨에 얼굴을 올렸다. 야위었는데도 뼈가 닿지 않아서 기분이 좋았다.

일본의 의자가 모두 작은 것은 예전에 의자에 앉는 문화가 없었던 탓일까? 아니면 일본인의 체구가 하나같이 작고 자세도 좋기 때문일까?

선잠을 자는 사이에 한여름의 태양은 물러나고 곶의 그림자가 길게 뻗으면서 조용한 후미는 창백해졌다.

제3장

병원의 얼굴

의리

눈은 그칠 것 같지 않았다.

그러면서 떨어지자마자 지구에 빨려 들어가는 고집도 오기도 없는 눈이다. 이 눈, 뭔가와 닮지 않았나?

생각할 것까지도 없다. 창문 안에는 허세를 부리기만 하고 오기라곤 한 조각도 없는 내가 멍하니 밤하늘을 올려다보고 있다.

테이블 위에는 먹다 만 오믈렛 오므라이스가 놓여 있다. 커피는 석 잔째. 담배꽁초에서 연기가 피어오르고 있다. 평소의 습관대로 창가 자리에 앉은 게 문제였다. 땅으로 빨려 들어가는 눈을 보니까 공연히 마음이 울적해졌다. 그렇다고 한창 아이들을 재우고 있을 아내에게 전화를 걸 수도 없고, 스마트폰을 들여다볼 마음도 들지 않는다. 지금은 팔짱을 낀 채 말없이 창밖을 바라보고 있을 수밖에 없다.

이렇게 눈이 내리는데, 패밀리 레스토랑은 의외로 북적거렸다. 아이들을 데려온 사람도 많았다. 다들 집에서 밥을 먹지 않는 걸까? 스마트폰의 시계를 보았다. 지금만 본 게 아니라 5분마다 보고 있다. 21시 35분. 뭐야? 시간이 전혀 지나지 않았잖아? 이제 병원으로 가도 될까? 아니, 역시 30분이면 너무 이르다. 조금만 더 둘이 있게 놔두자. 간다고 해서 내가 할 수 있는 일은 아무것도 없고.

친구란 건 참 좋다. 내게는 그런 친구가 한 명도 없다. 나쁜 친구들과 손을 끊는다는 게 제자로 들어가는 조건이었으니까. 물론 그 녀석들은 친구도 아니었지만.

보호 관찰관의 소개로 대장님을 처음 만났을 때, 내 인생은 이것밖에 없다고 생각했다. 부모에게도 버림받은 소년원 출신 불량소년을 자기 집에 살게 해 주고 월급도 주며 평생 성실하게 먹고 살 수 있도록 해 주겠다니. 내 인생의 처음이자 마지막 기회라고 생각했다. 나는 운이 좋았다. 대장님은 인간성이 좋으냐 나쁘냐가 아니라 세상에서 가장 구원받을 수 없는 녀석을 선택한 것이다.

이런 패밀리 레스토랑이었다. 보호 관찰관이 나를 두고 돌아간 다음, 대장님은 흡연 구역으로 자리를 바꾸더니 "피워"라고 하면서 담배를 던졌다.

아직 열일곱이었다. 더구나 사고라도 치면 즉시 소년원으로 돌아가야 하는 보호 관찰 중 신세였다. 혹시 대장님이 나를 시험하는 게 아닐까 해서 담배에 손을 댈 마음이 들지 않았다.

뭐, 강요하는 건 아니야. 나는 술도 담배도 좋아하니까 네가 담배를 피워도 아무렇지도 않아, 라고 대장님이 말했다.

다만 해서는 안 되는 일은 있어. 약속할 수 있겠어?

나는 등줄기를 쭉 펴고 '네!'라고 대답했다. 어떤 조건이든 따를 생각이었다.

나쁜 친구들과는 당장 손을 끊어.

네.

인간도 아닌 아버지는 찾지 마.

네.

제 몫을 해낼 때까지 어머니도 만나지 마.

잠시 생각하다가 역시 '네'라고 대답했다. 대장님이 내 신상을 완벽하게 조사한 뒤, 그런 조건을 내밀었다고 생각했기 때문이다.

아버지는 어디 사는 누구인지 모른다. 어머니는 알고 있겠지만 묻고 싶은 마음이 없었다. 어디 사는 누구든, 자기 자식이 태어났는데 모르는 척하는 걸 보면 인간도 아니다.

어머니는 툭하면 남자를 바꾸었는데, 내가 아는 남자만 해도 다섯 명인가 여섯 명은 되었다. 그놈들 덕분에 먹고살든지 아니면 남자 없이는 살아갈 수 없든지 둘 중 하나일 것이다. 아아, 어쨌든 싫다 싫어. 생각하고 싶지도 않다.

그런 어머니라도 나를 낳고 키워 줬으니까 외면할 수는 없었다. 제 몫을 해내려면 5년이나 10년은 걸릴 것이다. 어머니는 젊지 않다. 서른다섯 살에 나를 낳았으니까.

'네'라고 대답한 다음에 대장님에게 부탁했다. 월급은 어머니 은행 계좌로 넣어 주시겠습니까? 수수료는 빼도 되니까요, 라고. 그 뒤로 백만 번쯤 들은 '멍청한 녀석'이란 말을 맨 처음 들은 것이 그때였다.

멍청한 녀석, 네 녀석의 발밑도 안 보이는데 효도는 무슨 효도야? 아직 10년은 빨라.

그때는 그 말이 무슨 뜻인지 몰랐다. 하지만 시간이 지나는 동안 서서히 알게 되었다. 대장님은 나를 알몸으로 만들었다. 도중부터 고치는 게 아니라 처음으로 리셋하는 것이다. 대장님의 일하는 스타일을 보고 알아차렸다. 어딘가 이상하다고 생각하면 적당히 고치는 게 아니라 전부 부수고 다시 시작한다.

21시 40분.

말도 안 돼! 겨우 5분밖에 안 지났잖아? 아버지가 쓰러지고 나서 계속 이런 식이다. 현장에서도 병원에서도, 집에서 아이와 놀 때도 거의 시간이 가지 않는다. 생각하고 또 생각하기 때문일까? 선천적으로 생각하지 않는 타입이니까 뇌가 익숙하지 않기 때문일까?

앞으로 20분. 10시까지는 둘만 있게 놔두자. 그리고 병원으로 돌아가면 어르고 달래서 대장님을 집으로 돌려보내자.

아버지와 동년배니까 대장님도 언제 무슨 일이 생길지 모른다. 게다가 술을 엄청 좋아하고 골초에다 의사라면 질색을 한다. 사모님이 아무리 잔소리를 해도 약을 먹지 않는다. 건강 검진도 내가 억지로 끌고 가야 겨우 받는다.

대장님의 건강은 그렇게 걱정했으면서 왜 아버지는 그냥 내버려 두었을까? 이제 와서 반성을 해도 어쩔 수 없지만.

과음도 하지 않고 담배도 피우지 않으며 큰 회사에서는 건강 검진도 제대로 할 테니까 걱정할 필요가 없다고 생각했다. 아! 그게 아니었던가? 혹시 대장님은 걱정하면서도 아버지에게는 신경을 쓰지 않은 게 아닐까?

생각이 거기까지 미치자 나 자신이 너무나 싫어져서 썩은 한숨을 토해 냈다.

아마 머릿속에서 순서를 매기고 있었을 것이다. 대장님이 먼저고 아버지는 다음이라고. 멍청한 녀석! 이것은 나 자신을 먼저 생각하고 아내를 나중에 생각한 것이나 다름없다.

이래선 언제까지나 제 몫을 해낼 수 없다. 어쩌면 평생 어머니를 만나지 못할지도 모른다.

"죄송하지만 커피 주세요."

이걸로 넉 잔째. 메이드복 같은 유니폼이 죽을 만큼 어울리지 않는 아주머니가 '또야?'라는 얼굴로 커피를 따라 주었다.

저분에겐 자식이 있을까? 우리 어머니도 술집은 예전에 그만두었겠지. 어딘가에 있는 패밀리 레스토랑에서 이 아주머니처럼 소박하게 일하면서 살면 좋을 텐데.

그때 대장님의 설교가 또 하나 떠올랐다.

다케시, 잘 들어. 한 여자를 행복하게 만드는 것은 전 세계에서 전쟁을 없애는 것만큼 어려운 일이야.

대장님도 아버지도 아동 보호 시설에서 자란 것 같다. '같다'고 말하는 것은 자세한 이야기를 모르기 때문이다. 나도 나의 출생에 대해서는 말하고 싶지 않다. 그래서 묻고 싶지도 않았다.

나도 그 시설이란 곳에서 자랐다면 좋았을까? 그러면 친구가 생겼을까? 하지만 그런 어머니긴 해도 보호자가 있으니까 시설에 들어갈 자격은 안 되었을 것이다. 어중간한 불행이 아니라 확실한 불행이었다면 좋았을 텐데. 어중간한 불행이라서 왠지 손해를 보는 것 같다.

대장님의 양친은 교통사고로 돌아가셨다고 사모님에게서 들었다. 무슨 말을 하다가 슬쩍 말씀하셨는데 나는 '아아……'라고 대꾸했을 뿐이다. 되묻지도 않았다.

아버지는 자신의 부모가 누구인지도 모르는 것 같다고 이네가 말했다. 그 말에도 '아아……'라고 대꾸했을 뿐 아무 말도 못 들은 척을 하면서 즉시 화제를 바꾸었다. 그래도 어떻게 된 일인지 대강 알 수 있었다.

하지만 이야기를 들었을 때 나름대로 충격을 받았다. 왜 대장님이 이런 나를 거두었는지, 아버지가 왜 나 같은 놈에게 딸을 주었는지, 수수께끼가 한꺼번에 풀린 듯했다.

수수께끼의 정답은 그것이겠지만 나는 지금도 믿을 수 없다. 몇 번이나 확인을 했다. 이 세상에 그렇게 좋은 일이 정말로 있을까 해서.

그게 정답이라면 나는 엄청난 행운아라고밖에 표현할 길이 없다. 내가 언젠가 대장이 되어 수습생을 채용할 때, 보호 관찰 중인 소년원 출신이라고 하면 눈살을 찌푸릴 것이다. 대학을 나와 건축사 자격을 가진 녀석이라든지 고등 전문학교 출신으로 절반쯤 완성된 녀석이 좋다는 건 두 말할 필요가 없다. 딸을 주는 것은 말도 안 된다. 그런 일은 있을 수 없다. 아마 사귄다는 말만

들어도 그 길로 달려가서 죽사발을 만들어 놓을 것이다. 어쩌면 때려죽일지도 모르겠다.

역시 대장님이나 아버지는 신 같은 사람이고, 나는 신의 선택을 받은 엄청난 행운아다. 아무리 생각해도 그렇다. 그래서 두 분을 볼 때마다 숨을 쉴 수 없을 만큼 주눅이 들었고, 하지만 엄청난 행운아니까 열심히 노력해야 한다고 주먹을 불끈 쥐곤 했다.

지금도 그렇게 생각한다. 대장님이 거둬 준 지 15년, 아내와 결혼한 지 7년. 나는 아직 아무것도 할 수 없는 한심한 녀석이다. 아버지를 잃기에는 너무 이르다.

부모가 없어도 아이는 자란다고 하지만 나는 제대로 자라지 못했다.

대장님과 사모님이 다시 키워 주셨다. 그리고 다케와키 아버지와 어머니, 아내, 아이들, 모두 힘을 모아 나를 키워 주었다. 엄청난 행운아에다 무지막지하게 행복한 녀석이다.

루리와 시온은 내 소중한 보물이다. 어린애는 쳐다보기도 싫어했는데, 내 자식은 다르다.

이름도 내가 지었다. 아내인 아카네가 저녁놀을 상징하는 꼭두서니 천(茜)자를 쓰니까 아이도 아름다운 색이 좋을 것 같아서 인테리어 카탈로그를 옆에 두고 시간이 있을 때마다 들춰 보았다.

루리(瑠璃, 청보석)는 블루 계열의 청금석색이라고 한다. 획수가 많고 쓰는 순서도 잘 모르지만 왠지 멋있어 보였다. 오노 루리. 분명히 영화에 출연하는 여배우가 될 것이다. 색 카탈로그를 보면서 파란색만 해도 40가지나 된다는 걸 알게 됐다. 루리색은 그 중 하나다. 인테리어 공부도 해야겠다고 생각했다.

시온(紫菀)은 보라색 계열이고 개미취라는 꽃 색깔이라고 한다. 오노 시온. 바이올리니스트 이름 같지 않은가? 보라색의 종류도 30가지가 넘는다. 이 세계는 무한한 색으로 뒤덮여 있다.

집을 짓기만 하는 게 아니라 디자인도 인테리어도 가구 선택도 정원 가꾸기도 전부 내 손으로 하고 싶다. 앞으로 10년이 지나면 오기쿠보의 아버지 집을 다시 짓기로 했다. 그때는 하나에서 열까지 전부 내 손으로 할 것이다. 지붕은 아카네. 벽은 루리. 정원에는 옅은 보라색의 시온 꽃을 가득 피울 것이다.

쓸데없는 짓은 하지 말고 네 일이나 제대로 해. 아버지는 그렇게 말하겠지. 하지만 이것은 내 꿈이다. 내 평생의 일이다.

아버지가 나를 데릴사위로 삼지 않은 이유는 '다케와키 다케시'의 발음이 나쁘기 때문이 아니다. 원래 빌려 온 성이라서 애착이 없다고 아내가 말했다.

좋다. 그렇다면 내가 지은 집 현관에 '다케와키'와 '오노'라는 애착이 없는 성을 쓴 문패 두 개를 나란히 걸어 두면 되지 않는

가. 그렇게까지 하려면 대장님도 트집을 잡을 수 없을 만큼 제대로 일하지 않으면 안 된다.

그러니까 앞으로 10년. 10년이 지나면 아버지와 어머니의 뭐가 뭔지 모르는 인생을 내가 이해할 수 있게 해 줄 거다.

21시 50분. 이제 슬슬 가 볼까?

오므라이스를 한 입 먹고 얼굴을 찡그렸다. 달걀이 굳어 버려서 맛이 없군.

"감사합니다."

"잘 먹었습니다."

패밀리 레스토랑을 나오자마자 몸을 떨면서 작업복 옷깃을 여몄다. 종업원 아주머니는 우리 어머니보다 훨씬 젊었다. 물론 최근의 어머니는 모르지만.

결혼식 때 오랜만에 만났고, 루리와 시온이 태어났을 때 한 번씩 만났다. 어라? 정말로 그것뿐인가?

가끔 메시지가 오지만 착신은 항상 한밤중이라서 다음 날 점심시간에 답장을 보낸다. 전화가 걸려 온 적은 없다. 그 메시지도 솔직히 말하면 지긋지긋하다. 술에 취했다는 걸 빤히 알 수 있다. 글자는 틀리지 않지만 기묘한 이모티콘이 붙어 있고, 무슨 말을 하는지 알아들을 수 없다. 그래도 무시할 수는 없으니까 '나는 잘 지내고 있어요'라고 답장을 보낸다.

옛날부터 술에 취하면 우는 버릇이 있다. 어릴 때는 어머니가 눈물을 흘릴 만큼 고생한다고 생각해서 가슴이 아팠지만, 술주정이란 걸 알고 나서는 한심하게 느껴졌다. 지금도 습관을 고치지 않은 걸까? 전화를 걸어서 우는 건 좀 그러니까 울면서 메세지를 보내는 건까?

어머니를 생각할 때마다 자신이 차가운 녀석이라는 걸 깨닫는다. 제 몫을 해내게 되면 데리러 간다고 말해 놓고는 그것에 대해 진지하게 생각해 본적이 없다. 어머니가 아내에게 부담을 주고 아이들에게 우는 모습을 보이는 건 딱 질색이다.

예순일곱인가? 이제 패밀리 레스토랑에서는 써 주지 않겠지. 그래도 돈을 달라고 하지 않는 걸 보면 먹여 살려 주는 남자라도 있는가 보다. 예전에 만났던 남자들도 그럭저럭 나쁜 사람은 아니었고.

오메카이도가 이렇게 어두웠던가? 사람도 차도 별로 없어서 함박눈이 잘 어울린다. 꿈이라면 어서 깨면 좋겠다. 걸으면서 고개를 돌리거나 눈을 깜빡여 보았다. 하지만 눈 내리는 오메카이도는 그대로였다.

병원 정문에 들어선 순간, 전나무에 걸려 있던 조명이 일제히 꺼졌다. 흠칫 놀라서 나도 모르게 발길을 멈추었다. 아니다, 아니다. 원래 10시에는 꺼진다.

만약 오늘 아버지에게 무슨 일이 있으면 크리스마스는 평생 즐길 수 없다. 아이들은 가엾지만 나는 끝까지 고집을 부릴 것이다. 아버지에게 무슨 일이 생긴 날을 어떻게 '메리'하고 '해피'하게 보내겠는가.

어깨의 눈을 털고 병동으로 들어갔다.

간호사

바이털 사인(vital signs, 맥박과 호흡 등의 생명 징후)이 꺼졌다.

심정지. 맥박 없음. 고지마 나오코는 잠깐 눈을 붙이고 있는 당직 의사를 흔들어 깨웠다.

"선생님, 선생님. 다케와키 씨의 바이털 사인이 없어요!"

젊은 수련의라면 벌떡 일어나고 베테랑 의사라면 잠에 취한 눈길로 적절한 처치를 한다. 가장 위험한 사람은 육체만이 인간의 삶과 죽음에 익숙해지고, 정신은 아직 육체를 따라오지 못한 서른 전후의 의사다. 포기가 빠르기 때문이다.

"선생님, 선생님!"

이래서 중환자실은 싫다. 간호사로 25년을 일하는 동안 고지마는 생명과 관계가 없는 마이너 계통 진료과에서 주로 일했다. 젊은 시절 다른 병원의 중환자실에서 근무했을 때는 슬픔과 긴장감을 견디지 못해 툭하면 약한 소리를 했다.

"선생님, 선생님!"

두드려 깨워 봤자 결과는 빤하다. 이 의사는 포기할 것이다. 일단 연명 조치를 하고 가족이 도착할 때까지 기다릴 것이다. 다케와키 씨는 이미 사망했다. 그런데 살아 있다고 간주하고 30분 정도 심장을 움직여서, 가족이 모두 모이면 엄숙하게 사망 시각을 선언하는 것이 이 당직 의사의 일이다. 적어도 고지마는 그렇게 생각했다.

"선생님!"

자신의 목소리에 고지마는 눈을 떴다. 엎드렸던 책상에서 얼굴을 들고 모니터를 보았다. 다행이다. 다케와키 씨는 살아 있다.

"선배님, 괜찮으세요? 좀 쉬세요."

후배 간호사가 걱정해 주었다. 고지마는 시계를 보고, 10시밖에 안 됐는데 벌써 눈을 붙일 수는 없다고 생각했다.

"어머나, 깜빡 잠들었나 봐. 나이가 들어서인지, 역시 2교대는 힘드네."

후배의 엄마가 자기보다 어리다는 말을 듣고 충격을 받았다. 25년을 일해 왔으니 계산해 보면 당연한 일이지만, 그 말을 듣는 순간 동료라고 생각했던 간호사들이 모두 어린애 같이 보였다. 자진해서 야간 근무를 맡기로 한 것은 나이 차이를 믿고 싶지 않았기 때문이다.

"있잖아, 아이짱……."

후배의 코앞까지 얼굴을 바싹 대고 고지마는 목소리를 낮추었다.

"꿈속에서 다케와키 씨가 버렸어."

"세상에! 선배님도 참."

은어가 통하는 걸 보고 고지마는 안도했다.

'버리다(스테루)'란 말은 '사망하다'는 뜻이다. '슈테르번(sterben)'이라는 독일어에서 유래했다고 하는데, 젊은 시절에 배운 병원의 은어가 통하지 않는 간호사도 많다. 가령 이 간호사실도 '대기소'라고 말했다가 후배 간호사들에게 비웃음을 당했다. 예전에는 은어가 아니라 다들 그렇게 불렀으니까 어쩔 수 없다.

"있잖아, 깜빡 졸다가 눈을 떴더니 다케와키 씨의 바이털 사인이 없지 뭐야? 화들짝 놀라서 선생님을 깨우려고 했더니."

"선생님이 일어나지 않았죠? 그건 꿈이 아니라 현실이에요."

그건 그렇다. 가끔은 아무리 깨워도 일어나지 않는 당직 의사가 있다.

"자고 있을까?"

"네, 곤히 자고 있어요. 아무 일도 없기를 기도할게요."

"그래서 다시 눈을 뜨고 다케와키 씨의 바이털 사인을 확인했는데……."

"그랬어요? 갑자기 '선생님!'이라고 소리쳐서 얼마나 놀랐는지 아세요? 역시 선생님은 눈을 뜨지 않았지만요."

"그래, 그랬구나."

아이짱은 카운터로 몸을 내밀어 다케와키의 침대를 보았다. 통로 너머의 작은 공간에서 다케와키는 잠들어 있었다.

"선배님. 다케와키 씨 멋있지 않나요? 키도 크고 스타일도 좋고요. 계속 잠들어 있어서 잘은 모르지만 저런 분을 로맨스그레이라고 하죠?"

"어머나, 옛날 말을 알고 있네?"

"간호부장님에게 들었는데, 종합상사의 중역이시래요. 역시 뉴욕이나 파리에서 오래 계셨을까요? 사모님도 미인이더라고요."

가끔 중환자실의 정적이 무서워진다. 일반 병동에는 생명의 기척이 있지만 여기는 고통도 괴로움도 없다. 다만 말 없는 인생이 가득 차 있을 뿐이다. 때로는 병원의 일부라기보다 성당 같은 느낌이 든다. 그래서 여기서 일하는 고지마도 간호사라기보다 수녀에 가깝다는 생각이 들곤 한다.

"그래, 멋있어. 키도 크고 잘생기고. 그리고 신사고."

"네? 혹시 아는 분이세요?"

고지마는 고개를 끄덕였다. 그렇다. 고지마는 다케와키를 잘 알고 있다.

그를 처음 만난 건 20여 년 전이었다. 간호사 일에 익숙해지자 오히려 염증이 나면서 다른 길로 가 볼까 하던 참이었다.

어쩌면 그보다 조금 전일지도 모른다. 아직 무선호출기와 전화카드를 가지고 다니던 시절이었다. 요즘 젊은 사람들은 본 적도 없는 무선호출기와 전화카드.

다케와키 마사카즈라는 이름은 몰랐다. 늘 시발역 플랫폼의 같은 곳에 나란히 서서 같은 열차를 기다렸다. 앞에서 두 번째 차량, 맨 뒤쪽 문. 플랫폼 반대편에 먼저 출발하는 열차가 있어도 그쪽은 쳐다보지도 않았다. 아침에는 열차가 자주 출발하기 때문에 꼭 그 열차에 탈 필요는 없었지만 8시 30분에 업무 인수인계를 하기에는 딱 좋았다. 몇 분 빠르거나 몇 분 늦으면 일의 흐름에 올라탈 수 없을 것만 같았다. 동물적인 습성이라고나 할까?

아마 다케와키 씨도 도심에 있는 회사 출근 시간에 맞춰서 그 차량에 타는 습관이 있던 거겠지.

지하철이 가장 혼잡한 러시아워. JR의 환승객과 북쪽 출구와 남쪽 출구에서 내려오는 승객이 합류한다. 사람들에게 떠밀려 어디가 어딘지 모를 때, 키가 크고 잘생긴 다케와키는 체구가 작은 고지마의 표지가 되었다.

항상 개찰구 앞에서 모습을 발견하는 걸 보면 서로의 집도 역을 사이에 두고 반대편에 있는 게 아닐까? 고지마가 사는 북쪽 출구 부근은 서민들이 사는 변두리 같은 느낌이지만 남쪽 출구는 고급 단독주택들이 즐비한 주택가였다.

"멋있고 신사라……. 아! 혹시 선배님……."

"말도 안 되는 상상은 하지 마. 그냥 이웃 사람이야. 참, 이웃도 아닌가?"

"은근슬쩍 넘어가려고 하네요. 선배님, 수상해요."

꿈에서까지 보는 건 수상하다는 건가? 물론 농담이겠지만 후배의 상상은 기분 나쁘지 않았다.

"역시 2교대는 힘드네요. 예전에 다닌 병원은 3교대였거든요."

"아직 젊으니까 이 정도로 불평하지 마. 곧 익숙해질 거야."

3교대제가 2교대제로 바뀌면서 로테이션은 단순해졌지만 이렇게 몸에 부담이 가리라곤 생각지도 못했다. 연속 16시간 근무의 피로는 하루 만에 회복할 수 없다. 낮과 밤의 2교대제 도입은 만성적인 일손 부족을 해소하는 최후의 수단이었다.

20년이 넘게 같은 지하철을 타고 출근했던 사람. 단지 그것뿐이다.

하지만 고지마에게는 다케와키 마사카즈가 자기 인생의 일부처럼 여겨졌다. 물론 이성으로 의식한 적은 한 번도 없다. 그래도 구급차에서 운반된 환자의 얼굴을 언뜻 본 순간, 죽음 직전에 있는 가족이나 애인을 만난 듯한 충격에 휩싸였다.

생명을 구별한 적은 없지만 이 환자만은 다른 간호사에게 맡기고 싶지 않았다. 그래서 독감으로 야간 근무 팀에 결원이 생기자 자진해서 떠맡았다. 야간 근무를 할 때는 16시 30분에 출근해서 다음 날 아침 9시에 주간 근무자에게 인계한다. 도중에 있는 두 시간의 수면 시간도 제대로 잔 적이 없다.

같은 지하철로 출근했을 뿐인 사람. 다만 그것뿐인 타인. 그런데 왜 이렇게 집착하는지 스스로도 설명할 수 없었다. 기나긴 밤을 보내는 사이에 이런저런 기억이 되살아났다.

러시아워의 시발역에서는 항상 자리 쟁탈전이 벌어지지만 다케와키는 신사였다. 기를 쓰고 앉으려고 하지 않고 대부분 맞은편 문 옆에 서서 신문을 보기 시작했다. 그렇다면 일부러 나중에 출발하는 열차에 탈 필요가 없지만 그는 항상 그런 식이었다.

처음 봤을 무렵, 그는 40대 중반이었을 것이다. 그때보다 나이는 들었지만 인상은 변하지 않았다. 달라진 것은 머리가 하얘지고 신문을 볼 때 노안경을 끼게 된 정도일까?

소문을 듣자니 종합상사의 중역이라고 하던데, 그런 사람이라면 회사에서 차가 나오지 않을까? 하지만 병문안 오는 사람들의 모습을 보면 역시 중역일지도 모른다.

그러고 보니 20년 사이에 몇 년간 모습을 보지 못한 적이 있었다. 몇 년이 지나고 다시 지하철 플랫폼에서 봤을 때는 저도 모르게 인사를 할 뻔했다. "잘 다녀오셨어요?" 하고. 종합상사에 다니니까 분명히 파리나 뉴욕으로 전근을 갔던 거겠지. 가족도 같이 갔을까? 아니면 혼자 갔을까?

"어? 선배님, 왜 그러세요?"

추억을 더듬는 사이에 자기도 모르게 눈물이 흘러내렸다.

"죄송해요. 전 그냥 농담했을 뿐인데……."

아니야, 괜찮아. 후배의 오해를 듣고 왠지 가슴이 따뜻해졌다.

남들만큼 사랑은 해 봤다. 하지만 서로 사랑한 적은 없었다. 그렇게 되기 전에 항상 상대가 먼저 떠나든지 자신이 먼저 돌아서든지, 계속 그것의 반복이었다.

간호사라는 직업은 연애에 맞지 않는다. 로테이션이 갑자기 바뀌는 경우가 많아 애인을 만나기 어렵다. 겨우 시간을 짜내도 온몸이 녹초가 되어 요리를 만들고 싶지도 않다.

더구나 고지마에게는 성실한 사명감이 있어서, 일보다 애인을 우선할 수 없었다. 그것도 동료의 말을 듣고서야 처음 알아차렸지만. 고지마 씨는 너무 성실해서 탈이야. 이 일을 하기 위해 자기 행복을 희생하는 것 같아.

그 말이 맞다. 그래서 애인 관계는 몇 달밖에 이어지지 않았고, 지금까지 가장 길었던 연애 기간은 엄청나게 인색한 의사를 만났던 2년간. 되돌아보면 모두 허망한 연애였다.

하지만 다케와키와는 20년을 함께 보냈다. 말을 나눈 적도 눈을 마주친 적도 없지만 그는 그녀 인생의 일부였다. 그래서 매일 문병을 오는 건축 일을 하는 듯한 아저씨에게 다케와키의 출생을 들었을 때는 너무나 충격을 받아서 자신도 모르게 손길이 멈추었다.

'우리는 둘 다 부모가 없었지요.'

같은 시설에서 자랐다고 아저씨는 말했다. 잠에 취한 눈으로 묻지도 않은 말을 했다고 생각했는지, 갑자기 부끄러워하는 얼굴이 꽤 귀여웠다.

아저씨가 복도 의자에서 잠드는 걸 보고, 고지마는 중환자실의 면회자 명단을 새삼 확인했다. 부인의 이름은 세쓰코. 아저씨 이름은 나가야마 도오루. 덩치가 크고 갈색 머리의 막노동꾼처럼 보이는 사람은 오노 다케시. 나가야마의 회사 사람이겠지. 오노 아카네는 오노 다케시의 아내인 듯한데, 한눈에도 다케와키의 딸임을 알 수 있다. 아마 외동딸일 것이다.

인간관계를 대강 상상하자 고지마의 가슴은 먹먹해졌다. 다케와키는 엄청난 인생을 짊어진 것처럼 보였다. 매일 아침 같이 지하철을 탔을 뿐인 사람이 이토록 마음에 걸리는 건 그의 온몸에서 처절한 인생이 배어 나왔기 때문이 아닐까?

그는 이제 곧 죽는다. 수술도 할 수 없고 의식도 돌아오지 않는다는 건 그런 뜻이다.

사카키바라 가쓰오는 올해 여든 살로, 지금 다케와키의 옆 침대에서 일주일째 잠들어 있다.

두 침대는 절반은 파티션으로 절반은 커튼으로 나뉘어 있고, 두 사람은 이 중환자실에서도 가장 중증 환자였다.

사카키바라는 혼자 사는 집에서 뇌경색을 일으켰다. 최악의 패턴이었다. 우연히 방문한 요양보호사가 적절하게 심폐소생술을 해서 가까스로 심장이 움직이는 상태로 응급센터에 실려 왔다. 더구나 예전에 심근경색을 일으켰던 적이 있어서, 심장의 기능이 정상이라곤 할 수 없었다. 심근경색이나 협심증이 있으면 뇌경색의 위험성도 아주 크지만, 진료과목이 다른 탓인지 의사들은 그것에 대해 별로 언급하지 않았다.

고지마는 다케와키와 사카키바라의 침대를 살펴보았다. 둘 다

여전히 잠들어 있다. 그렇게 머지않은 날에 자기 손으로 이 기계를 떼게 되겠지만…….

사카키바라는 병원을 좋아한다. 오래 근무한 간호사 중에는 그를 모르는 사람이 없었다. 외래 진료가 시작되는 아침 9시가 되기도 전에 병원에 와서 얼굴을 아는 사람을 붙들고 이야기하고, 병원 식당에서 점심을 먹고 집으로 돌아간다. 대부분 본인의 진료는 없다. 이런 노인이 몇 명이나 있는데, 밝은 성격의 그는 이 기묘한 커뮤니티의 분위기 메이커였다.

그래도 그가 혼자 사는 줄은 몰랐다. 비상 연락처에는 장남의 전화번호가 쓰여 있지만, 장남이 병문안을 왔다는 기록은 보이지 않는다. 장남의 주소는 오사카로 되어 있다. 가끔 문병을 오는 노인은 병원 커뮤니티의 멤버였다.

"사카키바라 씨. 제 말이 들리세요? 힘내셔야 해요."

고지마는 그의 머리를 쓰다듬었다. 그렇게라도 말을 걸지 않을 수 없었다. 역시 자신은 중환자실 근무에 맞지 않는다고 생각했다. 여기에 근무하는 한, 실수로라도 애인은 만들지 않을 것이다. 사실은 환자 한 명 한 명에게 모두 사랑한다고 말하고 싶다.

복도에서는 오노 다케시가 나가야마를 흔들어 깨우고 있었다.

"대장님, 여기서 주무시면 몸에 안 좋아요. 이제 집에 가서 주무세요."

나가야마는 한번 잠들면 웬만해서는 일어나지 않는 타입이다. 더구나 천장이 들썩일 만큼 지독한 코골이다. 다케와키의 인간관계를 생각하는 것은 이제 그만두자고 고지마는 생각했다. 알면 알수록 더욱 가슴이 먹먹해질 테니까.

1층 응급센터에서 이동 침대가 올라왔을 때, 한눈에 그 사람임을 알았다.

물론 다케와키 마사카즈라는 이름은 몰랐다. 예순다섯이라는 나이도 의외였다. 옷차림이 깔끔하고 자세도 좋아서 훨씬 젊은 줄 알았다. 아니, 다케와키는 그대로인데 자신만 그의 나이에 가까워진 듯한 기분이 들었다.

병원을 그만두면 영원히 만날 수 없는 사람과 이런 곳에서 만나다니. 주소는 스기나미 구 오기쿠보. 지하철 신나카노 역에서 이송되어 왔다. 틀림없다.

응급센터에 같이 온 부인이 왜 꽃다발을 들고 있는지는 알 수 없었다. 꽃을 가져오면 안 된다고 고지마가 말하자 나가야마 씨가 사정을 설명해 주었다. 그 꽃에는 사람들의 깊은 마음이 담겨 있었다. 말로는 표현할 수 없는 마음을 꽃에 담은 것이다.

고지마는 아름다운 꽃다발에 그렇게 슬픈 사연이 담길 수 있다는 사실을 처음 알았다. 40여 년이나 지하철을 타고 출퇴근한 사람이 정년퇴직 송별회에서 받은 꽃다발이었다. 그리고 그 마지막 날에 다케와키 씨는 결국 힘이 다해서 쓰러졌다. 오기쿠보 역까지 이제 네 역. 종점까지 네 정거장 남은 곳에서.

자신과 다케와키 씨의 관계를 고지마는 말하지 않았다. 주간 근무의 아침 출근길에 반드시 보는 사람이라는 것은 말할 가치도 없다고 판단했다.

꽃다발 이외에 다른 소지품은 없는 듯했다 코트와 머플러는 다케와키 씨를 쏙 빼닮은 따님이 계속 들고 있었다. 이동 침대를 밀면서 고지마는 소리를 죽이고 울었다. 소리를 내지 않고 눈물만 흘리는 것에는 익숙하다. 말을 하지 않고 어금니를 꽉 깨문 채 일에 집중하면 된다.

다케와키 씨는 항상 가방을 들고 있었다. 지하철을 타면 가방을 그물 선반에 올리고 문 옆의 정해진 위치에서 신문을 보기 시작했다.

송별회를 마치고 집에 가는 길에, 가방 대신 꽃다발을 들고 문 옆에 서 있는 그의 모습을 고지마는 생생하게 떠올릴 수 있었다.

플랫폼에서 그 사람을 볼 때마다 고지마도 등줄기를 쭉 폈다. 아마 그 사람은 의식이 잃는 순간까지 자신이 있어야 할 곳에서 늠름하게 서 있었을 것이다.

병원의 얼굴

뭐가 이렇게 시끄러워?

마음 놓고 잠들 수 없는 건 그렇다고 쳐도, 마음 놓고 죽을 수 없는 것은 이만저만한 민폐가 아닌가.

이봐, 간호부.

하긴 아무리 불러도 안 들리려나? 죽지 못하고 이렇게 사는 건 여러모로 불편하군.

사카키바라 가쓰오는 병원의 얼굴이다. 물론 병원 주변에서 얼쩡거리는 건달이란 뜻은 아니다. 병원에 다니는 노인 중에 모르는 사람이 없고, 사카키바라를 발견하면 대부분 그쪽에서 반갑게 인사를 하러 온다는 뜻이다.

오랜 세월 증개축을 거듭하느라 병원의 구조는 복잡하기 이를 데 없지만 사카키바라에게 물으면 즉시 대답이 나온다. 때로는 길을 잃은 환자들을 안내하기도 한다.

자신의 검진은 두 달에 한 번으로, 그것도 혈압을 재고 청진기만 대면 되니까 5분도 걸리지 않는다. 담당의가 손자 같은 의사로 바뀌고 나서는 세상 돌아가는 이야기도 하지 않게 되었다.

그는 병원에 관해서 모르는 게 없었다. 오랫동안 그를 담당했던 의사가 실은 심근경색으로 죽었다는 사실도 알고 있다. 하지만 사람들에게 말해도 좋은 것과 나쁜 것이 있음을 알기에, 병원 커뮤니티의 멤버에게도 말하지 않았다. 병원의 명예에 관한 이야기고, 심장 의사가 심장병으로 죽는 것은 노구치 히데요(일본의 의학자로 열대병을 연구하다 자신의 연구 대상인 황열병에 걸려서 사망함) 같은 대왕생(大往生, 조금의 괴로움이 없이 편안하게 저세상으로 가는 일)이라고 생각하기 때문이다.

이 병원의 옛날 모습을 아는 사람도 이제는 거의 없다. 옛날에는 커다란 철문이 있었고, 차를 타고 오는 환자가 없어서 지금의 주차장은 잔디 정원이었다. 정원 한가운데에 분수대도 있었다.

정면의 진료동은 3층 콘크리트 건물이었고, 그 뒤쪽에 정원을 에워싼 목조 병동이 있었다. 지금처럼 병원이 모든 것을 맡아서 하는 완전 간호가 아니어서 입원 환자 옆에는 항상 고용된 간병인이 있었고, 낮에는 정원에서 말린 정어리를 굽는 연기가 병원을 가득 메웠다.

현재의 병동으로 리모델링한 것은 도쿄 올림픽이 열리기 얼마 전이었던가. 신주쿠에서 오기쿠보까지 지하철이 연장되면서 전차가 없어졌다. 그것을 계기로 모든 것이 달라졌다.

시끄러워서 돌아가시겠네! 목소리가 너무 크잖아! 간호부, 좀 조용히 하라고 해! 참, 간호부가 아니라 간호사지. 간호부의 '부'는 여자를 뜻하니까 그렇게 불러서는 안 된다. 요즘에는 남자 간호사도 많으니까.

당직은 고지마 씨인가? 어라? 연속해서 야간 근무잖아? 너무 무리하지 말게. 그건 그렇고 참 좋은 여자야. 왜 저런 미인이 시집을 가지 않는 걸까?

사카키바라는 고지마 나오코가 이 병원에 처음 왔을 때부터 알고 있다. 심근경색에서 가까스로 목숨을 건진 뒤, 재활 치료를 담당해 준 사람이 고지마였다. 심장병은 신체 기능에 장애가 남는 게 아니므로 재활 치료라고 해도 일상생활에서 주의해야 할 사항을 듣는 것뿐이지만, 젊고 아름다운 간호사를 만나고 싶어서 부지런히 다녔다.

담배는 절대 안 된다. 술도 간단히 즐기는 정도만 마셔라. 염분은 피하고 혈압은 아침저녁으로 반드시 체크하라. 적당한 운동은 게을리하지 말고 기온 변화에 조심하라.

그때까지 남의 충고에 귀를 기울이지 않고 살아왔지만 고지마의 조언은 순순히 들었다. 그 이후 지금까지 20년이나 별 탈 없이 살아온 것은 그녀 덕분이라고 생각한다.

"그럼 마찡, 오늘은 그만 집에 갈게."

아아, 드디어 집에 가는가? 수고했네. 마짱에게는 분명히 들렸을 걸세.

"이제 제가 곁에 있을게요. 대장님, 딴 데로 새지 마세요. 사모님께 전화해서 확인할 테니까요."

너도 그만 집에 가. 나 참, 번갈아 가며 울고 떠들고. 정말 민폐 환자라니까.

구두 소리가 사라지자 집중치료실에 공허한 정적이 찾아왔다. 눈은 계속 내리고 있다. 커튼을 닫지 않은 것은 고지마의 배려라고 그는 생각했다. 의식이 없더라도 도쿄에서는 보기 드문 눈 오는 밤을 느끼게 해 주고 싶다……. 그녀가 생각할 만한 일이다.

사카키바라는 속눈썹 사이로 눈을 바라보았다. 얼굴을 움직이지 않아도 가로등 불빛을 받은 눈의 그림자가 벽에 비치는 것이 보였다. 기계만 있는 병실에서 자연을 느낄 수 있는 것은 고마운 일이다.

눈이 속삭인다. 80년이나 살았으니까 이제 슬슬 마음을 접는

게 어떻겠느냐고. 이미 예전에 마음을 접었다. 이런 표현은 사용하고 싶지 않지만 이 세상에 대한 미련은 티끌만큼도 없다. 의학이 너무 발전해서 죽으려 해도 죽을 수 없을 뿐이다.

그는 쓰러졌을 때의 일을 떠올렸다. 평소와 다른 점은 하나도 없는 하루였다. 특별히 컨디션이 나쁘지도 않았다. 평소처럼 토스트와 우유로 아침식사를 하고 약을 먹은 뒤, 8시 45분 정각에 서둘러 '출근'했다.

오랫동안 살아온 목조 빌라는 2층 건물의 10세대로, 낡기는 했지만 아직 튼튼했다. 그가 여기로 이사 왔을 때만 해도 모르타르 건물이 지금의 철근 아파트와 비슷한 정도로 가치가 있었다.

3평짜리 방 하나에 1평짜리 부엌. 욕실은 없지만 대중 목욕탕이 가깝다. 그래도 집마다 수세식 화장실이 있어서 당시로서는 문화생활이었다. 집주인은 얼굴도 모르고, 집세는 월말에 부동산 회사에서 받으러 온다. 2년에 한 번 하는 계약 갱신을 몇 번 반복했는지 기억나지 않지만 이사 갈 생각은 꿈에도 해 본 적이 없었다.

빌라 주민은 거의 학생이나 젊은 독신자다. 최근에는 회전이 빨라서 얼굴을 알 틈도 없었다. 그나마 기특한 일은 요즘 젊은이들이 꼬박꼬박 인사를 한다는 점이다. 안녕하세요. 좋은 아침입니다. 그래도 친해질 수 없는 것은 이놈이나 저놈이나 똑같은 얼굴로 보이기 때문이다.

그의 '출근길'은 정해져 있다. 불이라도 나면 한 줌도 남지 않을 만큼 집들이 빼곡히 들어선 골목을 빠져나와 오메카이도의 교차로로 이어진 완만한 언덕을 올라간다. 하지만 힘들다고 할 만큼 고생스러운 비탈길은 아니다. 허리와 다리에는 아직 자신이 있다. 김치를 밀던 옛날에 만든 길인지, 완만한 커브가 노인의 출근길로는 딱 맞았다. 이 주변의 오메카이도는 말의 등처럼 생겨서, 남쪽과 북쪽 모두 언덕길이다.

신호를 건너 다시 쭉 이어진 비탈길을 조금 내려가서 병원에 도착한다. 진료가 시작되기 전부터 대기실은 앉을 자리도 없을 만큼 혼잡해서, '이자들, 바보 아니야?'라고 그는 항상 생각했다. 아침 일찍부터 기다리나 나중에 느긋하게 오나, 기다리는 시간은 똑같기 때문이다. 물론 그 바보 중에 제일 바보는 진료도 받지 않으면서 매일 병원에 오는 자신이지만.

그는 병원을 좋아했다. 여기에는 아는 사람이 많다. 어쨌든 20년이나 다녔고, 그동안 몇 번이나 입원했다. 가족이 없다는 둥 작은 빌라에 산다는 둥 개인적인 사정은 일절 관계가 없다. 시간이 남아도는 노인들이 모여 병을 자랑하고, 큼지막한 TV를 보면서 열띤 토론을 벌인다. 그래도 다들 예의를 알아서 주변 사람들에게 민폐는 끼치지 않는다.

시간을 죽일 장소로는 다른 곳이 얼마든지 있지만 그는 병원을 제일 좋아했다.

그날이 언제였던가. 어제 일어난 일인지 1년 전에 일어난 일인지, 날짜는 정확하지 않았다. 하지만 기억은 선명했다. 점심은 평소처럼 2층에 있는 병원 식당에서 런치 세트를 먹었다. 나폴리탄 스파게티와 작은 샐러드, 그리고 커피.

돌연 헤어진 아내가 생각났다. 아득한 옛날에 아들을 데리고 집을 나간 이후 한 번도 만나지 못했다. 몇 달이 지나 변호사가 찾아와서, 잠시도 망설이지 않고 이혼 신청서에 도장을 찍었다.

미련은 없었다. 오히려 가족이라는 귀찮은 굴레가 없어져서 속이 후련했다. 스스로도 어이가 없을 만큼 담백했다. 그 이후 아들은 몇 번 만났다. 대학을 나와 일류 기업에 취직하고 언젠가 약혼자와 같이 불쑥 찾아온 적도 있지만 요즘은 감감 무소식이다. 손자는 셋이나 되는데 만난 적도 없고 이름도 모른다.

그런데 이혼하고 인연이 끊어진 아내가 갑자기 떠올랐다. 죽었으면 아들이 연락했을 테니까 아직 살아 있는 것만은 분명한데, 어떻게 나이를 먹었을까. 레스토랑 안을 둘러보면서 이렇게 됐을까 저렇게 변했을까 상상했지만, 30대에 헤어진 아내의 늙은 모습은 떠오르지 않았다.

식사를 마치고 병원을 나왔다. 기묘한 커뮤니티 멤버들도 점심

때에는 뿔뿔이 흩어진다. 대부분은 가족과 가정이 있다.

병원의 명물인 전나무에 크레인차를 대고 크리스마스 장식을 하고 있었다. 낡은 건물일 때부터 정문 입구에서 거만한 자태로 서 있던 거목이다. 이제 다 자랐는지, 키는 옛날과 똑같았다. 크리스마스가 되기 전에 이런저런 장식을 하는 관습은 옛날과 똑같다. 그런데 예전엔 반짝이는 금색 별, 은색 별을 알전구로 비추는 정도였지만 날이 갈수록 조명이 화려해졌다.

작업원이 내일 밤부터 불이 켜진다고 말해서, 조만간 대중 목욕탕에 갔다가 집에 가는 길에 구경하기로 마음먹었다. 즐거움이 하나 생겼다.

어슬렁어슬렁 집에 와서 청소를 했다. 요양보호사가 오는 날이지만 집에 없으면 다음에 또 올 테니까 평소처럼 일찌감치 목욕을 하러 갔다. 그는 매사에 이런 식이었다. 다른 사람의 사정은 전혀 생각하지 않는다. 대신 홀아비치고는 뒤처리가 깔끔하고 부지런해서 집안일이 고생스러울 정도는 아니었다.

이 시간에 목욕하러 오는 사람의 면면은 정해져 있다. 대부분은 가족과 같이 사는 행복한 노인들이지만, 각자의 나이는 아버지와 아들만큼 다르다. 요즘 세상은 온통 은퇴자투성이다. 여기에 개인택시 운전사와 술집을 하는 안짱이 들어간다. 이놈이고 저놈이고 다들 집에 욕실 정도는 있을 텐데 물 받기가 귀찮은 건가 아니면 대중 목욕탕을 좋아하는 건가.

오랫동안 봐서 얼굴은 알지만 말을 건넬 만큼 친하지는 않았다. 더구나 집이 가까워서 속사정을 아는 탓에 병원 멤버처럼 마음 놓고 말할 수는 없었다.

목욕을 마치고 우유 하나를 마셨다. 평소처럼 맛있었다. 그리고 어슬렁어슬렁 빌라로 돌아와 난방용 탁자에 들어가 TV를 보았다. 요즘은 모든 방송이 이해할 수 없거나 재미가 없어서 오직 뉴스만 본다. 특히 스모 시합이 없는 12월은 이른 시간부터 7시 반까지 뉴스, 그리고 저녁을 지어서 잘못 삼키지 않도록 꼭꼭 씹어 먹고 다시 9시부터 뉴스를 본다.

목욕탕에 간 사이에 요양보호사가 왔다 간 흔적은 없었다. 집에 없을 때 오면 반드시 문에 카드를 끼워 놓고 간다. 특별히 불편한 점이 있는 게 아니고 물건 같은 것을 사다 달라고 부탁한 적도 없지만, 요양보호사는 정기적으로 혼자 사는 독거노인들을 돌봤다. 잠시나마 말 상대가 되어 주기도 하고 마음이 든든하기도 했다.

이상하게도 죽고 싶은 생각은 없었다. 물론 여든이나 됐으니 죽음이란 단어를 생각해 본 적이 없는 것은 아니었으나 아직 먼 훗날의 이야기인 것만 같았다. 그래서 몸이 따뜻한 상태에서 갑자기 힘이 빠지고 손발을 움직이려고 해도 움직일 수 없었을 때,

몸에 문제가 있다고는 상상하지 못했다. 갑자기 졸음이 쏟아지는 것은 드문 일이 아니었기 때문이다.

아무런 아픔도 고통도 없이 그는 정신을 잃었다. 요양보호사가 와서 큰 소동이 벌어진 것은 어렴풋이 기억난다. 집에서 이송될 때, 생각한 것은 하나였다. 다른 병원은 싫다.

이제 됐다. 슬슬 갈 때다. 나름대로 그렇게 나쁜 인생은 아니었으니까.

제4장

미네코

강물이 흐르는 마을

달(쓰키). 별(호시). 구름(구모). 바람(가제). 산(야마). 강(가와). 바다(우미).

일본의 자연은 왜 전부 두 글자일까?

꽃(하나). 비(아메). 눈(유키). 계곡(다니). 풀(구사). 모래(스나)……어? 다른 게 또 없을까? 고유명사가 아니라 보통명사로.

생각하면 얼마든지 있을 것 같은데 카운트다운이 시작되어 나도 모르게 당황했다. 버저가 울린다.

바위(이와). 돌(이시). 길(미치). 으음, 뭔가 좀 다른 것 같다. 좋아, 꿈(유메). 이거면 어떠냐?

딩동! 정답의 벨이 울리고 나는 가슴을 쓸어내렸다.

한자로 바꿔 본다.

"月星雲風山川海."

"花雨雪谷草砂夢."

멋지다. 의미는 없지만 한시(漢詩)처럼 보이고, 마지막의 '꿈'이란 말에서 운율이 느껴지고 맛이 있다.

따분함은 참 좋다. 삶에 아무런 영향이 없는 것들을 생각하는 시간. 오직 사고와 상상만 하는 비생산적인 시간. 옛날 인류는 풍요로운 시간을 주체하지 못하며 살다가 우아하게 눈을 감았다.

그런데 언젠가부터 그런 일들은 나태함이 되고 비생산적인 행위가 되었으며, 사람들은 자유로운 사고와 상상을 봉쇄하며 살게 되었다. 아무리 수명이 늘어났다고 해도 그런 인생은 너무나, 그런 죽음은 너무나 빈곤하지 않은가.

육체가 자유를 잃어버리자 모든 기억이 시간 순서를 잃어버리고 어제 일어난 일처럼 느껴진다. 과거를 되돌아볼 여유가 부족했기 때문으로, 인생의 모든 귀중한 일이 앨범에 정리하지 않은 사진처럼, 또는 컴퓨터에 저장되어 영원히 햇빛을 보지 못하는 자료처럼 언제 일어난 사건인지도 모른 채 머릿속에 떠올랐다가 사라지곤 한다.

하지만 지금 당장 할 수 있는 일도 없고 해야 할 일도 없다. 그러니까 지금까지 몰랐던 '따분함'이라는 시간을 가지게 된 것이다.

"이봐, 다케와키 씨."

갑자기 걸쭉한 목소리가 내 이름을 불렀다.

"따분하지? 잠시 외출하지 않겠나?"

낯선 노인이 나를 들여다보았다.

"저기…… 누구신지……."

"누구긴 누구야? 옆 사람이네."

"아아, 옆자리 분이신가요?"

집중치료실 침대는 파티션과 커튼으로 구분되어 있다.

"당신은 여기 들어온 지 사흘밖에 안 됐지만 나는 벌써 일주일째네. 따분해서 죽을 지경이지."

"옆 환자 분의 가족이신가요?"

"뭐? 가족 같은 거 아니야. 본인일세."

또 뭐가 뭔지 모르는 일이 일어난 것 같다. 꿈치고는 너무 생생하다. 그렇다고 해서 현실일 리는 없다. 마담 네즈와의 저녁 식사는 즐거운 시간이었다. 시즈카와 보낸 뜨거운 여름의 하루도. 하지만 이 영감님과 외출하는 것은 마음이 내키지 않는다.

"모처럼 권해 주셨는데, 몸이 좀 안 좋아서요."

"몸이 안 좋은 건 나도 마찬가지야. 그것도 조금이 아니지."

"그래요? 그러면 서로 무리하지 않는 편이……."

노인은 쯧 하고 혀를 찼다. 품위도 없고 옷차림도 남루하다. 분명히 대화도 맞물리지 않을 것이다. 더구나 왠지 골치 아픈 사람 같다.

"자네, 따분하지 않나?"

"물론 따분하긴 하지요. 혹시 이름을 여쭈어봐도 될까요?"

"참, 그렇지. 인사가 늦었군. 난 사카키바라 가쓰오라고 하네. 사카키바라 야스마사(榊原康政, 일본 전국시대 말기의 무장)와 똑같은 사카키바라란 성에, 이길 승(勝)에 사내 남(男)을 쓰지. 이름은 굉장하지? 다 같이 으쌰으쌰 하던 시대에 태어나서 이기는 남자일세. 결국 져 버렸지만 말이야. 국가도 나도 무참하게 무너졌지."

아무래도 대화에 굶주린 듯하다. 이렇다면 대화 상대도 되지 않고, 나의 안식만 흐트러질 뿐이다.

"사카키바라 씨라고 하셨죠?"

"가짱이라고 부르면 되네. 자네는 마짱이지? 성은 그러니까……."

노인은 침대의 이름표를 뚫어지게 쳐다보았다.

"그래, 다케와키. 마짱이라는 걸 보면 이름은 쇼이치가 아니라 마사카즈나 마사이치겠군."

"네, 마사카즈입니다."

도오루의 말을 들은 모양이다. 말도 달변이지만 머리 회전도 빠르다.

"다케와키 마사카즈. 좋은 이름이야. 부모에게 감사하게."

그것만은 주제넘은 참견이다.

"그리고 혈액형은 A형. 소심형. 담당 의사는 스즈키 선생님. 어느 스즈키지? 스즈키가 세 명인데?"

"뇌신경과입니다."

"아아, 그 젊은 선생? 그 사람은 틀렸어. 그 사람에게 걸리면 살아날 사람도 살아날 수 없거든."

농담을 하려면 때와 장소를 가려서 해 달라고 말하고 싶다. 하지만 마취제가 온몸을 감싸고 있는 탓인지, 부처님이라도 된 게 아닐까 할 정도로 나는 너그러웠다.

"어디가 안 좋으신데요?"

"얼굴."

"진지한 질문입니다."

"머리."

"영감님, 농담은……."

"이런! 이건 농담이 아닐세. 머리의 혈관이 막혔나 보더군."

"아아, 뇌경색이군요."

"마짱, 내 말 좀 들어 보게. 20년 전에 심근경색을 일으켜서 그쪽만 조심했지 뭔가? 그런데 이번엔 심장이 아니라 머리라고? 이건 너무하지 않나? 이쪽은 정정당당하게 마주하고 있는데, 갑자기기 등을 푹 찌르다니."

말이 멈추지 않는다. 지금 간호사가 오면 어떻게 될까 생각하니 조바심이 머리끝까지 치밀었다.

"잠깐 밖에 나갈까요?"

"오오, 당연히 그래야지."

노인은 신나는 얼굴로 일어섰다. 트레이닝복에 솜이 들은 재킷, 털모자에 장갑. 차림새는 초라하지만 웃는 얼굴이 맑은 사람이었다. 들리지 않게 가볍게 한숨을 쉬며 일어서자 코드와 튜브가 소리도 없이 떨어졌다.

"좀 괜찮은 옷은 없나?"

내 양복 차림을 뚫어지게 보면서 노인이 말했다. 농담도 장난도 아닌 것처럼 들렸다. 세상에는 그런 식으로 보는 사람도 있는 것이다. 감색 양복에 하얀 와이셔츠는 월급쟁이의 제복이 아닌가!

"시간을 오래 낼 수 없는데, 그래도 괜찮으시겠어요?"

"뭐? 왜 시간이 없는데? 이봐, 마짱. 이제 하지 않으면 안 되는 일은 아무것도 없다네."

가슴에 날카롭게 꽂히는 한마디였다. 나는 마음이 내키지 않을 때 사용하던 말버릇이 부끄러워졌다.

눈 내리는 창문을 바라보며 넥타이를 단정히 매고 머리를 매만졌다. 얼굴색은 좋다.

"밖은 추우니까 따뜻하게 입게."

그렇게 말하는 노인을 쳐다보자 트레이닝복의 목덜미가 추워 보였다. 더구나 발에는 샌들을 신고 있다.

"퇴근하고 집에 가는 길이었나?"

"네에……."

"나는 이렇게 입은 채 실려 왔다네."

생각이 나서 머플러를 벗어 노인의 목에 감아 주었다.

"오오, 고맙네. 자네, 눈치가 빠르군."

"괜찮을까요? 둘 다 중환자인데요."

"걱정하지 말게나. 두 번은 안 죽으니까."

코트에 팔을 넣으면서 커튼을 열고 옆 침대를 들여다보았다. 또 한 명의 가짱이 편안하게 잠들어 있다.

"살아 있으시죠?"

"그럭저럭. 좀 따분하지만 말이야."

간호사실에서는 야간 근무 간호사들이 일하고 있었다.

"이쪽의 젊은 간호사가 아이짱이고, 저쪽의 요염하게 생긴 간호사가 고지마 씨지."

"굉장해요! 모르는 게 없으시군요."

"근무한 지 20년 된 회사나 마찬가지니까."

나이가 있는 간호사와 눈이 마주친 순간, 가슴이 철렁해 숨을 들이마셨다. 그녀의 시선은 침대에 누워 있는 또 하나의 내게로 향해 있었다.

"우리는 안 보이니까 안심하게. 이런! 무슨 일인가?"

다정한 성격의 아름다운 간호사라고 생각했다. 그런데 이렇게 멀리서 보자 어디서 많이 봤던 사람인 듯했다.

누구더라? 본사 의무실에 있었나? 아니면 가끔 다니는 오기쿠보의 병원에서 봤던가? 아니다. 더 가까운 사람이다.

"고지마 나오코 씨야. 어떤가, 좋은 여자지? 착하고 일도 잘하고 미인이라네. 오래전부터 알고 있는데, 젊었을 때보다 지금이 더 아름답지."

생각났다. 오기쿠보 역에서 지하철을 같이 타는 사람이다. 틀림없다. 그녀가 내리는 역은 신나카노였다. 같은 시각, 같은 열차에 탔지만 매일 아침 만나는 것은 아니었다. 비밀은 근무의 로테이션에 있었군.

"실은 저분을 만난 지 그럭저럭 20년이 되거든요."

"뭐?"

가짱은 뒷말을 잇지 못했다. 그리고 의미심장하게 헛기침을 하더니 "깊은 속사정은 안 묻겠네"라고 말하면서 내 소매를 끌었다.

복도에서는 가족들이 불안한 표정으로 목소리를 낮추어 이야기하고 있었다. 다케시는 보이지 않았다. 도오루를 배웅하러 간 모양이다.

"수고가 많으시군. 여기에 있어 봤자 할 수 있는 건 아무것도 없을 텐데. 돼질 때를 기다리는 건가?"

가짱이 거칠게 말했다. 가족은 없다고 했는데, 고독한 신세인 건가?

"훌륭한 아들과 귀여운 손자가 있는데, 안 와도 된다고 했다네."

속이 빤히 들여다보이는 허세다. 애당초 말할 수 있을 리가 없고, 그렇게 말한다고 해서 "네, 그렇게 할게요"라고 하는 가족이 어디 있겠는가. 하지만 탐색은 그만두기로 했다.

"그나저나 마짱은 참 힘들겠군. 매일 번갈아 사람들이 찾아와 울거나 떠들거나 해서."

"시끄럽게 해서 죄송합니다."

"아니, 시간을 때우기엔 딱 좋지만 본인은 귀찮을 것 같아서 말일세."

"그렇지는 않습니다. 고맙기도 하고 미안하기도 하지요."

"오호, 미안하다고?"

가짱은 쯧 하고 혀를 찼다. 나쁜 버릇이다. 지금까지 어떻게 살아왔을까? 고생은 많이 한 것 같은데 그에 비해 인간적으로 성숙하진 못했다.

엘리베이터 버튼을 누르고 층수 표시를 보면서 가짱은 조금 전에 비꼰 것이 마음에 걸렸는지 나지막하게 중얼거렸다.

"슬프게 울어 주는 사람이 있는 동안은 죽지 않아."

문이 열리고 엘리베이터 안에서 다케시가 내리는 걸 보고 나도 모르게 "어이!"라고 말했다.

"아드님인가?"

"아뇨, 사위입니다."

"그래서 안 닮았군."

역시 도오루를 배웅하러 갔던 것이다. 작업복 외투의 등이 눈에 젖었다.

우리는 1층의 야간 접수처를 아무 일도 없이 통과했다. 밖에는 여전히 함박눈이 내리고 있었다. 가짱은 우산꽂이에서 적당한 비닐우산을 꺼내 내게 내밀었다.

"남의 우산을 함부로 쓰면 안 되잖아요?"

"잃어버린다고 큰일 날 만한 물건도 아닌데 뭐. 세상이 많이 풍요로워졌어."

걸음을 내디디면서 가짱은 옛날이야기를 덧붙였다.

"어렸을 때, 남의 우산을 훔쳐서 암시장에 팔았다네. 그때만 해도 비닐 같은 건 없어서 우산이 꽤 비쌌거든. 대부분은 면으로 만들었고 고급 우산은 비단으로 되어 있었지. 어느 쪽이든 한동안 쓰고 다니면 빗물이 뚝뚝 떨어졌지만 말이야."

"네, 그랬지요. 방수 가공은 되어 있었지만 비에 젖으면 꽤 무거워졌어요."

가짱은 걸으면서 비닐우산을 뒤로 젖혀 내 얼굴을 올려다보았다. 나보다 머리 하나가 작았다.

"이런 이런. 생각보다 늙었구먼."

"예순다섯입니다."

"그래?"

가짱은 약간 놀란 표정을 지었다. 감탄한 것인지 무시한 것인지 알 수 없었다.

"정말인가? 요즘 사람은 다들 젊게 보이더군. 그런데 뭐랄까, 그 나이까지 회사에 다니다 결국 퇴근길에 털썩 쓰러졌다면 좋은 세상 같지는 않네. 물론 옛날에는 나처럼 여든 살 먹은 늙은이도 거의 없었지만 말이야."

가짱은 여든이 넘었다는 뜻이다. 나이치고는 상당히 정정하다. 지금은 드물지 않지만 내가 어렸을 때만 해도 여든이 넘은 노인은 거의 없었다. 요즘으로 치면 백 살쯤은 되겠군.

마이너스 스무 살. 그렇다면 내 나이는 마흔다섯 살인가? 아무리 그래도 그건 너무 젊다. 80퍼센트로 계산해서 쉬둘이나 쉰셋은 어떨까? 그 정도가 적당하다는 생각이 든다.

사람들이 갑자기 젊어진 원인이 뭘까? 첫째는 의학의 발전. 둘째는 식생활의 개선. 셋째는 경제 규모의 확대. 그 정도일까? 그것도 인류의 진화라고 할 수 있겠지만 그로 인해 퇴근길에 털썩 쓰러지는 건 너무 한심하지 않은가?

"그나저나 훔친 우산은 얼마에 파셨습니까?"

"글쎄, 얼마에 팔았더라? 맨 처음에 하나를 팔아 암시장에서 채소죽과 정어리를 사 먹은 건 기억이 나는군. 그걸로 맛을 들였지. 어차피 훔쳤다는 걸 아니까 장사꾼도 자기 멋대로 돈을 줬고. 더구나 내일이 되면 물건값이 두 배가 되는 인플레이션 시대였다네."

가짱의 나이를 계산해 보았다. 여든 살이라면, 1945년에는 겨우 아홉 살배기 어린아이다. 우리는 비닐우산을 쓰고 눈 내리는 거리를 나란히 걸었다.

"그러는 사이에 신발 도둑질도 배웠지. 숨바꼭질하는 척하면서 남의 집 현관이나 뒷문에서 신발이나 게다(일본 사람들이 신는 조리 형태의 나막신)를 훔치는 거야. 겸사겸사 우산도 있으면 감지덕지였지. 신발은 한쪽만이라도 팔 수 있었다네. 양쪽이 다른 신발을 신는 녀석도 있었으니까."

"저기, 무례한 질문일지 모르겠지만 아직 어렸잖습니까?"

가짱은 대답하지 않고 잠시 눈을 맞으며 걸었다. 무례한 질문이었을지 모른다. 완만한 비탈길을 다 올라가 아케이드 상점가 아래로 들어간 뒤, 가짱은 비닐우산을 접고 슬픈 말을 입에 담았다.

"모두 어쩌고 있을까? 여든 살까지 살았을까?"

나는 그대로 멈출 것 같은 가짱의 등을 살며시 밀었다.

전쟁이 끝나고 불과 6년 후에 태어났는데, 나는 황폐한 풍경을 하나도 기억하지 못한다. 전쟁에 관한 기억이라면 주오선 차량 안에 주둔군인 미군 병사가 탔던 것 정도다.

가짱이 말하는 '모두'가 누구를 가리키는지는 잘 모른다. 같이 도둑질하던 아이들일까? 아니면 암시장의 장사꾼이나 먹을 걸 찾아 헤매던 사람들이나 얼굴을 아는 길거리 창부, 아니면 그 무렵 풍경에 있었던 모든 사람일까?

어쨌든 가짱과 나 사이에는 단단한 역사의 벽이 가로막고 있어서 자세한 일은 상상조차 할 수 없다.

"춥지 않으세요?"

"따뜻하네. 약이 효과가 있어."

병원 침대에서 잠들어 있는 나와 이렇게 밤거리를 걷고 있는 내가 무슨 관계인지는 잘 모르겠다. 하지만 링거를 통해 몸에 들어오는 약물이 효과가 있는 것만은 분명하다. 적당한 몽롱함과 행복함. 얼굴이 살짝 달아오르고 손발의 끝까지 따뜻하다.

교차로에서 파란색 신호를 기다리면서 가짱이 말했다.

"목욕이나 할까?"

"네?"

"목욕 말일세. 우리 둘 다 몸에서 냄새가 날 걸세."

오메카이도부터는 완만하게 내려가는 비탈길이다. 양쪽에는 쇼와 시대(1926년~1989년)부터 달라지지 않았을 법한 집들과 상점이 빼곡히 들어서 있다.

"나카노. 고엔지. 이 주변은 의외로 상업 지역이지."

가짱은 비닐우산을 뒤로 젖혀 쓰고 걸으면서 길거리의 내력을 설명했다.

"1923년 관동대지진으로 집을 잃은 사람들이 모여 살았다고 하더군. 내가 여기에 왔을 때만 해도 공동 주택이 많이 남아 있었지. 뭐라고 하더라? 왜 도호쿠 지방의 지진으로……."

"아아! 지진 피해자들이 살았던 가설주택 말이군요."

"그래그래. 그것과 똑같지 않았을까? 관동대지진의 피해가 복구되면서 원래 살던 곳이나 후카가와로 돌아간 사람도 있었지만 여기에 뿌리를 내린 사람도 많았지. 덕분에 지진 이야기는 귀에 딱지가 앉도록 들었다네."

"아하, 그래서 교외에 이런 상업 지역이 생긴 거로군요."

"그렇다네. 하지만 뒷이야기가 있어. 관동대지진이 나고 20년쯤 지났을 무렵, 이번에는 공습으로 집을 잃은 사람들이 몰려왔지. 개중에는 지진과 공습으로 두 번이나 집을 잃은 기막히고 코막히는 사람도 있었다네. 그렇게 불쌍한 사람을 붙잡고 '어이, 또 돌아온 자!'라고 불렀으니 도쿄 사람은 참 입이 방정이라니까."

"가짱도 공습으로 집이 불타서 여기로 왔나요?"

"아니, 나는 달라. 도쿄 올림픽이 있던 해에 결혼해서 여기로 이사 왔지."

쇼와 39년. 1964년. 나는 중학교 1학년. 가짱은 아마 28세 정도. 새로운 시대를 여는 획기적인 해였다. 경제 효과는 말할 것도 없거니와 지금 생각하면 국민 한 사람 한 사람의 의식에 미친 영향은 말로 표현할 수 없을 정도다. 올림픽은 수많은 국민에게 기운을 안겨 주며 '나도 뭔가 해야 한다'는 마음을 갖게 했다.

언덕길 중간에서 골목으로 들어가자 단독주택이나 빌라가 숨 막힐 만큼 들어서 있었다. 미래의 자동차 사회를 예상치 못한 거리다.

"택배기사가 눈물을 흘리는 건 어쩔 수 없다고 쳐도, 구급차가 들어가지 못하는 건 생각해 볼 문제지. 아! 잠깐만 여기서 기다리게."

이 낡은 빌라가 가짱의 집인 듯하다. 나는 비닐우산을 접고 눈 오는 골목을 둘러보았다. 지난 50년간, 이 지역은 달라진 게 아무것도 없지 않을까? 귀를 기울이면 TV를 둘러싸고 올림픽 중계를 듣는 가족들의 환호성이 들릴 듯하다.

가짱이 담 너머로 모습을 감추더니 자물쇠를 여는 기척이 들리고 1층 유리창에 불이 켜졌다. 가족은 없다고 말했다. 하지만 도쿄 올림픽이 열리던 해에 결혼을 했다고도 말했다. 어쨌든 지금은 쓸쓸하게 혼자 사는 것이리라.

"자아, 이거 받게."

손수건과 비눗갑이다. 아무래도 진심으로 목욕탕에 가려는 모양이다.

"아내라도 있으면 집에서 한잔했으면 좋겠는데. 하지만 어차피 일주일이나 집을 비워서 먼지투성이일 걸세."

대꾸할 말을 찾지 못해 발길을 옮기는 사이에 가짱이 말을 덧붙였다.

"먼저 저세상에 간 게 아닐세. 먹고 마시고 도박하고 흥청망청 돈을 쓰는 사이에 나한테 정나미가 떨어진 거지."

비탈길을 다 내려가자 속도랑이 있는 듯한 포장도로와 형태뿐인 다리가 있었다.

"예전에는 강이었나 보군요."

"그래. 뚜껑을 덮었을 때는 깨끗해졌다고 생각했는데 지금은 그 냄새가 그립군. 이렇게 공원으로 만들어 봤자 요즈음 꼬마들은 밖에 나와서 놀지도 않으니까, 개 산책 길로 사용하는 게 고작이라네."

속도랑 위에 돌난간을 남겨 둔 것은 사라져 가는 풍경을 아쉬워하는 사람이 있었기 때문일까?

돌 산책 길에는 얄팍하게 눈이 쌓여 있었다. 그 길을 조금 걸어가자 주택가의 한가운데에 옛날처럼 널빤지 지붕을 이고 있는 목욕탕이 나타났다. 목욕탕의 당당한 모습을 한동안 멍하니 바라보았다. 도쿄에서 살아남은 목욕탕은 거의 건물 안에 있어서, 최근에는 이렇게 강직한 모습을 본 적이 없었다.

"마짱은 대중 목욕탕에 가 본 적이 있나?"

"네, 옛날 기억이 나는군요."

집에 욕실이 없어서 대중 목욕탕에 다닌 건 아니다. 그곳에는 그리운 추억이 가득하다. 시설 근처에 한 달에 한 번 아이들을 초대해 주는 대중 목욕탕이 있었다. 고등학생이 되어 입주했던 신문판매소에서도 대중 목욕탕에 다녔다. 하루야가 졸라서 사택 옆에 있던 대중 목욕탕에도 종종 갔었다.

"여어, 가짱. 오늘은 좀 늦었군."

문을 연 순간, 카운터에서 소리가 들렸다.

"일찍 오든 늦게 오든 내 맘이지. 자아, 두 사람 목욕값일세."

"아직 내리고 있군."

가짱과 비슷한 연배로 보이는 목욕탕 할아범은 카운터에서 작은 몸을 웅크리고선 안뜰의 눈을 바라보았다.

"덕분에 통 장사가 안 돼."

"어처구니가 없구먼. 장사라면 예전부터 통 안 되지 않았나?"

손님이라고는 탈의장에 두 사람, 칸막이 유리 너머에 그림자가 한두 개 있을 뿐이다. 분명히 눈 탓만은 아니다.

다음 순간, 알아차렸다. 가짱과 목욕탕 할아범이 자연스럽게 대화를 나누고 있지 않은가?

"같이 온 분은 퇴근하는 길인가?"

"그런 건 아니지만 기묘할 정도로 성실한 녀석이라서 말이야."

내 모습도 보이는 것이다. 그렇다면 이것은 흔히 말하는 유체 이탈도 아니고 특별한 사람의 눈에만 보이는 환상도 아니다. 뇌의 기능이 이상해졌든지 환각 작용이 있는 약품이 멋진 가상 현실을 만들어 낸 것이다.

"마짱, 왜 그렇게 멍하니 서 있나? 아직 잠이 덜 깼나?"

그렇다. 그렇게 생각하면 전부 설명이 된다. 의식을 잃어버린 내가 무의식 속에서 갈망하는 상황을 꿈으로 꾸는 것이다. 너무나 현실 같은 꿈으로…….

배고픔을 달래기 위해 고층 빌딩의 프랑스 레스토랑에서 저녁을 먹었다. 태양과 건강이 필요했기 때문에 여름의 바다를 방문했다. 그리고 지금은 발까지 쭉 펴고 뜨거운 물에서 피로를 푼 뒤, 머리를 감고 수염을 깎고 사흘 동안 쌓인 때를 밀어 내고 싶은 것이다.

마담 네즈, 시즈카, 가짱. 가상 현실을 더욱 자연스럽게 만들기 위해 나타난 사람들. 아마 종교적으로나 신비주의적으로나 모호한 존재인 천사나 요정의 정체는 바로 그것이리라.

거기까지 생각하고 나서 겨우 축축한 코트를 벗었다. 로커는 없다. 넓은 마루에 등나무 탈의 바구니가 놓여 있을 뿐이다. 이것 봐라. 현실에는 있을 수 없지 않은가? 목욕탕에 자물쇠가 있는 로커가 설치된 것은 도쿄 올림픽 전후였다. 입구를 등지는 형태로 카운터를 만든 것은 탈의 바구니에서 물건을 훔쳐 가는 사람이 있나 없나 감시하기 위해서였군.

양복을 벗어서 개킨 뒤 넥타이를 풀었다.

"으아. 추워라. 심장이 멎을 것 같군. 마짱, 난 먼저 몸을 데우고 있겠네."

"네, 금방 들어가겠습니다."

와이셔츠를 벗자 기이한 냄새가 코를 찔렀다. 대중 목욕탕만의 독특한 냄새다. 이 냄새는 여기가 '대중 목욕탕'이라는 가상 현실의 근거다.

그렇게 생각하자 이 환상의 완성도에 감탄을 금할 수 없었다. 내 뇌의 밑바닥에는 이렇게 수많은 기억이, 열릴 일이 없는 창고 안에 있는 물건처럼 제자리를 잡고 있는 것인가.

깨끗이 닦인 커다란 거울. '조심해서 올라가십시오'라고 적힌 아날로그 체중계. 높은 곳에는 기둥시계와 아키바 신사(화재를 방지하는 불의 신을 모신 신사)를 모셔 놓은 감실. 벽의 빈 곳에는 상점의 홍보 간판이 빙 둘러싸고 있다. 신속 배달 메밀국숫집, 양심적인 전당포, 각종 증명사진을 찍어 주는 사진관.

이렇게 세밀한 정보까지 뇌 안에 축적되어 있었던 거로군.

유리문을 열자 거대한 후지산 그림이 나를 맞이했다. 나도 모르게 입에서 "오오!" 하고 탄성이 흘러나왔다. 남탕과 여탕 사이에 우뚝 솟은 후지산. 길게 늘어진 산자락에 울창한 소나무 숲과 돛단배가 떠 있는 전형적인 구도다. 여탕 쪽은 안 보이지만 아마 숲과 호수가 있지 않을까?

후지산 기슭에 있는 두 개의 욕탕 중 하나에 가짱이 머리에 수건을 올린 채 코끝까지 물에 잠겨 있다. 다른 손님은 욕조 구석에 가만히 앉아 있는 노인과 수염을 깎는 젊은이뿐이다. 가끔 여탕에서 젊은 여인의 가느다란 웃음소리가 들렸다.

가볍게 샤워를 하고 뜨거운 물에 천천히 들어갔다. 나지막한 소리를 내면서 천장을 올려다보았다. 하얀 페인트가 칠해진 천창으로 수증기가 빠져나가고 있었다. 이보다 더 청정한 곳이 또 있을까? 단순한 목욕이 아니라 목욕재계를 하는 기분이다.

"집의 목욕물보다 뜨겁지?"

내 표정을 살펴보면서 가짱이 물었다.

"목욕탕은 이래야죠."

나는 뜨거운 물에 잠깐 들어갔다 나오는 걸 좋아하고, 아내는 미지근한 물에 오래 있는 걸 좋아한다. 욕탕의 온도는 항상 말다툼의 씨앗이었다.

뜨거운 물이 피부에 스며든다. 몸이 녹아내린다. 대중 목욕탕에 온 것은 몇십 년 만인가?

"역시 늙으니 뜨거운 물이 좋군."

"젊은 시절에는 미지근한 물이 좋았는데 말이죠."

그때 욕조 끝에서 고행승처럼 조용히 앉아 있던 노인이 이야기에 끼어들었다.

"뜨거운 물에 들어가는 건 몸에 독이라고 하더군. 하지만 미지근한 물에 잠겨서 오래 살고 싶은 생각은 없다네."

"지당하신 말씀!"

가짱이 맞장구를 쳤다.

"목욕만이 아니야. 요즘은 툭하면 당분을 줄여야 한다, 염분을 줄여야 한다, 칼로리를 줄여야 한다……. 참 한심한 세상이 돼 버렸지. 맛없는 걸 먹으면서까지 오래 살고 싶진 않네만."

"누가 아니래!"

"맛있는 걸 배불리 먹고 뜨거운 물에 푹 잠겨서 죽는다면 그보다 더 좋은 일이 어디 있겠나? 더구나 여든다섯인 지금까지 계속 이렇게 살아 있는 걸 보면 그런 게 그다지 몸에 나쁜 건 아니야."

이번에는 가짱이 맞장구를 치지 않았다.

"그러고 보니 한동안 안 보이던데, 입원이라도 했나?"

"입원은 무슨! 내가 아프긴 왜 아파. 잠시 아들 집에 다녀왔네."

"아아, 오사카에 있는 아들 집에?"

"그래그래, 오사카에 있는 아들 집에."

가짱을 나를 돌아보더니 얼굴을 살짝 찡그리며 웃었다.

말투나 관록으로 짐작하건대 노인은 이 주변에서 오래 산 사람인 듯하다. 나이로 보면 관동대지진 피해자의 2대째나 어쩌면 1945년 공습으로 집이 불타서 이곳에 온 장본인일지도 모른다.

"이봐, 저 젊은 놈을 아나?"

노인이 목소리를 낮추며 내게 물었다.

"아뇨, 처음 보는데요."

"저놈은 욕탕에 들어오지 않네. 항상 머리를 감고 수염을 깎은 뒤 샤워를 하고 나가지. 물이 뜨거워서 못 들어오는지 들어올 마음이 없는지는 모르겠지만. 저기 좀 보게."

피부가 하얗고 뚱뚱한 젊은이다. 요즘 흔히 말하는 '은둔형 외톨이'인가? 눈빛이 불안하게 흔들리고 어딘지 모르게 사회성이 없는 사람처럼 보인다.

젊은이는 꼼꼼하게 샤워를 한 뒤 욕탕은 쳐다보지도 않고 밖으로 나갔다. 손에 든 바구니에는 샴푸며 린스며 세안제 등이 잔뜩 들어 있는데, 무슨 이유에선지 수건은 가지고 있지 않았다.

"보게, 항상 저런 식이야. 수건으로 불알도 가리지 않아."

요즘 젊은 녀석들은 염치를 모른다면서 한바탕 욕설을 퍼붓더니 노인은 "먼저 실례하겠네"라고 말하며 욕탕에서 나갔다.

"어르신 말씀이 맞습니다. 정년퇴직이 보장된 월급쟁이 사회에서는 '요즘 젊은이'란 표현은 금기어지요. 그들은 분명히 부끄럼도 모르고 수치도 모릅니다. 어르신 말씀을 들으니 속이 후련하네요."

하고 싶은 말을 할 수 있는 것은 은퇴한 사람의 특권이다. 책임 있는 자리에 없으니까 자신의 말에 책임질 필요가 없다. 요즘 젊은이를 거칠게 표현한 노인의 말은 그런 사실을 가르쳐 주었다.

앞으로는 불평하든 욕을 하든 험담하든 추문을 퍼트리든 내 마음대로다. 나를 구속하는 조직은 이제 어디에도 없으니까.

"오오!"라고 소리를 내며 두 발을 쭉 뻗었다.

"'요즘 젊은이'라고 말하면 안 된다니? 그건 왜지?"

잠시 침묵했던 가짱이 생각에 잠긴 표정으로 물었다.

"그건 말이죠, 해마다 수백 명의 '요즘 젊은이'가 채용되기 때문이지요. 같은 운명을 짊어진 같은 회사의 일원이니까 뒤에서 욕할 시간이 없습니다. 하나씩 차근차근 가르쳐 나가야죠."

"그렇군. 하지만 요즘은 무턱대고 야단치거나 강요해서는 안 되잖나? 젊은이를 가르치는 건 어렵지 않은가?"

"사내 갑질 말씀이신가요? 그건 상대가 어떻게 받아들이느냐 하는 문제니까 야단치는 방법에도 신경을 써야 하죠. 솔직히 말씀드리면 그런 사내 분위기가 풍요로워야 하는 인간관계를 위축시키는 건 분명합니다. 하지만 사회가 성숙해 가는 하나의 과정이니까 부정해서는 안 되겠지요."

"무슨 말인지 하나도 못 알아듣겠네."

그렇게 투덜거리면서도 가짱은 대충 이해한 것처럼 보였다.

"어쨌든 그렇게 된 거군."

"뭐가 말씀입니까? 혼자만 고개를 끄덕이지 말고 말씀해 주십시오."

"마짱, 실은 말이야. 저 두 사람은 인연이 있다네."

가짱은 탈의장을 향해 턱짓을 했다. 노인은 큰 거울 앞에서 체조를 하고, 수건이 없는 젊은이는 비치된 수건으로 뚱뚱한 몸을 닦고 있었다.

"인연이요?"

"그래. 하지만 안심하게. 실은 부자관계라는 인연은 아니니까. 잘 들어 보게."

가짱은 욕탕 안에서 가까이 다가오더니 탈의장을 힐끔 쳐다보며 목소리를 낮추었다.

"몇 년 전의 이야기라네. 영감은 저렇게까지 노망들지 않았고, 저 녀석도 저렇게까지 돼지가 아니었지. 나와 영감이 물에 들어와 있었는데 돼지가 와서 다짜고짜 찬물을 틀더군. 어린애도 아니고 나이를 먹을 만큼 먹은 녀석이 뜨거워서 들어갈 수 없다면서 말이야. 정말 한심하지 않나? 더구나 욕탕에 있던 사람에게 동의도 구하지 않고 찬물을 틀다니. 야단을 맞아도 싼 녀석이지."

"분명히 무례한 행동이군요. 그래서 야단을 치셨나요?"

"이래 봬도 나는 말다툼을 싫어하거든. 잔소리하는 것도 귀찮고. 그런데 말이야, 영감이 큰 소리로 야단을 치지 뭔가? '멋대로 물을 틀면 어떡해? 여긴 자네 개인 목욕탕이 아니야'라고 말이야. 저래 봬도 영감은 해군 비행예과 훈련생 출신이라서 예의범절을 따지거든. 자아, 저걸 보게. 목욕을 끝내고 해군 체조를 하잖나?"

탈의장의 큼지막한 거울 앞에서 노인이 체조를 하고 있었다. 나이가 있어서 동작은 작지만 그래도 폼은 제대로다. 저 나이에 저 정도라면 대단하다.

"그래서 어떻게 됐나요?"

"평범한 남자라면 죄송하다고 사과하든지 아니면 '뭐야? 이 개똥 같은 영감!'이라고 되받아치든지, 둘 중 하나겠지. 그런데 돼지는 그 어느 쪽도 아니었네. 고개를 홱 돌리더니 그대로 나가 버렸지. 그 이후, 돼지가 욕탕에 들어오는 걸 본 적이 없다네. 영감도 말을 걸지 않고. 어때? 이것도 굉장한 인연이지? 이것도 요즘 말하는 뭐라더라, 갑질이라는 거 아닌가?"

"사내 갑질이요? 그것과는 좀 다른 것 같은데요?"

다시 쳐다보자 뚱뚱한 젊은이가 노인의 한참 뒤쪽에서 해군 체조를 따라 하고 있었다. 장난으로 하는 게 아니다. 표정은 더할 수 없이 진지했다. 어쩌면 특별한 인연일지도 모른다.

"이 목욕탕도 이제 끝이라네. 뒤를 이어받을 사람이 없으니 어쩔 도리가 없지."

노인과 젊은이가 각각 밖으로 나가자 목욕탕은 텅 빈 공간이 되었다. 둘만 남기를 기다린 것처럼 가짱이 슬픈 고백을 털어놓기 시작했다.

"난 전쟁고아였지. 3월 10일 밤의 일(1945년 3월 10일로, 미국 공군 폭격기가 도쿄를 공습한 것을 뜻함)은 하나도 기억나지 않는다네. 겨우 하룻밤 사이에 10만 명이 죽고, 100만 명이 집을 잃고 쫓겨났지. 그런 공습의 소용돌이 속에서 어떻게 제정신으로 있겠나? 부모도 집도 잃어버린 꼬마들이 헤아릴 수 없이 많았어. 다들 지금 어쩌고 있을까? 여든까지 살았을까?"

우산 도둑과 신발 도둑을 거쳐 간신히 살아남아 어른이 된 가짱은 도쿄 올림픽이 있었던 해에 이곳에서 가정을 꾸렸다. 여기는 공습으로 집을 잃은 사람이 많이 살았다고 하니까 뭔가 연줄이 있었을지도 모른다.

이윽고 먹고 마시고 도박하고 흥청망청 돈을 쓰는 사이에 아내와 아들이 그에게서 등을 돌렸다. 이야기에 거짓이 없다면 대강 그렇게 살아왔으리라.

"실은 저도 부모가 없습니다."

내가 그렇게 말한 것은 가짱이 자신의 치부를 드러냈다고 생각했기 때문이다.

"아하, 그래?"

그 말만 했을 뿐, 가짱은 더는 아무것도 묻지 않았다.

"대중 목욕탕 탈의장에서 이것저것 훔쳤지. 우산 도둑이나 신발 도둑으로 맛을 들인 다음에는 옷에 손을 댔다네. 사람들은 일가친척 없는 열 살배기 꼬맹이를 교호원(教護院, 옛 불량소년의 교정 시설)이란 곳에 보냈는데, 얼마 되지 않아 탈출해서 우에노의 노숙 생활로 돌아왔지."

"탈의장에서 어떻게 옷을 훔쳐요?"

"공범이 있었거든. 나보다 몇 살 많은 여자였네. 카운터 영감탱이가 그 여자한테 정신이 팔린 틈을 타서……."

나는 수증기 너머로 환상을 보았다.

카운터 영감이 여자 손님과 정신없이 이야기하고 있다. 영감의 헤벌쭉 웃는 얼굴로 볼 때 상당히 아름다운 여자였을 것이다.

남탕 문이 약간 열리고 지저분한 아이가 몰래 들어온다. 가짱이다. 가까운 탈의 바구니에서 옷을 몽땅 껴안고 도망친다.

"아! 도둑이다, 도둑이야!"

누군가가 알아차리고 소리 지를 무렵에는 이미 때가 늦었다. 너덜너덜한 신발을 신고 목욕탕에서 도망친 가짱은 전봇대 뒤에 숨어 있던 동료에게 배턴 터치, 전리품도 배턴 터치.

"힘은 많이 들고 열매가 좋은 일은 아니었지. 게다가 미네코가 없었으면 하지도 못했을 거고."

"미네코라뇨?"

"카운터 영감탱이의 눈길을 붙잡아 준 여자 말일세. 미네코는 뛰어난 미인이었지. 겨우 열한 살인가 열두 살짜리 여자애가 남자를 홀리는 건 아무나 할 수 있는 일이 아니라네."

가짱은 천창을 올려다본 채 눈을 감았다. 70년 전의 미소녀를 눈꺼풀 안쪽에 떠올리는 모양이다.

"생긴 것만 예쁜 게 아니야. 우리는 모두 미네코가 시키는 대로 했지. 역할을 정하는 것도, 몫을 나누는 것도 하나에서 열까지 전부 미네코가 정했어. 하지만 아무도 불평하지 않았다네. 손에 한 푼도 들어오지 않더라도 미네코와 함께라면 즐거웠으니까."

고아들의 우두머리였던 소녀는 그 이후 어떤 인생길을 걸었을까? 궁금하긴 했지만 아무리 머리를 굴려도 상상이 되지 않았다.

"참 이상하기도 하지. 나쁜 지인들은 까맣게 잊어버리고 다시 보고 싶은 녀석도 없는데, 미네코만은 항상 마음에 걸리고 걱정되었다네. 조금이라도 비슷하게 생긴 여자와 지나치면 손가락을 꼽으며 나이를 헤아렸지. 어렸을 때 그렇게 예뻤으니까 틀림없이 영화배우가 됐을 거라고 생각했다네. 그래서 여배우가 나오는 영화는 하나도 빼놓지 않고 봤지. 격주로 동시상영을 하기 위해 대여섯 군데 영화사에서 영화를 많이 만들었던 황금시대였거든. 마짱, 자네도 알지?"

"네, 기억이 납니다. TV가 가정마다 보급되기 전이었지요. 그래서 미네코 씨는 찾으셨나요?"

가짱은 잠시 생각에 잠기는 표정을 지었다.

"이 사람이 틀림없다고 여긴 적도 있었는데 나중에 생각하니 그럴 리가 없더군. 난 아마 미네코를 사랑했을 거야."

"첫사랑이었나요?"

"그럴지도 모르지."

그 무렵의 내게 영화만큼 고통스러운 것이 없었다. TV가 생활에 등장하기 전에는 영화가 오락의 왕이었다. 하지만 역 앞이나 상점가마다 있었던 영화관에 시설의 아이들이 들어갈 기회는 없었다. 가끔 독지가의 배려로 여름밤 시설 마당에 시트를 깔고 영화를 보는 것이 고작이었다.

나는 영화를 좋아했다. 그래서 지금도 영화 포스터를 붙여 놓았던 차가운 타일 벽이나 영화가 시작되기 직전에 어둠 속에서 흘러나온 달콤한 향기, 희미한 음악도 생생하게 떠올릴 수 있다. 1950~1960년대까지의 영화관은 고아가 아니더라도 국민 한 사람 한 사람에게 그런 동경의 장소였다.

"꼴도 보고 싶지 않은 녀석은 우연히 만나면서, 꼭 만나고 싶은 사람은 만난 적이 없더군. 신은 지독한 심술쟁이일세."

"미네코 씨, 잘 있을까요?"

"행복하게 살겠지. 미인은 이득이야. 분명히 좋은 남자를 만나서 부잣집 사모님 자리를 꿰찼을 거야."

"그렇다면 아직 희망은 있군요."

"관두게. 아무리 살아 있다고 해도 둘 다 여든이 넘었는데, 눈앞에 있다 해도 알아볼 수 있겠나? 더구나 미네코가 사모님이고 내가 이런 꼴이라면 볼 낯이 없지."

가짱의 웃음소리가 목욕탕에 메아리쳤다. 미네코라는 소녀의 모습을 떠올리고 그 이름을 입에 담는 것이 즐거워서 견딜 수 없는 모양이다.

"부럽네요. 저는 별로 좋은 추억이 없거든요."

그렇게 말하고 나서 나는 불평을 집어삼켰다. 가짱도 물으려고 하지는 않았다.

수증기 너머에서 또 환상이 보였다.

'안녕하세요.'

아이들은 달의장으로 들어가자마자 일단 얌전히 고개를 숙이고 카운터에 있는 할아버지에게 인사했다.

'그래, 어서 오거라.'

그리운 추억이다. 하지만 그렇다고 말하기에는 마음속에 자그마한 가시가 돋아 있다.

시설의 아이들을 한 달에 한 번 목욕탕에 초청하는 것은 목욕탕 주인의 깊은 배려였을 것이다. 하지만 그것을 하나의 행사로써 좋아했던 것은 고작해야 초등학생까지고, 중학교에 들어가자 호의에 일일이 고개를 숙여야 하는 번거로움이나 다른 손님들의 시선을 받아야 한다는 굴욕감을 품게 되었다.

그런 굴욕감을 꿀꺽 삼킨다고 해도 고개를 돌리면 반드시 가족끼리 온 손님이 있었다. 아버지와 아들이라는, 이 세상에서 가장 당연하고 어머니와 아들에 비해 신성한 느낌이 드는 인간관계를 나는 가지지 못했다. 그리고 생식의 구조를 안 이후에는 그 관계가 더욱 신성하게 여겨졌다.

'뛰면 안 돼.'

그렇게 주의 줄 것까지도 없이 아이들은 예의 바르게 행동했다. 아니, 자신의 처지를 알고 있었다.

'멋대로 욕탕에 찬물을 틀면 안 돼.'

그런 예의도 물론 알고 있었다. 온몸에 닭살이 돋았는데도 들어가지 못해 욕탕 앞에서 발을 동동거리고 있으면, 보다 못한 손님이 찬물을 틀어 주는 일도 있었다.

눈을 가늘게 뜨고 환상의 아이들을 보면서 가짱이 말했다.

"몇 살까지 있었나?"

"중학교를 졸업하고 신문 판매소에서 입주 배달을 시작했습니다. 시설에는 고등학생까지 있을 수 있었지만 어서 밖으로 나가고 싶었지요."

아이들의 모습이 사라지자 신문 판매소 주인에게 이끌려 빡빡머리 소년이 입구로 들어왔다.

'이 녀석, 신참이야. 오늘부터 잘 부탁해.'

'알았네.'

카운터 할아버지가 신문을 든 채, 노안경을 기울여서 내 얼굴을 힐끔 확인했다. '잘 부탁합니다'라고 말하려다가 입을 다물었다. 신문 판매소 주인이 목욕탕에 들어가게 해 주었다. 정당하게 돈을 낸 손님이니까 고개를 숙일 필요가 없지 않을까? 그렇게 생각한 순간, 환호성을 지르고 싶을 만큼 자유로움이 온몸을 가득

채웠다.

신문 판매소에도 이런저런 규칙이 있었지만 그것은 신문 배달에 따르는 규칙이지 생활 자체를 구속하는 것은 아니었다. 나는 태어나서 처음으로 생각지도 못한 곳에서 자유를 발견했다.

수업이 끝나면 황급히 돌아와서 석간을 배달한 뒤, 공부를 하고 11시에 마지막 손님으로 목욕탕에 갔다. 매일 목욕하는 것은 시설에 있었을 때의 습관이라서, 목욕비만은 줄일 수 없었다.

“마짱이 고등학교에 들어간 해가 몇 년이었지?”

“1967년입니다.”

중학교에 입학한 해에 도쿄 올림픽이 있었는데, 그것이 소년 시절의 기준이 되었다. 고등학교에 입학한 것은 그로부터 3년 후다.

“목욕비가 얼마였나?”

“28엔이었지요. 그런데 연말에 갑자기 32엔이 되더군요. 그래도 한 달에 천 엔이면 되겠다고 생각하는 사이에 35엔이 되었습니다.”

물건값이 입이 떡 벌어질 만큼 쑥쑥 올라가는 인플레이션 시대였다. 물론 월급쟁이의 월급도 올라갔지만, 나처럼 어린 나이에 일하는 소년은 오히려 손해였다.

“의외로 고생을 많이 했군.”

더 이상 깊이 묻지 않고 가짱은 혼잣말처럼 중얼거렸다.

"그렇지 않습니다. 이런저런 일이 있었지만 그래도 좋은 시대였지요. 생명의 위험은 없었고 밥도 먹을 수 있었고요."

옆에서 생각하는 것만큼 당시 내게는 고생한다는 느낌이 없었다. 오히려 부모의 잔소리가 없는 만큼 자유를 마음껏 누렸다. 고생한다고 생각하는 사람들의 시선이 유일한 고생이었다고 할 수 있을 정도다.

자유를 얻은 소년의 모습이 사라지자 아버지와 아들이 들어왔다. 이 환상은 보고 싶지 않다. 나는 욕조 끝에 걸터앉아 고개를 숙였다.

'이 녀석, 하루야. 그러면 못써. 예의 바르게 행동해야지.'

'괜찮아요, 위험하지 않아요. 요즘 아이들은 너무 예의가 발라서 탈입니다.'

토요일 저녁때는 항상 하루야를 데리고 대중 목욕탕에 갔다. 사택에 살았던 시절의 습관이었다. 그동안 아내는 저녁을 준비했다. 하루야는 대중 목욕탕을 통해 공중도덕을 배웠다. 아니, 무엇보다 내가 대중 목욕탕을 좋아했다.

"마짱, 왜 그러나?"

"아뇨"라고 말끝을 흐리고, 나는 그 자리에 주저앉았다. 거울 안에는 행복한 아버지와 아들의 환상이 있었다.

고생을 고생으로 여기지 않고 살아왔는데, 이것만은 다르다.

하루야의 모습이 가슴을 가로지를 때마다, 그것이 아무리 행복한 기억이었다고 해도 숨을 멈추고 고개를 숙이며 입술을 깨물지 않을 수 없다.

"이봐, 등을 돌리게."

가쨩이 등을 밀어 주었다. 때가 모조리 씻겨 나간다.

"세상에는 잊지 않으면 살아갈 수 없는 것도 있는 법이지."

등에서 내 가슴 안쪽을 꿰뚫어 본 걸까? 아니면 행복한 아버지와 아들의 환상이 가짱의 눈에도 보이는 걸까?

"난 말이야, 그날 밤의 일을 하나도 기억하지 못한다네. 참 이상한 일이지만 털끝만큼도."

"그날 밤의 일이라면……."

"1945년 3월 10일 밤 말일세. 지우개로 지워 버렸는지 신이 잊게 해 줬는지는 모르겠지만 전혀 기억이 안 나네. 깜짝 놀라 정신을 차렸더니 모조리 불타 버린 곳에 혼자 서 있더군."

내 등에 꼼꼼하게 물을 끼얹고 나서 가짱은 내 어깨를 툭 쳤다.

"몸이 참 좋군. 아직 저세상에 가기에는 아까워."

"아무리 그러셔도 그건 제가 정하는 게 아니니까요. 등을 밀어 드릴까요?"

가짱이 야윈 등을 내밀었다.

"옛날에는 모르는 사람이라도 서로 등을 밀어 줬는데, 요즘엔다 자기 혼자 씻고 말더군."

서로 등을 밀어 준다……. 그리운 말이다. 남을 도와주고 남의 도움을 받는 것이 당연했던 시대에는 그런 말이 있었다.

"뜸을 뜬 흔적은 아니라네."

가짱의 어깨와 등에는 수많은 화상 자국이 있었다.

"정말 기억이 하나도 안 난다네. 누가 구청의 응급 치료소로 데려가 약을 발라 주었는데, 그제야 겨우 너무 아파서 울음을 터트렸지. 내 눈으로 본 적은 없지만 꼭 뜸을 뜬 것 같다고 하더군. 소이탄의 기름이 날아왔겠지."

집도 부모도 자신의 육체까지도 태운 소년의 고통을 어찌 짐작할 수 있으랴. 잊지 않으면 살아갈 수 없었던 사건이란 그런 것이다.

극한의 고통이 육체를 휘감을 때, 엔도르핀이 분비되어 마약 같은 효과를 낸다고 한다. 그렇다면 살아가기 위해서 기억을 없애 버리는 호르몬도 있지 않을까?

"잊어버린 건 그 하룻밤의 기억뿐인가요?"

"그렇다네. 정말 편리한 이야기지. 덕분에 기억에 있는 건 좋은 추억뿐이야."

아버지와 아들의 환상이 사라졌다. 나는 가짱의 등을 향해 고개를 숙였다.

"괜히 쓸데없는 걸 여쭤봐서 죄송합니다."

"물어봐도 생각이 나지 않으니까 상관없네. 그나저나 자네는 참 성실한 사람이군."

가짱이 어이없는 얼굴로 나를 올려다보았다.

"몸이 따뜻해졌으니 이제 그만 나갈까? 목욕 끝나고 한잔하는 게 어때? 강에다 뚜껑을 덮은 공원에 죽으려다 죽지 못한 사람이 하는 포장마차가 있다네."

"그거 좋지요."

나는 웃으면서 대답했다.

왜 하필 이런 곳에 가게를 냈을까?

목욕탕을 나와 포장도로를 조금 내려간 곳에 옛날 풍취가 풍기는 포장마차가 있었다.

사람들의 왕래는 끊이지 않았다. 공원이니까 녹음은 우거졌지만 운치는 느껴지지 않았다. 뒤편은 저층 아파트의 북쪽 벽으로 창문도 베란다도 없었다. 요컨대 아무리 봐도 사람들의 눈에 띄지 않고 민폐도 끼치지 않는 곳에서 조촐하게 포장마차를 하는 것이다.

"어서 오세요. 어럽쇼? 자네, 아직 저세상에 안 갔나?"

가짱과 동년배일까? 뚱뚱해서 그런지 다리와 허리가 힘들어 보이는 할아범이었다.

"아직 안 죽었거든. 왜 멋대로 죽이고 그러나?"

"구급차에 실려 간 이후 감감무소식이니까 그렇지."

"그렇다면 이제 슬슬 죽어 볼까? 어디 보자, 맥주는 그만두고 따뜻한 정종 주게."

둥근 의자에 작은 방석이 묶여 있고, 발밑에는 풍로가 놓여 있었다. 포장마차의 천막은 길게 드리워서, 두 사람의 등을 함박눈에서 지켜 주었다. 추위는 느껴지지 않았다.

"아들내미인가?"

어묵을 접시에 담으면서 할아범이 나를 힐끔 쳐다보았다.

"하하하. 마짱, 축하하네. 젊어 보이나 보군."

"아닌가? 어딘지 모르게 닮아서 그래."

"그야 오랫동안 같은 중환자실에 있었던 동료니까 느낌이 비슷하겠지. 밥도 안 먹고, 술과 담배도 안 하고 더구나 햇볕도 쏘이지 않으니까 말이야. 이 사람은 대기업의 중역님이라네. 하지만 생명이 가는 곳은 똑같아서 지금 내 옆 침대에 있지. 참 좋은 세상이야. 엘리트도 아무짝에 쓸모없는 떨거지도 죽을 때는 똑같으니 말이야."

달걀, 다시마, 두부 튀김. 적당히 내놓은 것치고는 전부 내가 좋아하는 음식들이다.

뜨거운 정종이 목에 스며들었다. 나이가 들수록 뜨겁게 데운 일본 술이 세계 최고라는 생각이 더욱 굳어진다. 최근 들어 외국에서도 많이 찾는 덕분에, 주요 수출 품목 중 하나라고 한다. 생산 가격은 저렴하니 이익이 많지 않을까? 다음 순간, 나도 모르게 고개를 가로저었다. 그러고 보니 외국에서 마시는 일본 술은 상당히 비쌌다.

"여기 발밑에는 강물이 흐르고 있지."

가짱은 데운 정종을 입 앞에서 멈춘 채, 보이지도 않는 강을 들여다보듯이 중얼거렸다.

"언제쯤 속도랑으로 만들었나요?"

"속도랑이 뭔가?"

"언제 강을 메웠냐는 겁니다."

"글쎄."

잠시 생각을 하다가 가짱이 포장마차 주인을 쳐다보았다.

"도쿄 올림픽의 전년도였어. 처음에 다리 옆에서 포장마차를 시작했으니까 틀림없네. 그 시절은 참 좋았지. 어묵은 뭐든지 5엔이나 10엔이었고, 그걸로도 충분히 먹고살았다네."

"그래그래. 여름에는 모기한테 피를 헌납하면서 마셨지."

시시한 이야기가 기분 좋았다. 그건 그렇고 도쿄 올림픽의 전년도라면 이 사람은 50년이 넘게 포장마차를 한 것이겠군. 멋진 가게를 가지고 있어도 이렇게 오랫동안 장사하는 건 보통 어려운 일이 아니다.

"말은 강물이라고 해도 결국 하수를 흘려보내는 시궁창이네. 그래도 강가여서 풍류가 있었지. 냄새도 나고 모기도 들끓어서 뚜껑을 덮어 버렸지만 말이야. 하지만 이렇게 억지로 만든 공원보다 훨씬 보기 좋았다네."

주인은 냄비 안의 거품을 걷어 내면서 연신 투덜거렸다.

당시에는 강을 메우는 일에 모든 주민이 찬성했다. 그때만 해도 하수를 정비해서 강을 되살리겠다는 발상을 누구도 하지 않았다.

"풍류라……. 그래. 칠월칠석 밤에는 작은 종이를 잔뜩 매단 조릿대를, 아이들이 저 다리 위에서 떠내려 보내곤 했지. 그런 풍류는 즐길 수 없게 되었다네."

말을 하면서 가짱은 발밑을 둘러보고 주인에게 물었다.

"원래 이렇게 좁았나?"

"아니, 이보다 훨씬 넓었어. 그런데 절반은 길이 됐지. 편리해진다고 다 좋은 건 아닌데 말이야."

이 노인들은 변해 가는 도쿄의 모습을 속속들이 봐 왔다. 그렇게 생각하자 시시한 이야기가 너무나 귀한 이야기라는 생각이 들었다.

잃어버린 풍경은 기억에 머물지 않는다. 옛날에는 어땠는지 아무리 생각해도 떠올릴 수 없다. 다만 지금과는 다른 풍경이 있었을 거라고 고개를 갸웃거릴 뿐이다. 계속 변화하는 도쿄의 기억은 겨겨이 쌓이는 백골 같지 않을까.

"있잖아, 마짱……."

한동안 술을 마시면서 입을 다물고 있던 가짱이 별안간 눈을 뜬 것처럼 말을 걸었다.

"나는 남의 인생을 이러쿵저러쿵 말할 만큼 대단하지 않네. 하지만 자네는 너무 훌륭하게 산 거 아닌가?"

칭찬인지 욕인지 모르겠어서 나는 되물었다.

"제가 너무 훌륭하게 살았다고요?"

"그래" 하고 가짱은 고개를 끄덕였다.

내 출생에 관해 무슨 말을 했는지 잠시 되돌아보았다.

목욕탕에는 좋은 추억이 별로 없다고 말했다. 보호 시설에서 자란 것이나 신문 판매소에서 입주 배달을 했다는 것을 대강 말했다. 가짱은 관심을 보이지 않았고, 나도 많이 말하지는 않았지만.

"그래, 아주 훌륭해."

다시 듣자 화가 치밀었다. 남들에 비해 특별한 인생이었다고 생각하지 않는다. 생각하고 싶지도 않고 생각해서도 안 된다. 그런 나의 신조에 가짱이 흙 묻은 신발을 신고 멋대로 깊숙이 들어온 것처럼 느껴졌다.

"이런! 내 표현이 좋지 않았나? 기분이 상했다면 미안하네."

"영감님보다 낫다고 말하고 싶은 건가요?"

"아!"라고 작게 놀라며 가짱은 슬픈 표정을 지었다.

"그런 게 아니라……."

솜옷 입은 등을 웅크리고 가짱은 홀짝홀짝 술을 마시기 시작했다.

"그런 게 아니라 대단하다고 생각했네. 부모가 없어도 자식은 자란다고 하지만 그건 거짓말이야. 몸은 자랄지 모르겠지만 제대로는 자라지 않네. 하지만 자네는 대학을 나오고 큰 회사에 들어가 출세도 했어. 그래서 훌륭하다고 말한 게야. 정말 대단해."

"그러다 결국 머리의 핏줄이 터졌지요."

"그건 어쩔 수 없네. 열심히 살았다고 병에 안 걸리는 건 아니니까."

서로 마주 보고 웃자 어색한 공기가 부드러워졌다. 가짱은 '열심히 살았다'는 말을 적절하게 표현할 방법을 몰랐던 것이리라. 냄새가 너무 강해서 요리하기 힘든 말이다.

"그때만 해도 먹을 건 부족하지 않았지만 그런 만큼 오히려 힘들었을 걸세. 아닌가?"

그랬을지도 모른다. 가짱이 무슨 말을 하려고 하는지 충분히 이해할 수 있었다.

전쟁이 끝난 뒤, 부흥의 기세를 타고 눈이 핑핑 돌 만큼 고도 경제 성장 시대를 맞이했다. 내가 성장한 시대가 기적의 시대였음을 깨달은 것은 경제학의 원리를 배운 다음이었다.

하지만 세상이 눈에 띄게 풍요로워졌다 해도 시설 생활은 크게 달라지지 않았다. 아직 복지는 사회의 의무가 아니라 선의라고 생각하던 시대였다. 물론 시설 아이들도 주어지는 생활을 권리로 여기지 않고, 사회가 준 혜택을 누리고 있다고 생각했다. 일반 가정보다 한참 늦게 들어온 수많은 전자제품도 대부분 제조업체나 자선단체의 기부였다.

"저보다 서너 살 위의 아이들은 먹을 게 없어서 힘들었다고 하는데, 제가 있었을 때는 상당히 좋았지요. 그래도 풍요로움에서 뒤처지는 느낌은 있었습니다. 세상은 훨씬 좋았으니까요."

그런 시대에서 자라서 그런지 격차사회(格差社會, 중산층이 무너지면서 부유층과 빈곤층으로 양극화된 사회)라는 말을 이해할 수 없었다. 그것을 단지 빈부의 차라고 정의한다면 지금은 50년 전보다 훨씬 공평한 세상이기 때문이다.

"그렇겠지. 내가 어렸을 때는 세상 사람들 모두 배가 고팠고 누더기를 입었다네. 그래서 나 자신을 불행하다고 여기지 않았지.

마짱은 처음부터 힘들었을 거야."

"그렇게 생각하면 너무 이기적이겠지요. 그때보다 복지는 좋아졌고 뒤늦게나마 환경은 정비되었습니다. 저는 기회를 얻었고요."

가짱은 몸을 비틀어 포렴을 헤치고 눈 오는 하늘을 올려다보았다.

"부모가 없으면 자식은 자라지 않아."

"그렇지는 않습니다."

"아니야, 내가 증인일세. 제대로 자라지 않은 내가 하는 말이니까 틀림없어."

말을 너무 많이 했다. 생판 모르는 남에게 내 출생에 대해 말한 적은 한 번도 없었다. 가족 사이에서도 금기시했던 말을 왜 가볍게 입에 담았을까? 후회가 밀려들었다.

"자네, 부모의 얼굴을 알고 있나?"

함박눈에 시선을 고정한 채 돌연 날카로운 칼이라도 빼듯이 가짱이 물었다.

"모릅니다."

"아아!"

가슴이 무너지는 소리가 들리고 가짱이 새하얀 한숨을 토해냈다.

"정말 끔찍한 일이군. 그렇지 않을까 생각하긴 했지만."

"그런가요? 부모를 모르는 아이보다 부모를 잊은 아이가 더 가엾지 않을까요?"

"차라리 잊은 편이 낫지. 게다가 우리 부모는 공습으로 불타서 죽었는데, 자네 부모는 어떤가? 혹시 살아 있지 않을까?"

포장마차 주인의 귀가 마음에 걸려서, 나도 둥근 의자 위에서 엉덩이를 돌려 바깥으로 향했다.

"이 얘기는 그만하지 않겠습니까? 괜히 술맛만 떨어지니까요."

"그래, 그만둘 테니까 확실히 말해 보게. 왜 부모의 얼굴을 모르지?"

"왜 제가 그런 말까지 해야 하죠? 그건 개인 정보잖습니까?"

"또 알아들을 수 없는 말을 하는군. 내가 알고 싶으니까 말해 주게."

그렇군, 그럴 수도 있겠군. 그렇게 생각하게 만드는 것은 가짱의 인품이었다.

나는 쏟아지는 함박눈을 올려다보았다. 희미한 가로등의 불빛 속에서 태어나 도로에 떨어지는 순간 한 방울의 물로 변하는 덧없는 눈이었다.

"전 버려졌습니다. 1951년 크리스마스이브에 버려졌지요. 12월 15일이라는 호적상의 생일은 추정입니다. 누가 어디에 버렸는지도 모릅니다. 알 필요도 없지만요."

그것이 내가 아는 출생의 모든 것이었다.

생일의 유래와 크리스마스이브에 버려졌다는 사실은 아내에게조차 말하지 않았다. 여자의 가슴에 담기에는 너무도 비참한 이야기이기 때문이다. 가족이 축하해 주는 생일과 선물을 주고받는 9일 후의 크리스마스이브를 나는 아무것도 모른다는 얼굴로 지내왔다.

가족의 역사가 깊어질수록 축하의 마음도 깊어지는 행복한 의식이었지만, 내 고통이 줄어드는 일은 없었다. 해가 거듭될수록 오히려 얼굴도 모르는 부모에 대한 증오심은 점점 깊어졌다.

가장 증오스러운 아버지와 어머니의 얼굴도 이름도 모른다. 그것은 동시에 가장 사랑해야 할 사람의 얼굴도 이름도 모른다는 뜻이다.

"참 가슴 아픈 이야기군."

"생각하기 나름입니다. 그만큼 귀찮은 일이 없었어요. 효도를 안 해도 되고 나중에 간병할 필요도 없고요."

술을 한꺼번에 들이켜고 가짱은 껄껄 웃었다.

"웃을 수 없는 얘기지만 나는 웃을 수 있네. 자네 말이 맞아. 부모 형제에게 등을 돌린 채 자기 멋대로 살 수 있는 사람은 그렇게 많지 않으니까."

"친척이 없으면 싫은데 억지로 해야 할 일도 없지요. 남들은 어떻게 생각할지 모르겠지만 장점과 단점을 저울에 올리면 오히려 장점이 많지 않을까요? 오기로 하는 말은 아닙니다."

다시 나온 뜨거운 술을 한 손에 든 채 가짱은 고개를 끄덕였다.

"함부로 말하면 안 되지만 나도 그렇게 생각하네. 세상의 굴레가 없다는 건 고생의 절반은 없다는 뜻이니까. 한 잔 더 하겠나?"

"아뇨, 그만하겠습니다. 몸에 안 좋으니까요."

"무슨 말인가? 이미 독이 되느니 약이 되느니, 그런 몸은 아닐 텐데."

문득 65년의 인생은 너무 짧다는 생각이 들었다.

버려진 아이가 오히려 행복하다고? 오기에도 정도가 있다. 정확하게 말하면 불행을 조금 만회한 것이다. 하지만 65년 만에 끝나서는 수지타산이 맞지 않는다. 인생의 행복과 불행의 양이 똑같다면 내게는 아직 15년이나 20년쯤 행복한 시간이 남아 있어야 한다.

그렇게 생각하는 건 내 이기심일까? 생명이 다하려고 할 때는 누구나 인생의 행복과 불행의 양과는 상관없이 욕심을 부리는 걸까? 아직 수지타산이 맞지 않는다고 주장하면서.

"나 말이야, 이제 충분해. 아홉 살에 불에 타서 죽어야 했는데 여든까지 살았잖나? 여기서 목숨을 구걸하기라도 한다면 욕심쟁이 늙은이가 될 뿐일세."

가짱은 주인에게 술값을 내고는 포장마차의 포렴 밖으로 나왔다. 걸음을 내디딘 순간, 눈에 젖은 가로수에 매달렸다.

"비틀거린 게 아닐세. 돌아갈 때는 항상 이렇게 강물 소리를 듣는다네."

포장도로에 있는 나무에 귀를 대자 땅바닥의 여울물 소리가 분명하게 들렸다.

빨간색과 하얀색 열차

어수선한 소리에 정신이 들었다.

물론 눈을 뜬 것은 아니다. 몸은 움직일 수 없지만 어딘가로 날아갔던 영혼이 돌아왔다. 황급히 오가는 발소리. 덜컹덜컹 움직이는 이동식 선반. 서로 부딪치는 날카로운 금속음. 간호사들의 심각한 대화가 들렸다.

"가족과는 연락이 됐어?"

"전화를 하긴 했는데 자기와 관계가 없다면서 끊었어요."

"긴급 연락처로 전화했는데도?"

"'환자가 멋대로 그렇게 정했을 뿐이고 이쪽은 아무것도 몰라요. 이만저만한 민폐가 아닙니다'라고 하더군요. 어떻게 할까요?"

"아드님이라고 했지?"

"무슨 사정이 있나 봐요. 병문안도 오지 않고, 주소는 오사카고요. 성이 다른 걸 보면 이미 연을 끊은 것 같아요. 그런 분에게 오라고 할 수는 없잖아요."

"어쩔 수 없지 뭐."

베테랑 간호사는 고지마 나오코다. 이름은 가짱이 가르쳐 주었다. 오기쿠보 역에서 지하철을 같이 타는 아름다운 여성이다.

그것까지 생각하고 숨을 들이마셨다. 느닷없이 옆 침대에서 큰 소리가 들렸다.

"사카키바라 씨, 힘을 내세요! 이제 곧 크리스마스예요. 설날이에요!"

가짱의 용태가 갑자기 나빠진 것이다. 같이 목욕탕에 가고 포장마차에서 한잔한 뒤, 눈 내리는 거리를 다시 어슬렁어슬렁 걸어서 병원으로 돌아왔다.

'그럼 마짱. 잘 자게.'

'잘 먹었습니다. 편히 주무세요.'

그렇게 말하고 각자 자기 침대로 들어간 게 조금 전이었다.

중환자가 뜨거운 물에 몸을 담그고 술을 마셨는데 이상해지지 않을 리가 없다. 아니면 처음부터 저세상으로 갈 것을 각오하고 나를 데려 나간 걸까?

병원으로 돌아오는 길에 가짱은 조명이 꺼진 크리스마스트리를 올려다보며 중얼거렸다.

“목욕을 하고 술을 마시고, 이제 이 세상에 미련은 없네. 만함식(군함을 만국기나 조명 등으로 화려하게 장식하는 일) 크리스마스트리를 한 번 더 보고 싶었을 뿐이지.”

암울한 시대에서 자랐기에 가짱은 화려한 조명을 좋아했던 것이리라. 내 인생을 ‘너무 훌륭하다’라고 칭찬해 주었다. 죽을 만큼 고생한 사람이 칭찬해 주었으니까 순순히 받아들여야 하겠지.

가짱은 지금 어떤 꿈을 꾸고 있을까? 고통이나 공포가 없는 낙원으로 갔으면 좋겠다. 시간이라는 단위가 없는 영원한 낙원으로.

죽음은 허무한 일임이 분명하지만, 그곳에 이르는 도중에 시간에서 해방된다고 나는 믿고 있다. 겨우 몇 분일지라도, 죽는 사람에게는 수십 년이나 또 하나의 인생이라고 할 만큼, 아니 영원으로 여겨질 만큼의 시간이 기다리고 있다고.

애초에 시간이란 것은 너무나 모호하지 않은가. 소년의 하루와 노인의 하루가 같을 리가 없다. 객관적으로는 똑같아도 주관적으로는 각각 다르다. 그렇다면 죽음을 앞두고 육체가 쇠약해진 순간에는 각각의 정신, 다시 말해 주관적인 시간이 새로이 나타나고 사회가 정한 객관적인 시간은 무의미해지는 게 아닐까?

약속된 영원한 낙원은 천국이자 정토다. 그렇게 생각하자 마음이 평온해졌다.

가짱의 말이 떠올랐다.

'참 좋은 세상이야. 엘리트도 아무짝에 쓸모없는 떨거지도 죽을 때는 똑같으니 말이야.'

그 말이 맞다. 집중치료실의 멤버가 되고 나서 똑똑히 알았다. 모든 환자에게 최첨단 의료가 공평하게 이루어지고 있다. 말 그대로 생명의 방향은 똑같은 것이다.

커튼 너머에서 다시 간호사들의 목소리가 들렸다. 이봐, 신경 좀 써. 전부 다 들린다고!

"병문안 오신 분들은 다 병원 친구들이에요. 대기실에 매일 오시는 분들 말이에요. 면회자 명단을 보면 연락처는 알 수 있어요."

"하지만 모두 남이야. 연락한다고 해도 내일 아침이지. 참, 8시 반에는 모두 1층에 모여 있겠군. 그래도 말이야, 그들은 역시 남이야."

가까운 친척이 없는 가짱을 위해 마지막 순간을 지켜볼 사람을 찾는 것이다. 가족의 동의를 구하고 나서 생명 유지 장치를 제거하는 것……. 현대의 죽음은 그런 것이었다.

"그럼 역시 구청에 연락해야 할까요?"

"순서는 그렇게 되겠지. 담당 요양보호사가 가장 가까운 사람일지도 몰라."

나는 안 되겠냐고 묻고 싶었다.

"그분에게 연락하려면 아침 9시가 되어야 하는데 마침 교대 시간이에요. 9시에 연락하면 일을 주간 근무 팀으로 넘겨주는 것 같지 않을까요?"

젊은 간호사는 상당히 야무진 사람이다. 환자의 임종은 실무적으로도 정신적으로도 부담이 되는 힘든 일임이 틀림없다. 오전 9시가 지나서 사망선고를 내리면 그다음 일은 주간 근무 팀에 넘어갈 것이다. 그런 일은 피해야 한다고 젊은 간호사는 말하고 있다.

"선생님께 물어볼게. 대답은 알고 있지만."

"선배님은 어떻게 생각하세요?"

"난 요양보호사든 병원 친구든, 누구 한 사람은 지켜봤으면 좋겠어. 우리야말로 남이니까."

숨을 한 번 깊게 내쉬더니 젊은 간호사는 기묘할 정도로 단호하게 말했다.

"선배님이 지켜봐 주세요. 사카키바라 씨는 요양보호사나 병원 친구보다 선배님과 더 친하다고 생각할 거예요."

정말 힘든 일이다. 직업이니까, 직장이니까 어쩔 수 없다고 생각하면 계속할 수 없을 것이다. 매일 생명이 왔다 갔다 하는 곳이 아닌가. 44년이나 종사했던 내 직업에는 적어도 생명이 왔다

갔다 한 적은 없었다.

물론 회사에 다니는 와중에 세상을 떠난 사람도 있고, 출장 갔다가 교통사고를 당하거나 테러에 휘말려 목숨을 잃은 사람도 있었지만, 그런 위험이 항상 따라다녔던 것은 아니다. 그것만으로도 고마운 일이었다고 생각해야 하리라.

두 사람의 말을 들어 보니 가짱은 이 병원의 유명 인사인 듯하다. 고지마 씨는 베테랑 간호사다. 아침의 지하철에서 만난 지 그럭저럭 20년이 되었다. 그만큼 가짱과도 오래 만났겠지.

어쨌든 눈앞이 캄캄했다. 의사의 대답은 이미 알고 있다. 결론이 나온 일을 뒤로 미룰 필요는 없다.

짧은 대화가 있고 나서 의사의 목소리가 들렸다.

"그것 말고 달리 문제가 있나요?"

"없습니다."

고지마 씨가 대답한 순간, 집중치료실의 공기가 싸늘해졌다. 그냥 보내 주세요, 라고 나는 가슴속으로 말했다.

의사가 휴대폰으로 누군가와 연락을 했다. 다른 담당의나 당직의에게 양해를 구하는 모양이다. 이런 때는 한 사람의 결단으론 부족한 걸까? 그런 다음에는 놀라울 만큼 신속하게 일이 진행되었다.

일단 정식으로 의사가 자기 소개를 했다.

"당직의인 스즈키입니다. 확인하겠습니다."

이것은 의식이다. 간호사들이 "잘 부탁합니다"라고 목소리를 맞추어 말했다.

섬뜩한 소리가 이어졌다.

"동공반사 없음. 각막반사 없음."

"심음 없음. 호흡 없음."

"맥박 정지. 심전도 모니터 플랫."

의사가 재빨리 말하고 간호사가 일일이 "네"라고 대답했다.

죽음에 이르는 여정이 아무리 길더라도 죽음에 대한 판단 자체가 느긋해서는 안 된다. 그것은 이미 어쩔 도리가 없는 일이기 때문이다.

약간 시간을 두고 나서 의사가 선언했다.

"12월 20일 오전 1시 32분, 사망을 확인했습니다."

전부 속삭이는 듯한 소리였지만 내 귀에는 확실히 들렸다. 가짱이 떠났다.

사람의 죽음에 입회한 것은 처음이다. 정말로 그런가 해서 다시 생각해 보았지만, 역시 임종의 순간은 영화나 드라마 안에서밖에 본 적이 없었다.

65년이나 살았는데 한 번도 죽음에 입회한 적이 없었다는 건 수학적인 확률로도, 사회적인 인간관계로도 있을 수 없는 일이 아닐까?

하지만 대답은 이미 알고 있다. 그사이에 일본에는 전쟁이 없었고, 내게는 부모나 가족이 없었다. 눈앞에서 사고라도 일어나지 않는 이상 다른 사람의 죽음을 목격할 리가 없고, 임종을 지켜봐야 할 친척도 없었다.

가짱의 말이 떠올랐다.

'세상의 굴레가 없다는 건 고생의 절반이 없다는 뜻이니까.'

그 말이 맞다. 고생의 절반을 피하며 살아온 가짱은 행복했다. 그것은 나도 똑같지만 행복을 맛볼 시간이 가짱보다 15년이나 짧다.

아직 죽고 싶지 않다고 처음으로 생각했다.

아직 죽고 싶지 않다고?

이제 와서 그런 생각을 하는 것도 묘한 이야기다. 여기에 누워 있는 사람은 틀림없이 빈사 상태에 처한 나 자신이니까. 즉, 공포나 고통이 한 조각도 없다. 그뿐 아니라 이런 행복감은 예전에 경험한 적이 없었다. 링거에 들어간 약의 효과만은 아닌 듯하다. 지금 나의 뇌에는 직접 만든 마약이 흘러넘치고 있는 것이리라.

'아직 죽고 싶지 않다'는 것은 삶에 대한 집착이 아니라, 예를 들면 아내와 해외여행을 가고 싶다거나 루리나 시온이 크는 걸 좀 더 지켜보고 싶다거나…… 그 정도로 사소한 소망에 불과했다.

더구나 이 행복감은 더할 나위 없이 사치스러웠다. 마음대로 병실을 빠져나가서 우아한 마담과 같이 저녁 식사를 하거나 정체를 알 수 없는 여인과 바다를 바라보거나 심지어 같은 처지의 환자와 같이 목욕탕에 갔다가 돌아오는 길에 포장마차 포렴 안에서 한잔한다는, 굉장히 세속적인 체험까지 할 수 있다.

커튼 너머에서는 하나의 인생이 끝난 이후의 뒤처리가 이루어지고 있다. 간호사들은 말없이 자기가 맡은 일을 하고 있다. 가짱의 허물을 실은 이동 침대가 나가자 내 옆에는 무의미하고 공허한 공간이 생겼다.

천장을 얼룩으로 물들이며 함박눈이 계속 내리고 있다. 조명이 조금 어두워진 듯한 느낌이 들었다.

"그럼 난 그만 가 보겠네."

가짱이 내 얼굴을 들여다보았다.

"가시게요? 그럼 밖에까지 배웅해 드리지요."

나는 일어나서 침대에서 내려왔다.

"괜찮아, 괜찮아. 마중해 줄 사람도 와 있는 것 같으니까."

"아뇨, 배웅하게 해 주십시오."

"또 그 모습인가?"

가짱은 내 양복 차림을 비웃으면서 쯧 하고 혀를 찼다.

부모의 얼굴을 모르는 자식보다 부모의 얼굴을 잊어버린 자식이 훨씬 가엾지 않은가. 그래서 배웅할 사람이 없는 가짱을 배웅하는 게 내 의무라고 생각했다.

“그동안 신세 많이 졌네.”

가짱은 간호사실에 손을 흔들더니 집중치료실을 뒤로했다.

어렸을 때, 도오루와 둘이 작은 모험을 떠났다.

전후의 기억은 없다. 특별한 원인도 없었다. 여름방학을 코앞에 둔 토요일 오후, 초등학교 하굣길에 갑자기 모험을 시작했다.

장난을 치다가 주오선 역까지 걸어가서, 선로 끝에서 오렌지색 열차를 바라보는 사이에 누가 먼저랄 것도 없이 ‘탈까?’라고 말했다.

소풍이나 사회 견학을 갈 때 1년에 한두 번은 전차를 탈 기회가 있었다. 목걸이처럼 목에 건 부적 주머니 안에는 전차비로 충분한 긴급 상황용 동전이 들어 있었다.

“도오루란 건 그 도편수 말하는 거지? 재미있겠군.”

휘적휘적 걸으면서 가짱은 다음 이야기를 재촉했다. 밤은 깊었고 눈은 겨우 그쳤다.

“실은 지하철을 탄 건 그날이 처음이었지요.”

“어? 전차에 지하철도 탔나?”

“그게 말이죠…….”

지하철 오기쿠보선이 완전히 개통했다는 뉴스를 나와 도오루는 기억하고 있었다. 신주쿠는 멀지만 오기쿠보는 가까운 것 같았고, 첫 지하철 경험이 그렇게 어려울 것 같진 않았다.

그렇게 정했으면 그다음은 곧장 돌진이다. 자동발매기에서 티켓을 산 것도, 우리끼리 개찰구를 빠져나간 것도 처음이었다.

미타카, 기치조지, 니시오기쿠보. 열차가 달리는 사이에 무사시노의 전원 풍경이 도시로 바뀌었다. 해가 지기 전에 돌아가면 야단맞는 것으로 끝나리라고 생각해서 서로 입을 맞추었다.

어슬렁어슬렁 돌아다니다가 길을 잃어버렸습니다. 배가 너무 고파서 빵을 사 먹었습니다.

물론 길거리에서 음식을 사 먹는 것은 엄격히 금지였지만, 주오선과 지하철을 탔다는 것보다는 벌이 가벼울 것이다. 그런 거짓말은 내 머리에서 나왔으니까 아마 지하철을 타자고 한 사람도 나였을 것이다.

"오기쿠보까지 지하철이 개통된 것은 도쿄 올림픽의 2년 전 연초였지."

가짱의 기억에 틀림이 없다면 그것은 1962년 여름의 일이다. 당시 우리는 초등학교 5학년이었다.

"나는 이 지하철 공사 현장에서 일했다네."

차가 드문 한밤중의 교차로까지 와서 가짱은 걸음을 멈추었다.

"아아, 그러셨어요?"

"경기는 좋고 일손은 부족한 시대였지. 일용직 노동자의 임금도 매달 올라갈 정도였다네. 총리대신이 소득 두 배 증가를 공약했는데, 정말로 그렇게 됐지. 물가도 올랐지만 두 배까지는 오르지 않아서 생활은 훨씬 편해졌다네. 마누라를 얻은 것도 그 무렵이었지."

행복한 시절을 말하는 것치고 가짱은 누런 앞니를 드러내며 쓴웃음을 지었다.

어느새 오기쿠보선이라는 호칭은 없어졌다. 하지만 개통할 때는 그 말을 내세워서 광고했다. 그래서 우리는 본 적도 없는 지하철이 바로 코앞까지 왔다고 생각했다.

나와 도오루가 그토록 갈망했던 보편적인 행복……. 모두가 경험하고 우리만 경험하지 못했던 당연한 행복이 우리가 성장할 때까지 기다리지 못하고 제 발로 찾아와 준 것처럼 여겨졌다. 조금만 용기를 내면 손이 닿는 곳까지 왔다고.

그 시절의 우리는 아직 자신의 불행을 믿지 않았다.

사소한 실수로 자식을 잃어버린 부모님이 어느 날 불쑥 운전기사가 있는 외제차를 타고 데리러 오는 날을 꿈꾸었다. 또는 미국에 사는 삼촌이나 이모가 겨우 내가 사는 곳을 알아내서, TV의 홈드라마 같은 새로운 세계로 데려가 준다고도. 우리의 작은 모험은 그런 가당치 않은 희망과 불가분의 관계에 있었다.

하지만 비참하게도 그 모험은 가출이라고 부를 수 없었다. 우리에게는 '집'이 없었기 때문이다. 사람들이 규정한 우리의 행위는 '탈주'였다.

아동 보호 시설이라는 품위 있는 명칭으로 바뀌어도 아직 많은 사람이 고아원이라고 불렀던 곳에서 없어지는 일은 군대나 교도소에서 없어지는 것과 마찬가지로 탈주였다. 나중에 우리는 그 끔찍한 말을 몇 번이나 들어야 했다.

그 여름날, 나와 도오루는 탈주했다. 그리고 왜 탈주했냐는 노골적인 질책을 끊임없이 견뎌야 했다. 대답할 수 없어서 그저 울기만 했는데 그것은 결코 참회의 눈물이 아니었다. 가차 없이 내리치는 채찍처럼 탈주라는 말이 아파서 견딜 수 없었을 뿐이다.

"남자는 원래 타는 걸 좋아하는 법이지. 지하철을 그렇게 타고 싶었나?"

가짱이 내 등을 다정하게 어루만져 주었다. 옆에서 보면 노인이 노인을 위로하는 기묘한 광경일 것이다.

하지만 가짱의 손길은 아직 말해 주지 않은 가짱의 소중한 인생을 가르쳐주었다. 폭격으로 불탄 곳에서 버림받고, 도둑질이나 구걸로 가까스로 목숨을 이어온 소년이 지하철을 만들었다. 지하철이 완성되어 일이 없어진 후에도 계속 지하철 옆에 살았다. 그런 가짱에게 지하철을 동경하는 아이가 있었다는 사실이 견딜 수 없이 기뻤으리라.

"그래서 탔나?"

나는 힘차게 고개를 끄덕였다. 나중에 아무리 야단맞고 혼나더라도, 오기쿠보 역의 시발 플랫폼에서 우리를 기다렸던 지하철의 모습과는 바꿀 수 없었다.

새빨간 차체에 새하얀 띠를 감고, 그 위에는 은색 물결이 꿈틀거린다. 여섯 량 편성의 이케부쿠로행. 도쿄의 지하를 한 바퀴 빙 돌아오는 빨간색과 하얀색 열차. 이 세상에 이토록 아름다운 게 있을까.

달. 별. 구름. 바람. 산. 강. 바다.

이 세상의 아름다운 것은 전부 하느님께서 만들었다고 목사님이 말했다. 하지만 그것은 거짓말이었다. 가장 아름다운 것은 인간이 만들었다.

우리는 한동안 지하철을 타지 않고 플랫폼에 우두커니 서 있었다. 황홀한 눈길로 지하철을 바라보았다. 어렸을 때부터 손끝이 야물었던 도오루는 그 순간 인생을 정했을지도 모른다.

발차 벨이 울리고, 열차 안으로 들어갔다. 양쪽으로 열린 문이 닫혔을 때, 나도 모르게 '와아!' 하고 환호성을 질렀다. 국철의 전차 문은 한쪽만 열려서, 양쪽의 문 두 개가 열고 닫히는 시스템을 그때 처음 보았던 것이다.

열차 안은 텅 비어 있었다. 문이 닫히고 좌석에 앉았을 때, 그때까지 느껴 보지 못한 신비한 안식을 맛보았다. 마치 어머니 품에 안기는 듯한, 아무런 불안도 없는 편안함이었다.

"어디까지 갔었나?"

가짱이 눈을 가늘게 뜨고 미소를 지으며 물었다.

"신주쿠까지요. 일단 개찰구를 나가서 돌아오는 티켓을 사려고 했더니, 역무원이 내릴 곳을 지나쳤다고 하더군요. 어떻게 정산해야 하는지도 몰랐고요."

"그래서 잡혔나?"

"교복을 입은 사립 초등학교 학생이 아니었으니까요. 더러운 러닝셔츠에 까까머리를 하고 책가방을 메고 있었지요. 돈은 됐으니까 잠시 따라오라고 하면서 사무실로 데려가더군요."

"뭐 당연한 일이지."

우리의 모험은 그렇게 막을 내렸다. 제대로 티켓을 사서 돌아갈 테니까 시설에는 연락하지 말아 달라고 애원했지만 들어주지 않았다.

"그것도 당연하고."

한 시간도 지나기 전에 시설 직원이 데리러 왔다. 물론 주오선의 쾌속 열차를 타고 날아왔겠지만, 모험이 너무도 길게 느껴졌던 것과 반대로 혹시 뒤를 미행당한 게 아닐까 생각될 만큼 빨리 도착했다.

"그래도 다행이군."

"네, 다행입니다."

"마짱은 지하철과 보통 인연이 아닌가 보군."

"좋은 인연이라면 좋겠지만 악연뿐이지요. 역시 아직 죽을 수는 없습니다."

"아직 젊으니까 다시 한 번 버텨 보게. 나는 이제 됐어. 너무나 지쳤네."

가짱은 추운 듯이 솜옷의 옷깃을 움켜잡고 아케이드 밑을 걷기 시작했다. 나는 재빨리 쫓아가서 물었다.

"어디로 가시는 거죠?"

"멋대로 배웅한다고 따라와 놓고 그건 왜 물어? 그리고 부처님도 하느님도 아닌데, 이다음의 일을 내가 어찌 알겠나? 일단 지하철을 타고 갈 걸세. 나도 악연이라네."

"아침 첫차까지는 아직 시간이 있습니다. 역의 셔터도 닫혀 있고요."

"글쎄. 인연이 있으면 셔터가 열려 있을 거야."

그 여름날의 사건은 정확히 기억하고 있다. 미세한 풍경이나 감정까지도. 어쩌면 내가 오기쿠보에 집을 짓고 매일 지하철로 출퇴근한 것은 어린 시절의 경험 때문일지도 모른다.

눈에 젖은 포장도로에 형광등 불빛을 쏟아 내며 역의 셔터가 열려 있었다. 나도 모르게 손목시계를 보았다. 새벽 두 시가 조금 지났다. 하지만 나는 이미 한밤중의 지하철을 의아하게 여기지 않았다. 빈사 상태의 내가 있는 곳은 꿈도 아니고 약물에 따르는 환상도 아니며 현실의 이면에 존재하는 이세계(異世界)라고 여기게 된 것이다.

눈부신 빛의 바닥에서 지하철의 숨결이 솟구쳤다. 그 여름날, 도오루와 같이 처음 맡았던 지하철 냄새였다.

"반대편에서 배웅해 주지 않겠나?"

가짱은 손으로 함박눈에 젖은 오메카이도를 가리켰다.

"왜죠?"

"저쪽 플랫폼에서 배웅하는 게 더 멋지지 않나?"

좋은 아이디어다. 도쿄에서 태어났거나 오래 살았던 사람이라면 누구나 한두 번은 지하철 플랫폼에서 사람과 헤어진 적이 있을 것이다. 손도 잡지 않고 말도 걸지 않으며 선로를 사이에 두고 단지 바라보기만 하는 이별은 도쿄의 밤에 잘 어울린다.

인적도 없고 헤드라이트도 멀리 떨어져 있는 길을 느긋하게 건넜다. 건너편의 셔터도 열려 있었다. 계단을 내려가려고 하다가 문득 걸음을 멈추고 돌아보았다.

가짱이 나뭇잎을 떨군 큼지막한 은행나무에 기대어 담배를 피우고 있었다. 그런데 모습이 조금 전과 달랐다. 솜옷을 입은 작은 노인이 아니라 작업복에 고무장화를 신고 헬멧까지 쓴 젊은 가짱이 있었다. 딴 사람이 아니라는 것은 큰길 너머의 나를 향해 느긋하면서도 힘차게 두 손을 흔드는 모습을 보고 알 수 있었다.

가짱은 내 신세 한탄을 듣기만 하고, 자신에 대해서는 별로 말하지 않았다. 그리고 지금까지는 수치스럽게 여겨서 가족에게도 말하지 않았던 내 인생을 '훌륭하다'라고 칭찬해 주었다.

나는 왜 가짱의 인생을 더 들어 주지 않았을까? 집이 불탄 자리에서 모든 걸 잊어버린 어린아이가 오메카이도 밑에서 지하철을 개통하게 만든 것까지라도.

포장마차에서 술을 마신 뒤, 가로수에 귀를 댔던 가짱의 모습이 불쑥 떠올랐다. 그런 식으로 속도랑의 강물 소리를 듣는다고 했다. 우리는 추억을 땅속에 묻고, 그러면서도 미련스럽게 그리워하면서 살아왔다. 내 마음속으로 들어가는 것처럼 나는 한 걸음씩 천천히 계단을 내려갔다.

사후의 영혼은 인생에서 가장 행복했던 시절의 육체를 다시 얻는다고 들은 적이 있다. 그럴듯한 이야기긴 하지만 정말로 그렇다면 지하철 공사에 종사했던 시절의 가짱은 매우 행복했던 것일 게다.

눈이 핑핑 도는 고도 경제 성장의 시초가 되었던 시대. 소득 두 배, 즉 국민의 수입을 두 배로 만들려고 했던 기적의 시대였다. 그때 가짱은 결혼을 해서 아이를 낳았다. 기적의 은혜는 전쟁고아에게까지 나타났다.

역의 구내는 쥐 죽은 듯 조용했다. 승객도 역무원도 없었다. 나는 자동발매기에서 티켓을 사서 개찰구를 빠져나갔다. 스크린도어가 없는 옛날의 신나카노 역이다. 이 노선의 역은 거의 리모델링되지 않았다. 원래의 디자인이 훌륭하고 세라믹 소재가 견고한 덕분일까? 오랜 세월을 간직한 칙칙한 타일이 오히려 낭만적으로 보였다.

벽에 기대어 눈을 감고 귀를 기울였다. 어둠의 저편에서 바퀴의 굉음이 들렸다.

"마짱."

천진난만한 목소리가 들려서 눈꺼풀을 들어 올렸다. 오기쿠보행을 기다리는 맞은편 플랫폼에 가짱이 서 있었다.

어린 가짱이다. 햇빛을 가리는 기다란 챙 모자를 쓰고, 눈부실 만큼 하얀 반소매 셔츠에 감색 반바지 차림으로 양친의 손을 잡고 있었다. 가장 행복했던 시절의 가짱이 선로 너머에서 다시 내 이름을 불렀다.

"마짱. 다음에 또 같이 놀자! 안녕."

삼베 양복을 입은 아버지가 중절모를 들고 고개를 숙였다. 가짱의 어머니는 새빨간 립스틱을 바른 입술을 움직여 내게 미소를 지었다.

"안녕."

나는 손을 흔들었다. 가짱의 말처럼 지하철의 이별은 아름답다. 만약 사람들이 쳐다보고 있었다면 우리는 말도 하지 않고 손도 흔들지 않았을 것이다.

지하철이 왔다. 새빨간 차체에 새하얀 띠를 감고, 은색 물결이 너울거리는 옛날의 오기쿠보선 열차였다.

"안녕……."

나는 다시 한 번 나지막하게 중얼거렸다.

벽에 기대어 눈을 감았다.

이미 배웅은 충분하다고 생각했다. 조금씩 멀어져 가는 가짱의 모습은 보고 싶지 않았다. 지하철은 가 버렸다. 어디에서 와서 어디로 가는지, 그런 것은 상관없었다.

조용한 플랫폼을 걸어서 플라스틱 벤치에 앉았다. 당장 할 일도 없고 갈 곳도 없다. 사람과 헤어진 뒤의 기분은 그런 법이다. 상대가 애인이든 친구든, 한순간의 이별이든 영원한 작별이든, 하나의 세계를 잃어버리는 것이 분명하다.

마음속에 텅 빈 공간이 생기고, 그때 자신의 처지에 상관없이 마치 무인도에서 눈을 뜬 표류자처럼 때와 장소를 잃어버린다. 지금까지 인생에서 그런 경험은 헤아릴 수 없이 많았다.

그런데 이 플랫폼에도 지하철이 올까?

나는 가장 행복했던 시절의 모습으로 돌아가 재빨리 지하철에 올라탄다. 그 순간 내 바이털 사인은 꺼지고, 가족이 병원으로 달려오면 의사가 엄숙하게 사망선고를 내린다. 그것은 딱히 두려운 일이 아니다. 하지만 그다음은 가짱처럼 잘될 것 같지 않다.

우선 가장 행복했던 순간이 언제였는지 알 수가 없다. 어린 시절이 아니라는 것만은 분명하다. 대학에 합격했을 때는 기뻤지만 대학 시절은 괴로웠다. 신혼 시절은 누구라도 행복하겠지만 일에 쫓기느라 실감을 못 했다. 오히려 외국에 파견 나갔던 시절일까? 그것도 아니다. 하루야를 잃어버린 이후의 날들이 행복했을 리가 없다. 결국 정년퇴직을 한 앞으로의 날들인가? 그렇게 생각하자 무심코 한숨이 새어 나왔다.

그리고 가짱처럼 잘되지 않을 이유가 한 가지 더 있다. 가짱은 과거를 잊었지만 내게는 과거가 없다. 가령 부모가 데리러 온다고 해도, 나는 그들이 누군지 모른다. 부모를 알게 되면 평온하게 있을 수 없으리라. 아마 지하철 차량 안이든 역의 플랫폼이든 상관없이 큰 소리로 욕을 퍼부으며, 아무리 사죄해도 결코 용서치 않을 것이다.

그때 따뜻한 바람이 뺨을 스쳤다. 지하철에서 신을 느끼는 순간이다. 일단 숨결이 뺨에 닿는다. 다음에 발소리가 들린다. 그리고 빛이 드리우고 모습이 나타난다.

물론 지하철은 신이 아니다. 온갖 사물에서 신을 찾으려고 하는 건 내 버릇으로, 아마 철저하게 신을 믿지 않는 성격 때문일 것이다.

시설에는 일주일에 한 번씩 교회 목사가 와서 아이들에게 성경을 읽어 주고 좋은 말을 해 주었다. 하지만 문어체인 성경의 말은 알아들을 수 없었고, 게다가 독지가인 목사가 너무 열정이 넘치는 탓에 모든 걸 강요한다고밖에 여겨지지 않았다.

초등학생 때는 세상에 신세를 지는 대가로 따분한 시간을 견뎌야 한다고 생각했고, 중학생이 된 후에는 이런 운명을 안겨 준 하느님의 손을 잡아서는 안 된다고 저항했다. 고등학교에 들어가서는 하느님이든 부처님이든 남에게 의지하면 미래가 없어질 것 같아서 두려웠다.

그래서 완벽한 무신론자가 되었다. 크리스마스를 축하하거나 새해 첫날에 신사에 가기는 하지만 하나의 행사라는 것 말고는 아무런 의미가 없었다.

숨결을 느끼자마자 발소리가 들렸다.

이 지하철을 타야 할까? 맞은편 플랫폼에는 나를 배웅하는 사람이 없고, 좌우를 둘러보아도 마중 나온 사람이 없었다.

이윽고 어둠의 안쪽에서 빛이 솟아 나오고, 빨간색과 하얀색의 신이 나타났다. 아무도 타지 않은 여섯 량의 열차가 플랫폼에 멈추고, 양쪽으로 문이 열렸다.

망설이지는 않았다. 가짱에게 온 축복이 내게 오지 않을 리가 없다고 생각했다. 그러니까 이 지하철을 타면 곧 죽음을 맞이하리라고 나는 확신했다. 저녁을 먹거나 여름의 해안을 걷거나 목욕탕에서 느긋하게 손발을 뻗거나……. 이다음에 무엇이 준비되어 있는지 오히려 기대가 되었다.

문 옆의 자리에 앉았다. 평소에는 무슨 일이 있어도 앉지 않지만 빈사 상태인 만큼 조심하지 않으면 안 된다. 설마 그러진 않겠지만 지하철에서 두 번 쓰러진다면 이야기가 복잡해진다.

열차 안에는 승객이 몇 명 있었다. 우선 금실이 좋아 보이는 노부부. 나와 아내도 옆에서 보면 이미 노부부겠지만, 우리보다 열 살은 많아 보인다.

헌팅캡을 쓰고 트위드 하프코트를 입은 남편은 지적으로 보이는 신사로, 은색 손잡이가 달린 지팡이 위에 턱을 올리고 있다. 아내는 남편의 팔에 팔짱을 낀 채 귓가에 뭐라고 속삭이고 있지만 아마 지하철 소리에 가로막혀 목소리는 닿지 않을 것이다.

우리도 저런 식으로 늙어 가면 좋겠다는 생각이 들었다. 결코 전통적인 부창부수로는 보이지 않고, 그렇다고 미국식으로 부부의 굴레에 얽혀 있는 것도 아닌 친구 같은 관계. 요즘 그런 노부부가 자주 눈에 띈다.

스마트폰에 빠져 있는 여성도 보인다. 게임을 하는 걸까? 아니면 모바일 메신저로 누군가와 잡담을 하는 걸까? 아무튼 더할 수 없이 비생산적인 행위에, 왜 아무런 생각도 없이 몰두하는지 이해할 수 없다. 전 세계에서 동시 진행되고 있는 저런 어리석은 행위가 우리 인류가 도달한 지성이라고는 도저히 생각되지 않는다.

가까운 미래에 인간이 인공지능을 가진 로봇에게 지배당한다는 영화나 소설이 많은데, 그런 미래는 이미 이런 형태로 현실이 된 게 아닐까? 손안에 들어오는 마법 상자는 너무도 평화로운 모습이고, 손발이 없어서 폭력을 휘두를 수 없기에 그것이 파괴자인 줄은 꿈에도 모른다. 이미 그 로봇에 예속되어 있다고는 아무도 생각하지 않는다.

스마트폰의 노예 앞에서 기절한 듯 잠자고 있는 젊은이는 라면 가게나 프랜차이즈 주점의 점장쯤 될까? 학력 사회에 맞춰서 인생을 정하는 젊은이보다 무한한 가능성이 있는 그들의 삶이 더 바람직하게 보인다.

가짱의 말처럼 내 인생은 훌륭하다. 다만 그것은 월급쟁이로

서 훌륭하다는 것뿐이고, 내게는 그보다 더 행복하고 수긍할 수 있는 인생이 달리 있었을 것이다. 입에 담지는 않았지만 항상 도오루의 인생을 부러워했다. 다케시를 처음 만났을 때도 딸의 아버지로서 불만은 하나도 없었다.

승객은 나를 포함해서 다섯 명. 이 빨간색과 하얀색 열차가 어디서 와서 어디로 가는지는 전혀 모른다. 지하철 차량은 덩치가 작다. JR이나 민영 철도로 연장된 노선은 지상 노선과 규격이 똑같지만 오래된 긴자선이나 마루노우치선은 원래 아담하게 만들어졌다. 새로 생긴 오에도선을 처음 탔을 때는 살짝 옛날 느낌이 드는 작은 사이즈에 감동했다. 역시 지하철은 이래야 한다면서.

지상 노선과 환승할 수 있다는 점은 편리하지만, 그곳에서는 서로 종이 다른 생물을 교배한 듯한 난잡함이 느껴진다. 지하철은 단지 지하를 달리는 철도가 아니라 도시의 3차원적 이용이라는 아이디어로 태어난 고유의 교통기관이라고 생각하기 때문이다. 지하철의 작은 차내에는 바쁘면서도 소박하게 사는 도시 생활자들의 인생이 있고, 말을 걸지는 않지만 서로를 위로하거나 야단치거나 격려하고 있다는 생각이 든다.

그렇다. 조금 전에도 나는 마음속으로 노부부를 위로하고 스마트폰 노예를 야단치고 잠자는 젊은이를 격려했다. 그리고 그들도 역시 신나카노 역에서 탄 노인을 위로하든지 야단치든지 격려했을 것이다. 이런 정서적인 이야기는 누구에게 할 수도 없고, 말한다고 해도 동의해 주지 않을 것이므로 나 혼자만의 비밀이다. 하지만 나는 확신한다. 지하철의 작은 차량은 선의로 가득 차 있다고.

한 번도 타고 내린 적이 없는 미스터리한 역이다.

플랫폼의 한가운데로 세 량밖에 없는 호난초행 지선 열차가 들어온다. 그 구조도 신기하고 세 개의 역밖에 없는 지선의 존재도 수수께끼다. 젊었을 때부터 아침저녁 출퇴근할 때마다 이 역은 나를 꿈꾸는 기분으로 만들었다. 내린 적이 없는 역에서 갈라지는 지선의 끝에는 미지의 별세계가 펼쳐져 있지 않을까?

같은 플랫폼의 반대편에는 그 별세계에서 찾아온 세 량의 열차가 멈춰 서 있었다. 커다란 소리와 함께 문이 열리고, 와인색 코트에 하얀 숄을 두른 여인이 올라탔다. 좋게 말하면 품위가 있고 나쁘게 말하면 오만해 보이는 여인이다. 예쁘장한 털실 베레모에서 세련된 감각이 느껴졌다. 여자는 약간 간격을 두고 나와 나란히 앉았다. 지하철이 달리기 시작하자 맞은편 창문은 아름다운 여인을 마음껏 관찰할 수 있는 거울로 바뀌었다.

30대 후반쯤 될까? 나이를 속이지 않고, 지금의 자신을 당당하게 과시하는 것처럼 보였다. 생활의 냄새는 손톱만큼도 나지 않고, 오히려 남자들의 시선은 끌어도 상상은 일절 거부하는 듯한 결벽함이 느껴졌다.

어두운 거울 속에서 그녀가 나를 지긋이 바라보는 것을 깨닫고 황급히 눈길을 피했다. 어느새 다른 승객은 모두 사라졌다. 나카노사카우에 역에서 내가 넋을 잃고 여인을 쳐다보는 사이에 내렸거나 아니면 처음부터 아무도 타지 않았거나.

평소의 지하철이 아니라고 스스로에게 말했다. 신나카노의 플랫폼에서 어린 가짱을 배웅했다. 역의 모습도 차량의 형태도, 현대와는 다르다. 그렇다면…….

나는 눈을 감았다. 그렇다면 나카노사카우에 역에서 탄 이 여인이 나를 또 이세계로 데려가 줄까? 그렇게 생각하는 사이에 갑자기 시트가 출렁거리며 여인이 다가오는 기척이 느껴졌다.

"뭘 모르는 척하고 그래? 그렇게 시치미를 떼다니."

나지막하고 야비한 목소리로 여인은 내 귓가에서 속삭였다. 조심스럽게 눈을 떴다. 맞은편 창문에는 내가 비치고 있었다. 상당히 젊어진 모습을 하고서는.

"어때? 조금은 익숙해졌어?"

호화로운 저녁 식사를 하고 여름의 해변을 산책하며 대중 목욕탕에 가는 등 여기저기 돌아다니는 환자 생활에 익숙해졌냐는 뜻이리라.

"천만에요. 덕분에 즐기고 있긴 하지만 익숙해질 리가 있겠습니까? 어쨌든 저는 아직 중환자니까요."

"뭐? 그게 아니라 월급쟁이 생활에 익숙해졌냐는 거야."

창문에 비친 내 모습은 촌스러운 양복 차림의 신입 사원이다. 이게 뭐야? 이렇게 넓은 넥타이를 하다니. 넓은 옷깃에 빛나는 회사 배지가 무거워 보인다. 더구나 무릎 위에 있는 건 007 가방인가?

"아직 뭐가 뭔지 모르겠습니다. 매일 상사에게 혼만 나고 있지요."

나는 현실을 냉정하게 분석해 보았다. 쇼와 49년. 1974년. 틀림없다. 내 인생이 최대한의 방어에서 공격으로 바뀐 해다. 내게 취직이란 그런 것이었다. 종합상사를 원한 것은 월급이 좋았기 때문이고, 가족이 없는 내게 그것 말고 고려해야 할 다른 이유는 아무것도 없었다. 빚은 없었으나 장학금 중 일부는 갚아야 했다. 그것을 갚은 다음에야 겨우 태어날 때부터 짊어지고 있던 핸디캡이 사라진 듯한 기분이 들었다. 그래서 월급에 집착한 것이다.

"당신이라면 괜찮아. 다른 녀석들과는 그릇이 다르니까."

여인은 긴 치마 속 다리를 꼬고 앉아, 비스듬한 자세로 내 어깨를 툭 쳤다. 목달이구두는 오랜만에 본다. 1970년대 중반에는 분명히 이런 패션의 여인이 등장했다.

이번만은 아내의 헬스클럽 멤버가 아니다. 몸을 단련해서 날씬

한 게 아니라 단백질이 부족해 보이는 몸이다. 당시 젊은 사람은 모두 야위어서, 다이어트라는 말은 있었지만 중년 이후에 생각하면 되었다. 그렇다면 30대 후반으로 보이는 이 여성은 나름대로 노력을 했을지도 모른다.

"다들 우수한 사람들뿐입니다. 제 그릇이 좋다는 생각은 안 들어요."

"그렇지 않아. 고생이 다르니까."

거침없이 돌직구를 날리는 여인이다. 나이 차이로 보면 당연하다고 해야 할까? 정신이 예순다섯 살이라서 화가 났지만 지금은 참는 수밖에 없다.

그 무렵 상사에게 야단맞은 이유는 업무 때문은 아니었다. 주로 말투나 예의범절, 사소한 버릇으로 혼이 났다. 남들 같으면 부모에게서 배웠을 생활 예절이 철저하게 부족했던 것이다. 경의를 표하는 방법은 알고 있어도 스스로를 낮추는 방법은 몰랐다. 젓가락 잡는 방법, 향 올리는 방법, 타인에 대한 배려, 남의 집을 방문할 때나 나올 때의 순서 등등. 사람이 당연히 아는 기본 예의들을 나는 몰랐다. 그래서 '고생이 다르다'는 말은 지금 상황에서는 맞지 않는 말이다.

그 무렵의 지하철은 몹시 시끄러웠다. 특히 마루노우치선은 오래된 긴자선보다 소음이 컸다. 바퀴의 굉음에 집전(集電)하는 제3레일의 날카로운 금속음이 겹쳐지면서 귓가에 입을 대고 말하지 않으면 알아들을 수 없었다.

"이름을 말씀해 주시지 않겠습니까?"

향수 냄새가 피어오르는 귓가에서 물었다. 여인은 가볍게 웃더니, 내 목덜미를 껴안듯이 하며 속삭였다.

"매너가 나쁘군. 자기 이름도 말하지 않고 여자에게 이름을 묻다니."

"제 이름은 아시나요?"

"몰라. 말해 줘."

나는 뺨이라도 닿을 것처럼 얼굴을 가까이 대고 말했다.

"다케와키입니다. 다케와키 마사카즈."

여인은 속눈썹을 붙인 눈꺼풀을 감고 내 어깨에 손을 올리더니, 립스틱을 바른 입술을 움직이며 경전이라도 읊조리듯 "다케와키 마사카즈"라고 따라 말했다.

그 모습은 조금 연극 같았다. 실험적인 연극을 하는 극단의 인기 없는 배우가 아닐까. 무대와 현실을 구분하지 못하다가, 우연히 지하철에서 만난 젊은 월급쟁이를 조롱하는…….

나는 007 가방을 손으로 더듬었다.

"잘 들으세요. 대 죽(竹), 겨드랑이 협(脇), 바를 정(正), 한 일(一)을 써서 다케와키 마사카즈. 쇼이치가 아니라 마사카즈입니다."

여성은 고개를 한 번 끄덕였다. 화장을 짙게 하는 시대였지만 맨 얼굴은 아름다운 사람일 거라고 생각했다.

아무튼 1974년은 내 인생이 최대한의 방어에서 공격으로 바뀐 기념할 만한 해였다. 그 때문에 기억에 깊이 남아 있다. 길고 무겁고 농밀한 한 해였다. 오일쇼크의 그에 편승해 미친 듯이 날뛴 물가. 그 타이밍에 고학생에서 월급쟁이가 됐으니 운이 좋았다고 할 수 있다. 전쟁 이후의 첫 마이너스 성장. 그런 와중에 땅값은 3년 사이에 세 배가 되어서, 이제 평생 집을 지을 수 없다고 선배들은 한탄했다.

미쓰비시중공 폭파 사건(1974년에 발생한 무차별 테러 사건이자 연쇄 기업 폭파 사건 중 하나)에서는 구사일생으로 살아남았다. 신사옥이 완성되고, 나를 비롯한 입사 1년 차 사원들은 이사 작업에 동원되었다. 동기인 홋타 노리오와 마루노우치 지하상가로 점심을 먹으러 갔을 때, 우리가 지나간 직후 길 위에서 폭탄이 터졌다. 당시 희생된 사람은 여덟 명이었다.

여인이 귓가에서 자기 이름을 속삭였다.

"난 미네코야. 봉우리 봉(峰)에 아들 자(子)를 써."

당신을 알고 있어요. 그렇게 말해야 좋을지 말지 망설였다. 가짱의 첫사랑. 전쟁고아들의 우두머리였던 미소녀.

잠깐만. 나이가 맞을까? 나는 머릿속에서 가짱의 추억 이야기를 파냈다. 짧은 에피소드지만 인상에 남았다.

미네코는 가짱보다 몇 살이 많아서, 종전 직후에는 열한 살이나 열두 살. 나쁜 짓은 미네코가 없으면 할 수 없었다. 역할을 나누는 것도, 일이 끝나고 몫을 나누는 것도 전부 미네코가 정했다. 불평은 아무도 할 수 없었다.

1947년에 열두 살이었다면 1974년에는 서른여덟이나 서른아홉으로, 아슬아슬하게 나이가 맞는다. 물론 미네코라는 이름만으로 그녀라고 단정 짓는 건 억지스럽지만, 집중치료실에서 시작된 내 작은 여행의 안내자들…… 마담 네즈, 이리에 시즈카, 가짱을 늘어놓고 보면 여기서 미네코가 나타나는 건 당연하다는 생각이 든다.

가슴이 두근거렸다. 미네코는 나를 어디로 데려가 줄까? 눈 오는 밤의 레스토랑. 한여름의 조용한 바다. 상점가의 청결한 대중목욕탕. 그것은 모두 빈사 상태의 내가 애타게 바라던 곳이었다.

분에 넘치는 곳들이다. 그곳 말고 어디에 가고 싶은지 생각했지만 떠오르지 않는다. 하지만 나를 데려갈 곳은 분명히 마련했을 것이다. 이것이 신의 은혜라면, 나는 지금까지 이 행복에 걸맞은 선행을 쌓지 않았다.

멋대로 태어나고 멋대로 살았다. 다른 사람이 어떻게 평가하든 나는 그렇게 생각한다. 사람들은 모두 부모가 없다는 사실을 굉장한 불행으로 여기지만 그까짓 불행 따위는 똥이나 먹으라고 할 만큼 자유가 보장되었다.

"당신, 지금 좀 한가한 것 같군."

"네, 한가합니다."

"그래? 그럼 나랑 교제할래?"

설렘이 한순간 얼어붙을 만큼 깜짝 놀란 뒤, 이내 정신을 가다듬었다. '교제한다'는 말이 남녀의 특수한 관계를 가리키게 된 것은 최근의 일로, 예전에는 형식적인 만남이나 사교적인 만남에도 사용했다. 다시 말해, 1974년 현재에 '나랑 교제할래'라는 말에는 특별한 뜻이 담겨 있지 않다.

"좋습니다."

태연하게 대답하고 나서, 그 무렵에 내게 한가한 시간이 있었을까 생각했다. 신입 사원 연수, 곧이어 신사옥으로의 이사. 여름휴가를 사용했는지 기억이 없다. 9월에는 하네다-베이징 간에 정기 항공로가 만들어지면서 앞으로 무역은 중국이라는 소문이 느닷없이 현실이 되었다.

하지만 당시만 해도 국교가 정상화된 지 2년밖에 되지 않아서 중국에 관한 정보가 부족했다. 공산주의 국가가 자유경제를 지향할 리가 없다고 생각하는 사람이 많았고, 전쟁 전이나 전쟁 중부터 회사에 근무했던 고참들은 중국에 대한 편견이 적지 않았다.

그래도 젊은 사원들을 대상으로 중국어 연수를 시작했다. 그와 동시에 비즈니스 영어의 특별 훈련도 진행되어, 입사 첫해의 후반부는 마치 대학 입시 시절로 돌아간 것 같았다. 따라서 그 무렵, 지하철 안에서 낯선 미녀의 유혹을 받았다고 해도, 참으로 유감스럽지만 커피 한잔 같이할 여유는 없었을 것이다.

지하철은 신주쿠에 도착했다. 이 시대에는 하나 다음 역인 니시신주쿠 역이 존재하지 않았다. 놀랍게도 신주쿠 역은 초저녁이었고, 수많은 사람으로 발 디딜 틈이 없었다. 마치 나 하나를 속이기 위해 수백 명의 엑스트라를 고용한 장대한 시나리오가 짜여 있는 것 같았다.

"밥은 먹었어?"

"먹은 것 같기도 하고 안 먹은 것 같기도 하고요."

"그럼 일단 차를 마시자."

문이 열리고 우리는 밀려드는 승객에게 떠밀리면서 가까스로 지하철에서 내렸다. 그때도 미네코는 끼고 있던 팔짱을 풀려고 하지 않았다. 크리스마스 캐럴이 흐르는 지하도를 걸었다. 아무래도 나를 속이는 연극은 아닌 듯했다. 지나가는 사람들은 다양하고 표정도 자연스러웠다.

"무슨 생각을 해?"

"아무 생각도 안 해요. 그냥 아름다운 사람과 데이트할 수 있어서 행운이라는 생각 말고요."

"이런 아줌마라서 미안해."

"당치도 않습니다. 메리 크리스마스."

"고마워. 메리 크리스마스."

분명히 나이 차이가 꽤 난다. 가끔 사람들이 기이한 눈길로 쳐다보는 것은 우리가 이상한 연인으로 보이기 때문일 것이다.

우리는 신주쿠 한복판에 있는 '순찻집'(주류를 취급하지 않은 순수한 찻집)에 들어가 나란히 앉았다. 요즘 젊은 사람들은 이런 명칭조차 모르지 않을까? 아득한 옛날, 여성이 접대하는 카페의 전성기에 주색을 팔지 않는 순수한 찻집이 이런 명칭을 사용했다. 그것은 고도 경제 성장기에 가장 손대기 쉬운 장사였으나 1974년 무렵부터 점차 모습을 감추었다.

땅값이 폭등하고 임대료가 올라가면 상품 단가가 낮은 업종일수록 유지하기 어려워진다. 더구나 순찻집은 인건비를 줄일 수 없는 업종이다. '광란 물가'(1973년 오일쇼크로 인해 물가상승률이 연 20% 이상 상승한 것)라는 명칭이 붙을 만큼 극단적인 인플레이션 시대에는 도저히 버틸 수 없었을 것이다.

자기 건물이라서 집세를 내지 않고 가족끼리 경영하며, 낮에는 식사를 내주고 밤에는 술을 파는 곳이 아니면 살아남을 수 없었다. 물론 그런 곳에는 '순찻집'이라는 명칭을 붙일 수 없지만.

아무짝에도 쓸모없는 이런 속사정까지 잘 아는 이유는 대학 생활을 찻집 아르바이트로 버텨 냈기 때문이다. 당시로서는 보기 드물게 캠퍼스가 도심에서 떨어져 있어서, 기숙사에 사는 학생이 대학 근처에서 아르바이트할 곳을 찾기가 쉽지 않았다. 하지만 우연히 들어간 기숙사의 같은 방 선배가 졸업하면서 후임으로 추천해 주었다.

"그렇군. 집세와 인건비라……."

내 이야기를 흥미롭게 들으면서 미네코는 작은 찻집 안을 빙 둘러보았다. 카운터 안에 쉰 살쯤 되어 보이는 주인이 앉아 있었다. 계산대에는 아내가 있고, 웨이트리스는 딸이다. 부지는 고작해야 15평으로, 건물의 2층과 3층을 주거지로 쓰고 있을 것이다.

"그런 걸 왜 알고 싶은데요?"

"실은 말이야, 작은 찻집을 가지는 게 꿈이거든. 술은 안 팔아. 주정뱅이는 딱 질색이야."

"이제 어려울 겁니다. 물가는 계속 올라가는데, 커피 한 잔 가격은 2백 엔이 한계거든요."

진심으로 커피숍을 하고 싶었는지, 미네코는 맥없이 어깨를 떨군 채 담배 연기를 토해 냈다. 그런 사소한 동작도 그림이 되는 여인이었다. 나는 미네코을 똑바로 쳐다보며 말했다.

"더구나 이런 곳이라면 고정 자산세가 많이 나올 겁니다. 가족이 모두 나와서 공짜로 일하지 않으면 버텨 낼 수 없죠."

작은 커피숍을 경영하는 것은 수많은 도시 생활자가 가슴에 품는 소박한 꿈이다. 장사라고 할 만큼 생생한 느낌은 없고, 큰돈은 벌 수 없지만 안정적이고 선량한 이미지가 있다. 두 개 층에 백 석 이상이 북적거리는 역 앞의 대형 커피숍에서 4년이나 아르바이트를 한 덕분에, 그 푼돈 장사가 얼마나 힘들고 음습한지 알고 있지만.

"관둘게."

얼마 피우지도 않은 담배를 비벼 끄고 미네코는 순순히 말했다.

"간단히 포기하시는군요. 꿈이 아닌가요?"

"시끄러워."

그녀는 장난스럽게 얼굴을 찡그리더니 손가락 끝으로 내 이마를 톡톡 두들겼다. 우리 사이에는 계속 지하철 안의 친밀한 시간이 흐르고 있었다.

"그리고 말이야"라고 그녀는 테이블 위로 몸을 내밀며 덧붙였다.

"돈은 내가 내는 게 아니야."

"빌리는 건가요? 그렇다면 그만두는 게 좋아요."

"빌리긴 왜 빌려? 스폰서야, 스폰서. 커피숍을 하고 싶다고 말하면 당장이라도 돈을 줄 사람이 있거든. 만약 실패해도 돈을 돌려 달라는 쪼잔한 말은 안 해."

"아아! 그렇다면 이야기는 다르지요. 생각하기에 따라서는 좋은 장사일지도 모릅니다."

가까이 다가왔던 그녀의 얼굴이 스윽 멀어졌다.

"그게 무슨 말이야?"

"안 갚아도 되는 돈이라면서요?"

그녀는 어이없는 표정으로 작은 얼굴을 흔들며 기다란 인조 속눈썹을 감았다. 그 모습을 보니 진심으로 그녀의 맨 얼굴이 보고 싶었다.

"그런 돈이기 때문에 실패할 수 없는 거야."

닳고 닳은 여자인가? 아니면 성실하게 살아온 여자인가? 점점 더 알 수 없었다. 전쟁고아가 살아가는 방법은 그중 하나라고 생각했다.

"당신이라면 알 거야."

내 인생을 꿰뚫어 보는 것처럼 눈을 가늘게 뜨고 그녀는 말했다. 부모 없는 아이는 유연하게 살 수 없다. 모든 게 계획적이고 타산적이다. 그런 방법을 터득하기 위해서는 성실함과 약삭빠름이라는 양날의 검을 쥐고 있지 않으면 안 된다.

나는 가끔 창문 너머의 경치를 쳐다보는 척하면서 램프의 갓에 비치는 내 얼굴을 보았다. 그곳에 있는 것은 스물셋의 나인데, 특별히 놀랍지는 않고 오직 부끄러울 뿐이었다.

만약 예순다섯의 육체를 가지고 그녀를 만났다면 어떻게 대했을까? 적어도 스물셋의 나보다 조금은 태연하게 행동했을 것이다. 니시신주쿠의 호텔 바나 레스토랑으로 안내해서, 넌지시 그녀의 인생을 들어 보고 싶다.

체력은 약해지고 기억력도 나빠졌지만 그래도 예순다섯이라는 나이에 불만은 없다. 이런저런 욕망에 농락당하지 않게 되어서 오히려 마음이 편하다. 물론 지하철 안에서 뇌혈관이 끊어지지 않는다는 조건이 붙지만 말이다.

빈사 상태의 나를 둘러싼 여인들은 하나같이 매력적이지만 타입은 모두 다르다. 용케 이렇게 개성 강한 사람들을 모았다고 감탄할 정도다.

마담 네즈는 현대의 귀족이다. 외국에 오래 살았고, 남편을 저세상에 보낸 뒤 귀국해서 우아하게 살고 있다. 우아하게 죽음을 맞이할 수 있는 보기 드문 사람이다.

이리에 시즈카라는 이름의 여성은 비밀주의자로, 자신의 인생에 관해선 입도 벙긋하지 않았다. 게다가 나는 그녀의 인생을 상상조차 할 수 없었다. 즉, 과거의 기척까지 깨끗이 지울 수 있는 보기 드문 여인이다.

그녀들에 비하면 미네코는 대범하고 화통한 여성이다. 부랑아들의 우두머리라는 말이 딱 어울릴 것 같다. 스폰서가 있다고 하는 걸 보면 물론 독신일 것이다.

전쟁이 끝나고 29년째의 겨울. 당시 내게 전쟁은 아득한 옛날이야기였다. 하지만 수많은 일본인에게는 불과 29년 전의 사건이었다. 그때까지의 인생을 물으면 미네코는 아마 태연하게 대답하겠지만, 평온할 리가 없는 나날들을 들을 용기가 없었다.

결코 말이 많은 여인은 아니다. 오히려 깊은 눈길로 허공을 바라보며 말했다. 당신은 잘살았다고, 말이 되지 않는 소리로 나를 위로해 준 듯한 기분이었다.

"그동안 많이 힘들었죠?"

중앙공원의 한쪽 귀퉁이를 걸으면서 과감하게 말해 보았다. 나는 그녀의 과거를 밝히려고 하지 않았고, 그녀 또한 구태여 말하지 않았다. 하지만 차마 들을 수 없는 고생 이야기라도, 말로 표현할 수 없는 인생이라도, 평화로운 시대에 태어나고 자란 사람으로서, 가짱이나 미네코를 위로하지 않으면 안 되었다.

느티나무의 썩은 낙엽을 부츠 바닥으로 밟고, 그녀는 드넓은 밤하늘을 올려다보았다. 고층빌딩은 겨우 네 동. 불빛이 없는 창문도 많고, 불빛보다 별빛이 더 많았다.

"나보다 당신이 더 힘들었을 거야."

"그렇지는 않습니다. 저는 고도 경제 성장의 부산물이니까요."

모든 게 불타 버린 곳에서 걸음을 내디딘 전쟁고아들이 어떻게 자랐는지는 우리의 상상을 아득히 초월한다. 1945년의 가짱이나 미네고는 기댈 곳이 없는 거리의 아이들이었다. 그리고 수많은 개발도상국이 그러하듯이 국가는 아무런 힘이 없었다.

"그렇지 않아. 모두 불행했을 때의 불행과 모두 행복했을 때의 불행은 다르니까."

뭐라고 대꾸하려고 하다가 목이 막혀서, 나는 갑자기 얻어맞은 아이처럼 울음을 터트렸다. 얼굴도 가리지 않고 고개도 숙이지 않은 채 울고 소리치면서, 이 사람은 어떻게 이토록 잔인한 말을 태연하게 할 수 있을까 생각했다.

만약 누군가 그런 말을 했다면 그때까지의 내 노력과 인내는 모두 물거품이 되고 친구들은 전부 등을 돌리며, 약간 남아 있던 연민은 즉시 경멸로 바뀔 만한 말이었다. 하지만 틀림없는 진실이었다. 그래서 나는 잔혹한 진실을 무거운 바위처럼 가슴 안쪽에 계속 간직해 왔다.

그녀가 나를 안아 주었다. 가슴의 온기가 전해졌다. 입술을 겹치려고 하다가 우리는 서로 뺨을 겹쳤다.

"솔직히 말하면 정말 힘들었어요."

그녀가 뺨을 비비며 고개를 끄덕였다. 그리고 나는 예순다섯의 나로 돌아와서 진심을 토해 냈다.

"그러니까 이제 그만 놔 주세요. 이대로 죽게 해 주십시오."

"아아!"

생명을 내뿜듯 오열하면서 그녀는 내 등과 목덜미를 어루만지더니, 가느다란 손가락으로 새하얀 머리칼을 빗어 주었다.

제5장

가족

외동딸

잠이 오지 않아서 아카네는 메시지를 보냈다.

아빠에게.

몸은 좀 어떠세요?

이제 그만 눈을 뜨세요. 아이들도 보고 싶어 해요. 루리는 지금의 상황을 느낌으로 아는 것 같지만, 시온에게는 할아버지가 지금 동면 중이라고 말해 두었어요. 곰 아저씨하고 같이요.

곰 아저씨가 눈을 뜨면 잡아먹힐 거야.

괜찮아, 곰 아저씨는 봄이 올 때까지 눈을 뜨지 않으니까. 할아버지는 이제 곧 눈을 뜨실 거고.

스읔 일어나실 거야. 곰 아저씨가 깨지 않도록.

할아버지는 집에 스읔 오시거나 스읔 나가시는 게 특기거든. 그래서 곰 아저씨도 눈치채지 못해.

크리스마스에는 눈을 뜨실까요?

그때는 눈을 뜨셔야 해요. 루리와 시온에게 선물을 주고 파티도 하고 케이크도 먹어야 하잖아요.

있잖아요, 아빠.

저에겐 할아버지와 할머니가 안 계셨잖아요. 그건 결코 아빠와 엄마의 책임은 아니지만 조금 쓸쓸했던 건 사실이에요. 그러니까 계속 루리와 시온의 할아버지로 있어 주세요.

제 소원은 그것뿐이에요.

곰 아저씨가 깨지 않도록 스읔 동굴에서 나와 주세요.

아카네.

아빠가 쓰러진 이후, 아카네는 답장 없는 메시지를 계속 보냈다. 일방적인 대화라도 아빠를 느낄 수 있어서 마음이 진정되었다. 아빠가 보든 보지 않든 상관없었다.

남편과 교대로 병원에 가는 것은 아빠의 상태를 아이들에게 보여서는 안 된다고 생각했기 때문이다. 아이들의 기억 속의 할아버지는 키가 크고 잘생기고 멋진 은빛 머리칼에, 영어도 중국어도 원어민처럼 잘하는 슈퍼맨이어야 하니까. 아빠는 그런 사람이니까. 튜브에 칭칭 감긴 채 잠자는 모습은 아빠에게 어울리지 않는다.

메시지의 착신음이 밤을 뒤흔들었다. 아카네는 즉시 소파에서 일어났다. 됐다! 답장이 왔다.

남편의 메시지였다. 정말 못 살아. 어쩜 이렇게 타이밍을 맞추지 못할까?

> 아버지는 여전해. 혈압은 118-68.
>
> 어머니는 너무나 초췌해져서 집에 들어가시라고 했어.
>
> 편하게 주무셨으면 좋겠는데. 저녁은 패밀리 레스토랑에서 먹었어.
>
> 내일은 어머니와 교대하고 현장에 갈게. 대장님에게는 잘 말해 뒀어. 집에 있을 때보다 잘 자니까 걱정 마.
>
> 그럼 잘 자.

아빠를 보고 싶다. 옆에 있어 주고 싶은 게 아니라 아카네가 아빠 곁에 있고 싶었다. 하지만 남편은 되도록 병원에 가지 못하게 했다. 아카네가 병원에 가면 자기가 아이를 돌봐야 하는데, 아이를 돌보고 싶지 않다는 것이다. 그런 변명이 그녀에게 통한다고 생각하는 걸까?

아내를 울게 하고 싶지 않다. 아내를 괴롭게 만들고 싶지 않다. 다른 이유는 생각할 수 없다. 남편은 단순한 사람이다.

아이들은 잠들었다. 이 시간에 잠들면 다음 날 아침까지 눈을 뜨지 않는다. 아카네는 커튼을 열고 창문 너머로 밤하늘을 올려다보았다. 눈은 그친 모양이다. 여기저기 아파트 창문에서 크리스마스 조명이 반짝였다. 그 뒤쪽으로 니시신주쿠의 마천루가 보였다. 집세는 주변보다 조금 비싸지만 이 야경이 마음에 들어서 이 집으로 정했다.

아빠가 은퇴하면 오기쿠보의 집을 새로 지어서 부모님과 같이 살겠다고 남편은 선언했다. 그래서 매달 비싼 집세를 내더라도 분양 아파트를 살 생각이 없었다. 남편의 마음 씀씀이가 고맙다. 하지만 아빠에게는 아직 자신의 계획을 털어놓지 않았을 것이다. 남편은 상대가 누구든 겁을 먹지 않지만, 무슨 이유에선지 아빠에게만은 항상 주눅이 들어 있다. 아빠가 그렇게 어려운 사람은 아닌데.

창문의 물방울을 손으로 닦고 나서 아카네는 이마를 유리에 댔다. 아빠도 정년퇴직을 맞이했으니, 드디어 계획을 말해 볼까 하고 남편은 말했다. 크리스마스 파티 자리에서 말하면 어떻겠느냐고 묻기까지 했다.

하지만 한 가지 걱정이 있었다. 아카네의 부모님과 같이 사는 것은 남편의 어머니에게 무례한 일이 아닐까? 적어도 아빠는 그것 때문에 안 된다고 할 것 같았다. 자기 엄마에게는 애인이 있어서 괜찮다고 남편은 말했다. 하지만 그 남자를 만난 적도 없고, 시어머니가 어떻게 사는지도 잘 모르는 것 같았다.

만난 적이 거의 없는 시어머니를 생각하면 아카네의 마음이 무거워졌다. 아빠보다 두 살이 많은 예순일곱 살. 외아들인 남편이 모르는 척할 수 있는 나이는 아니다. 더구나 그런 시어머니를 제쳐 두고 장인, 장모와 같이 살겠다는 남편의 마음을 아카네는 이해할 수 없었다.

자신은 불효자라고 남편은 입버릇처럼 말했다. 그렇게 말하면서 시어머니를 계속 피하고 있다. 아카네가 시어머니 이야기를 꺼내면 즉시 불쾌한 표정을 지었다. 연락 정도는 주고받는 것 같은데 그녀에게 소식을 전하는 일은 없었다.

"아가야, 어떡할까?"

아카네는 산달을 맞이한 배를 쓰다듬으며 셋째 아이에게 말을 걸었다. 아빠가 쓰러졌다고 연락해야 한다고 생각하지만, 아카네는 시어머니의 전화번호조차 몰랐다. 알고 있는 건 오노 게이코라는 이름과 나이와 오치아이의 아파트에 산다는 것 정도였다.

출산 예정일은 1월 15일. 이번에도 딸이다. 이름은 아직 짓지 않았다. 남편은 아들을 원했겠지만 아빠는 무조건 기뻐해 주었다. 세 자매가 멋있다는 것이다. 왜 그렇게 생각하는지 모르지만 소설이나 드라마 같다는 뜻이겠지.

어쩌면…… 아빠는 남자를 두려워하는지도 모른다. 네 살 때 세상을 떠난 오빠에 대해 엄마는 그리운 얼굴로 말하곤 하지만, 아빠는 아직 슬픔을 극복하지 못한 듯하다. 남자들은 그런 법일까?

아카네에게는 오빠에 관한 기억이 전혀 없다. 얼굴은 사진으로 보았지만, 그것도 대부분 정리해 버렸는지 겨우 몇 장밖에 남아 있지 않았다. 그래서인지 그녀 안에 있는 하루야라는 소년은 어린 나이에 세상을 떠난 오빠라기보다 어렸을 때 우연히 만난 천사 같은 존재였다.

그렇다. 아카네가 철이 들기 전에 하늘로 돌아간 천사. 그런 이미지밖에 남지 않도록 부모님은 결코 슬픔을 말하지 않았다.

"그냥 내버려 두지는 않을 거야. 네 할머니니까."

아카네는 아직 만나지 못한 딸을 다시 한 번 쓰다듬었다.

남편은 자기 엄마를 '게이코 씨'라고 불렀다. 또는 '오치아이'라는 사는 곳으로 부르는 일도 있었다. 남편에게 '어머니'는 장모인 아카네의 엄마다. 그렇게까지 배려할 필요는 없다고 말한 순간, 남편의 낯빛이 바뀌었다.

"이건 배려가 아니야. 난 그 사람을 어머니라고 생각한 적이 없어. 당신은 아무것도 몰라. 남자와 놀고 싶으면 아들이 안 보는 곳에서 놀면 되잖아! 그것도 얼마 안 가서 계속 바꾸고 말이야. 남자가 바뀔 때마다 왜 나를 소개하느냐고! 그것도 집안에 사정이 있어서 나이 차이가 많이 나는 동생이라고 하면서. 나를 동생이라고 하면 누가 믿겠어? 그런 여자를 당신 어머니와 똑같은 호칭으로 부를 수 있겠어?"

그래도 어머니라고 불러 달라고 아카네는 부탁했다. 하지만 남편은 그녀의 부탁을 들어주지 않았다. 다른 일에는 고집이 세지 않은 주제에, 자신이 틀렸다는 걸 알면 솔직히 사과하고 남의 충고에는 머리를 감싸고 고민하는 주제에, 시어머니에 관해서만은 고집을 부렸다.

결혼한 지 얼마 되지 않았을 무렵이라서, 남편의 깊은 속사정까지는 몰랐을 때였다. 그래서 그 말을 듣고 그녀는 큰 충격을 받았다. 아버지가 누군지 모른다거나 소년원에 들어갔을 만큼 불량소년이었다거나…… 그것들은 전부 지나간 일들이지만 어머니와의 관계는 앞으로도 계속되지 않는가.

싱글맘이라는 단어에는 남자에게 기대지 않고 혼자 아이를 키우는 씩씩한 여성이란 이미지가 있다. 하지만 실제의 생활은 천차만별로, 자식에게 좋은 모습만 보여 줄 수 없는 경우도 있을 것이다.

그래도 아카네는 시어머니를 원망하고 싶지는 않았다. 이윽고 자식이 생기면 남편도 자기 엄마가 얼마나 고생했는지 이해하리라고 생각했다. 그런데 루리와 시온이 태어나자 남편은 더욱 시어머니에게서 멀어졌다. 아이들을 사랑할수록 시어머니에 대한 증오가 더해지는 듯했다.

아이들을 끔찍하게 사랑하는 남편의 모습은 어이가 없을 정도였다. 육아에 관심 없는 남자들과는 다르리라고 생각은 했지만, 누가 엄마인지 모를 만큼 아이들을 잘 돌봐 주었다. 말 그대로 눈에 넣어도 아프지 않다는 듯이 아이들을 사랑했다. 성격이 급하면서도 두 손 들고 포기하기는커녕 큰 소리를 낸 적도 없었다. 이 사람의 사랑에는 이길 수 없다고 고개를 가로젓는 일도 종종 있었다. 그런 사람이기 때문에 자기 어머니를 용서할 수 없는 것이다.

남편은 오히려 아카네의 어머니를 잘 따랐다. 아카네는 아빠를 많이 닮아서, 엄마와 남편과 함께 다니면 사람들이 아들과 며느리라고 생각하는 일도 있었다. 친아들로 보일 만큼 아카네의 엄마와 남편 사이에는 스스럼이 없었다. 엄마는 남편에게서 성장한 오빠를 보는 걸까? 남편은 엄마에게서 이상적인 어머니의 모습을 보는 걸까?

그녀의 엄마는 요즘 말로 하면 쿨한 여성이다. 지적으로 생겼으며 감정을 별로 드러내지 않는다. 그래서 가까이 하기 힘든 사람임은 틀림없지만 어찌 된 일인지 남편과는 처음부터 잘 맞았다.

쿨하긴 하지만 결코 냉담한 사람은 아니다. 누구에게도 빈말을 하지 않고 항상 초연하게 상대한다. 남편 쪽에서 보면 그런 점이 친어머니와는 정반대로 보였을 것이다.

"할머니가 편히 주무셨으면 좋겠다."

아카네는 아직 만나지 못한 딸에게 말을 걸었다. 루리 때도 시온 때도 마찬가지였지만, 이런 대화는 질리는 일이 없었다.

"무엇부터 설명해야 좋을까? 엄마는 자신이 없어. 너무 복잡하거든."

자신이 부모님의 슬픈 과거를 안 것은 언제쯤이었을까. 정식으로 말해 준 것은 아니었다. 아빠와 엄마가 각각, 더구나 한꺼번에 들려준 게 아니라 조금씩, 마치 이유식이라도 주듯이 말해 주었다.

할아버지와 할머니가 한 명도 없으면 친구와 이야기할 때 부자연스러우니 그녀를 위해서 감추지 않고 말해 준 것일 테다. 아이들에게 그렇게까지 성실하게, 또한 쿨해질 자신이 아카네에게는 없었다. 그것은 남편도 마찬가지일 것이다.

지금 상황에서 아이들이 묻는다면 '오치아이 할머니'를 어떻게 설명해야 할까? 어쩌면 남편은, 그런 사람은 이미 이 세상에 존재하지 않는다고 하는 게 아닐까? 그런 생각이 들 때마다 견딜 수 없이 우울해졌다.

엄마에게 의논하면 대답은 정해져 있다.

그건 너희 부부가 생각할 일이야. 엄마가 이래라저래라 말할 수 없어.

하지만 아빠라면 진지하게 생각해서 남편을 설득해 줄 것이다.

아빠를 보고 싶다. 아카네는 진심으로 그렇게 생각했다.

의리

"으아앗!"

이상한 소리를 듣고 눈을 떴다. 다음 순간, 날카로운 비명을 지르며 벌떡 일어났다. 잘 때 안고 있던 스마트폰이 날아가서 하마터면 간호사의 발에 밟힐 뻔했다.

새하얀 시트가 덮인 이동 침대를 멈추고, 매력적으로 생긴 간호사가 스마트폰을 주워 주었다.

"저기…… 아, 아니지요?"

나도 모르게 목소리가 뒤집어졌다. 간호사는 살포시 웃으면서 고개를 흔들었다. 아버지가 아니라는 뜻이다. 물론 복도의 의자에서 자고 있던 내게 말도 하지 않고 임종을 선언하지는 않겠지만.

어쨌든 의외의 광경이다. 집중치료실이니까 사람이 죽는 것은 조금도 이상하지 않지만, 시신 옆에는 아무도 없고 간호사가 어딘가로 데려간다. 뭔가 이상하지 않은가? 보통은 가족이 달려오든지 나처럼 누군가가 복도에서 잔다든지……. 죽음을 지켜보는 사람이 한 사람도 없는 것은 이상하지 않은가.

"아!"

나는 생각이 나서 또 큰 소리를 질렀다. 커다란 엘리베이터를 기다리면서 간호사 두 명이 동시에 뒤를 돌아보았다. 죄송해요. 저는 보기보다 겁쟁이라서 목소리가 먼저 나오거든요. 깜짝 놀랐다는 느낌표가 붙어 있는 목소리가.

"왜 그러세요?"

간호사의 얼굴에는 귀찮은 표정이 역력했다.

"그분, 옆의 영감님이시죠?"

그렇다. 아버지 옆 침대에 누워 있던 영감님이다. 일가친척도 없이 혼자 산다는 소문이 내 귀에도 들어왔다. 이런 일은 굉장히 신속하게, 또한 은밀하게 끝마치지 않으면 안 된다. 당연하다. 누군가가 불러 세우는 건 이만저만한 민폐가 아니다.

"제가 배웅해도 되나요?"

대답을 듣기 전에 나는 이미 걸음을 내디뎠다. 마침 엘리베이터 문이 열렸다. 간호사 두 명과 영감님의 시신과 생판 모르는 남인 내가 재빨리 엘리베이터에 올라탔다.

어렵쇼? 내가 뭐 하는 거지? 잠에 취한 건가? 멍청한 녀석.

그게 아니다. 일가친척이 아무도 없다면 내가 배웅해 주겠다고 마음먹었다.

B2 버튼을 누르고 나서 젊은 간호사가 "1층에 가시나요?"라고 물었다. 아무래도 내 말을 못 알아듣고 담배를 피우거나 편의점에 간다고 생각한 모양이다.

"아이짱, 그게 아니야. 배웅해 주시겠대."

선배 간호사가 말했다. 역시 대단하다. 선배가 차분한 목소리로 그렇게 말하자 아이짱은 "아아!"라고 말했다. 그리고 이해한 듯한, 이해하지 못한 듯한 얼굴로 나를 올려다보았다. 눈을 살짝 치켜뜬 모습이 꽤 귀엽다.

"아는 분인가요?"

역시 이해하지 못했다.

"아는 사람이라고 할 정도는 아니지만 가족이 올 수 없는 것 같아서요. 오지랖인가요?"

큰 눈으로 나를 물끄러미 쳐다본 다음에 "그렇진 않아요. 고맙습니다"라고 말했다. 선배 간호사는 차가운 엘리베이터 문을 향한 채 아무 말도 하지 않았다. 지하 2층까지 가는 잠깐의 시간이 몹시 길게 느껴졌다.

세상에는 이렇게 힘든 일도 있구나. 나는 진심으로 그렇게 생각했다. 나 같으면 매일 목숨을 다루는 일은 도저히 견디지 못할 것이다. 물론 현장도 목숨이 걸려 있지만 그곳은 안전이 제일이고.

이곳에선 사람을 살려 내기도 하고 죽음을 지켜보기도 한다. 지금도 기계를 떼고 영감님의 몸을 닦은 뒤 지하실로 옮기고 있다. 그런 일을 계속하다 보면 사람이 죽어도 별다른 느낌이 없을 것 같은데 아무래도 그렇지는 않은 듯하다.

선배 간호사는 슬픔을 참기 위해 문을 바라보는 것 같고, 아이짱의 고맙다는 말에는 따뜻한 마음이 담겨 있었다. 힘든 일이다. 그러면서도 누군가가 하지 않으면 안 되는 괴로운 일이다.

지하 2층 복도는 스산한 크림색이다. 창고와 자료실 너머에 '영안실'이라고 쓰인 팻말이 눈에 들어왔다. 그런 건 쓰지 마라. 그냥 알면 되지 않는가? 기왕 쓰려면 다른 말로 쓰든지. 영어라든지 불어라든지. 영안실은 무섭다.

복도를 걸으면서 불경한 생각을 했다.

우리 엄마도 언젠가 이렇게 쓰러지는 게 아닐까. 아무도 지켜보지 않는 가운데 혼자 영안실로 실려 가는 게 아닐까.

엄마. 나를 낳은 여자. 하지만 키우지는 않은 사람. 사람들은 흔히 '여자 혼자의 손으로 키웠다'라고 말하는데, 그런 건 절대로 아니다. 그렇게 생각하는 내가 못된 놈이라고 계속 스스로를 책망했다. 마음이 썩은 녀석이라고. 하지만 루리가 태어나고 시온이 태어나고, 너무도 사랑스러운 그 아이들과 같이 사는 사이에 역시 이상한 건 내가 아니라 엄마라는 걸 깨달았다.

사랑스러운 내 아이들. 점심은 뭘 먹었을까? 낮잠은 잤을까? 일을 하고 있어도 항상 아이들 생각이 난다. 하지만 엄마는 그렇지 않았다. 항상 나보다 좋아하는 남자가 있었다. 집을 비우는 건 늘 있는 일이었고, 냉장고 안이 텅 빌 때까지 며칠씩 안 들어온 적도 있었다.

'내가 낳고 싶어서 낳은 게 아니야.'

그 말이 입버릇이었다. 내가 나쁜 짓을 했을 때도, 용돈을 달라고 졸랐을 때도. 그것만이 아니라 사소한 일에 기분이 상했을 때도, 술에 취했을 때도 똑같은 말을 했다.

정말 너무하지 않는가?

엄마는 나처럼 머리가 나쁘다. 그래서 단어는 나보다 더 빈약하고 똑같은 말을 몇 번씩 하는 것도 어쩔 수 없지만, 듣는 사람 심정도 생각해 줘야 할 것 아닌가.

요컨대 이런 것이다. 나를 낳은 건 엄마지만 키운 건 주변 사람들이다. 특히 건달이 될 수밖에 없는 아슬아슬한 순간, 나를 정신 차리게 해 준 사람은 대장님이다. 그리고 어느 정도 인간이 된 나를 행복하게 해 준 사람은 아내와 아이들과 아내의 부모님이다.

그런데 왜일까? 미워해야 하는 엄마를 잊을 수 없다. 이런 식으로 몸부림치며 괴로워할 바에야 차라리 목돈을 쥐여 주고 인연을 끊고 싶은데 그래도 월말에는 엄마의 계좌에 용돈을 넣고 '고마워' '아니에요'라는 메시지를 주고받고 싶다.

엄마는 무슨 생각을 하고 있을까? 나를 내팽개쳤으니 네놈도 나를 내팽개치는 건 어쩔 수 없다고 생각할까? 아니면 이미 버림받았다고 생각할까?

엄마를 버린 건 사실인지도 모르겠지만.

"사카키바라 씨께서 아마 좋아하셨을 거예요. 간호사가 나설 차례는 이미 끝났거든요."

이 영감님의 이름이 사카키바라인가? 과연 어떤 삶을 살았을까? 영안실은 눈부실 정도로 밝았다. 물론 어두웠다면 기분이 이상하겠지만. 얼굴은 편안해 보였다. 돌아가실 때 전혀 괴롭지 않았던 듯하다. '어라? 어럽쇼?' 하는 사이에 돌아가신 게 아닐까?

"먼저 하세요."

아이짱의 재촉을 받고 제일 먼저 향을 올렸다. 그럴 처지가 아니라고 생각했지만 나설 차례가 끝난 간호사보다 남인 내가 먼저 향을 올리는 게 맞는 모양이다. 그나저나 어떻게 이런 일이 있을까? 70년 80년을 살아왔는데, 마지막 순간에 배웅해 주는 사람이 아무도 없다니. 외톨이로 살았을 리는 없을 텐데.

"가족이 없나요?"

마음에 걸려서 간호사에게 물어보았다.

"연락처가 아드님으로 되어 있는데, 전화를 걸었더니 지금은 관계가 없다고 하더군요. 이런저런 복잡한 사정이 있는 것 같아요."

아들과의 대화를 떠올리고 마음이 먹먹해졌는지, 매력적인 간호사가 손수건으로 눈시울을 닦았다. 아! 그건 손수건이 아니라 영감님 얼굴을 덮었던 천인데…….

나는 마른침을 삼키고 가슴의 이름표를 읽었다. 고지마 나오코 씨. 착하고 예쁘게 생기긴 했지만 아마 독신에 애인도 없지 않을까? 있다면 그런 천으로 눈물을 닦지 않았을 것이다.

"그래도 친척은 있을 거잖아요."

"그렇겠지만 병원에선 긴급 연락처밖에 모르거든요. 어쨌든 구청에서 업무를 시작하기 전에는 아무것도 알 수 없어요. 요즘은 가끔 이런 경우가 있지요."

"아아……."

대답하려고 했지만 어설픈 한숨이 되었다. 만약 내가 "지금은 관계가 없어요"라고 말한다면 엄마도 이렇게 될까?

엄마의 형제자매는 모두 세상을 떠났다. 친척과는 인연을 끊었다. 지금 같이 사는 남자를 만난 적은 없지만 만약 불륜 관계라면 엄마가 죽는다고 해도 모르는 척을 하리라. 애초에 남자가 있다는 말은 엄마의 허세일지도 모르고.

그렇다면 엄마의 죽음을 지켜볼 사람은 나밖에 없다. 그런 내가 관계없다고 말하면 이렇게 될 수밖에 없다.

"그건 너무하지 않나요? 호적이 어떻다든지, 누가 키웠다든지, 그런 문제가 아닙니다. 아무리 지긋지긋한 사람이라도 자기 부모잖아요. 생판 모르는 사람이 이렇게 향을 올리는데, 관계가 없다고 말하는 건 이상하잖아요!"

"그래요, 바로 그거예요. 그래서 나도 화가 나요."

나는 딱히 화가 나는 게 아니다. 영감님의 아들이나 딸을 비난함으로써 나는 절대로 그런 짓은 하지 않겠다, 엄마를 무연고 시신으로 만들지 않겠다고 맹세한 것이다.

엄마가 죽는다고 해도 슬프지는 않을 것이다. 오히려 속이 후련할지도 모른다. 하지만 눈물은 흘릴 것이다. 슬픔의 눈물이 아니라 분함의 눈물을.

사랑하지도 않고 사랑받지도 않았는데, 자식이라는 이유만으로 왜 내가 장례식에 참석해야 하는가 하고. 장례식에 올 사람도 회사 동료나 아내의 가족뿐이다. 낳고 싶어서 낳은 게 아닌 자식이 그렇게까지 해야 하는가. 그런 생각을 하자 정말로 눈물이 흘러내렸다. 정말로 한심하다.

"자요, 이거요."

나는 상대의 호의를 부드럽게 거절했다. 고지마 씨, 고맙지만 그 천 조각은 사양하겠습니다.

"자요, 이거요."

고지마 씨와 똑같은 말을 하면서 캔 커피를 내민 사람은 아이짱이었다. 잠시 모습이 보이지 않는가 싶더니 자동판매기로 캔 커피를 사러 갔던 모양이다. 그것도 내가 좋아하는 설탕이 들어 있지 않은 블랙. 제조회사는 가리지 않지만 캔 커피가 아니면 안 된다. 아이짱은 분명히 애인이 있을 것이다.

고지마 씨에게는 카페오레. 그리고 영감님의 머리맡에는 녹차.

"저는 올라갈 테니까 조금만 더 있어 주세요."

아이짱은 요정처럼 사라졌다. 조금만 더 있으라고 해 봤자 그렇게까지 해야 할 의리는 없는데. 고지마 씨와는 할 말도 없고. 그렇다고 혼자 남겨지는 건 싫고. 이상하다. 이럴 때라도 역시 캔 커피는 맛있다.

"사위인가요?"

술잔을 올린 다음에 고지마 씨가 물었다.

"사위는 사위지만 단순한 사위는 아닙니다. 아내는 외동딸이고 저는 부모가 없으니까요."

속마음을 털어놓자 오히려 마음이 편안해졌다. 나와 고지마 씨는 시신 옆에 철제 의자를 놓고 유족처럼 나란히 앉았다.

"여기는 꽤 춥군요."

"그야 그렇죠."

"난방은 안 해 주나요?"

"공조 시스템은 있는데, 냉방뿐이에요."

난 역시 바보다. 그제야 추운 이유를 알고 덜덜 떨던 다리를 멈추었다. 아내의 어머니에게 아무리 야단맞아도 고치지 못한 나쁜 버릇이다. 그러고 보니 친엄마는 야단을 치지 않았다. 다리를 떠는 것만이 아니라 제대로 야단맞은 기억 자체가 없다.

"그렇군요. 따뜻하게 하면 안 되겠네요. 난 그저 영감님이 추울 것 같아서요. 시트도 한 장뿐이고."

고지마 씨는 고개를 숙인 채 울다가 웃다를 반복했다. 옆얼굴이 아름다운 사람이다.

"이건 사카키바라 씨가 아니에요. 사카키바라 씨가 입었던 옷이죠."

이 말은 평생 잊을 수 없지 않을까? 영감님의 영혼은 이미 천국으로 가 버렸다. 이건 이 세상에서 입었던 옷이자 영감님의 허물이다. 누가 죽어도 그렇게 생각하면 슬프지 않을 것이다.

이런 누나가 있으면 좋았을걸. 혹시 나는 연상을 좋아하는 걸까? 아내도 나보다 세 살이 많고. 혹시 마더 콤플렉스는 아니겠지. 가페오레 캔으로 두 손을 따뜻하게 데우면서 고지마 씨는 뜬금없이 이상한 말을 꺼냈다.

"다케와키 씨를 안 지는 오래됐어요. 그럭저럭 20년이 넘었을 거예요. 정말 멋진 분이에요. 키도 크고 잘생기고."

입안의 커피를 뿜을 뻔했다. 뭐라고? 지금 그게 무슨 말인가? 안 지 오래됐다니. 그것도 20년이 넘게.

"매일 아침 오기쿠보 역에서 같이 지하철을 탔어요. 말은 한 마디도 안 했지요."

뭐? 뭐라고? 그야 말을 할 수 없었겠지. 사람들 눈이 있으니까. 근처에 살게 해 놓고 20년이라니. 아버지, 이건 너무 심하잖아! 문제는 이 충격적인 사실을 어머니에게 전하느냐 마느냐다. 입에서 신음 소리가 흘러나왔다.

"저기…… 어머니는 그 사실을 알고 있나요?"

나는 간신히 커피를 삼키고 나서 물었다.

"네? 아아, 사모님은 모르세요. 어머나! 내가 이상하게 말을 했군요."

"아니요, 말씀 잘해 주셨어요. 미리 알면 나중에 말썽이 생겼을 때 대처할 수도 있고요."

"말썽은 생기지 않아요."

"천만에요, 말썽이 생기지 않는다든지 민폐를 끼치지 않는다든지……. 처음에는 다 그렇게 말해도 결국에는 아수라장이 되는 게 남녀관계지요. 이래 봬도 젊은 사람들의 문제를 몇 번이나 처리해 봤거든요. 걱정 마세요. 나쁘게 하지 않을게요."

고지마 씨는 잠시 생각에 잠기는가 싶더니 입에 손을 대고 쿡쿡 웃었다. TV 드라마 안에서 보았던 예스러운 웃음이다.

"이봐요, 그런 거 아니거든요. 다케와키 씨와는 한 번도 말한 적이 없으니까 안심하세요. 매일 아침 똑같은 지하철의 똑같은 칸을 20년간 탄 것뿐이에요."

얼굴이 새빨개지며 화끈 달아오르는 게 느껴졌다. 다리를 한참 덜덜 떤 다음에 "농담입니다"라고 말한 순간 상처가 더 커진 듯한 느낌이 들었다. 안도의 한숨을 내쉬었지만 실은 뭐가 뭔지 모르겠다. 출근 시간에 지하철을 타 본 적이 없다. 매일 아침 대장님과 같이 경트럭을 타고 출근한 지 10여 년. 지하철의 출근 상황을 어떻게 알겠는가!

평범한 집에서 태어나서 고등학교도 졸업하고 대학도 갔다면, 나도 만원 지하철에 시달리며 회사에 다녔을까? 그런 일은 있을 수 없었을 것 같지만.

매일 같은 시간에 지하철을 탔다면 타는 문도 정해져 있지 않았을까? 오기쿠보는 시발역이고. 그렇다면 20년이나 얼굴을 보면서 말을 나눈 적이 없어도 이상할 것은 없다. 아니, 그것이 더 자연스럽다.

아버지와 고지마 씨는 그런 관계였다. 그리고 아버지는 송별회가 끝나고 집에 오는 길에 지하철 안에서 쓰러져서 고지마 씨가 근무하는 병원으로 실려 왔다. 으아, 믿을 수 없다!

"남이라서 다행이군요."

내가 그렇게 말하자 고지마 씨는 잠시 생각에 잠겼다. 일은 거침없이 척척 하지만, 실은 느긋한 사람일지도 모르겠다.

"그래요. 다행이에요. 하지만 왠지 남 같은 생각이 들지 않아요."

캔 커피를 마시면서 아버지와 고지마 씨가 남이 아닌 경우를 상상해 보았지만 의외로 시시했다. 남녀의 끈적끈적한 이야기는 하나도 재미가 없다. 그보다 남 같은 생각이 들지 않는 경우가 훨씬 더 로맨틱하지 않은가.

왠지 남 같은 생각이 들지 않는다. 그런 마음은 충분히 이해할 수 있다. 인품이라든지 외모라든지, 그런 게 아니다. 나는 아버지를 처음 만났을 때부터 남 같은 생각이 들지 않았다. 아무리 뜯어 봐도 닮은 구석이라곤 한 군데도 없는데. 그러다 아버지의 출생을 알고 고개를 끄덕였다. 그래서 남 같은 생각이 들지 않았구나……. 하지만 역시 다르다. 그런 단순한 이야기가 아니다. 그 증거로 생판 남인 고지마 씨도 똑같은 말을 하지 않는가.

그렇게 사람들에게 사랑받는 타입은 아니라고 생각했다. 너무나 엘리트다운 느낌에 오만함까지 느껴질 때가 있다. 하지만 나는 의리로 아버지 곁에 있는 게 아니다. 친아버지라곤 생각하지 않지만 역시 남은 아니다.

멍한 머리로 가슴속에서 고지마 씨의 말을 곱씹고 있자 별안간 하늘에서 대답이 내려왔다. 나는 깜짝 놀라 눈을 감았다.

아버지는 이 세상 불행의 표본 같은 사람이다. 부모의 얼굴을 모른다든지 시설에서 자랐다든지, 그래서 불행하다는 게 아니다. 가난이나 병이나 타고난 장애나 사고나 전쟁이나 미움이나, 인간으로 태어난 이상 누구든 많든 적든 짊어지고 있는 온갖 불행이 그대로 아버지의 모습이 되었다.

하지만 겉모습은 지적이고 신사다운 엘리트 직장인이라서 불행하다고 여기는 사람은 아무도 없다. 다만 남 같은 생각이 들지 않는다. 아버지는 이 세상 불행의 표본이니까. 아무리 사소한 불행이라도 아버지의 어딘가에 달라붙어 있으니까.

"고지마 씨, 일하러 가셔도 돼요. 제가 여기에 좀 더 있을게요."

지금 무슨 말을 하는 건가?

"그래 주시겠어요? 사카키바라 씨, 잘됐어요. 혼자 계시면 외로우니까요."

허물이 외로울 리가 있겠는가? 외로운 건 오히려 나다.

"얼굴을 가려 주실래요? 무서워요."

지금 내가 할 수 있는 일은 아버지 옆 침대의 영감님을 배웅해 주는 것밖에 없다.

아내

집 안은 온통 먼지투성이였다.

창문을 활짝 열어 바람을 통하게 한 뒤, 코트도 벗지 않고 청소기를 돌렸다. 계단을 몇 개 올라가다 마음이 우울해져서 나머지는 내일 하기로 했다. 남편과 둘이 지냈던 시간보다 혼자 있는 시간이 훨씬 길었는데, 그토록 익숙했던 집이 지금 세쓰코에게는 너무도 낯설었다.

당장 해야 할 일은 없다. 욕실에 들어가서 머리를 감고 식사를 하고 푹 잔다. 그것 말고는 아무것도 할 필요가 없었다.

찬물로 샤워를 한 것은 아무 생각을 하고 싶지 않았기 때문이다. 평소의 습관대로 쌀 2인분을 퍼내서 씻었다. 마음이 내키지 않았지만 된장국도 끓이고 남편의 음선(陰膳, 부역이나 여행을 떠난 사람을 위한 상차림)도 차렸다.

"아아, 내가 못 살아. 이렇게 할망구처럼 되어 버리다니. 자아, 어서 드세요."

식탁의 맞은편에서 남편이 평소처럼 "잘 먹을게"라고 말한 듯했다. 식욕이 없다. 냉장고에 있는 식재료로 남편이 좋아하는 반찬을 만들었다. 연어를 굽고, 시금치를 무치고, 된장국에는 파와 미역을 넣었다. 남편은 한밤중에 술에 취해 집에 와도 배가 고프다며 꼭 밥을 먹었다. 밥을 먹을 때는 제정신으로 돌아왔다가 배가 부르면 즉시 잠들었다. 그래도 살이 찌지 않는 신기한 체질이다.

음선에도 예법이 있을까? 여행을 떠난 사람의 무사를 바라며 차리는 것이라고 들었는데, 먹으려고 해도 먹을 수 없는 사람에게 바치는 편이 이치에 맞는 듯하다.

"링거만으론 배가 고플 테니까."

목도 마르지 않을까 해서 캔 맥주를 땄다. 세쓰코도 한 모금 마셨다. 저녁을 먹을 때마다 맥주 한 잔을 항상 같이 마셨다.

"어때? 맛있어?"

"응" 하고 남편은 어린아이처럼 고개를 끄덕였다. 먹는 것에는 결코 트집을 잡지 않는 사람이다. 외식하러 가서 그녀가 맛없다고 해도 남편은 맛있다고 한다. 또한 아내가 만든 요리에도 과장스러울 정도로 맛있다고 말해 주었다. 그것은 귀에 익숙해진 사랑의 말처럼 공허했지만, 역시 사랑의 말이 틀림없기 때문에 들을 때마다 기뻤다.

남편은 지금도 식사를 하는 것이 정당한 권리라고 여기지 않는다. 그래서 고급 레스토랑에서도 패밀리 레스토랑에서도 음식을 향해 예의 바르게 행동한다. 등줄기를 쭉 펴고 "잘 먹겠습니다" "잘 먹었습니다"라고 말하는 것이다.

"많이 먹고 빨리 나아."

음선을 차려 놓은 식탁을 향해 말하자 남편이 빙긋 웃으며 "응" 하고 고개를 끄덕인 듯했다.

나이를 먹어도 가끔 어린아이의 표정을 보이는 사람이다. 그녀는 옛날부터 한순간 보여 주는 그 천진난만한 얼굴을 좋아했다. 그 얼굴이 언제 어느 때 나타나는지는 지금도 모른다.

"해외여행은 당분간 힘들 테니까 퇴원하면 온천에 가요. 지금이라면 따뜻한 곳이 좋겠죠? 역시 이즈가 좋을까?"

응.

처음에 둘이 식사를 했을 때, 깨끗하게 먹는 사람이라고 생각했다. 매너가 좋다는 뜻이 아니고 한 조각도 남김없이 전부 먹는다는 뜻도 아니다. 뭐라고 말해야 좋을지 모르겠지만 동물이 식사한다는 느낌이 들지 않을 만큼 청결하다는 생각이 들었다.

아무리 호감이 있어도 다시는 같이 식사하고 싶지 않은 남자가 있다. 아니, 둘이서 식사한다고 하면 그런 남성이 더 많다.

일류 대학을 나와서 종합상사에 근무하는 사람이라면 분명히 출생도 성장도 자기와 다를 거라고 생각했다. 교제를 시작한 계기는 기억나지 않는다. 남편에게도 몇 번 물었지만 역시 기억이 희미하다고 했다.

그녀의 대학 시절 친구이자 남편 회사의 거래처 직원이었던 남자가 두 사람을 만나게 해 준 것은 분명하지만, 언제, 왜, 어디서인지 기억을 헤집어 봐도 선명하게 떠오르지 않는다. 애초에 큐피드 역할을 한 사람이 그렇게 친한 사람이 아니었기에, 꼭 두 사람을 남긴 채 하늘로 올라간 듯한 느낌마저 들었다.

기억이 나지 않는다는 것은 서로에게 특별한 감정이 없었다는 뜻이다. 그런 걸 보면 첫 번째 식사도 데이트라고 할 정도는 아니었던 것 같다. 업무상 필요가 있었든지, 아니면 뭔가 공통의 취미라도 있었든지. 어쨌든 그 식당이 어디였는지조차 떠오르지 않지만 남편의 등줄기는 반듯했고, 밥그릇을 드는 모습이나 젓가락을 사용하는 모습이 굉장히 품위 있게 보였다.

이 사람이라면 언제라도 밥을 같이 먹을 수 있다. 어쩌면 그날 밤 남편도 똑같이 생각했을지 모른다.

음선을 차렸더니 마음이 차분해졌다. 아무것도 할 수 없다는 조바심에서 조금은 벗어났기 때문이다.

환자나 여행을 떠난 사람이 환상의 밥상을 받고 기운을 얻는다곤 생각하지 않지만, 밥상을 차리는 사람의 마음은 편해진다는 사실을 알았다. 미신도 무시해서는 안 된다. 문득 이 장면을 어디선가 본 듯한 느낌이 들었다. 음선을 차린 적은 한 번도 없었을 텐데.

저녁을 차려 놨는데 남편이 안 왔을까? 그런 적은 없다. 밖에서 저녁을 먹게 되면 남편은 미리 연락을 해 왔고, 그녀도 남편이 올 때까지 기다리는 일은 없었다. 갑자기 생각이 나서 젓가락이 멈추었다. 업무상의 고민은 절대로 말하지 않지만 정성을 다해 식사를 차리면 남편은 항상 맛있다고 이야기해 주었다.

40년이나 남편의 밥상을 차렸는데 그 생활을 잃어버릴까 봐 견딜 수 없이 무서워졌다. 자신이 이렇게도 케케묵은 가정주부였던가. 이래서는 할머니나 어머니 시대의 가정주부와 똑같지 않은가.

그녀는 쓸쓸한 식탁에서 시선을 들어 커튼 너머로 밤의 정원을 바라보았다. 사흘 만에 몹시 황폐해진 듯하다. 자신이 손질을 게을리했기 때문이 아니라 남편의 눈길이 없기 때문이다.

크리스마스에 혼인 신고서만 제출하고 같이 산 지 이제 곧 40년. 금혼식은 결혼 50년을 가리키는데, 결혼 40년은 뭐라고 할까?

그때만 해도 지금처럼 성탄절 밤을 연인과 같이 지내는 습관이 없었다. 아버지가 퇴근길에 케이크를 사 와서 맛있는 음식이 늘어선 식탁을 둘러싸고 선물을 교환하는 것, 그것이 당시 평범한 사람들이 크리스마스를 보내는 방법이었다. 공교롭게도 평범한 가정을 가지지 못했던 두 사람은 지금의 연인들처럼 성탄절 밤을 보낸 뒤, 결혼하기로 마음먹었다.

그것은 결코 달콤한 기억이 아니다. 서로의 처지를 말하지 않고 1년을 같이 산 뒤, 프러포즈도 사랑의 고백도 하지 않고 누가 먼저랄 것도 없이 암묵의 양해로 미래를 정했다.

낡은 커피숍. 열대어가 헤엄치는 수조의 빛에 남편의 과거를 비추었을 때, 그녀는 고마운 마음이 들었다. 신께서 앞이 캄캄한 자신의 인생에 이 사람을 선물해 준 것이다.

스물다섯과 스물둘. 서둘러 결혼할 나이는 아니었지만 이런 사람은 다시는 나타나지 않으리라고 세쓰코는 생각했다. 물론 학력이나 직업이 아니라 서로 가지고 있었던 가치관이 비슷했다.

친구에서 연인으로 발전해도 서로의 출생과 성장 과정은 전혀 몰랐다. 이런저런 대화 속에서도 가족의 얼굴은 나타나지 않았다. 그래도 묻지 않고 마치 금기처럼 일부러 화제를 피한 이유는 남편에게 사정이 있으리라고 여겼기 때문이다.

남편의 호적등본은 여백투성이였다. 자신의 복잡한 호적을 혐오해 온 그녀의 눈에는 너무도 신성하게 보였다.

왜 서로의 호적등본을 보여 주었는지, 그곳에 이르는 기억은 없다. 어쨌든 서로의 호적등본을 확인하고 구청에 가서 혼인 신고서를 제출했다. 감정이 들어갈 틈은 없었고, 웃음도 울음도 없이 담담하게, 새가 짝을 만나 둥지를 만드는 것처럼 결혼했다. 그녀는 지금도 남편의 출생과 성장 과정을 자세히는 모른다. 그런 건 아무래도 상관없다.

호적등본에 기재된 본적은 아동 보호 시설이 있는 곳이고, 다케와키라는 성은 독지가로부터 받았으며 1951년 12월 15일이라는 생일은 추정에 불과하다. 그것만으로 충분하지 않은가? 그런 사람이 훌륭한 인생을 손에 넣었다면 과거를 억지로 훔쳐 봐서는 안 된다.

그녀는 결혼을 계기로 일을 그만두었다. 남편이 원했기 때문이다. 여성이 결혼하면 회사를 그만두는 것이 당연하던 시대였다.

밤의 창문에 비치는 자신과 마주하는 사이에 등이 굽고 힘이 약해져서, 마치 동화에 나오는 상자를 연 것처럼 한꺼번에 늙어 버린 듯한 기분이었다.

아내를 먼저 보낸 남편은 늙지만 남편을 먼저 보낸 아내는 젊어진다고 한다. 하지만 세쓰코는 그 말을 믿을 수 없었다. 만약 남편이 이대로 숨을 거둔다면 그 순간 자신도 사라질 것만 같았다. 죽거나 늙는 게 아니라 한 줌도 없이 사라지는 것이다.

목욕가운을 입은 목덜미에 손을 대자 조금 야윈 듯한 느낌이었다. 침대에 들어가도 잠은 올 것 같지 않다. 그렇다고 수면제를 먹을 수도 없고.

이런 밤에 개나 고양이가 있었다면 위로가 되었을 것이다. 남편도 세쓰코도 동물을 좋아하지만 해외 전근 등을 생각하면 기를 수 없었다. 딸이 어렸을 때 꼭 기르고 싶다며 아기 고양이를 안고 온 적이 있었다. 사택에서는 기를 수 없다고 그럴듯한 얘기로 설득해서 돌려보내러 갔다. 강가를 따라 쭉 벚꽃이 피어 있었다. 아기 고양이가 울고 딸도 울고 결국 세쓰코도 울었다.

눈물을 흘린 이유는 제각기 다르다. 세쓰코가 울었던 이유는 막상 일이 생겼을 때 고양이를 맡길 만한 부모 형제도 친척도 없는 자신의 신세가 가여웠기 때문이다. 가족을 얻어 새로운 인생을 시작해도 운명은 그림자처럼 따라다녔다.

"잠시 눈이라도 붙여야지."

그녀는 혼잣말을 하고 침실로 올라갔다. 지은 지 30년이 지난 오래된 집이지만 나가야마 도오루가 영혼과 정성을 담아 지어서 그런지, 몇 군데 손을 보았을 뿐 지금도 문이나 창문에 뒤틀림이 없다. 재료도 상당히 좋은 것을 사용한 덕에 해를 거듭할수록 반짝반짝 윤이 났다.

남편이 쓸데없는 장식을 싫어하는 탓에 침실은 텅 빈 창고처럼 썰렁했다. 4평짜리 서양식 방에 트윈 침대와 장식장이 오도카니 놓여 있을 뿐, 꽃도 그림도 없다. 그래서 더욱 넓게 느껴진다.

장식장의 유리 안쪽에서 어린 하루야가 웃고 있다. 컬러사진이 바래서 갈색으로 변했다. 침대에 걸터앉아 잠시 하루야와 마주했다.

"하루, 이기적인 부탁이란 건 알지만……."

말을 하다가 눈을 꼭 감았다. 그렇다, 너무도 이기적인 부탁이다.

"아빠를 데려가지 말렴."

천국이 아무리 멋진 곳이라도, 그곳에서 하루야가 행복할 리 없다. 그곳에는 엄마도 아빠도 없으니까. 그 불행 앞에서는 하느님도 부처님도 무력하다는 걸 세쓰코는 알고 있었다.

커튼 사이로 달빛이 새어 들어왔다. 남쪽 하늘은 크고 넓었다. 보름달이 남쪽 하늘로 넘어가려는 밤에는 커튼을 열고, 은빛 달을 보면서 잠드는 것이 부부의 습관이었다. 남편은 옆으로 누워 몸을 둥글게 말고 자는 버릇이 있다. 달빛 속에서 그 모습을 보고 있으면 불행한 소년처럼 여겨져서 슬픔이 밀려들었다.

눈이 그치고 달이 고개를 내밀었다. 내일은 그 사람도 눈을 뜨리라.

제6장

흔적

달빛

어이, 셋짱.

어? 없나? 소리는 내지 않아도 마음속으로 부르면 들여다봐 줬는데.

어이.

참, 그렇지. 집에 갔지. 목욕을 하고 편히 잠들어. 난 걱정 안 해도 돼. 튜브에 감겨 있지만 아프지도 가렵지도 않고, 적어도 죽을 것 같진 않아.

단지 말이야, 불평할 정도는 아니지만 계속 똑바로 누워 있어야 하는 게 좀……. 간호사는 욕창이 생기지 않도록 만져 주거나 쓰다듬어 주지만 옆으로 뉘어 주지는 않더군.

태아처럼 몸을 둥글게 말고 자는 건 어렸을 때부터 몸에 밴 습관이잖아. 어떻게 좀 안 될까? 이렇게 튜브에 칭칭 감겨 있어서는 옆으로 뉘어 줄 수 없겠지만.

시설 선생님들은 항상 똑바로 누워서 자라고 말했다. 물론 강요한 건 아니지만. 가장 오래된 기억은 1955년 무렵이니까 아직 군대식 문화가 남아 있었던 건지도 모른다.

그래도 나는 항상 옆으로 잤다. 가르침에 저항한 것이다. 시설 생활은 행운이자 운명이기도 했지만, 내게는 아무런 잘못도 없으니까 쉽게 규율에 묶여서는 안 된다고 철이 들었을 때부터 생각했다. 정당한 주장인지 단순한 반항인지는 지금도 잘 모르겠지만.

그 이후 완전히 습관이 되어서 잘 때는 항상 옆을 향한다. 그것도 태아처럼 무릎을 안고. 그 습관이 의외로 불편하다는 사실을 깨달은 건 이성을 만난 후였다. 여자에게 팔베개를 해 주고 잠드는 일은 도저히 불가능하고, 관계가 끝나면 등을 돌린 채 무릎을 안고 몸을 둥글게 말고 잠들었다.

매너가 나쁘다는 걸 깨달은 건 이성을 사귄 지 몇 번째인가, 연상의 여성에게 귀가 따갑도록 잔소리를 들었기 때문이다. 만약 그때 잘못을 뉘우치지 않았다면 세쓰코와 결혼도 못 하고, 지금도 반듯하게 누워 있지 못해서 이미 저세상으로 갔을지도 모른다.

벽을 비추는 건 달빛일까? 눈이 그치고 맑은 밤하늘에 달이 걸려 있나 보다. 몸을 일으켜 가슴이 후련해질 때까지 그 모습을 보고 싶다. 꽃보다 눈보다, 물론 해보다 나는 달을 좋아한다. 동화에 나오는 소녀도 아니고 풍류를 좋아하는 사람도 아닌데, 왜 이렇게까지 달을 사랑하는 걸까.

뭐니 뭐니 해도 보름달이 최고다. 하지만 조금씩 차오르는 달도 좋아하고, 조금씩 이지러지는 달도 좋아한다. 손톱처럼 가느다란 초승달도 싫증 내지 않고 계속 바라본다.

내 마음속에는 이유가 아니라 달을 그리워하는 본능 같은 게 있는 듯하다. 살기 위한 음식이 어디 있는지 냄새로 알아내는 것처럼 살기 위해 달빛을 끊임없이 좇고 있다. 살기 위해 그동안 달에서 얻은 건 무엇일까? 어쩌면 부모로부터 받은 적이 없는 따뜻함이나 자애로움이 아닐까?

나는 그렇게 냉혹한 사람이 아니다. 그렇다고 인정이 많은 사람도 아니지만 평범한 사람들만큼 자애로움은 가지고 있다. 배워서 얻는 지식과 달리 따뜻함이나 자애로움은 본래 부모로부터 받는 것이다. 그렇다면 부모가 없는 아이에게는 누가 남들만큼의 따뜻함이나 자애로움을 줄까? 주변 사람들에게는 미안하지만 한 사람도 떠오르지 않는다.

하지만 그게 없으면 살아갈 수 없다. 만약 따뜻함이나 자애로움이 없이 성장하면 구제하기 힘든 범죄자가 될 것이다. 부모를 대신해 내게 그것들을 준 건 달빛이 아니었을까? 나는 살기 위해 달을 바라보면서 빛을 받고, 마음속에 남들만큼의 따뜻함과 자애로움을 만들어 온 게 아닐까?

인간의 정신과 육체에 그 정도 능력은 깃들어 있을 것이다. 단백질을 먹지 않는 초식동물이 울퉁불퉁한 근육을 만들어 내서 계속 생존하는 것처럼. 달을 사랑하는 나의 본능은 그런 것이라고 생각한다.

달빛이 유난히 아름다운 걸 보니 혹시 보름달이 뜬 걸까? 어떻게든 보고 싶다. 태양이 용기와 활력을 안겨 주는 것처럼 마음속에 따뜻함과 자애로움을 키워 주는 달을. 아무리 생각해도 내게는 그것들이 부족하니까. 가족에게도 친구에게도 부하 직원에게도, 지금도 이렇게 생명을 지켜 주는 사람들에게도 따뜻하지 않으니까.

달빛을 받고 진정한 인간이 되고 싶다.

"다케와키."

귓가에서 내 이름을 부르는 소리가 들렸다.

"다케와키, 나야."

두 번을 듣고서야 목소리의 주인이 누군지 알았다. 혀가 짧은 듯한 말투지만 요즘의 어린 소녀들처럼 애교를 부리는 건 아니다.

고가 후즈키는 말수가 적은 데다 몇 마디 하지 않고도 쑥스러워하기 일쑤여서, 항상 귓가에서 속삭이는 것처럼 들렸다.

만약 만날 수 있다면 얼마나 좋을까. 잘못 들은 게 아니기를 기도했다. 나는 예순다섯의 그녀가 늙었다고 한탄하지 않을 것이다. 목소리가 그날과 똑같은 것처럼 내 눈에 비치는 그녀도 열여덟 살일 것임이 틀림없다.

"오랜만이야. 누구한테 들었어?"

침대 아래쪽에 후즈키가 서 있었다. 그 시절 그 모습으로.

"응, 그냥."

후즈키는 미소를 지었다. 뭐가 그냥인가. 가끔 아무런 의미가 없는 말을 하는 사람이었다. 하지만 내 질문도 어리석었다. 우리 사이에 공통으로 아는 친구는 없다. 누군가를 통해서 내 상황을 들었을 리가 없었다.

"겨우 만났네."

그 한마디가 너무도 기뻐서 나도 모르게 침대에서 몸을 일으켰다. 몸을 감싸고 있던 튜브와 코드가 스르륵 떨어졌다.

"고가, 여전하군."

추억 속에서는 후즈키라고 이름을 불렀는데, 얼굴을 보자 나도 모르게 옛날과 똑같은 호칭이 나왔다. 아무리 미친 듯이 사랑해도 우리는 다른 연인들처럼 서로를 친밀하게 이름으로 부르지 않았다.

"다케와키도 여전하네."

나는 달빛에 두 손을 비추어 보았다. 거칠고 투박한 노인의 손이 아니었다. 이러고 있을 때가 아니다. 기적은 아직 계속되고 있다. 잊으려야 잊을 수 없는 첫사랑이 옛날 모습으로 나타났다. 그리고 나도…… 아마 잠시 허락된 것뿐이겠지만 열여덟 살의 육체를 되찾은 듯하다.

나는 침대에서 뛰어내렸다. 로커 안에는 그동안 입었던 슈트 대신 청바지와 트레이닝복, 싸구려 가죽점퍼가 들어 있었다. 그 시절의 단벌옷이다.

"잠깐만. 원 미니트."

커튼을 닫고 황급히 옷을 갈아입었다.

후즈키를 도저히 잊을 수 없었다. 첫사랑이자 첫 여자. 그것만으론 왜 잊을 수 없는지 설명이 되지 않는다. 대학 캠퍼스를 동서로 가르는 벚나무의 벚꽃이 흐드러지게 피었을 무렵에 만났고, 이듬해 같은 계절에 단호하게 헤어진 이후 다시는 만나지 못했다. 정확하게 말하면 학교에서 종종 보기는 했으나 시선조차 나누지 않았다.

사랑이 사라진 것도 아닌데 어떻게 그토록 단호할 수 있었는지 이해할 수 없다. 나 자신도, 후즈키도. 헤어질 바에야 차라리 죽는 편이 낫다고 생각했다. 아마 후즈키도 그랬을 것이다.

가죽점퍼를 걸치고 병실을 나섰다. 감색과 노란색이 섞인 화려한 머플러는 후즈키가 직접 떠 준 것이다. 헤어진 뒤에는 하고 다닐 수 없어서 다음 겨울이 오기 전에 버렸다.

"고가, 고가!"

왜 뒤돌아보지 않는 걸까? 이제야 겨우 만났는데. 후즈키는 집중치료실의 새하얀 문을 열더니, 양쪽으로 의자가 놓여 있는 복도로 걸어갔다. 갑자기 젊은 육체를 얻은 내 다리는 연신 휘청거리고 비틀거리면서 후즈키의 뒷모습을 따라갔다.

베이지색 더플코트에 체크 미니스커트. 명품 브랜드의 화려한 옷들이 나오기 전에는 여성들이 모두 청초했다. 그녀를 처음 본 순간을 지금도 선명하게 기억하고 있다.

당시 아르바이트하던 커피숍에는 나선형 계단으로 올라가야 하는 2층 자리가 있었다. 오래된 들보가 회반죽 천장을 가로지르고 있고, 내부는 거대한 창고처럼 조용했다. 누가 정한 것도 아닌데 그 커피숍의 2층에서는 토론 같은 것을 해서는 안 되었다.

후즈키는 그림 같았다. 등을 꼿꼿하게 펴고 창가 자리에 앉아, 가슴 앞으로 문고본 책을 펼치고 있었다. 주문을 받으러 갔더니 강의실에서 본 얼굴임을 알아차리고, 살짝 놀란 표정으로 나를 바라보았다. 그리고 작은 목소리로 말했다.

"벌써 아르바이트를 해요?"

우리는 둘 다 1학년이었다. 그해 벚꽃이 조금 늦게 피었다고 해도, 창밖에는 이미 활짝 핀 벚꽃 가지가 드리워 있었다. 4월에 입학하자마자 아르바이트를 하느냐는 뜻이었을 것이다.

"기숙사 선배가 졸업하면서 물려주었어요."

나는 아직 일당을 받는 수습 점원이었다.

첫 대화는 그것뿐이었다. 그다음 날, 강의실에서 만나 쭈뼛거리며 학생 식당에 같이 갔다.

당시 나는 대학 생활의 해방감에 당황하고 있었다. 시설을 나와 신문 판매소에 입주해서 살았을 때도 상당한 자유를 얻었지만, 대학 시절의 무조건적인 자유와는 달랐다. 신문 배달 장학제도를 평화로운 호수라고 한다면, 장학금을 얻고 아무런 제약도 없는 대학 생활은 느닷없이 밀려온 거친 바다 같았다. 나는 드넓은 미지의 바다에서 더듬거리며 조금씩 헤엄치기 시작했다.

학생 식당의 탁자를 사이에 두고 마주 앉고선, 후즈키는 긴장한 모습으로 새삼스럽게 자기소개를 했다. 현립 여고에서 현역으로 합격해서, 남학생과 단둘이 식사하는 건 오늘이 처음이라고 했다. 남녀의 울타리가 없는 요즘 젊은이들에게는 농담으로 들릴지 모르겠지만, 남녀공학 고등학교가 적었던 그 무렵에는 딱히 신기한 이야기가 아니었다.

물론 나도 마찬가지였다. 고등학교는 남녀공학이긴 했지만 서로 반이 달랐고, 장학금을 받기 위해선 남녀의 접점이 되는 동아리 활동을 할 시간이 없었다.

수줍어하는 후즈키를 도와줄 요량으로 나도 여학생과 단둘이 식사하는 건 오늘이 처음이라고 말했다. 하지만 이야기는 그걸로 끝나지 않았다. 여학생을 만날 수 없었던 이유와 동아리 활동을 할 수 없었던 이유로 거슬러 올라가자 내 처지를 꼬치꼬치 설명할 수밖에 없었다. 그때는 일부러 내 결점을 드러냈고 자학적으로 말하기도 했다.

그 전까지만 해도 내 처지를 남들에게 말해서는 안 된다고 생각했는데, 식사를 하면서 남의 일처럼 담담하게 말한 것이다. 어쩌면 신을 믿지 않았던 나는 말이 없고 얌전한 후즈키를 성모마리아상으로 생각했던 게 아닐까? 그렇지 않았다면 그토록 순순히 말했을 리가 없다.

그날을 계기로 우리는 특별한 친구가 되었다. 그것이 연애라는 사실도 모른 채.

그 이후 우리에게는 계절이 한 바퀴 돌았는데, 후즈키의 웃는 얼굴은 항상 벚꽃 밑에 있었던 것 같다. 저녁 타임 아르바이트를 마치고 찻집에서 나오면 가쿠엔 길의 활짝 핀 벚꽃 밑에서 기다리고 있던 그녀. 그날 밤의 벚꽃은 환상이 아니었으니까 처음 만나고 며칠이 지나기 전, 어쩌면 학생 식당에서 점심을 먹은 날 밤이었을지도 모른다.

교외의 대학가에는 고생이나 불행과는 관계없는 편안한 공기가 자리하고 있었다. 역 앞 로터리에서 남쪽을 향해 똑바로 뻗은 큰길의 양쪽에는 늙은 벚나무 가로수가 있고, 그 밖에도 소나무나 단풍나무나 은행나무의 아름다운 잎들이 거리를 가득 메웠다.

그런데 내가 잘못 본 게 아니라면 무사시노 지방 나무들의 주인공인 느티나무는 보이지 않았다. 가쿠엔 길의 벚꽃을 아름답게 피우기 위해 햇빛을 가로막는 느티나무를 베어 낸 게 아닐까?

내가 자란 아동 보호 시설은 느티나무 숲속에 있었다. 그래서 머리 위에 뚜껑을 덮은 것처럼 항상 어두웠고, 가을이 깊어지면 하늘에서 쏟아지는 낙엽을 끝없이 쓸어야 했다. 내가 대학가의 풍경을 좋아했던 것은 느티나무 거목이 없었기 때문일지도 모른다.

꽃구경 손님도 거의 끊어졌다. 밤 10시쯤이면 그 시절에는 한밤중이었다. 역에서 멀어질수록 사람들의 그림자가 더욱 줄어들었다. 우리는 아무 말도 하지 않고, 그래도 어깨와 어깨를 부딪치면서 나란히 걸었다. 나는 그때 출생에 관해 말한 것을 후회하고, 그와 동시에 나에 대한 그녀의 연민을 두려워했다.

그녀가 불쑥 속삭이듯 말했다.

"손잡아 줄래요?"

연민이 아니라고 믿고 싶었다. 내가 부모가 있든 없든, 부자든 가난하든 상관없이 그저 활짝 핀 벚꽃에 들떠서 그런 말을 했다고 믿고 싶었다.

"좋아요, 그쯤이야 얼마든지 해 드리죠."

나는 짐짓 시치미를 떼며 그녀의 손을 잡았다. 그 순간 그녀의 손이 움직였고, 우리는 기도하듯 손깍지를 꼈다. 연민은 사양하지만, 그녀의 마음이 고마웠고 가슴이 따뜻해졌다.

가쿠엔 길과 마주한 정문 앞은 나뭇가지를 모두 쳐내서, 벚나무 가로수가 끝나자마자 짙은 감색 하늘에 보름달이 걸려 있었다. 우리는 오래된 문기둥에 기댄 채, 땀에 젖은 손을 풀지 않고 달빛을 머금은 벚꽃을 질리지 않고 바라보았다.

그로부터 1년간, 우리 두 사람은 의심할 여지없이 연인이었다. 꼬박 1년이 흐르고, 우리는 흐드러지게 핀 벚꽃 밑에서 만나서 헤어졌다. 이상하게도 그 1년간, 계절의 변화는 기억나지 않는다.

젊은 우리는 계절을 마음에 담을 여유도 없을 만큼 미친 듯이 사랑했다. 그 사랑의 입구와 출구에 우연히 벚꽃이 피어 있었을 따름이다.

후즈키(文月, 음력 7월을 가리킴)라는 이름처럼 7월생이라서 그녀의 말버릇은 "너보다 내가 누나야"였다. 고향은 나가노현의 소도시였다. 아버지는 중학교 교사에 오빠와 언니가 있는 막내딸. 다른 것은 잊어버렸다. 아니, 출생이나 가족에 관한 이야기는 바람처럼 내 귀를 빠져나갔다.

그녀는 고급 주택가의 고급 아파트에 살고 있었다. 학생의 하숙집이라면 한 평짜리 방 하나가 당연했던 시절, 햇살을 막는 창문을 열면 종려나무 이파리 끝에 달이 걸려 있어서, 그녀의 하숙집에 처음 초대받아 간 날에는 두려움을 느꼈다. 그렇다고 부잣집 아가씨는 아니었다. 겉으론 세련돼 보이지만 집이 낡은 만큼 집세가 싸서, 부동산 중개소에서 소개한 자리에서 그냥 정했다고 한다.

겨우 1년. 아무리 생각해 봐도 1년. 그 1년간, 시간을 끌로 새기듯 날카롭게, 그리고 조심스럽게 사랑했다. 우리는 너무 어렸고, 사랑이 이루어질 것 같지 않은 예감으로 인해 한순간 한순간을 소중히 했다. 과거도 미래도 말하지 않고 지금 그 순간만을 확인하면서, 인간이라기보다 자연의 일부인 꽃이나 곤충처럼 순수하게 서로를 갈구했다.

산에도 바다에도 가지 않았다. 주오선을 타고 도심에 나간 기억은 있지만, 영화를 본 기억은 없다. 영화를 봤다면 제목 정도는 기억이 날 텐데. 그러니까 우리의 세계는 교외의 대학가, 그중에서도 하얀 벽에 담쟁이덩굴이 뒤얽힌 후즈키의 방이 전부였다.

여름방학에 고향으로 내려가는 그녀를 다치카와 역 플랫폼에서 배웅한 적이 있었다. 돌아갈 집이 없는 나를 배려해서 그녀는 고향에 내려가는 날 아침까지 아무 말도 하지 않았다. 아마 어떻게 말해야 할지 모른 채 그날 아침을 맞이했을 것이다.

"미안해"라고 말하며 고개를 숙이는 착한 사람을 보는 것은 괴로운 일이었다. 허세를 모르는 우리는 항상 그런 식으로 서로 사랑하면서 서로 상처를 주었다.

열차를 기다리는 동안 플랫폼에서 메밀국수를 먹고, 차창 너머로 손을 흔들며 헤어졌다. 나는 고개를 갸웃거렸다. 그녀가 내게 상처를 주면서까지 돌아가야 하는 고향이란 도대체 무엇일까?

흐드러지게 핀 벚꽃 밑에서 애인을 버렸다.

이유는 없다. 결코 잊어버린 것이 아니다. 후즈키를 진심으로 사랑했다. 머리칼 한 올에서부터 발톱 하나에 이르기까지. 육친이 없는 내게 그녀의 존재는 누구보다 무거웠다. 우리 두 사람이 카르네아데스의 판자(BC 2세기경, 그리스의 철학자인 카르네아데스는 바다에서 배가 난파되었을 때, 한 사람만 매달릴 수 있는 판자를 붙들고 있는 사람을 밀어내고 자기가 매달려 목숨을 구하는 일은 정당한가 하는 문제를 제기했다)에 매달렸다면 나는 잠시도 망설이지 않고 스스로 죽음을 선택했으리라.

어느 날 밤, 그녀에게 등을 돌린 채 몸을 둥글게 말고 있었다. 조금 전에 열어 놓은 창문에서 눈부신 은색의 달빛이 뛰어들었다. 그때 별안간 마(魔)가 끼었다. 온 마음을 다해 진심으로 사랑하는 단 한 사람. 목숨까지 기꺼이 내놓을 수 있는 사랑하는 사람. 무엇과도 바꿀 수 없는 소중한 분신. 그것을 단호하게 잘라 버리면 그 후에 나는 어떻게 될까? 살아갈 수 있을까? 밑바닥까지 추락할까? 아니면 몸이 가벼워져서 새로운 꿈을 꿀까?

그것이 악마의 사주가 아니라면 동기는 하나밖에 없다. 사랑하기 때문에 버린다. 이 세상에 그런 이유는 있을 수 없지만, 나를 낳은 사람은 그렇게 생각했으리라 믿고 싶었다. 한 발짝이라도 가까이 다가가고 싶었다. 이름도 얼굴도 모르지만 나를 낳은 사람은 나의 신이었으니까.

"고가. 이쯤에서 그만두지 않을래?"

등을 돌린 채 나는 다짜고짜 그렇게 말했다. 그녀는 숨을 멈추었다. 놀라지도 분노하지도 한탄하지도 않았다. 몸이 파르르 떨리는 것이 느껴졌다. 진심으로 사랑했기에 우리는 서로를 비난하지 않았다. 그리고 나는 깨달았다. 나를 낳은 사람도 달빛이 칼날이 되어 습격하는 듯한 이런 순간을 경험했음이 틀림없다고.

담요를 덮은 채 꼼짝도 하지 않는 그녀를 내버려 두고 밖으로 나왔다. 문을 닫을 때, 내가 떠나는 게 아니라 소중한 것을 실은 꽃바구니가 달빛이 쏟아지는 작은 강을 떠내려가는 듯한 느낌이었다. 정처 없이 흐르고 또 흘러서.

기쿠엔 길이 흐드러지게 핀 벚꽃 밑에서 그녀와 헤어진 건 그 다음 날인가 아니면 그로부터 며칠이 지나지 않은 날이었다. 헤어지는 이유가 되지 않는 이유를 그녀는 눈치챘을지도 모른다. 그렇지 않다면 그토록 깨끗하게 이별을 받아들였을 리가 없다.

벚나무 가로수의 이승과 저승 사이에서 손을 흔들고, 그녀의 모습은 이윽고 어지러이 흩날리는 벚꽃 사이로 사라졌다.

"애절한 이야기군……."

"제가 너무 이기적이었습니다."

더러운 농구화에서 눈길을 들어올려 둥근 밤하늘을 빙 둘러보았다. 니시신주쿠의 하늘은 매우 넓었다. 한 동박에 없는 고층 건물 너머에 보름달이 달라붙어 있었다.

"가엾기도 해라."

"그렇지요."

"그 사람 말고 당신 말이야."

"전 가해자입니다. 그것도 일방적인 가해자."

"글쎄, 과연 그럴까?"

나는 미네코의 옆얼굴을 훔쳐보았다. 달빛을 배경으로 수려한 이마와 오뚝한 콧마루가 한층 아름다워 보였다.

장소는 똑같은 중앙공원이지만 포옹을 한 그날 밤은 아니다. 몇 동이 있었던 고층 빌딩도 호텔 한 동뿐이다. 그것마저 창문에는 불이 꺼져 있고, 머리와 가슴 주변에 헐떡이는 듯한 붉은 램프가 깜빡일 뿐이다. 미네코가 피우는 담배 연기가 줄무늬가 되어 떠다닐 만큼 조용한 밤이다. 그녀도 약간 젊어 보였다. 나는 면바지와 가죽점퍼 차림을 확인하고 내 나이를 알았다.

왜 여기 있는 거지?

후즈키를 따라서 뛰었다. 베이지색 더플코트를 입은 연인의 뒷모습은 미리 정해 놓은 듯 복도의 모퉁이를 돌아서 사라졌다. 계단에서 내려다보자 하얗고 가냘픈 손이 바로 밑의 난간을 스치고 지나갔다. 아무리 이름을 불러도 그녀는 멈춰 서지 않았다. 병원의 출입구에서 뛰어나가 어둠 속으로 사라지는 뒷모습을 따라갔다.

공원의 야트막한 언덕배기. 정자 안에 있는 돌 벤치에 나와 미네코는 나란히 앉아 있었다. 아무래도 나는 모든 것을 털어놓은 듯하다.

"그리고 또 한 가지……."

미네코는 검지를 세우고 연상의 여인답게 말했다.

"당신이 걱정하는 것만큼 여자는 충격을 받지 않아. 계속 끙끙대며 고민하지 않지. 다음 애인이 생기면 당신 따위는 깨끗하게 잊어버리거든. 그러니까 그렇게 가엾지 않아."

슬픔과 안도가 동시에 밀려왔다. 하지만 그것이 가장 이상적인 결과다. 후즈키에게 나는 생각해 봤자 조금도 아프지 않은 다정한 기억이었으면 좋겠다. 나는 고개를 끄덕이며 대답했다.

"그런가요? 의외네요."

담배를 문 채 나를 힐끔 쳐다보고 미네코는 쿡쿡 웃었다.

"그래, 놀랍지? 조금 차이는 있지만, 여자는 모두 새침데기거든."

"새침데기가 뭐죠?"

너무 많이 들어서 정확한 뜻을 모르는 단어였다.

"당신, 지금 새침 떠는 거야?"

"아니요, 정말로 몰라서 그래요."

미네코는 입을 크게 벌리고 활짝 웃었다. 그런 식으로 웃자 슬픈 과거가 그대로 보이는 것 같았다. 하지만 그 천박하고 방탕한 웃음이 혐오스럽지는 않았다. 오히려 나도 덩달아 크게 웃었다.

"여자는 말이지, 어묵을 가리키며 '이거 생선으로 만들었어요?'라고 묻는 종족이지."

"점점 더 모르겠군요."

"알면서 모르는 척하는 거지."

"이보세요, 정말로 모르겠거든요."

"그리고 태연하게 말하는 거야. '정말 모르겠어요. 이해가 안 돼요. 이런 건 처음 먹어 봐요. 와아, 맛있다!' 그리고……."

한 손은 짧게 자른 머리에 대고 다른 손에 들고 있는 담뱃불 끝을 내 가슴으로 향하더니 그녀는 말했다.

"당신을 못 잊을 거야."

나는 그녀에게서 눈길을 피해 신주쿠의 불빛을 바라보았다. 그렇다. 후즈키가 그와 똑같은 말을 했었다. 벚꽃에 감싸인 채, 입술을 파르르 떨면서.

그 말에는 거짓이 없었을 것이다. 하지만 새로운 애인이 생기면 나를 잊을지도 모른다. 아는 것도 모른다고 말하고 이해하면서도 이해할 수 없다고 말하며 헤어질 때는 또한 "당신을 못 잊을 거야"라고 말할지도 모른다.

미네코가 등을 때려서 나는 고개를 돌렸다.

"당신을 슬프게 하거나 우울하게 만들고 싶지 않아. 그러니까 당신도 잊으면 돼. 여자는 얼마든지 있으니까."

그녀는 내 등을 계속 때리더니 두 손으로 머리를 잡고 흔들었다. 차가운 사람인지 따뜻한 사람인지 모르겠지만 어쨌든 남자를 능가하는 사람임은 분명했다. 그녀가 하는 대로 가만히 있으면서, 그래도 나는 후즈키를 의심하지 않았다.

병실에 찾아온 후즈키는 빈사 상태의 내 눈에 비친 환상이 아니다. 창문으로 들어오는 달빛 안에 우두커니 서서 슬픈 눈으로 나를 바라본 사람은 그날과 똑같은 고가 후즈키였다.

영혼이 만나러 와 준 것이다. 곤히 잠든 육체에서 빠져나온 지금도 나를 사랑하고 있든지, 아니면 약속한 대로 나를 잊지 않은 그녀의 영혼이 그날의 모습으로 만나러 와 주었든지.

"뭐, 그렇게 생각하고 싶으면 마음대로 해. 뭐든지 당신 좋을 대로 생각하는군. 그렇다면 왜 도망친 거지? 자기가 먼저 만나러 와 놓고. 그건 너무하잖아."

포지티브 싱킹(Positive Thinking, 긍정적인 생각). 그 편리한 성격으로 지금까지 살아남은 것이나 마찬가지다. 상사맨의 인생에는 자칫 잘못하면 스스로 목숨을 끊을 수밖에 없는 국면이 몇 번이나 찾아온다.

나뿐 아니라 나가야마 도오루도 다른 친구들도, 시설 출신자들의 성격은 나와 거의 비슷하다. '고민해 봐야 어쩔 수 없다'가 인생의 대전제이기 때문이 아닐까? 나쁘게 생각하면 '사회가 어떻게든 해 준다'라는 안이함도 마음속에 깔려 있을지도 모른다.

"글쎄요. 왜 도망쳤을까요? 할머니가 되었다면 부끄러울지도 모르겠지만 대학생의 모습이었는데요."

"글쎄."

관심이 없는 척하면서도 미네코는 생각에 잠겼다. 벤치 밑까지 내려온 롱코트의 안쪽은 가죽조끼와 미니스커트로, 아마 그 시대의 최신 유행 패션이었을 것이다.

"뭐야? 왜 그렇게 뚫어지게 쳐다보지?"

"죄송해요. 미네코 씨가 너무 멋쟁이라서요."

"반면에 넌 섹시한 매력이 별로 없군. 요즘 세상에 머리를 그렇게 바싹 깎다니."

대부분의 젊은이가 머리를 길게 기르고, 남녀 공용의 유니섹스가 유행하던 시대였다. 하지만 나는 세상의 유행에 관심을 가질 여유가 없었다. 당시 사회를 떠들썩하게 했던 만국박람회도 비행기 납치 사건도 대학가의 데모도 전부 외국에서 일어난 사건처럼 여겨졌다.

"옛날 연인이 옛날 모습으로 만나러 왔는데, 눈을 떴더니 갑자기 도망쳤다……. 그래, 알았어. 대답은 하나야."

그녀는 혼자 고개를 끄덕이더니, 상상도 하기 싫은 부정적인 결론을 입에 담았다.

"이미 죽은 거야. 삼가 조의를 표합니다."

나도 모르게 벤치에서 벌떡 일어섰다. 육체가 없는 영혼 중 살아 있는 혼령과 죽은 혼령의 어느 쪽이 일반적이냐 하면 물론 죽은 혼령이다. 그럼에도 나는 고가 후즈키가 죽었다곤 상상도 하지 않았다. 어이가 없을 만큼 포지티브 싱킹이다.

야트막한 언덕 위에서 야경을 바라보며 사랑을 속삭이는 연인들을 위해 만들어 놓은 정자 주변을 나는 어슬렁어슬렁 걸어 다녔다. 동창회나 반창회에는 지금까지 한 번도 가 본 적이 없었다. 내게 학교는 평범한 어른이 되기 위한 통과의례에 불과해서, 그립지도 않고 되돌아볼 필요도 없었다. 하지만 그런 모임에 갔더라면 급우들의 부음을 적잖이 접했을 것이다.

이를테면 고등학교 한 반의 쉰 명 가운데 다섯 명, 아니 열 명이 넘을지도 모르겠다. 많은 사람이 평균 수명을 자신에게 보증된 인생이라고 착각하곤 하지만, 실은 보험회사에 필요한 통계상의 숫자에 불과할 뿐 개인의 남은 인생과는 아무런 관련이 없다. 즉, 예순다섯을 맞이하지도 못한 채 동급생 중 누가 몇 살에 죽어도 부자연스러울 것은 없다.

"하지만 말이야, 꼭 비관적으로 생각할 건 아니야. 당신과 얼굴을 마주한 순간, 그녀가 도망쳤다면서? 그러면 마중 나온 건 아니라는 뜻이잖아."

아하, 그래! 그런 포지티브 싱킹도 있군. 나는 그녀의 생각에 감탄했다.

돌계단을 몇 단 내려가서 언덕배기를 올려다보았다. 그곳에는 아드리아 해안에 있을 법한 돌로 만든 정자가 있고, 달빛을 정면으로 받은 미네코가 가늘고 하얀 다리를 꼰 채 세파에 찌든 난폭한 모습으로 앉아 있었다.

"설마 저 때문에 목숨을 버린 건 아니겠지요."

어쩌면 후즈키는 젊은 나이에 죽은 게 아닐까? 갑자기 두려움이 밀려들었다. 미네코가 나를 내려다보며 비웃었다.

"이보세요, 좋게 생각하는 것도 도가 지나치면 안 되지. 그건 당신의 오만이야. 여자는 그렇게 약하지 않거든."

신 같은 사람이다. 심술쟁이에 장난도 심하고 냉소적이며 입도 거칠지만, 미네코는 가냘픈 몸에 포근하고 신성한 옷을 걸치고 있는 것처럼 보였다.

우리는 공원을 떠나 신주쿠의 아득한 빛을 향해 천천히 걷기 시작했다. 조만간 고층 빌딩이 늘어설 곳은 온통 빈터였다. 물론 사람은 그림자도 보이지 않고 이따금 차가 지나갈 뿐이었다. 이 시대의 신주쿠에는 익숙지 않다. 애초에 나는 도심의 번화가와 인연이 없다. 따라서 옛날의 신주쿠도, 신주쿠의 진화 과정도 거의 기억나지 않는다.

"여기에 초고층 빌딩이 우후죽순처럼 들어서지요. 굉장해요! 지금으로선 상상도 할 수 없지만요."

"정수장이었어. 요도바시 정수장. 큰 저수지가 몇 개나 있어서 도쿄 전역에 물을 보냈지."

말은 들었지만 정수장이라는 시설 자체가 상상이 가지 않았다. 다만 언제인지는 모르겠지만 높은 건물이 없는 신주쿠 역 서쪽 출구 광장에서 붉은 저녁놀을 본 적이 있었다. 아마 정수장 너머로 해가 저무는 광경이었을 것이다. 하긴 그런 경위가 없으면 신주쿠 역 근처에 이렇게 광대한 땅이 있을 리가 없다.

어린아이의 눈에 저녁놀이 지는 것처럼 보였던 저수지에는 물고기가 헤엄쳤을까. 잉어나 붕어나 금붕어가. 저수지를 메울 때, 그 물고기들은 살려 줬을까? 아니면 가차 없이 메워 버렸을까?

그런 생각을 하자 꼭 물고기들의 시체를 짓밟고 걷는 듯한 기분이었다.

"당신은 참 순수하군."

부츠의 발소리가 터널 벽에 메아리치는 가운데, 미네코가 어이없는 표정으로 말했다. 어떻게 내 마음을 읽는 걸까?

"잘 아시는군요. 멍하니 있는 것처럼 보여도 실은 그렇지 않거든요."

"마음을 단단히 먹지 않으면 인생이 힘들 거야."

한 걸음 나아갈 때마다 소란스러움이 다가왔다. 이윽고 우리는 완성된 지 얼마 되지 않는 신주쿠 서쪽 출구의 지하 광장으로 나왔다. 퇴근길의 직장인과 장발을 한 젊은이 등 수백 명이 땅바닥에 주저앉아 연설을 듣고 있었다. 평화적인 반전 집회인 듯하다. 여기저기에서 처음 보는 사람들끼리 침을 튀기며 토론을 벌이고 있다. 물질은 충분하지 않아도 성실한 시대였다.

신주쿠 거리 밑에 똑바로 뻗어 있는 지하 연결 통로. 미네코와 이 길을 걷는 건 두 번째다. 지금으로부터 몇 년 뒤, 크리스마스가 코앞으로 다가온 날 밤, 지하철 안에서 만나 길거리 찻집에서 즐거운 시간을 보내고 중앙공원의 가로등 밑에서 헤어졌다.

다시 말해 내 쪽에서 보면 조금 전에 걸어온 지하도다. 여전히 이 사태가 꿈인지 현실인지, 아니면 손상된 뇌가 만들어 낸 가상현실인지 짐작도 되지 않는다. 이렇게 즐겁고 기분이 좋으니까 아무래도 상관없지만.

즐거운 것만이 아니다. 나는 지금 너무나 흥미롭고 너무나 하기 어려운 경험을 하고 있다. 우주여행보다 더 귀중한 체험이라고 할 수 있지 않을까. 예순다섯의 남자가 열아홉의 육체를 회복했다. 시간이 되돌려진 게 아니고 지식과 인격이 예순다섯인 상태에서 열아홉의 나를 연기하고 있다고 말하는 편이 맞을 것이다.

걸음을 내디디고 한동안은 젊은 근육의 파워에 당황했다. 고물 자동차에서 스포츠카로 갈아탄 느낌이라고나 할까? 파워만이 아니라 액셀이나 브레이크의 반응도 좋고 핸들도 부드러웠다. 시력이 좋은 것은 지금도 자랑이지만 젊은 시절에는 이렇게 깨끗하고 선명하게 보였던가. 귀는 지나가는 사람들의 작은 목소리까지 포착하고, 한 사람 한 사람의 체취나 향수 냄새를 민감하게 맡을 수 있었다.

모르는 사이에 수많은 감각이 그토록 둔해지고 마비되었다는 것은 충격이다. 하지만 모든 건 생각하기 나름으로, 오랜 세월에 걸쳐 세포가 조금씩 죽어 갔다고 생각하면 생명이 사라지는 것도 그렇게 두렵지 않다.

미네코가 내 팔에 자신의 팔을 감은 것은 그런 나의 걸음걸이에서 위험함을 느꼈기 때문일까? 설마 이 육체의 주인이 예순다섯의 노인이란 건 모르겠지만 실연으로 인해 상당히 초췌해졌든지 확술이라도 들이켰다고 생각할지도 모르겠다.

한 걸음씩 발을 옮기면서 예순다섯의 영혼이 열아홉의 육체에 고마워했다. 졸릴 때도 있고 쉬고 싶을 때도 있었을 텐데, 게으름 피우지 않고 용케 버텨 주었다. 덕분에 출생의 불행을 모두 갚고도 거스름이 남았다.

"거스름이 남았다고? 그럴 리가 없어."

미네코가 내 팔을 잡고 멈추어 섰다.

"남의 마음을 함부로 들여다보지 마세요!"

무의식중에 그녀의 손을 뿌리쳤다. 다음 순간, 우리 둘만 남기고 지나가는 사람들이 전부 사라졌다. 별안간 조용해진 지하도에서 나와 그녀는 마주 보았다.

"미안해. 주제넘게 오지랖을 부렸어."

그녀의 목소리가 나지막한 천장에 부딪혀 되돌아왔다. 나는 거칠게 말한 것을 반성했다.

"죄송해요. 가끔 또라이가 되는 나쁜 버릇이 있어요."

"뭐? 또라이? 그게 뭔데?"

큰일이다. 이 시대에는 이런 말이 없었다. 나보다 훨씬 아래 세대가 만든 말인데, 사람들의 입을 타고 누구나 사용하게 되었다. '이성을 제어하지 못하고 갑자기 이상해지는 사람'이라고나 할까?

"의외로 성격이 급하거든요. 가끔 참을 수 없어서……."

"아아, 계속 참다가 정신이 도는구나."

그게 아니다. 그녀의 말을 참았던 게 아니다. 내 인생을 다 알고 있는 듯한 말과 행동에 화가 났을 따름이다.

"신경 쓰지 마세요. 저기…… 좀 더 같이 있어도 되나요?"

"괜찮아. 나도 한가하니까."

마담 네즈와의 이별은 너무도 아쉬웠다. 이리에 시즈카에게도 미련이 남았다. 종잡을 수 없는 이 세계의 안내자들은 하나같이 아름답고 매력적이었다.

지금 이 지하도에서 그녀와 헤어지면 집중치료실의 따분한 침대로 돌아갈 수밖에 없다. 그래서 그녀와 조금이라도 더 같이 있고 싶었다. 내가 젊어진 만큼 젊어진 그녀와 같이.

인적이 없는 지하도를 우리는 부츠와 농구화를 나란히 하며 걷기 시작했다. 그녀는 내 팔에 팔짱을 끼지 않고 내 어깨를 감싸 주었다.

"반대가 아닌가요?"

"유니섹스 시대야."

"어디로 갈까요?"

"당신이 에스코트해 주지 않으면 내가 데려갈게."

"저기, 아직 죽고 싶지는 않은데요."

무심코 그렇게 말했더니 그녀는 내 어깨를 흔들면서 웃음을 터트렸다.

"진지한 얼굴로 재미있는 농담을 하는구나."

"농담인가요?"

"미안하지만 난 나보다 어린 대학생과 동반 자살을 할 만큼 나약한 여자는 아니야."

"그럼 어디로 데려갈 건데요?"

"미안하지만 난 나보다 어린 대학생을 호텔로 데려갈 만큼 남자가 부족하진 않아."

맞물리지 않는 대화를 나누면서 우리는 조용한 지하도를 걸었다. 키는 나보다 훨씬 작고 가끔 몸에 부딪히는 허리도 가냘픈

데, 그녀의 몸속에는 뿌리가 내린 듯한 강인함이 자리하고 있었다. 예전에 전쟁고아들의 우두머리였다는 말을 떠올리고 고개를 끄덕였다. 그만한 배포를 가진 사람이다.

"지하철 탈까?"

그녀가 느닷없이 말했다.

"지하철 타고 어디로 갈 건데요?"

"어디라도 상관없어. 당신과 지하철을 타고 싶어."

신주쿠 역에서 수백 미터밖에 떨어지지 않은 신주쿠 3초메 역 입구에서 나와 그녀는 단순한 노선도를 올려다보았다.

긴자선. 마루노우치선. 히비야선. 도자이선. 지요타선은 가스미가세키에서 기타센주까지. 헷갈릴 수가 없는 단순한 네트워크다. 아날로그식 자동발매기에서 표를 사서 무인 개찰구를 빠져나왔다. 플랫폼에도 사람은 한 명도 보이지 않았다.

"왜 아무도 없는 걸까요?"

혼잣말처럼 중얼거리자 그녀는 새삼스레 알아차린 것처럼 주변을 둘러보더니 "어울리잖아?"라고 대답했다. 멋진 사람이다. 지하철에는 정적이 어울린다는 뜻이겠지만 합리성보다 심미성을 우선하는 사람은 그렇게 많지 않다. 어울리면 된다. 그런 식으로 살아왔을 그녀가 부러웠다.

정적 속에서 둘러보자 플랫폼이 땅바닥에 가라앉은 상자처럼 보였다. 우리는 그곳의 원기둥에 기대어 언제 올지 모르는 지하철을 기다렸다. 연인과 같이 보냈던 밤은 1분 1초가 안타깝기만 했다. 하지만 그녀와 같이 있는 시간은 편안한 안식으로 가득 찼다.

"저기, 미네코 씨……."

나도 모르게 이름을 부르자 그녀가 불쾌한 표정을 지었다.

"너무 친한 척하지 마."

이거야 원. 멋지지만 까다로운 사람이다.

하지만 내 질문은 거부하지 않았다.

"사카키바라 가쓰오 씨를 아시죠?"

"몰라. 그게 누군데?"

전쟁고아들 사이에선 풀네임을 사용하지 않았으리라.

"가짱이요. 미네코 씨보다 몇 살 어리고, 어렸을 때 같이 어울렸다고 하던데요?"

그리워할 만한 기억은 아닐 것이다. 미네코는 나지막한 천장을 올려다보며 환풍기에서 쏟아지는 바람을 얼굴로 받았다.

"울보 가쓰? 당신이 어떻게 알지?"

"아르바이트하다가 만났어요. 옛날이야기를 하다 당신 이름이 나왔지요. 첫사랑이라고 하던데요?"

그녀는 웃음을 터트리더니 요란스럽게 웃었다.

"첫사랑이라고? 아아, 어쩌지? 속눈썹이 떨어졌어. 보지 마."

잠시 내게 등을 돌리고 콤팩트를 들여다보았다. 다시 나를 쳐다보자 그녀의 양쪽 속눈썹에 길게 붙어 있던 인조 속눈썹이 사라져 있었다. 서늘하고 서글퍼 보이는 홑꺼풀이었다. 봐서는 안 될 것을 본 듯해서 재빨리 눈길을 피했다.

"어쨌든 잘 지내고 있나 보네. 잘됐다. 어디서 어떻게 살고 있어? 딱히 궁금하진 않지만."

후즈키와 헤어진 직후라면 지금은 1971년 봄이다. 가짱은 이때 무엇을 하고 있었을까? 나는 거짓말이라고 할 수 없는 작은 거짓말을 했다.

"지하철 공사 현장에서 일하고 있어요. 결혼해서 아이도 있고요. 그래도 미네코 씨를 잊을 수 없대요. 굉장한 미인이었으니까 영화배우가 되지 않았을까 하더군요."

"흐음."

그녀는 별 관심이 없는 듯이 대꾸했다. 생각하고 싶지 않은 것이다. 전쟁고아들이 폭탄이 떨어진 곳을 얼쩡거렸다는 건, 전쟁이 끝난 지 고작 몇 달밖에 지나지 않은 혼란스러운 시기였다는 뜻이다.

"그렇다면 당신도 지하철을 만들었나 보군."

이야기의 흐름에 따라 나는 작은 거짓말을 거듭하지 않으면 안 되었다.

"네. 곡괭이를 휘둘렀던 건 아니지만요. 육체노동은 월급이 좋으니까요."

쳇! 하고 그녀는 혀를 찼다. 그 천박한 동작을 뒤덮듯이 어둠의 밑바닥에서 제3레일의 날카로운 소리가 가까이 다가왔다.

"울보가 울지 않고 살아 있으면 되는 거야."

그녀는 서늘한 목소리로 나지막하게 말했다.

나와 미네코는 승객이 없는 차량의 구석 자리에서 어깨를 기대고 나란히 앉았다. 옛날부터 이 자리를 좋아했다. 마음이 편해지고 한쪽 팔꿈치도 올려놓을 수 있다. 더구나 유리창 너머로 옆 차량이 보여서 숨 막히는 느낌도 들지 않았다.

이윽고 다정한 굉음이 우리를 감쌌다. 속도랑에 울려 퍼지는 바퀴 소리. 양쪽으로 갈라지는 바람. 제3레일의 날카로운 소리. 하지만 시끄럽다고 생각한 적은 없었다.

그녀가 내 어깨에 턱을 올리고 속삭였다.

"당신의 꿈을 말해 줘."

그리고 내 대답을 듣기 위해 귀를 바싹 댔다.

"종합상사나 은행에 취직하고 싶어요."

"엘리트 코스로군."

그녀는 기쁜 표정을 지으며 그렇게 말했다. 내 인생을 그런 식으로 생각한 적은 없었다. 꿈이나 희망이란 말은 나하곤 아무 관계가 없었다. 대학에 진학한 것은 고등학교 성적이 좋았기 때문이고, 그것도 장학금 제도가 있는 국립대학 한 곳만을 응시했다. 국가에서 빌린 학비를 조기에 갚기 위해서는 조금이라도 월급을 많이 주는 기업에 취직해야 했다. 그런 내 인생에 꿈이나 희망이란 단어는 어울리지 않았다. 그것이 우연히 세상에서 말하는 엘리트 코스라는 것과 일치하더라도, 내게는 미래를 그릴 만한 마음의 여유가 없었다.

지하철은 사람을 과묵하게 만든다. 불평이나 불만을 말하지 않아도 된다.

"미네코 씨의 꿈은요?"

나는 그녀의 입술에 귀를 댔다.

"글쎄……."

신주쿠 공원 앞. 여전히 사람의 그림자는 보이지 않고 열차 내 안내 방송도 없다. 문이 닫히기를 기다렸다가 그녀는 대답했다.

"일본과 안녕하고 외국에서 살고 싶어."

"그거 좋죠. 잘 어울려요."

해외여행이 자유로워지고 누구나 갈 수 있는 단체 여행도 등장한 무렵이었지만 서민들에게는 아직 그림의 떡이었다.

"좋은 남자를 잡아야겠지."

"저는 안 되나요?"

그녀는 코끝으로 웃으면서 내 귓불을 잡았다.

"당신이 당당한 남자가 될 때쯤이면 난 아줌마야."

그녀의 정확한 나이는 모른다. 하지만 몇 년이 지난 뒤에도 아직 지하철을 타고 있을 것이다. 지금보다 더 멋진 여자가 되어서.

요쓰야 3초메.

이 안식의 시간이 영원히 이어졌으면 좋겠다. 아무런 이해관계가 없는 아름다운 사람과 누구의 눈도 없는 지하철 안에서 스스럼없는 대화를 나누는 풍요로운 시간이.

그녀의 마음은 충분히 이해할 수 있었다. 나도 외국에서 살고 싶다고 생각한 적이 있었으니까. 간절한 꿈은 아니었다. 다만 내 과거와 헤어지고 싶었다. 그렇다. 말 그대로 일본과 '안녕' 하고 싶었다. 하지만 막연하게나마 그렇게 생각했던 것은 중학생 때까지고, 이윽고 해외여행이 피부로 다가오자 외국은 더 이상 별세계가 아니었다. 화물선에서 접시 닦이로 일하면서 바다를 건너가, 맨손으로 거부가 된다는 성공 스토리는 전설을 낳을 틈도 없이 사라져 버렸다.

"가짱은 울보였지요?"

작별하고 싶은 과거를 깊이 파헤치고 싶지는 않지만, 그 시절의 이야기를 듣고 싶었다. 그녀는 곁눈질로 나를 힐끔 노려보았다. 그리고 지하철 내부 광고를 올려다보며 마지못해 이야기를 시작했다.

"공습으로 끔찍한 일을 당했다는 말은 들었는데, 그런 상황에서 일고여덟 살밖에 안 된 어린아이가 우는 건 당연하지 않을까? 그냥 내버려 두면 굶어 죽을 것 같아서 동료로 받아들여 줬어. 아냐, 그렇지 않아. 옷을 꽤 잘 입어서 부모를 찾아주면 돈이 될 거라고 생각했지. 하지만 본인에겐 비밀이야."

"으아! 어느 쪽이 맞아요?"

"글쎄, 반반이 아닐까? 살아간다는 건 그런 거야. 돈 없는 녀석은 돌봐 주어야 하지만 돈 있는 녀석에게선 왕창 뜯어내야 하지. 어느 한쪽에 치우치면 먹고 살아갈 수 없어."

맞은편 유리창 안에서 풀이 죽은 그녀의 얼굴이 보였다. 이제 생각하게 만들어서는 안 된다. 하지만 이야기를 바꿀 수가 없다.

"가짱은 아무 기억도 안 난다고 했어요."

"그래" 하고 그녀는 고개를 숙인 채 끄덕였다.

"정말로 잊어버렸을까? 아니면 잊은 척하며 살았을까? 어쨌든 둘 다 똑같겠지. 이제 그만해. 행복해졌다면 그걸로 됐잖아?"

나는 입을 다물었다. 그 말이 맞다.

요쓰야는 신기한 역이다. 여태껏 수천 번이나 지나쳤는데 지금도 현실감이 들지 않는다. 이를테면, 내가 탈 열차가 도착하기 전에 플랫폼이나 풍경이 무대 장치로 만들어지고, 열차가 떠나면 즉시 정리하는 듯한 느낌이 드는 것이다. 역 내부의 소재가 싸구려라는 뜻은 아니다. 미쓰케바시 다리 옆에 당당하게 서 있는 역사의 디자인은 쇼와 시대의 명품 건축이라고 할 수 있다.

무엇이 그토록 신기한가 하면, 지상철 JR의 선로 위를 지하철이 걸터타고 있는 점이다. 환승을 할 때도 '지상의 지하철'에서 골짜기 바닥에 있는 JR로 내려간다. 또한 주변 경관이 기묘하다. 제방 위에는 대학과 에도성(城)의 바깥 해자를 메운 운동장이 있고, 반대쪽에는 광대한 일왕의 거처와 영빈관이 자리한다. 아마 옛날에는 에도시(市) 안에서 손꼽히는 뷰포인트였을 텐데, 표면만을 근대화한 결과 현실 감각이 부족한 풍경으로 변한 듯하다.

내 꿈은 평범한 사람이 되는 것이었다. 어린 시절의 소원은 오직 그것뿐이었다. 내가 그토록 되고 싶었던 평범한 사람 쪽에서 보면 그런 꿈을 이해할 수 없을 것이다. 단순히 콤플렉스가 아니었다. 그렇게 생각할까 봐 이를 악물고 노력했다. 평범한 사람이 되도록, 평범한 사람으로 보이도록.

"제 꿈을 들어 보시겠어요?"

지하철이 다시 어둠 속으로 미끄러져 들어갔을 때, 나는 독이라도 토해 내듯 말했다.

"그래, 말해 봐."

그녀가 내 어깨를 안아 주었다.

"대학을 졸업하고 회사에 들어간 뒤, 결혼을 해서 집을 짓고 아이를 키우고 싶습니다."

한 번도 입에 담은 적이 없는 꿈을, 염불이나 신문 기사의 제목이라도 읊조리듯 단숨에 말했다. 평범한 사람은 다들 비웃겠지만 내게 그 꿈은 그들이 가진 그 어떤 장대한 꿈보다 어려운 일이었다.

그 꿈을 이룬다면 언제 죽어도 좋다.

"당신이라면 할 수 있어."

내 얼굴을 공처럼 두 손으로 잡고 눈을 똑바로 보면서 그녀는 단호하게 말했다. 나는 입을 꾹 다물고 주억거렸다. 그렇다. 그러니까 이제 언제 죽어도 후회는 없다.

제3레일이 날카로운 울음을 터트리고 형광등이 꺼지며 투명한 유리 전등에 불이 켜지는 짧은 순간에, 그녀는 모든 마음을 담아 은밀하게 입술을 겹쳐 주었다.

혼잣말

"다케와키 씨. 사모님 오셨어요. 좋으시죠?"

내 얼굴을 들여다보고 고지마 씨가 말했다. 좋으냐고? 아니, 하나도 안 좋다. 날이 밝으려면 아직 멀지 않았는가? 집에 가긴 했지만 잠이 오지 않았을 터다. 샤워를 하고 잠시 눈을 붙이고 나서 서둘러 병원으로 돌아온 것이다.

"나 왔어요. 기분은 어때요? 하우 아 유(How are you)?"

아임 파인(I'm fine)! 멋진 여인과 데이트하고 왔어. 메트로 랑데부지. 아내의 머리칼에서 샴푸 향이 풍겨 왔다. 아름답다. 프랑스 사람 같다.

"아버님, 뭐라고 말 좀 하세요. 기껏 집에 가셨는데, 까마귀 미역 감 듯 간단히 씻고 오셨지 뭐예요? 저 같은 건 있어도 없어도 똑같나 봐요. 그럼 저도 잠시 집에 가서 까마귀 미역 감 듯 씻고 현장에 갈 테니까 기운 내세요. 그런데, 기운이 날 리가 없나?"

수고하게. 현장에 가면 내 생각은 일절 하지 마. 몸조심하고.

아내는 다케시를 배웅하러 간 모양이다. 고지마 씨의 피곤한 얼굴이 다시 시야에 들어왔다.

"좋은 가족이네요. 부러울 정도예요."

그렇게 생각하세요? 빈말이라도 기쁘군요.

고지마 씨는 이런 식으로 가끔 말을 걸어 준다. 마치 자신의 목소리가 내게 닿는다고 믿는 것처럼.

그래요, 잘 들린답니다. 대답할 수 없어서 미안하지만.

20년이나 같은 지하철을 타고 출근했으면서도 목소리를 들은 적은 한 번도 없었는데. 다들 나를 걱정하면서 번갈아 얼굴을 보여 준다. 하지만 나는 대답할 수 없다. 인사말도 할 수 없다.

어? 이 데자뷔는 뭐지? 정신을 잃고 쓰러진 적도 없고, 곤드레만드레 취한 적도 없는데 똑같은 경험을 한 듯한 느낌이 든다.

"괜찮아요, 괜찮아요."

고지마 씨가 그렇게 말하며 머리를 어루만져 준 순간, 까닭 없이 가슴이 먹먹해지며 눈꼬리에서 눈물이 흘러내렸다. 이거야 원. 이게 뭐야? 슬프지도 않은데 왜 눈물이 나는 거지?

"아!" 하고 그녀가 작게 소리를 질렀다. 자기 말이 들렸을지도 모른다고 생각한 모양이다.

"울지 마세요. 괜찮으니까요."

그녀는 가느다란 손가락으로 내 눈가를 닦아 주었다.

"모두 곁에 있어요. 인생은 지금부터예요. 다케와키 씨에게는 살 권리가 있어요. 그러니까 울면 안 돼요."

이 사람은 모든 환자를 이렇게 헌신적으로 간호하는 걸까? 아니면 내가 20년에 걸쳐서 인생의 일부를 공유한 지하철 친구이기 때문일까?

그녀는 모니터를 확인한 뒤, 튜브에 칭칭 감긴 내 손을 잡았다. 유감스럽지만 나도 같이 잡을 힘은 없다. 그녀는 숨결이 느껴질 만큼 내게 얼굴을 가까이 대고 맹세하듯 힘주어 말했다.

"당신을 죽게 하지 않을 거예요. 그러니까 이제 울면 안 돼요."

그 말을 듣고 알았다. 그녀는 내게 의식이 있다고 확신한다. 내가 포기의 눈물을 흘렸다고 생각해서 계속 격려하고 야단친 것이다. 목숨을 포기하지 않도록 하기 위해서.

아내가 돌아왔다. 그녀는 내 눈물을 아내에게 어떻게 설명할까? 의사나 간호사는 절망적인 말을 입에 담아서는 안 되지만, 그와 동시에 희망적인 표현도 피해야 한다.

"잠시 저 좀 보시겠어요?"

고지마 씨가 아내를 창가로 데려갔다.

"우리가 하는 말을 들으실 거예요. 약간이지만 반응이 있었어요."

"네에……"라고 아내가 맥없이 대답했다. 웬만한 일에는 동요하지 않는 사람이다. 이럴 때는 좀 더 놀라도 되지 않는가!

"반응이라면……."

"아주 사소한 것이지만요."

고지마 씨, 역시 대단하다. 희망적인 말을 하기는커녕 정서적인 표현도 사용하지 않았다. 눈물을 흘렸다고 말하면 가족은 온갖 생각을 할 테니까.

"그런 경우가 있나요?"

"회복하신 환자분 중에 목소리가 들렸다고 말씀하신 분이 있어요. 그러니까 되도록 말씀을 많이 해 주세요."

나는 가슴속으로 박수를 쳤다. 고지마 씨, 멋진 대응이야! 당신 같은 부하 직원이 있었으면 좋겠군.

아내가 의자를 당겨서 침대 옆에 앉았다.

"다케시를 야단쳤어요."

침대 프레임에 팔꿈치를 올려놓고 작은 얼굴을 손바닥으로 감쌌다. 자주 하는 동작이다.

"여보, 내 말 좀 들어 봐요."

그래, 듣고 있어.

"당신이 걱정되어서 잠을 못 잔 게 아니에요. 다케시한테 미안해서 그랬어요. 그렇잖아요. 이 바쁜 연말에 현장을 몇 군데나 맡고 있는데, 밤에 어떻게 장인을 간병하라고 하겠어요?"

그래? 내 걱정은 하나도 안 하는군. 조금 의외지만 당신다워.

"그런데 사람 마음도 모르고 계속 뭐라고 하며 화를 내지 뭐예요? 나는 한마디도 못 했어요. 애당초 그 애는 너무 단순해요. 뭐든 깊이 생각하지 않아요."

그만큼 똑바른 녀석이야. 잔머리를 쓰는 녀석은 많이 봤지만 그렇게 똑바른 녀석은 많지 않아. 그런 점이 대단하잖아!

셋짱, 잘 들어. 세상에서 보면 우리는 분명 비뚤어진 사람이야. 그걸 잊어서는 안 돼. 우리 둘 다 따뜻한 가정을 모르고 자라서, 남들이 하는 걸 보며 가정을 만들었지. 아마 이상한 부분이 있을 거야. 하지만 다케시와 아카네에게 그런 핸디캡을 가지게 해서는 안 돼. 그 애들의 모범이 돼야지. 미안해, 어울리지 않게 잔소리를 했네. 하지만 목소리가 나오면 이런 말을 할 수 없잖아.

"만약 나 혼자 남으면 애들과 같이 살지 않을 거예요."

여전히 두 손 위에 턱을 올린 채 아내가 연신 투덜거렸다.

그래, 마음대로 해. 당신이 그렇게 푸념이 많은 사람인 줄은 꿈에도 몰랐어.

"물론 손자들은 봐줄 거예요. 하지만 내가 짐이 되는 건 딱 질색이에요. 느긋하게 혼자 살다가 막상 그때가 되면 양로원에 들어갈 거예요."

찬성! 처지가 반대였다 해도 나도 똑같이 했을 거야. 다행히 노후에 쓸 돈은 충분하잖아? 연금도 꽤 되고. 그러니까 애들에게 신세를 지면 안 돼.

"여보, 뭐라고 말 좀 해 봐요."

두 손 위에 턱을 올린 채, 립스틱을 바른 입술을 꼭 다물고 아내는 눈물을 흘렸다.

"말수는 별로 없지만, 해야 할 말은 항상 딱 부러지게 했잖아요?"

그랬던가? 어려운 결정은 대부분 당신에게 미뤘다고 생각했는데. 어쨌든 프러포즈도 하지 않았을 정도니까.

잠시 기억을 파헤치자 겨우 생각이 났다. 아내는 지금 그 말을 하는 것이다. 40년 전의 사건이지만 기억은 선명했다. 연말에 혼인 신고를 하고, 문 앞에 세워 둔 새해 축하용 소나무를 치웠을 무렵에 아내의 부모를 찾아갔다.

순서는 반대였지만 나중에 승낙받으면 된다고 아내가 말했다. 아니다. 아내는 그럴 필요가 없다고 말했고, 아무리 그래도 그럴 수는 없다고 내가 고집을 부렸다. 나는 부모의 얼굴도 모르고, 아내는 어릴 때 부모가 이혼해서 각자 새살림을 꾸렸다. 그리고 그 이상의 깊은 속사정은 서로 말하지 않았다.

우리는 왜 서로의 상처를 보듬어 주려 하지 않았을까? 말하는 것조차 무서웠으니까. 예전에 굴욕을 당한 적이 있으니까. 동정을 받고 싶지 않았으니까. 출생 같은 건 우리의 본모습이 아니고, 지금은 감옥에서 해방된 죄수처럼 당당하게 걷기 시작했다고 생각했으니까.

아내의 아버지란 사람은 서민들이 사는 강가의 낡은 아파트에 살고 있었다. 전화로 미리 용건을 말했는데, 집으로 찾아가면 안 되는 사정이라도 있는지 된바람이 거세게 몰아치는 제방 위에서 만나자고 했다.

준비해 온 말은 하나도 필요 없었다. 딸의 결혼은 완전히 남의 일이고, 부모라는 생각은 털끝만큼도 없어 보였다. 나 자신도 부모를 모르기 때문에 얼굴을 마주하고 불평할 처지는 아니었지만. 겨우 1분인가 2분? 무슨 이야기를 했는지 모르겠다. 기억나는 건 오직 살을 에는 추위와 낮고 둔탁한 하늘뿐이었다. 아내는 내 뒤쪽에서 하릴없이 우두커니 서 있었다.

부부의 이혼에는 나름대로 사정이 있었을 것이다. 가난해도 상관없었다. 하지만 딸을 버린 데다가 부모의 마음까지 잊어버린 사내를 도저히 용서할 수 없었다. 그래서 헤어지기 직전에 "다시는 만나러 오지 않겠습니다"라고 선언했다. "그래도 되지?"라고 확인하자 아내는 확실하게 고개를 끄덕였다.

어쩌면 사랑하는 사람을 나와 똑같은 불행의 단계까지 끌어내리고 싶었던 것인지도 모른다.

어머니라는 사람을 만난 건 그날이었던가, 아니면 며칠 후였던가. 같은 날은 아닌 듯하지만 역시 옅은 먹색 하늘에 된바람이 휘몰아쳐서, 기억 속에서는 두 장면이 회전무대와 같은 연속성을 가지고 있다. 무대가 돌아간다. 입을 꼭 다문 채 걷고 있는 우리를 태우고. 스물다섯 살과 스물두 살. 그래도 세상이 마련해 준 소소한 행복에 안주하는 요즘의 젊은이들보다 훨씬 어른이었다.

나는 아내의 양친과 인연을 맺을 생각이 없었다. 인연을 끊기 위해서 만난 것이다. 우리의 서로 다른 고생을 비교하자면, 아무도 없었던 나에 비해 굴레가 있었던 아내가 훨씬 불행하게 여겨졌기 때문이다.

아내의 어머니를 긴자의 커피숍에서 만났다. 생각지도 못하게 재혼한 남편이 따라왔다. 너무도 당연한 것처럼. 자신이 나와 아내의 아버지라고 말하고 싶은 것처럼. 어머니는 아름다운 사람이었다. 아내를 스무 살에 낳았다고 들었는데, 대여섯 살은 젊게 보였다. 모르는 사람은 도저히 모녀로 보지 않을 정도로. 하지만 두 사람은 많이 닮았다. 서로의 처지를 생각하면 비극적일 만큼.

커피를 주문하고 나서 어머니가 다짜고짜 아들 이야기를 꺼내서 깜짝 놀랐다. 올해 중학교 입시를 본다고 했다. 명문 중학교 이름을 자랑스럽게 말하는 어머니의 진의를 헤아릴 수 없어서 한순간 당황했다. 양친이 이혼하고 각각 재혼한 뒤, 있을 곳을 잃어버린 아내는 친할머니 밑에서 자랐다. 전문대학에 보내 준 것이 고작이었다고 들었다.

어머니는 머리가 나쁜 걸까? 아니면 심술궂은 걸까? 그 어느 쪽도 아니라면 우리와 인연을 끊고 싶은 것이리라 생각했다. 어머니의 말을 중단시키기 위해 주제넘게 따라 나온 남편과 명함을 교환했다. 내 출생을 숨기지 않고 말할 생각이었으나 회사 이름은 말하지 않으려고 했다. 특별한 이유는 없었다. 현재와 과거의 격차를 설명하기 귀찮았기 때문이다.

남자는 대형 건축회사의 과장이었다. 내 명함을 보자마자 눈에 띄게 태도가 바뀌었다. 무시했던 젊은이가 자신과 똑같은 계급 사회의 주민이란 걸 알아차렸기 때문이다. 어머니도 아들 자랑을 그만두고 별안간 내게 관심을 가졌다. 내 행동은 경솔했다.

인연을 끊기 위해 만났는데, 왜 명함을 내밀었던 걸까? 어머니의 수다를 막기 위해서? 아니면 오만한 남자의 코를 납작하게 만들어 주고 싶어서였을까? 아니다. 말하고 싶어도 말할 수 없는 아내의 원한을 그런 식으로 갚아 주고 싶었다. 당신이 버린 딸을 내가 반드시 남편으로서 행복하게 해 주겠다고.

출생에 관해서는 아무 말도 하지 않았다. 화제가 그곳에 이르기 전에 우리는 적당한 핑계를 대고 자리에서 일어섰다. 고작해야 5분인가 10분. 그래도 아버지 때와 달리 "다시는 만나러 오지 않겠습니다"라는 말은 하지 않았지만, 어머니가 수다를 그만두고 갑자기 눈물을 흘린 것은 그 각오를 알아차렸기 때문일 것이다.

나와 아내는 다시 무대가 돌아간 것처럼 겨울의 메마른 가로수 길을 말없이 걸었다. 지하철을 탔는지 계속 걸었는지 기억나지 않는다.

나는 사랑하는 사람을 나와 똑같은 불행의 단계까지 끌어내리고 싶었던 걸까? 아내에게 나와 똑같은 가치관을 강요한 걸까? 지금 되돌아보면 내 마음속의 악마가 "내 아내가 되고 싶다면 알몸이 되어라"라고 협박한 것 같기도 하다.

인연이 끊어졌다. 적어도 내가 아는 한, 우리 인생에서 아내의 양친은 사라졌다. 그 후론 전화 한 통, 엽서 한 통 받은 적이 없다. 핏줄이란 게 이토록 약할 줄은 꿈에도 몰랐다. 인간 같지도 않은 아버지는 이미 세상을 떠났을 것이다. 이복동생이 셋 있지만 자기들 위에 있는 언니는 알 바가 아닐 것이다.

어머니는 아직 살아 있을지도 모른다. 말을 꺼내는 건 금기지만 마음에 걸려서 딱 한 번 물어보았다. 연락해 보는 게 어떻겠느냐고. 아내는 안색 하나 바꾸지 않고 냉담하게 대답했다. 그럴 필요 없어요. 아내의 젖은 눈동자가 나를 들여다보았다. 형광등이 켜져 있어서 아침의 햇살은 느낄 수 없었다.

역시 내가 쓸데없는 말을 한 게 아닐까? '해야 할 말은 항상 딱 부러지게 했다'는 말은 비아냥거림이 아닐까? 일을 그만두고 시간이 남으면 조금씩 서로의 과거를 털어놓고 싶었다. 지나간 전쟁을 되돌아보는 것처럼.

"여보."

왜?

"있잖아요, 그동안 관심이 없는 척을 했지만 실은 당신에 관해 더 알고 싶어요."

알아봤자 재미있는 이야기는 하나도 없어. 시설에 들어갈 때까지의 과정은 나도 모르고, 조사할 방법도 없었으니까. 더구나 핏줄이란 게 없어서 그런지, 시설 생활은 아주 단순해. 가정이 아니니까 분위기는 오히려 학교에 가깝다고 해야 할까? 그러니까 당신에게 말하고 싶지 않은 게 아니라 말할 게 없다고 하는 편이 맞을 거야.

“왠지 무서웠어요.”

뭐? 무서웠다고? 이해할 수 없군. 남편의 출생을 아는 게 왜 무섭지?

“당신의 깨끗한 호적등본이 머리에서 떠나지 않았어요. 원래라면 그 공백에 있어야 할 게 무엇일까 계속 생각했죠. 도오루 씨와 당신의 대화에서 얻은 힌트도 있었어요. 그 밖에 사소한 말로 이런저런 짐작도 하고요. 그런데 그 부분은 채워지지 않더군요. 그걸 당신 입으로 듣는 게 무서웠어요. 그래서 알고 싶지만, 관심이 없는 척을 한 거예요. 미안해요.”

그래? 역시 당신은 오해하고 있었군. 내가 말하고 싶지 않은 거라고. 아니야, 그렇지 않아. 기억하고 싶지 않은 고생 같은 건 아무것도 없어. 그 이전에 무슨 일이 있었는지는 나도 모르고. 비밀은 아무것도 없어. 어머니, 아버지도 모르고 정확한 생일도 몰라. 어디서 버려졌는지, 아니면 누가 시설에 가져다주었는지, 그것조차 몰라. 아마 본인에게 알려 주고 싶지 않은 사정이 있었기 때문이겠지. 그래서 초등학생이나 중학생의 감수성이 풍부한 시기에는 이런저런 상상을 했어.

교통사고일까? 아니면 가족이 모두 자살하고 나 혼자 살아남았을까? 하지만 모르는 게 다행이었다고 생각해. 내 인생을 누구 탓으로 돌리지 않을 수 있었으니까. 모두 내 책임이라고 생각했기 때문에 좋은 대학에 가고 좋은 회사에도 취직할 수 있었어.

"하지만 이제 무섭지 않아요. 당신이 누구에게도 말하지 못한 고생담을 내가 전부 들어 줄게요. 처음부터 끝까지 전부 다요. 형사가 된 기분으로 자백하게 만들 거예요."

이런 이런, 셋짱. 할 말은 아무것도 없다고 말했잖아? 아니, 말 안 했던가? 하지만 서로 자백하는 것도 나쁘지 않겠군. 아! 아니다. 자백하는 게 아니라 독을 토해 내는 거야.

"꿈에서 봤어요."

그래? 어떤 꿈에서?

"파리의 길모퉁이 카페에서 이야기를 했죠. 지금까지 서로 말하지 않았던 걸 한 가지 두 가지……. 주변에는 우리와 비슷한 연배의 부부가 있었는데, 우리처럼 서로의 출생을 털어놓더군요. 그리고 커피를 다 마시면 다른 가게에 가서 그다음 이야기를 하는 거예요."

그렇게 하려면 단체 여행으론 힘들겠군. 좋아, 꼭 그렇게 해보자. 조금 호화로운 개인 여행을 1년에 한두 번 하는 게 어때?

"여보, 내 말 듣고 있어요?"

그래, 듣고 있어. 평소처럼 건성으로 듣는 게 아니야. 당신의 말을 하나하나 곱씹고 있어. 그러니까 더 말해 봐. 무슨 말이든 좋으니까.

"난 말이죠, 결혼하면 어머니와도 아버지와도 인연을 끊기로 결심했어요. 당신에겐 말하지 않았지만요. 그래서 다시는 만날 필요가 없었지만, 왠지 자랑하고 싶었어요. 보세요, 이렇게 좋은 사람과 결혼했어요. 걱정하지 마세요, 라고요."

그걸로 됐을까? 당신은 아마 당신을 버린 부모님의 나이를 계속 계산했을 거야. 하지만 내게는 그걸 물을 용기가 없었지. 당신과 당신 부모의 인연을 끊어 버린 건 나라고 생각했으니까. 하지만 셋짱. 역시 그걸로 됐어. 잘못한 건 우리가 아니라 우리의 부모들이야.

그런데 묘한 이야기군. 우리 마음속에는 사랑받지 못한 아이의 도덕심이 살아 있어서 어머니와 아버지를 원망하지 않았지. 그렇잖아, 셋짱. 우리는 우리를 버린 부모를 원망하지 않았어. 당신에게서도 부모의 원망을 들은 기억이 없어. 하지만 하루야가 태어난 순간에 생각했지. 이런 갓난아이를 버리는 건 악마의 짓이라고. 아카네를 안을 때마다 생각했어. 목숨을 빼앗기더라도 아이를 버릴 수는 없다고.

당신도 똑같을 거야. 둘 다 말한 적은 없지만, 아이들과 시간을 보낼수록 우리의 마음속에서 기묘한 도덕심은 사라지고 원망과 증오가 더해갔지.

새들의 지저귐이 희미하게 들렸다. 벽과 천장이 푸르스름해지기 시작했다. 2만 수천 번이나 반복된 나의 새벽이다.

아내가 두 손으로 뺨을 감싸며 말을 이었다.

"이걸로 될까요? 부모님의 간병으로 힘들어할지도 모르는데, 이렇게 모르는 척해도 될까요? 그만큼 동생들이 고생하는 건 아닐까요?"

그걸로 됐어. 당신 부모가 지금 어쩌고 있는지는 모르겠지만 자신의 행복을 찾기 위해 당신을 버린 건 객관적인 사실이야. 그런 배신에는 인정을 베풀 필요도 없고 의리를 지킬 필요도 없어. 당신이 지금 자책하고 있다면 그건 근거가 없는 환상일 뿐이야.

"여보, 역시 불효일까요?"

불효……? 농담하지 마. 내가 자란 시설에선 도덕을 강요했지. 당신도 누군가에게 들은 적이 있을 거야. 엄마, 아빠를 원망해서는 안 돼요. 미워해서도 안 돼요. 감당할 수 없는 고민과 고통은 누구에게나 있는 법이에요.

나는 그 말을 따랐어. 순종적인 사람이었으니까. 하지만 결혼해서 아이를 가진 다음에는 그 도덕이 사람을 속이기 위한 기만인을 알았지. 그 어떤 고민과 고통이 있더라도 아이를 버릴 수 있을 리가 없잖아! 목사와 선생은 거짓말을 한 거야. 아이가 부모를 증오하며 컸다가 나중에 세상에 해를 끼치면 어쩌나 해서 있지도 않은 부모의 사랑을 날조한 거지.

자신의 행복을 위해 인생을 리셋한 당신의 부모는 결국 자식까지 바꾸었어. 그렇게밖에 생각할 수 없어. 자신들의 행복을 위해 당신을 기억에서 지워 버렸다고밖에는. 그러니까 이제 그만둬. 부모가 아프든 말든, 동생들이 고생하든 말든, 그건 전부 당신의 환상이야.

그리고 불효가 아니야. 애당초 당신은 부모의 사랑을 받지 못했으니까.

"여보……."

왜 이래, 갑자기 닭살 돋게.

"당신은 지금 어디 있어요?"

어디 있느냐니, 여기 있잖아? 가끔 산책을 나가긴 하지만. 여보, 왜 그러는 거야? 말해 봐, 무슨 말이든 들어 줄게.

"있잖아요, 만약 하루가 데리러 와도 가지 말아요. 가자고 떼를 쓰면 말해 줘요. 당신이 가면 엄마가 외로우니까 조금만 더 혼자 있으라고. 좀 가엾긴 하지만요."

아내는 턱을 괴었던 손으로 얼굴을 덮었다.

그런가? 내가 저세상으로 가게 되면 하루야가 데리러 오는구나. 하긴 얼굴도 모르는 양친이 오면 곤란하니까. 좋아, 알았어. 그렇게 말할게.

하지만 말이야. 지금 퍼뜩 생각했는데, 그렇다면 죽는 것도 나쁘지 않겠군. 하루야가 죽었을 때, 나도 죽으려고 생각한 적이 있어. 당신과 아카네. 나와 하루야. 그렇게 같이 있어야 하지 않을까 싶었거든. 그것 말고 떠오르는 건 아무것도 없었어.

그때 나를 붙잡아 준 게 고아의 생명력이었지. 죽어서는 안 된다, 어떻게든 살아야 한다고 내 안에 있는 고아의 영혼이 명령하더군. 하지만 그건 너무도 잔혹한 명령이었어. 내가 산다는 건 하루야를 버리는 것 같아서 견딜 수 없었지. 내 자식을 버린다……. 지나친 생각일지라도 내게 그보다 더 무서운 이야기는 없었어.

병실이 조금씩 밝아 왔다. 하지만 눈이 그친 아침이라곤 할 수 없었다. 빛은 없고, 창문 너머에서 바람이 신음하고 있었다. 만약 이렇게 되지 않았다면 건강한 내가 잠에서 깰 시간이다. 아내는 아직 잠을 자고 있다. 나는 침대에서 빠져나와 발소리를 죽이고 계단을 내려간다. 가운을 걸치고 조간을 가져와서 거실로 들어가 커피메이커에서 커피를 내린다. 그리하여 기나긴 하루가 시작된다.

철이 들고 나서 지금까지 나태한 시간이라는 걸 가져 본 적이 없다. 그래서 지금도 그런 시간이 있으면 어떻게 해야 할지 몰라서 전전긍긍한다. 해야 할 일은 있어도 긴장이 필요한 일은 하나도 없고, 아무리 시간이 남아도 주부의 영역을 침범해서는 안 된다. 그렇다고 집에서 뒹굴뒹굴하는 것은 민폐라고 생각한다.

'무엇을 해도 된다'라고 생각하면 풍요로운 시간이지만 '아무것도 하지 않아도 된다'라고 생각하면 빈곤한 시간이다. 노후는 그 두 가지가 상반되는 게 아니라 똑같은 뜻이 되는 시간이다. 그런데 아내는 '무엇을 해도 된다'라고 생각하고 나는 '아무것도 하지 않아도 된다'라고 생각한다. 그래서 나는 나태해지고, 아내는 집안일과 취미 생활로 분주하다.

"여보, 이제 돌아와 줘요."

돌아갈 수만 있다면 나도 돌아가고 싶어.

"맛있는 걸 먹으러 데려가 줘요. 아름다운 경치도 보여 줘요. 나 혼자선 아무것도 먹을 수 없고 어디에도 갈 수 없어요."

아아, 그렇지. 몸이 이래선 어떤 약속도 지킬 수 없어.

먹여 주고 싶은 음식도 많고 보여 주고 싶은 경치도 많아. 송별회가 끝나고 마음을 정리했다면 나는 분명히 '아무것도 하지 않아도 되는' 남자에서 '무엇을 해도 되는' 노인으로 바뀌었을 거야. 그렇게 되면 당신과 한 약속을 하나씩 지켜나갈 수 있어.

"여보, 듣고 있어요?"

듣고 있어. 평소와 다를 게 없잖아? 서로 자기가 하고 싶은 말만 하고, 듣는지 안 듣는지 가끔 "여보, 듣고 있어요?"라고 확인하지. 혼잣말인지 대화인지 모를 만큼 말이야.

혼자선 아무것도 먹을 수 없다. 어디에도 갈 수 없다. 그 말이 가슴을 찔렀다. 야무진 사람 같으면서 아내는 의외로 내성적이었다. 사람들 눈을 신경 쓰는지 괜히 주눅이 드는지, 혼자서는 외식을 하지 않고 여행은 당치도 않다.

문득 생각이 나서 소리가 되지 않는 한숨을 쉬었다. 만약 내가 죽으면 아내는 고아가 된다. 혼자서는 밥도 먹을 수 없고 어디에도 갈 수 없는 고아가.

아내의 부모 얼굴이 어제 만난 사람처럼 생생하게 되살아났다. 자신의 행복을 위해 딸을 버린 마귀들. 그들에게 정식으로 인사할 필요는 없었다. 나는 사랑하는 사람의 정의를 결혼이라는 형태로 증명했다. 그들에게 전해지지는 않더라도 당당하게 선언하기 위해 마귀들을 만났다. 그리고 나와 아내는 불성실한 마귀들 너머에 있는 불성실한 세계에, 우리는 이제 버림받은 아이가 아니라고 선언했다.

아내를 또 고아로 만든다. 혼자서는 밥도 먹을 수 없는 고아로. 딸도 사위도, 나를 대신할 수는 없다. 다음 순간, 눈앞이 어두워지면서 생명을 잇는 기계가 음침한 경보를 울리기 시작했다.

고지마 씨가 황급히 뛰어왔다.

"선생님! 선생님!"

잠깐만 기다려. 아직 각오가 되지 않았어.

"여보, 여보!"

아내의 표정이 바뀌었다. 그런 표정은 그만둬. 어떤 상황에서도 남의 일처럼 보는 쿨한 얼굴이 더 좋으니까.

"안 돼요. 안 돼요!"

아아, 이런 말도 들어 본 적이 없다. 당신은 내가 하는 일에 안 된다고 한 적이 없었지. 하지만 이 일만은 아무리 안 된다고 해도, 내 의지로 어떻게 되는 게 아니야.

의사가 다가왔다. 어? 젊은 담당의가 아니라 더 젊은 의사네? 잠에 취한 눈길에 당황한 얼굴……. 침착해라. 문제가 발생했을 때는 현장의 판단이 중요하다. 클라이언트 앞에서 상사에게 전화를 걸지 마라. 약점을 잡히게 된다.

그렇게 생각한 순간, 당직의가 누군가에게 연락을 했다. 전문 용어가 날아다녀서 무슨 말을 하는지 알아들을 수 없었다. 지시를 기다리지 않고 고지마 씨가 주사와 투약 준비를 시작했다.

나는 여전히 아프지도 괴롭지도 않은데……. 여러분, 너무 과민하게 반응하는 거 아닌가? 아내는 침대 옆에 멍하니 서 있었다. 젊은 의사가 속삭이듯 말했다. 이봐, 다 들리거든.

"용태가 안 좋으시니 만일을 위해 가족에게 연락해 주십시오."

뭐? 그렇게 나빠? '만일을 위해'란 말은 절망하지 말라는 뜻으로 하는 말일 것이다. 이런 아침 댓바람부터 '만일을 위해' 가족을 부를 리가 없지 않은가? 의사의 본심은 '이제 죽을 것 같으니까 즉시 가족을 부르십시오'다.

뭔가 강한 약을 넣은 걸까? 귀의 안쪽에서 큰 북을 치는 듯한 박동이 진해진다. 몸이 천천히 가라앉는다. 천장이 멀어진다. 보지 않는 편이 좋다. 나는 속눈썹을 닫았다.

내 몸은 침대를 빠져나가 바닥을 지나쳐 따뜻한 흙냄새가 나는 대지의 밑바닥으로 가라앉았다. 65년 전의 지금쯤 나는 이 대지에서 태어났다. 엄마를 대신해 어머니인 지구가 나를 낳아 주었다. 그렇게 생각하지 않으면 내 안에 있는 콤플렉스를 내 편으로 만들 수 없었다. 환경이 좋고 나쁨이 아니라 처녀의 회임으로 인해 마구간에서 태어난 거룩한 사람처럼, 대지의 밑바닥에서 태어난 나는 기적을 일으킬 수 있다……. 그렇게 믿지 않았다면.

어머니인 지구의 온기 속에서 눈꺼풀을 들어 올렸더니, 인적 없는 마루노우치선의 열차 안이었다.

벽의 페인트는 새먼핑크. 천장은 하얀색. 바닥은 라이트그린. 그리고 내가 앉은 시트는 깊은 와인레드. 굉장히 오래된 차량이다. 나와 도오루가 탈주한 시절의 차량이 아닐까? 그렇다면 이미 오래전에 정년이 되었을 것이다.

그나저나 지상을 달리는 대부분의 열차가 멋대가리라곤 없는 초콜릿색이었던 시절에, 용케 이렇게 세련된 색조를 생각해 냈다. 외장은 빨간색 차체에 하얀색 띠, 은색 물결. 아름다운 걸 만들어 내겠다는 강한 의지가 없다면 이런 차량은 태어나지 않는다.

한 가지 에피소드가 떠올랐다. 남미에 파견 나가서 오래 살았던 동기가 말했다. 부에노스아이레스의 지하철에는 마루노우치선의 오래된 차량이 그대로 달리고 있다고. 낙서가 되어 있어도 지우지 않고 그대로 달린다고. 귀국을 위로하는 선술집 자리라서 그 이야기는 즉시 잡담에 묻혀 버렸다.

증기기관차를 예로 들 것까지도 없이 강철로 된 차량의 수명은 굉장히 길다. 하지만 기술 혁신과 디자인의 변천은 시대와 함께 속도가 빨라지기 때문에, 오늘날에는 수명이 백 년이란 걸 알고 있어도 20년 만에 가차 없이 은퇴시키곤 한다.

그 이후의 이야기를 해 달라고 조를 생각은 없었다. 그 이야기는 우연히 들은 연인의 소식처럼 지구 반대편에서 행복하게 살고 있다는 것만으로 충분했다.

그런데 여기는 어디쯤일까? 갑자기 굉음이 귀를 덮고, 창이란 창은 전부 검은색 거울로 바뀌었다. 비정한 햇빛이 아니라 항상 나를 다정하게 안아 주는 친밀한 어둠. 마침 이 부근에서 아름다운 사람에게 내 꿈을 말했다. "대학을 졸업하고 회사에 들어간 뒤, 결혼을 해서 집을 짓고 아이를 키우고 싶습니다"라고.

많은 사람에게는 꿈이라고 부를 수 없는 소박한 미래라도, 내게는 전 세계를 손에 넣는 것만큼 커다란 야망이었다. 입술을 겹치고, 그 사람은 내 꿈을 축복해 주었다.

아가사가미쓰게 역. 그 사람은 여기서 지하철을 갈아탔을까? 그림자를 쫓듯이 내려선 플랫폼의 맞은편에서 노란색 지하철이 다가왔다.

노란색 요람

지하철이 아카사카미쓰케 역을 떠났을 때, 이제 돌아갈 수 없다고 생각했다.

시부야와 아사쿠사를 잇는 외길이기도 하지만, 이 역은 세계를 구분하는 관문 같은 느낌이다. 주택 지역과 상업 지역. 공습으로 불타지 않았던 도쿄와 완전히 새카맣게 타 버린 도쿄. 행복과 불행. 천국과 지옥. 관문을 지나면 원래의 생활로는 돌아갈 수 없다.

전쟁이 끝나고 불과 6년 만에 도쿄는 거의 원래대로 돌아갔다. 하지만 미네코의 눈앞에는 불에 탄 들판보다 더 살벌하고 더욱 불모지가 된 도쿄가 펼쳐져 있었다. 그녀만 홀로 불탄 곳에 우두커니 세워 둔 채, 도쿄는 아무 일도 없었다는 듯이 태연한 얼굴로 부활했다.

그녀에게 남은 길은 두 가지밖에 없었다.

죽느냐. 사느냐.

죽는다면 세 가지 방법이 있었다.

아이와 함께 죽느냐. 혼자 죽느냐. 아이를 죽이느냐.

산다고 해도 역시 세 가지 방법이 있었다.

같이 사느냐. 아이만 살리느냐. 자기만 살아남느냐.

지하철을 타고 나서 그녀는 계속 그런 생각을 했다. 그러는 사이에 그중 몇 가지는 표현만 다를 뿐 똑같은 뜻이란 걸 알아차렸다.

같이 죽느냐. 같이 사느냐. 어느 한쪽이 죽느냐.

결국 그중 하나라는 사실을 안 것은 아카사카미쓰케 역이었다. 여기서 내려서 시부야로 돌아가려고 했으나 몸이 움직이지 않았다. 아이를 안고 웅크린 채, 희망의 문이 쾅 닫히는 소리를 들었다. 경적을 한 번 울리고 지하철은 달리기 시작했다. 엄마와 아이가 같이 사는 정상적인 방법은 맨 먼저 사라져 버렸다.

그래도 지하철은 다정하고 따뜻했다. 너와 나의 노란색 요람. 이대로 밤의 끝까지 계속 달려 주면 좋을 텐데.

잊으려고 해서 잊은 건 아니었다. 잊은 척을 한 것도 아니었다.

이렇게까지 완벽하게 잊은 것은 부처님의 자비가 아닐까? 그렇지 않으면 자신의 이름도 나이도, 부모님의 얼굴까지도 잊을 리가 없다. 그날 밤 모든 것을 잊지 않으면 단 하루도 살 수 없을 만한 사건이 있었을 것이다.

미네코의 기억은 새벽에 기름이 비처럼 쏟아질 때부터 시작되었다. 쇠로 만든 우편함은 아직 따뜻했고, 빨간색 페인트도 화재를 피했다. 그 밑에 웅크리고 앉아 그녀는 바들바들 떨면서 불에 탄 주변을 바라보았다. 뒤처리를 하는 사람도 없고, 주변에는 발 디딜 곳도 없을 만큼 새카맣게 탄 시신들이 널브러져 있었다. 기름비가 심해질수록 안개 같은 수증기가 자욱하게 피어올라서, 마치 끝부분부터 지우개로 지우듯이 지옥의 그림을 뒤덮었다.

그날 드리운 아침 안개는 신의 숨결이 아니었을까? 전찻길을 조용히 지나서 그녀를 감싸고, 살아가기 위해서는 잊지 않으면 안 되는 모든 것을…… 이름도 나이도 부모의 얼굴마저도 하늘로 올려 보낸 게 아닐까?

미네코라는 이름은 불에 탄 방공(防空, 적의 항공기나 미사일의 공격을 막음) 두건에서 가까스로 '미네(峰)'라는 글자를 읽어 낸 것에서 유래하는데, 어쩌면 이름이 아니라 성의 일부일지도 모른다.

우에노의 보호 시설에 수용되어 며칠을 보낸 뒤, '야마가타로 소개(疏開)한다'고 들은 날 밤에 친구 몇 명과 탈출했다. 야마가타는 쌀이 많아서 하얀 쌀밥을 배불리 먹을 수 있다는 말을 듣는 순간 그녀는 새빨간 거짓말이라고 생각했다. 그런 달콤한 이야기가 실재할 리 없다. 분명히 노예로 쓰려고 끌고 가는 것이다.

언제나 어디서나 그녀는 우두머리였다. 말싸움에서도 힘 싸움에서도 사내 녀석들에게 지지 않았다. 그래서 확실하지 않은 나이도 몇 살 속이기로 했다. 그러는 편이 부하들을 다루기 편하다고 판단했다. 1933년 출생, 만 12세. 체구도 크고 조숙하긴 했지만, 사실은 두세 살 어렸을 것이다.

동료들이 떠나도 부하들은 금방 생겼다. 계속 공습을 받는 도쿄에는 부랑아들이 얼마든지 있었으니까. 봄이 지나고 한여름의 뙤약볕이 내리쬘 무렵, 멋대로 시작된 전쟁은 멋대로 끝났다.

도라노몬. 신바시.

술에 취한 직장인들이 많이 탔다. 12월 24일, 월요일. 송년회일까? 고개를 갸웃거리는 사이에 은종이를 붙인 고깔모자가 눈에 띄어서, 오늘이 크리스마스이브임을 알았다. 그러고 보니 시부야 길거리에 있는 스피커에서도 찬송가가 흐르고 있었다.

"그놈 참 잘생겼군. 꼭 예수님 같구나."

스프링식 손잡이를 잡은 주정뱅이가 미네코를 내려다보았다. 그녀는 황급히 아이의 얼굴을 담요로 가렸다.

"엄마도 미인이네. 젊고 아름다운 성모 마리아님이야."

주정뱅이 옆에 있는 남자가 말했다. 야만적인 남자들. 욕망을 토해 내는 것밖에 모르는 천박한 생물들. 아닌 척하고 있지만 이놈이나 저놈이나 한 꺼풀 벗기면 다 똑같은 남자다. 멋대로 전쟁을 시작하고 멋대로 지고, 이제는 순진한 얼굴로 넥타이를 매고 있다.

"이름이 뭐지?"

전등을 등지고 있어서 그림자로 변한 남자의 얼굴을 올려다보고 미네코는 단호하게 대답했다.

"이름은 없어요."

지하철의 굉음이 그녀의 목소리를 빼앗았다.

"뭐? 뭐라고 했지?"

남자가 귀를 쫑긋 세웠다.

"이름은 안 지었어요. 우리에게 신경 꺼 주세요."

분위기가 이상하다고 여겼는지, 일행이 주정뱅이의 팔을 끌고 그녀로부터 멀어졌다. "저쪽으로 가자. 신경 끄는 게 좋겠어"라는 소리가 들렸다.

긴자. 승객들이 내리고 탔다. 여자가 많이 타서 그런지 열차 안이 조금 화려해졌다. 미네코는 자신의 차림새가 부끄러웠다. 보풀이 인 스웨터에 얇은 스커트. 더구나 맨발에 게다를 신었다. 갓난아이를 안고 있지 않았다면 가출 소녀라고 생각했을 것이다. 그녀는 아이의 귀에 속삭였다.

"미안해. 이름은 지어 줄 수 없어."

같이 살 수 없다면 이름을 지어 줄 자격이 없다고 생각했다. 전등이 모조리 꺼지고, 유리 전구에 불이 들어왔다. 어떤 시스템인지는 모르겠지만 이럴 때마다 지하철에는 생명도 있고 마음도 있다는 생각이 들었다.

한순간의 어둠이 그녀에게 가르쳐 주었다. 죽느냐 사느냐는 것 말고 또 한 가지 길이 있다고.

이대로 헤어지는 길이.

교바시.

맞은편에 앉은 할아버지가 물끄러미 쳐다보았다. 그러다 미네코와 눈이 마주친 순간, 시선을 신문으로 돌렸다.

됐다. 이제 다시는 남의 신세를 지지 않겠다. 사정을 묻는다면 괜찮아요, 아무렇지도 않아요, 라고 말하며 웃을 준비가 되어 있었다. 아주머니는 지금쯤 실망하고 있을까? 아니면 속이 후련하다고 생각할까?

도겐자카 시장은 올해를 끝으로 노점을 할 수 없단다. 우리가 땅을 불법 점거했다고 하더구나. 그러니까 너도 앞으로 어떻게 할지 생각하지 않겠니? 아주머니는 미네코에게 그렇게 말했다. 울지도 웃지도 않고 간신히 말을 짜내는 것처럼.

널 내쫓을 생각은 아니야. 해가 바뀌고 좀 안정되면 구청에 가서 의논해 보지 않겠니? 아주머니는 그렇게 말하면서 꼬깃꼬깃한 천 엔짜리 지폐 한 장과 백 엔짜리 지폐 한 장을 미네코에게 쥐여 주었다.

아주머니의 말은 본심이 아니다. 이 돈은 전별금임이 틀림없다. 당장이라도 나가 달라고 말한 것이다. 말을 마치자 아주머니는 일어서서 대중 목욕탕에 가고, 미네코는 아이에게 젖을 물린 후에 집에서 나왔다. 목에 매단 보따리 안에는 기저귀와 속옷뿐이고, 포대기 대신 군대 담요로 아이의 몸을 감쌌다. 오늘 밤은 어디서 잘지, 내일부터 어떻게 살지 생각하지 않았다.

선로 끝을 바라보며 신에게 작별 인사를 했지만 소원을 빌지는 않았다. 소원을 말하려고 해도 생각이 나지 않았다. 역 앞 광장으로 나왔을 때, 도요코 백화점 안에서 노란색 지하철이 나와 머리 위를 지나갔다.

따뜻한 햇볕을 바라보는 사이에 얼어 죽었으면 좋겠다고 생각했던 목숨이 갑자기 사랑스러워져서 지하철을 타기로 결심했다. 백화점 안의 매표소에서 표를 샀다. 지난달에는 10엔이었는데 어느새 15엔으로 올랐다. 하지만 아무리 멀리 가도 15엔이니까 그렇게 비싸다곤 여겨지지 않았다.

고가 철도의 선로를 건너갈 때, 미타케초에 있는 아주머니의 집 쪽을 향해 작별 인사를 했다. 그리고 갓난아이의 머리를 떠받치고 보여 주었다. 아직 보이지 않겠지만 저기가 네 고향이고 네가 태어난 집이란다.

'너, 아이 가졌지?'

아주머니가 단도직입적으로 그렇게 물은 것은 더위가 절정을 이룬 한여름이었다.

'몇 살이지?'

속이지 않고 열다섯 살이라고 대답한 것은 도움을 청하기 위해서였다. 아주머니와는 암시장 시절부터 얼굴을 아는 사이였다. 도겐자카 시장 입구에서 여름에는 빙수를, 가을부터 봄까지는 웃음이 절로 나올 만큼 맛있는 군고구마를 팔았다. 신발 도둑질을 하던 부랑아 시절부터 알고 있어서 나이를 속일 수도 없었다.

'애 아빠는 누구야?'

빙수를 먹으면서 미네코는 고개를 가로저었다. 자신이 좋아한 남자가 아니다. 몸을 팔지도 않았다. 말도 하기 싫고 생각도 하기 싫은 끔찍한 일을 당했다. 그런데 이렇게 아이가 생기다니, 지금도 악몽을 꾸고 있다고 생각할 수밖에 없었다.

그날 밤, 아주머니는 그녀를 미타케초의 집으로 데려가서 여기서 아이를 낳으라고 말했다. 해가 들지 않는 한 평짜리 방이 천국처럼 보였다. 출생에 대해 꼬치꼬치 물었지만 대답할 도리가 없었다. 모른다, 잊어버렸다는 말은 결코 거짓이 아니었는데 아주머니가 어떻게 받아들였는지는 모르겠다.

아주머니 남편은 군대에 끌려간 뒤 돌아오지도 않고 전사 통지서도 받지 못했다고 한다. 여자라면 사족을 못 썼으니까 어딘가에서 좋은 여자와 잘살고 있을지도 모르지, 라면서 아주머니는 누런 뻐드렁니를 드러내고 웃었다. 아들은 후카가와 공습 때 죽었다고 한다. 아주머니가 그날 밤에 어떻게 되었는지 말해 주었지만 그녀는 그곳에 뚜껑을 덮었다. 그래서 지금은 기억나지 않는다.

동정은 하지 않았다. 가족이 전쟁에서 죽거나 공습으로 목숨을 잃는 일이 드물지 않았다. 아주머니도 전쟁고아인 소녀를 동정한 것은 아니라고 생각한다. 그저 두고 볼 수가 없었던 것뿐이다.

아주머니는 가난했다. 10엔짜리 빙수와 군고구마를 한 장에 50엔이나 하는 복권이나 파친코 구슬로 바꿨으니 돈이 모일 리가 없었다. 술도 좋아했다. 그러고 보면 전별금이든 집에서 쫓아내는 돈이든 몸을 칼로 베는 듯이 아까운 돈이었을 것이다. 미네코는 고맙게 생각하기로 했다.

니혼바시. 미쓰코시마에.

자신만 버림을 받았다고 미네코는 생각했다. 세상에는 어느새 국민복(제2차 세계대전 당시, 일본이 국민에게 착용을 강요했던 군복 비슷한 복장)이나 고무줄 바지가 자취를 감추었다. 어둠 속에 있었던 암시장은 정리되고, 불탄 자리에는 집들이 들어섰다. 지하철 승객도 모두 외출복이나 양복을 입고 있었다.

모든 것이 원래대로 돌아갔는데 자기 혼자만 남겨져 버렸다. 그리고 앞으로도 따라갈 수 없었다. 도둑질을 해서 천벌을 받은 걸까. 하지만 그것 말고는 먹고 살아갈 방법이 없었으니까 어쩔 수 없다. 현관 앞의 신발 도둑. 대중 목욕탕의 옷 도둑. 역 대합실의 우산 도둑. 가게 앞의 물건 날치기. 그렇게 도둑질을 해서 먹고 살았던 시대는 끝났다.

잠시 신세를 졌던 언니가 말했다. 2, 3년만 지나면 너도 편하게 돈을 벌 수 있을 거라고. 하지만 지금까지 몸을 판 적은 한 번도 없었다. 얼굴도 기억나지 않는 엄마가 그녀의 마음속에 결벽함을 심어 놓았는지, 그것만은 도저히 할 수 없었다.

간다(神田).

환승역이라서 그런지 승객이 거의 바뀌었다. 옆에 앉았던 할머니가 의아한 얼굴로 그녀를 쳐다보았다. 자기도 모르게 게다를 신은 맨발을 오그렸다. 꼬질꼬질 때가 낀 데다가 동상으로 부어

오른 발이 창피했다.

"귀엽네. 여동생이니?"

"아뇨, 사내아이예요."

남동생이라곤 말하지 않았다. 할머니가 아니라 아이에게 거짓말을 할 수 없었다.

"아아, 아이 돌보는 애인가 보구나."

대답하지 않고 고개를 끄덕였다. 엄마로 보이지 않는 건 마음 아팠지만, 아이를 돌본다는 말은 거짓이 아니니까.

"사내아이는 탈것을 좋아하니까 칭얼거리면 버스나 지하철을 타면 된단다."

자신에게 관심을 끊어 주었으면 좋겠다고 생각한 순간, 지하철이 할머니의 목소리를 가져갔다. 하지만 할머니 말은 사실이었다. 그래서인지 아이의 기분이 좋았다. 세상에 고개를 내민 이후 계속 칭얼거리기만 해서 어찌할 바를 몰랐는데, 지하철을 타고 나서는 울음을 그쳤다. 천진난만한 눈동자로 천장에 늘어선 불빛을 눈부신 듯 바라보았다.

지하철이 그렇게 좋니?

할머니가 또 무슨 말인가 하려는 것을 보고 미네코는 자리를 옮겼다. 구석 자리를 좋아하는 건 세상의 구석에서 조심스럽게 살아왔기 때문일까? 어쨌든 구석 자리에 앉으면 마음이 편해졌고, 유리창 너머로 옆 차량도 보였다. 간다에서 환승하는 사람들이 내려서 그런지 승객이 줄었다. 사람들이 없을 때 젖을 먹이기로 마음먹었다.

네가 스물이 되면 나는 서른다섯.

네가 스물다섯이 되면 나는 마흔.

멍하니 앉아서 그런 계산을 했다. 운이 좋으면 그렇게 된다는 이야기다. 지독하게 운이 없는 자신이 마흔까지 살 리가 없다. 지난 6년간만 해도 어떻게 먹고 살아왔는지 기억나지 않았다. 남거나 버린 음식을 찾아다니거나 도둑질을 하거나. 또는 사람들의 동정을 받거나. 그래도 아이를 낳을 수 있는 몸으로 자랐다.

경찰관과 공무원은 나쁜 사람이라고 생각했다. 한 번도 도와주지 않았고, 잡히면 감옥에 집어넣었다. 애당초 국가가 시키는 대로 했는데 많은 사람이 죽고 자신은 가까스로 살아남지 않았는가.

스에히로초(末広町).

'끝이 넓어지는 마을'이란 뜻이다. 끝이 넓어지듯 운이 좋아지면 얼마나 좋을까? 눈물을 흘린 만큼 웃음을 지을 수 있다면.

네가 마흔이 되면 나는 쉰다섯.

네가 예순다섯이 되면 나는 여든.

불이 꺼지고, 유리 전구가 덜덜 떠는 것처럼 깜빡였다. 앞으로 자신이 하려고 하는 일을 되도록 생각하지 않기로 했다.

많이 먹으렴. 배불리 실컷.

있잖아, 너 알아?

이제 곧 이케부쿠로에서 긴자까지 새로운 지하철이 생긴대. 조만간 긴자에서 신주쿠까지 이어진대. 노란색 지하철과 빨간색 지하철은 아카사카미쓰케에서 환승. 그러면 겨우 15엔으로 도쿄의 어디든지 갈 수 있어.

보조등의 깜빡임이 멈추지 않았다. 그녀는 번갈아 나타나는 빛과 어둠에 숨어서 울었다. 소리를 죽일 필요는 없었다. 지하철도 같이 울어 주었으니까.

너와 나는 너무 일찍 만났어. 우리 둘 다 어른이 되어서, 그때 어딘가에서 만났으면 좋았을 텐데. 노란색이나 빨간색, 노란색이나 초록색이나 보라색 지하철이 달리는 도쿄의 어딘가에서.

우에노히로코지.

이케노하타 호수에서 흘러왔는지, 젊은 미군 병사 세 명과 아름다운 여성 두 명이 희희낙락하며 올라탔다. 남녀의 비율이 맞지 않는데, 한 사람은 화가 나서 돌아간 걸까. 오늘은 크리스마스 이브. 카바레와 댄스홀은 밤새 영업을 하고, 병사들은 캠프로 돌아가지 않아도 된다.

아기는 젖꼭지를 입에 문 채, 미네코의 작은 가슴에 이마를 대고 잠들었다. 이대로 꽉 껴안고 1분만 지나면 모든 게 끝나리라는 생각이 퍼뜩 들었다. 젖을 주다가 자기도 모르게 깜빡 졸았다고 말하면서 울음을 터트리면 아무도 의심하지 않을 것이다. 팔에 힘을 넣으려는 순간, 아기가 다시 젖을 빨았다. 살려고 기를 쓰는 생명을 빼앗을 만한 용기는 없었다.

미안해. 그녀는 아기에게 사과했다. 그렇게 말한 순간 입술이 차가워졌다. 다시 한 번 그 말을 입에 담으면 모든 게 엉망이 돼서, 그대로 아즈마바시 다리 위에서 몸을 던지는 수밖에 없을 것 같았다.

종점까지 가서는 안 된다. 그 전에 팔다 남은 생선처럼 썩어버린 용기를 어떻게든 끌어모아야 한다. 그렇게 생각하고 노선 안내도를 봤더니 아사쿠사까지는 이제 몇 정거장 남지 않았다.

사과해서는 안 된다. 죽이는 것도 아니고 헤어지는 것도 아니며 버리는 것도 아니다. 이 아기를 살리는 것이다. 그녀는 그렇게 생각하기로 했다. 그렇게 생각할 수밖에 없지 않은가. 이렇게 사랑스러운 아기를 어떻게 버리겠는가.

지난여름에 있었던 일이 어두운 창문 너머로 지나갔다.

우다가와초 공사 현장에서 우연히 옛 동료를 만났다. 나른한 햇살이 주변을 감싸는 오후였다. 수도꼭지에서 물을 마시려고 했을 때 알루미늄 컵을 빌려준 남자가 있었다. 아는 얼굴이었다. 몇 년 만에 만났는데, 조금도 키가 크지 않았다. 무슨 일을 할 때마다 걸리적거리고 몫을 나눌 때는 항상 눈물 작전으로 나왔던 울보 가쓰.

지금은 그때와 달리 성실해져서 벽돌을 나르며 먹고산다고 큰소리쳤다. 미네코가 남자를 부러워한 것은 그 전에도 그 후에도 그때 한 번뿐이었다. 지금 와서 생각하고 싶지도 않다. 스스로 거부한 동정 따위는.

사람들이 많이 줄어든 지하철 안을 그녀는 멍하니 둘러보았다. 미군 병사와 밤의 여인들. 그 뒤쪽에는 크리스마스 선물을 들고 있는 직장인. 술에 취해 좌석에 누운 일용직 노동자. 두꺼운 안경에 사방모자를 쓴 대학생. 멀찌감치 떨어진 곳에서 미군 병사와 밤의 여인을 노려보는 사람은 뒤늦게 군에서 돌아온 사람일지도 모르겠다.

지금 인정을 베풀어 주는 사람이 있다면 결코 거부하지 않으리라고 미네코는 생각했다.

푹푹 찌는 포장도로를 앞서거니 뒤서거니 걸어가며 가쓰는 말했다. 있잖아, 미네코. 내가 아빠가 되면 안 돼? 이제 곧 클 거야. 이대로 있지는 않을 거야.

쓸데없는 소리 하지 말라고 그녀는 허세를 부렸다. 가쓰의 마음은 뼈에 사무치도록 고마웠다. 하지만 공습으로 모든 걸 잃어버리고 부모의 흔적까지 재로 변해 버린 두 사람이 서로 위로하며 사는 모습은 생각만 해도 구역질이 날 것 같았다. 그렇게 살바에야 차라리 불량배들의 여자 보스가 되는 편이 낫다.

잠시 앞으로 가서 돌아보자 울보 가쓰는 가로수 사이로 새어들어오는 햇살을 받으며, 마치 야단맞은 어린아이처럼 가느다란 팔을 눈꼬리에 대고 울고 있었다. 도겐자카 시장으로 얼굴을 아는 아주머니를 찾아간 것은 그 길이었을까?

미군 병사와 밤의 여인들이 시시덕거리며 찬송가를 불렀다.

사이런트 나이트, 홀리 나이트.

그것만이라도 외워 두려고 미네코는 입술을 움직였다.

올 이즈 캄, 올 이즈 브라이트.

여성의 새빨간 입술에 맞춰서 그녀는 노래했다.

미군 병사 한 사람이 알아차리고 그녀에게 손짓했다. 그쪽으로 와서 같이 부르자는 것이다. 그녀는 싫다고 고개를 흔들었다. 미군에겐 다른 속셈은 없었겠지만, 그렇다고 인정을 베풀어 준 것도 아니었다.

노랫소리는 점점 커졌다. 미군 병사가 한 손으로 스프링 손잡이를 잡고, 다른 손으로 지휘봉처럼 만년필을 휘두르기 시작했다. 미군 병사는 다 같이 부르자고 하는 것 같았지만 따라 부르는 승객은 없었다.

소리를 내지 않고 입 모양이라도 따라 부르는 사람은 미네코뿐이었다. 미군 병사들과 밤의 여인들이 아이를 축복해 주는 것 같아서 기뻤다. 만약 뉴욕의 지하철이었다면 모든 사람이 소리 높여 찬송가를 따라 불렀으리라. 미네코가 아는 한, 미국 사람들은 모두 밝고 대범하고 악의가 없었다.

일행 여성들은 능숙하게 영어로 말했다. 조만간 좋은 미국 사람을 만나서 미국에서 살 수도 있지 않을까? 머리칼은 검고 눈동자는 파란 아이를 낳아서, 고기와 우유를 항상 배불리 먹으며 잔디 정원을 뛰어다니겠지. 미군 병사들의 목소리가 지하철에 지지 않을 만큼 큰 것은 집이 넓기 때문일 것이다. 항상 큰 소리로 말하지 않으면 들리지 않을 만큼.

쏟아지는 빛과 메마른 바람을 상상하는 사이에, 그녀는 언젠가 외국에서 살겠다고 결심했다. 어린 시절의 기억은 전부 사라졌지만 신도 오늘 이날만큼은 잊게 하지 않을 것이다. 이건 공습 때문이 아니라 자신이 저지른 죄니까. 그렇다면 적어도 나쁜 꿈이라고 생각하고 싶다. 그러기 위해서는 외국에서 사는 수밖에 없다고 생각했다.

부모도 집도 돈도 없고, 영어도 입 모양으로만 따라 하는 자신이 그렇게 엄청난 일을 할 수 있을 리가 없다. 하지만 지금의 고통과 바꾸면 이 세상에 할 수 없는 일은 아무것도 없을 것처럼 여겨졌다. 만약 자신이 할 수 없다고 해도 그녀를 진심으로 사랑하는 사람이 나타나서 소원을 이루어 줄 것이다.

미네코는 여성의 새빨간 입술을 보고 노래를 따라 불렀다.

라운드 욘 버진, 마더 앤 차일드.

홀리 인펀드, 소 텐더 앤 마일드.

사람들은 저 여성들을 나쁘게 말하지만 그녀는 그렇게 생각하지 않았다. 저 여성들은 전쟁이 끝나자마자 하늘에서 뚝 떨어진 게 아니다. 하고 싶었던 공부도 못한 채 군수공장에서 일했던 여학생이 영어를 하는 게 뭐가 나쁜가.

슬립 인 헤븐리 피스. 슬립 인 헤븐리 피스.

뜻은 모르지만 나지막하게 읊조릴 때마다 몸에 박혔던 가시가 떨어지는 것 같았다. 찬송가에는 불경 같은 힘이 있나 보다.

슬립 인 헤븐리 피스. 슬립 인 헤븐리 피스.

아가야. 고생스럽겠지만 공부는 꼭 해야 해. 전쟁만 없으면 세상은 공평할 테니까. 가난한 집 아이가 부잣집 아이에게 질 이유는 없어. 부모 없는 아이가 부모 있는 아이에게 질 이유도 없고. 그러니까 너는 누구에게도 지지 마.

우에노.

이제는 결단을 내리지 않으면 안 된다고 그녀는 생각했다. 지하철이 몸을 흔들며 멈추기 전에 아기를 포대기로 싸서 좌석에 두었다. 하지만 자리에서 일어날 수 없었다. 우물쭈물하는 사이에 덜컹하고 문 닫히는 소리가 들렸다.

잔디 같은 초록색 나사천 위에서 너는 웃고 있다. 옅은 복숭아색의 작은 손이 너덜너덜한 군대 담요 자락을 꼭 쥐고 있다. 그녀는 미소를 지으며 고개를 숙이고 아기에게 뺨을 비볐다. 부드러운 뺨. 말을 하면 안 된다고 입술을 꼭 깨물었다. 지금은 무슨 말을 하든 변명에 불과하니까.

다음은 이나리초. 그다음은 다와라마치. 그리고 종점인 아사쿠사.

미네코는 아주머니의 집에서 나온 뒤, 선로 끝을 보며 곡식신인 이나리를 향해 두 손을 마주 잡았던 일을 떠올렸다. 소원은 생각나지 않았지만 기도를 하고 힘없이 걸어온 역 앞 광장에서, 밤하늘을 가로지르는 노란색 지하철을 보았다.

다음은 이나리초. 시부야의 신이 지하철보다 빨리 하늘을 날아서 이곳의 신에게 부탁해 주었다. 아기를 잘 돌봐 달라고. 그래서 이제야 겨우 결단을 내릴 수 있었다. 신이 이곳에서 결단을 내릴 수 있도록 밥상을 차려 준 것이다.

목에 묶은 보따리를 풀어서 아기의 기저귀와 자신의 속옷을 나누었다. 망설임도 슬픔도 돌처럼 단단해졌다. 이제 눈물은 나오지 않았다. 지하철이 속도를 늦추었다. 굉음이 날카로운 소리로 바뀌고 빛과 어둠이 계속 반복되었다.

아기에게 입맞춤을 하고 나서 그녀는 일어섰다. 스프링이 팽팽해지도록 손잡이를 잡아당겨서 두 손으로 꽉 쥐었다.

지하철은 인적이 없는 이나리초의 플랫폼으로 천천히 미끄러져 들어갔다. 마치 신이 심술을 부리듯 한순간이 너무도 길게 느껴졌다.

승객들의 눈에 띄어서는 안 된다. 다행히 시끌벅적 떠드는 미국 병사와 여성들이 사람들의 시선을 사로잡고 있었다.

손잡이에 매달리지 않으면 그대로 무너져서 주저앉을 것 같았다. 기도도 소원도 용서를 비는 마음도 사라지고, 그녀는 다만 아기를 내려다보았다. 아기도 초점이 맞지 않는 눈동자로 그녀를 올려다보았다.

지금의 마음은 모든 감정이 움직임을 멈춘 대공습의 이튿날 아침 심정과 비슷했다. 부모의 얼굴을 잊어버린 것처럼 신은 아기의 얼굴도 없애 버릴지 모른다. 그렇게 생각하자 가슴이 오그라들었나.

지하철이 멈추고 문이 열렸다. 스르륵 흘러 들어온 냉기에 놀랐는지, 아기가 갑자기 얼굴을 찡그리며 울음을 터트렸다. 그녀는 몸을 돌려 지하철에서 내렸다. 연극의 막이 닫히듯 등 뒤에서 문이 닫혔다.

지하철이 흘러간다. 플랫폼을 걸으면서 그녀는 꽃바구니를 여울물에 떠내려 보낸 소녀처럼 두 손을 내밀었다.

무엇과도 바꿀 수 없는 사랑하는 존재. 내가 나누어 준 생명. 흐르고 또 흘러서 행복의 항구에 도착했으면. 남들이 어떻게 생각하든 자신의 판단은 틀리지 않았다고 생각했다. 자신의 행동을 비난하는 사람은 자신보다 나은 삶을 사는 자들이리라.

노란색 요람이 멀어지고 꼬리등이 어둠 속으로 사라질 때까지 그녀는 플랫폼에 서서 두 손을 내밀었다.

낡은 타일 벽과 강철 기둥으로 둘러싸인 작은 역이었다. 인형처럼 무표정한 역무원 말고는 아무도 보이지 않았다. 개찰구를 빠져나와 좁은 계단을 뛰어올랐다. 한밤중에 큰길로 뛰어나온 뒤에도 한동안 계속 달리다가 우두커니 켜진 가로등의 둥근 불빛 밑에서 무릎을 껴안고 웅크렸다.

숨을 가다듬으면서 생각했다. 자신은 지금 무슨 짓을 한 걸까. 얼굴을 든 순간, 달빛이 칼날이 되어 내리꽂혔다. 몸도 마음도 한 조각도 남김없이 갈기갈기 찢기었다.

어떻게 되든 상관없다. 하지만 이제 나는 죽지 않는다. 그 아이도 죽지 않는다.

지금 내게는 일어날 수 없는 일이 잇달아 일어나고 있다.

꿈도 망상도 아니다. 아무리 생각해도 실제 체험이다. '꿈 같은 체험'이라고 할 수는 있겠지만 '리얼리티가 있는 꿈'은 아니다.

나는 지금 아카사카미쓰케 역의 플랫폼에 서 있고, 보이는 것, 들리는 것, 피부로 느끼는 것 모두 현실이라고 단언할 수 있다. 하지만 병원의 집중치료실에 빈사 상태로 누워 있는 것 또한 사실이기에, 이른바 이차원(異次元) 세계가 존재한다고 생각할 수밖에 없다.

아사쿠사행 지하철이 왔다. 아카사카미쓰케 역의 구조는 교묘하게 되어 있다. 다른 노선의 같은 방향 열차가 같은 플랫폼으로 들어온다. 즉, 이케부쿠로행 마루노우치선에서 내려서 그대로 맞은편에 있는 아사쿠사행 긴자선으로 갈아탈 수 있다. 지하 구조가 2층으로 되어 있는 것이다.

지하철을 44년이나 탔으면서 아카사카미쓰케 역의 이 절묘한 설계를 깨달은 것은 최근이었다. 놀랍게도 마루노우치선 계획은 오래전부터 있었고, 긴자선의 환승역인 아카사카미쓰케 역은 처음부터 2층으로 설계했다고 한다. 옛날 사람들은 정말 대단하다. 당시 기술 사정으로 역을 만들지 않고 미래를 위해 최대한 지혜를 짜낸 것이다.

경적을 한 번 울리고 노란색 지하철이 플랫폼으로 느긋하게 들어왔다. 어? 이번 열차의 디자인은 굉장히 복고적이다. 강철 차체에 가지런히 징이 박혀 있고, 초콜릿색 지붕 끝에 둥글고 커다란 헤드라이트가 빛나고 있다.

한쪽으로 열리는 문, 부드러운 간접 조명, 나뭇결무늬의 내부와 초록색 시트. 그렇다, 손잡이는 흔들려도 움직이지 않는 스프링식이었다.

"하아!"

나도 모르게 입에서 감탄사가 새어 나왔다. 한정된 지하 공간을 연출하는 지하철 기술자들은 원래 한 가지 일에 몰두하는 성격이겠지만, 아무리 그래도 이렇게까지 하다니!

눈앞에서 '환영합니다!'라고 말하는 듯이 한쪽 문이 열렸다. 안으로 발을 집어넣는 순간, 살롱처럼 우아한 분위기에 숨을 들이마셨다. 황동 기둥과 차내의 나뭇결무늬에서 뿜어 나오는 빛, 나사천으로 된 초록색 시트.

담요에 싸인 아기를 안고 애처로운 소녀가 앉아 있었다.

무슨 일이야? 어디 가는 거지?

나는 낭만적인 간접 조명을 받고 있는 어두컴컴한 차내를 둘러보았다. 이럴 수가! 이건 너무 심하지 않은가. 옛날 차량을 이렇게까지 충실하게 재현하고 엑스트라 승객까지 준비하다니.

두꺼운 코트를 입고 중절모를 쓴 퇴근길의 직장인. 학생복에 사방모자를 쓴 대학생. 기모노를 입고 머플러를 감은 노파. 이마에 수건을 감은 채 술에 취해 잠든 노동자. 더구나 승객들의 모습을 신기하게 바라보는 사람은 나 하나뿐이었다.

문이 닫히고 지하철이 달리기 시작했다. 차체가 한 번 흔들리더니 조명이 꺼지고, 그 대신 유리 전구에 불이 켜졌다. 이런 장면은 기억이 난다. 하지만 일부러 옛날 집전 시스템까지 복원할 리는 없다.

나는 반질반질한 황동 기둥에 몸을 맡긴 뒤, 한 번 눈을 감았다가 크게 떴다. 그래도 풍경은 변하지 않았다. 특별히 놀랄 만한 일은 아니다. 일어날 수 없는 일이 또 일어났을 따름이다.

승객들 사이에서 미네코를 찾았다. 다음 역에서 탈까? 미소를 지으면서 "뭐야? 또 만났네"라고 말할까? 가슴이 터질 만큼 보고 싶다. 나는 그녀를 사랑했을지도 모르겠다.

아카사카미쓰케의 다음 역은 다메이케산노 역. 하지만 그 역은 보이지 않았다. 그리고 도라노몬. 미네코는 나타나지 않았다.

도대체 언제 적 지하철일까? 적어도 내가 기억하는 시대는 아니다. 아마 지금보다 한참 옛날, 내가 태어나기 전이나 태어났을 무렵일까? 승객들의 모습에서 그리움이 솟구치지 않고, 영화나 드라마의 엑스트라처럼 느껴지는 이유도 그 때문이다.

신바시.

지금도 옛날에도 술꾼들은 퇴근길에 신바시에서 모인다. 차가운 공기와 술 냄새를 걸친 남자들이 우르르 올라탔다. 고깔모자가 눈에 띄었다. 크리스마스인가? 지하철 안에서 술에 취한 남자들의 목소리가 유난히 크게 들렸다.

"휴전회담은 잘되고 있을까?"

"글쎄. 유엔군이라고 해도 결국은 미군이니까. 철저하게 몰아붙여서 결판을 내겠지. 안 그런가?"

"원자폭탄을 떨어트리는 거 아니야?"

"그러진 않을 거야. 애당초 남의 나라의 내전이니까. 더구나 일본으로선 빨리 결말이 나면 곤란하고."

그렇군. 한국전쟁이 몇 년이더라? 분명히 내가 태어난 무렵으로, 한국전쟁 특수를 누리면서 일본 경제는 윤택해졌다.

"석탄은 아무리 증산해도 모자라나 봐. 규슈와 한국은 엎어지면 코 닿을 데고 말이야. 지쿠호는 지금 사람들이 몰려들어 북새통이라며?"

"그래. 자네는 한국에 있었지?"

"경성에 1년, 대구에 반년 있다가 종전을 맞이했어. 전쟁터가 되지 않았던 한국이 이렇게 되는 건 운명의 장난이지."

"더구나 그 전쟁 덕분에 일본은 특수를 누리고 말이야."

제3레일의 금속음이 남자들의 대화를 가로막았다. 우리는 각각 황동 기둥을 잡고 있었다. 중절모를 쓰고 고급 코트를 입은 그들은 엘리트 직장인처럼 보였다. 어쩌면 공무원일지도 모른다. 옛날 남자들은 늙어 보였으니까 그들도 기껏해야 30대 초반쯤 되지 않았을까?

전쟁이 끝난 지는 몇 년 되지 않았다. 전쟁 때 그들은 직장에 다녔을까? 아니면 군대에 있었을까? 그 당시 조선 반도에는 수많은 기업이 진출했고 군대도 주둔했을 것이다.

그러고 보니 내가 신입 사원이었을 무렵, 만주 지점에 근무했다는 과장이 있었다. 당시의 임원들은 대부분 전쟁 중이나 전쟁 전에 입사했다. 하지만 젊은 우리는 회사의 그런 과거를 의식하지 않았다. 전쟁 전과 전쟁 후의 역사에서 연속성을 발견할 수 없었기 때문이다.

그들은 어떻게 후배들에게 아무 말도 하지 않고, 그렇게 모른 척할 수 있었을까? 모든 것을 없었던 것으로 하지 않으면 살아갈 수 없었던 걸까.

"그건 그렇고 선물은 샀나?"

"빤히 알면서 왜 물어? 퇴근하고 술 마시러 갔다가 여기에서 이러고 있잖나?"

"미쓰코시 백화점이 파업 중이라서 못 샀다고 하지 그래."

"하하하, 그게 좋겠군. 그나저나 이런 연말에, 치열하게 물건을 팔아도 모자란 때에 파업이라니. 백화점 노동조합도 대단하지 않나?"

"미쓰코시 백화점에는 파업도 있습니다, 라고 하던데? 멋진 회사야."

차량이 흔들리고 빛이 깜빡였다. 나는 눈을 감고 발에 힘을 주며 버텼다.

1951년 크리스마스이브. 내가 버려진 날이다.

긴자.

가볍게 한잔 더 하자는 이야기가 나오면서 두 직장인이 하차했다. 선물이 어쩌고저쩌고하는 걸 보니 아내와 자식은 애타게 기다리고 있을 텐데. 옛날 남자들은 참 이기적이다.

아니다. 나도 저들과 비슷했다. 홋타 노리오와 나란히 앉아서 일했던 시절에는 매일 새벽에 집에 들어갔다. 같은 사택에 살아서 집에 들어가는 시간이 신경 쓰이지 않았고, 아내에게 변명할 말도 미리 입을 맞출 수 있었다.

더구나 그 무렵에는 남편은 집을 나오면 끝, 직장인은 외출하면 끝. 어디서 무엇을 하든지 상관없었다. 그래서 회사에서 무선호출기를 나눠 줬을 때는 인간이 개로 추락한 듯했고, 그로부터 10년 후에 휴대폰이 등장했을 때는 노예가 되었다고 생각했다.

빈자리에 앉았다. 차량은 작지만 깊이가 있어서 그런지 승차감은 좋았다. 시트의 천에서는 차가움이 느껴지지 않았다. 화학섬유가 거의 없던 시대였다. 이 차량이 우아하게 느껴지는 것은 디자인만이 아니라 소재 덕분이기도 하다.

상아색 아치 천장을 올려다보면서 생각에 잠겼다. 44년간 월급쟁이 인생 중에서 가장 기뻤던 일이라면, 내가 실적을 올려서 칭찬받은 것보다 친구인 홋타가 사장이 된 일이었다. 이렇게 말하면 입에 발린 말로 들리겠지만 진심으로 그렇게 생각했다.

회사 사람 중에 내 출생을 아는 사람은 홋타뿐이었다. 그가 누구에게도 그 말을 하지 않은 덕분에 나는 견디기 힘든 동정을 받지 않고, 이유 없는 감탄도 받지 않을 수 있었다. 머리가 좋은 홋타는 내가 진심으로 원하는 게 공평함이라는 사실을 알고 있었다.

가만히 있어도 저절로 웃음이 터져 나왔던 때가 두 번 있었다. 첫 번째는 하루야가 태어난 날이었고, 두 번째는 홋타의 사장 취임이 정해진 날이었다. 하루야가 태어나면서 나는 그때까지 개념

조차 없었던 아빠라는 지위를 얻었다. 내 인생에 공평함을 가져다준 홋타의 출세는, 어쩌면 내가 그렇게 되는 것보다 기뻤을지도 모르겠다.

그들은 평범한 사람이 되고 싶다는 내 꿈을 이뤄 주었다. 그것은 내게 바벨탑을 세우는 것만큼 원대한 꿈이었다.

교바시.

옛날 사람들은 다들 개성이 있었다. 제대로 먹지 못해서 빼빼 마르기는 했지만 각각의 얼굴에 각각의 인생이 배어 있었다. 물론 그들이 짊어진 인생은 평화로운 시대에 태어나고 자란 나 같은 사람은 이해할 수 없지만. 풍요로운 사회가 인간에게서 개성을 빼앗는 건 아닐까? 그게 좋은 일인지 나쁜 일인지는 모르겠다.

긴자부터는 빈자리가 없어지면서 서 있는 사람이 많아졌다. 모자를 쓰지 않은 남자는 나 혼자였다. 아마 지금의 내 나이보다 훨씬 젊게 보일 것이다. 최소한 열 살 정도는 젊게 보지 않을까? 그렇게 생각하자 왠지 이득을 본 듯한 기분이었다. 예순이 지나면 이미 노인이라 불리던 시대였다.

손잡이를 잡고 서 있는 승객들 사이로 아이를 안은 소녀가 보였다 안 보였다 했다. 늘어진 스웨터에 얇은 치마를 입고 맨발에 게다를 신은 모습이 너무도 안쓰러웠다. 아카사카미쓰케에서 지하철을 탔을 때, 맨 먼저 눈에 들어온 소녀였다.

무슨 일이야? 어디 가는 거지?

현대의 지하철이라면 망설이지 않고 말을 걸었을 것이다. 하지만 역사(歷史)에 간섭할 용기는 없었다. 다른 승객들도 딱히 신경 쓰는 것 같지 않았다.

니혼바시.

승객들이 움직이고 소녀가 시야에 들어왔다. 고작해야 열너댓 살쯤 됐을까? 이목구비가 또렷하고 예쁘장하게 생긴 소녀였다. 아이가 많은 시대인 만큼, 안고 있는 아기는 남동생이나 여동생이 아닐까? 뭔가 화가 나는 일이 있어서 집을 뛰쳐나온 걸까? 아니면 할아버지, 할머니 집에 가는 걸까?

스웨터의 옷깃이 늘어져서 드러난 소녀의 목에는 작은 보따리가 매달려 있었다. 옅은 붉은색, 핑크색, 복숭아색. 보따리의 색을 한마디로 표현하기 어렵다. 활짝 핀 벚꽃색. 붉은색이 희미하게 감도는 하얀색. 보따리를 보자 아련한 그리움이 목구멍까지 솟구쳐서 한동안 물끄러미 바라보았다.

미쓰코시마에.

설마 크리스마스이브까지 파업하지는 않겠지. 역 이름을 보니 미쓰코시 백화점이 전액 돈을 댔을지도 모르겠다. 그러고 보니 역의 인테리어는 화려하고, 개찰구와 백화점 입구가 이어져 있었다.

아아! 그나저나…… 저 벚꽃색 보따리에는 무엇이 들어 있을까? 아기를 업지 않고 안고 있는 이유는 아기가 아직 목을 가누지 못하기 때문일까?

나는 아무것도 할 수 없고 해서도 안 된다. 그런데 뭔가 할 수 있는 사람들이 왜 아무것도 하지 않는 걸까? 그렇게 생각하며 승객 한 사람 한 사람을 둘러보았다. 어느 시대나 마찬가지다. 사람들은 모두 불행과 엮이고 싶어 하지 않는다. 자기 일만으로도 벅차다고 변명을 하면서.

간다.

승객들이 바뀌고 열차 안은 빈자리가 눈에 띌 만큼 한산해졌다. 더는 참을 수 없어서 일어서려고 한 순간, 나보다 한발 앞서 기모노 차림의 노파가 소녀 옆에 앉았다. 더는 두고 볼 수 없어서 겨우 말을 건 모양이다. 노파는 아기를 보고 미소를 짓더니, 소녀에게 무슨 말인가 했다.

다음 순간, 소녀의 표정이 딱딱하게 굳어졌다. 노파가 선량한 사람임은 분명하고 소녀가 곤란해하는 것도 분명한데 사태는 달라지지 않았다. 몇 마디 나눈 후에 소녀가 벌떡 일어나서 자리를 옮겼다. 그리고 차량의 끝자리에 앉더니 사람들 눈을 신경 쓰며 수줍은 얼굴로 아기에게 젖을 물렸다.

엄마인가.

나는 시선을 돌렸다. 그와 동시에 소녀를 눈으로 좇던 승객들도 일제히 다른 곳으로 얼굴을 돌렸다. 열다섯 살의 엄마. 나는 눈을 감고 모자의 나이를 계산해 보았다.

내가 스물이 되면 당신은 서른다섯.

내가 스물다섯이 되면 당신은 마흔.

운이 좋으면. 살아 있다면. 하지만 운명은 얼마든지 바꿀 수 있다. 우리는 인간이니까.

스에히로초.

끝이 넓어진다는 뜻의 지명이다. 끝이 넓어지듯 운이 좋아지면 얼마나 좋을까? 눈물을 흘린 만큼 웃음을 지을 수 있다면.

내가 마흔이 되면 당신은 쉰다섯.

내가 예순다섯이 되면 당신은 여든.

보조등이 몸을 떠는 것처럼 깜빡였다. 빛과 어둠 속에 떠오르는 가난한 모자가 더할 수 없이 신성한 존재처럼 보였다.

만약 이것이 성탄절 밤의 기적이라면, 금기를 뛰어넘어 소녀에게 말을 걸 수 있도록 내게 용기를 주기 바란다. 나는 태어나서 처음으로 신에게 기도했다.

우에노히로코지

주둔군인 미군 병사와 일본인 여성들이 시시덕거리며 올라탔다. 시끄럽군. 모처럼 낭만적인 기분을 망치다니. 나는 눈을 감고 마음도 닫았다. 지금 내게는 생각해야 할 일이 산더미처럼 쌓여 있다. 낡은 지하철이 종점에 도착할 때까지 시간은 그렇게 많이 남지 않았다.

일단 도오루에 대해서. 너무 가까워서 생각해 본 적이 없었다. 나가야마 도오루. 가족도 친척도 아니고 친구라고 하기에는 너무나 가까운 도오루. 그는 내게 어떤 존재였을까?

우리는 부모가 누군지 모른다. 어떤 경위로 고아가 됐는지도 모른다. 그래서 동갑인 나와 도오루는 어느 날 동시에 하늘에서 내려온 듯한 기묘한 친밀감을 가지고 있었다. 형제도 아니고 친구라고도 할 수 없을 만큼의 친밀감을.

고아에게 최대의 핸디캡은 사랑의 결여가 아니다. 오히려 자기 인생의 핵심이나 중심이 될 수 있는 것, 모든 행위에 도덕 기준이 없는 것이 문제였다. 이럴 때 아버지라면 어떻게 할까, 어머니라면 어떻게 생각할까, 라는 단순한 사고방식을 우리는 가질 수 없었다.

도오루에게 내가 어떤 존재였는지는 모른다. 하지만 내게 도오루는 항상 그런 존재였다. 우리는 서로가 서로에게 매달려 가까스로 숲의 일부가 될 수 있었던 기묘하게 생긴 나무가 아닐까?

미군과 여성들이 노래를 부르기 시작했다.

Silent night, holy night,

all is calm, all is bright,

고요한 밤 거룩한 밤,

어둠에 묻힌 밤,

round yon virgin mother and child,

holy infant, so tender and mild,

주의 부모 앉아서.

감사 기도 드릴 때,

sleep in heavenly peace,

sleep in heavenly peace.

아기 잘도 잔다,

아기 잘도 잔다.

아카네. 나의 천사. 언제, 어디서 무슨 일이 있어도 항상 나의 천사로 있어 주었다.

이렇게 원초적인 감정은 말로 표현할 수도 없고, 그렇게 할 의미도 없다. 다만 이것만은 말할 수 있다. 언제, 어디서, 무슨 일이 있어도 나는 아카네를 버리지 않겠다. 천사는 이윽고 또 하나의 천사를 데려와 주었다.

내게는 아직 이루지 못한 꿈이 있다. 언젠가 다케시에게 나와 도오루가 자란 집을 보여 주고 싶다. 고마워해야 할지, 혐오해야 할지, 내게 무엇이었는지는 지금도 모르겠다. 잔디밭과 차밭 안의 작은 외딴섬 같은 아동 보호 시설. 사람들이 노골적으로 고아원이라고 불렀던 그 집을 멀리서라도 좋으니까 다케시와 같이 보고 싶다. 그리고 나의 출생에 대해 하나도 숨기지 않고 말해 주고 싶다.

지금은 밭도 숲도 없어지고, 주변에는 아파트와 주택이 발 디딜 틈도 없이 들어서 있을 것이다. 어쩌면 시설 자체가 없어졌을지도 모른다. 그렇다면 기억을 떠올릴 수 있는 오래된 나무 밑이라도, 사당 옆이라도 좋다. 나는 버림받은 아이였고, 이름조차 없었다고 다케시에게 말해 주고 싶다.

아내와 딸에게도 자세한 말은 하지 않았다. 케케묵은 표현이지만 그것은 남자 입으로 여자에게 해야 할 말이 아니니까. 여자에게는 무거운 짐이 되고, 내게는 수치이기도 하니까. 다케시는 무거운 짐을 힘으로 바꿀 남자, 내 고백을 신세타령으로 만들지 않을 남자다. 그런 남자는 이 세상에 다케시 한 명밖에 없다.

우에노.

미군 병사 중 한 명이 지휘자처럼 만년필을 휘두르기 시작했다. 승객들은 쓴웃음을 짓거나 불쾌한 표정으로 고개를 돌렸으나 차량의 맨 앞에 있는 소녀만은 입술을 움직여 노래를 따라 불렀다. 일본어가 아니라 영어 가사로.

sleep in heavenly peace,

sleep in heavenly peace.

아기 잘도 잔다,

아기 잘도 잔다.

느닷없이 졸음이 쏟아져서 나는 찬송가를 읊조리면서 눈을 감았다.

공부 열심히 할게. 세상은 공평하니까. 가난한 집 아이가 부잣집 아이에게 질 이유는 없어. 부모 없는 아이가 부모 있는 아이에게 질 이유도 없고. 그러니까 누구에게도 지지 않을 거야.

걱정 안 해도 돼. 지하철 자리는 여물통보다 훨씬 편하니까.

깜빡깜빡 졸면서 생각이 났다. 어린 엄마의 목에 걸려 있던 보따리의 보자기. 활짝 핀 벚꽃 색깔.

그것은 예전에 내 보물이었다. 시설의 아이들과 같이 지내는 방에 미군에게 받은 철제 침대가 있었는데, 그 밑에는 우리가 보물 상자라고 불렀던 평평한 나무 상자가 있었다. 나무 상자 안에는 시설에 들어온 뒤에 받은 개인 소지품이나 부모 형제로부터 온 편지들이 있었는데, 내 나무 상자 안에는 접은 보자기가 한 장 있었을 뿐이다.

누군가에게 야단맞거나 싸울 때마다 보물 상자 안에서 벚꽃색 보자기를 꺼내서 애절하게 바라보았다. 심지어 냄새를 맡거나 베개 밑에 넣고 잠드는 일도 있었다. 내 소지품은 전부 사람들의 기부나 국민의 세금이었지만, 그 보자기만은 원래부터 내 재산임을 알고 있었다. 그 보자기로 무엇을 쌌는지는 모른다. 철이 들었을 무렵에는 그저 보자기가 있었다.

저 어린 엄마가 왜 내 보자기로 물건을 싸서 목에 감고 있는 걸까? 확인하려고 해도 눈꺼풀이 떠지지 않고, 창틀에 기댄 머리를 들 수도 없었다.

아직 초등학생이었을 때, 나는 하나밖에 없는 그 재산을 버렸다. 특별한 계기가 있었던가? 아니면 자학이었을까? 아무튼 다마가와조스이의 다리 위에서 던진 것만은 확실하다. 앞뒤의 기억은 나지 않는다. 머리 위에 활짝 핀 벚꽃 터널이 있었다는 것은 나중에 각색한 내용이리라. 그것은 아무 의미도 없는 일이지만, 어쩌면 흐드러지게 핀 벚꽃 밑에서 애인을 버린 일과 관계가 있을지도 모른다.

그 벚꽃색 보자기가 봄의 강물을 흐르고 흘러 시간을 거슬러 올라가, 강기슭에서 장난치는 소녀의 손가락에 얽혀서……. 거기까지 상상하다가 졸음에 몸을 맡겼다.

이윽고 소녀는 나를 나사천의 좌석에 뉘었다.

무슨 일이야? 어디 가는 거지?

상아색 아치 천장을 등진 채 가눌 곳 없는 사랑을 두 눈에 가득 담고 어린 엄마가 나를 들여다보았다. 벚꽃색 보따리를 목에서 풀더니, 물건을 조금 나누어 내 옆에 놓았다.

무슨 일이야? 어디 가는 거지?

지하철은 한탄하고 또 한탄했다. 날카로운 소리를 지르고 눈을 연신 깜빡거리며.

입맞춤을 했다. 길고 탐욕스러운 입맞춤이었다. 그제야 소녀가 누구인지 알아차렸다. 눈에는 눈물이 가득 고이고 입에서는 울음소리만 새어 나왔지만, 나는 모든 마음을 담아서 엄마에게 말했다.

당신이 살기 위해서라면 나를 버려도 괜찮아. 나는 남자니까 당신 없이 살아갈 수 있어.

하지만 몇 가지만 소원을 들어줘.

서른다섯 살의 아름다운 당신과 지하철을 타고 싶어.

예순 살의 더 아름다운 당신과 조용한 바닷가를 걷고 싶어.

여든 살이 지나서 더욱더 아름다워진 당신과 아름다운 고향의 불빛을 바라보면서 크리스마스를 축하하고 싶어. 순결한 엄마가 성스러운 아기를 낳은 그날 밤을.

어린 엄마는 고개를 주억거렸다.

지하철이 속도를 늦추었다. 엄마는 일어서더니, 매달리듯 두 손으로 손잡이를 잡고는 나를 내려다보았다. 문이 열리고 차가운 공기가 흘러 들어온 순간, 마음이 통했다. 이제 이걸로 끝이라고.

엄마가 몸을 날려 지하철에서 내렸다. 나는 고개를 돌려 낡은 담요 사이로 엄마를 바라보았다. 문이 닫히고 천천히 움직이기 시작한 지하철을 따라서 엄마는 잠시 플랫폼을 걸었다. 마치 여울물에 떠내려가는 꽃바구니와의 작별을 아쉬워하는 것처럼 늘어진 스웨터에서 삐져나온 두 손을 이마 위에 올리고.

당신을 미워하지 않아. 그러니까 당신도 뒤돌아보지 마. 누가 뭐라고 하든 우리에게는 이게 최선의 선택이니까.

나도 당신도 행복해져야 해. 누가 봐도 최악의 선택이지만 우리에게는 최선의 선택이었던 이 어찌할 수 없는 밤을, 적어도 우리만의 성스러운 밤으로 만들기 위해.

엄마, 알겠어? 성스러운 밤은 처음부터 성스러운 밤이었던 게 아니야.

무엇인가를 간절히 소망하듯 두 손을 이마 위에 올리고 있던 엄마의 모습은 이내 지하철 차창에서 사라졌다. 나는 몽롱한 눈을 감고 벚꽃색 보자기에서 엄마의 잔향을 맡았다.

내 작은 가슴은 지하철 바퀴 소리에 맞춰서 쿵쾅거렸다. 꿈도 아니고 별세계의 사건도 아니고, 나는 누구도 가질 수 없는 기억에 도착했다.

다와라마치.

종점을 하나 앞둔 낡고 소박한 역. 창밖에는 굵은 징을 박은 강철 기둥이 도쿄의 대지를 떠받치듯 강력하게 늘어서 있었다.

눈물을 흘리면서 생각했다. 만약 이곳이 지하철 안이 아니었다면, 나는 목청껏 울지도 못하고 얼어 죽었을 것이다. 엄마는 제정신을 잃어버린 상태에서도 내가 목숨을 이을 수 있는 유일한 장소를 선택했음이 틀림없다.

버린 것이 아니다. 숨겨 준 것이다. 덕분에 이렇게 울 수밖에 없었던 나는 그 이후 65년이나 살았다. 소리 내어 울 수밖에 없었던 내가.

하지만 내 울음소리는 지하철의 굉음과 미군 병사들의 노랫소리에 흩어져서 승객의 귀에 닿지 않았다. 더 큰 소리로 도움을 청하고 싶었지만 힘이 부족했다.

사이런트 나이트 홀리 나이트.

올 이즈 캄, 올 이즈 브라이트.

나는 노래한다. 엄마가 입 모양으로밖에 따라 할 수 없었던 노래를.

round yon virgin mother and child.

holy infant, so tender and mild,

미국인처럼 정확한 영어로. 엄마가 뜻도 모른 채 기도를 담아 불러 준 성스러운 노래를.

sleep in heavenly peace,

sleep in heavenly peace.

아기 잘도 잔다,

아기 잘도 잔다.

그리고 우리는 행복해졌다. 사람들은 아기를 가엾게 여기며 엄마의 행동을 비난하겠지만 나는 그렇게 생각하지 않는다. 엄마는 우리가 함께 행복해지는 유일한 방법을, 겁을 먹고 벌벌 떨면서도 실수 없이 해냈다. 우리가 죽지 않아도 되는 단 하나의 방법을.

그리고 내가 엄마의 아들이고 엄마가 내 엄마인 이상, 살아 있기만 하면 우리는 누구에게도 지지 않고 반드시 행복해진다. 그렇게 생각하면서 나는 계속 눈물을 흘렸다.

노란색 요람이 작게 흔들리면서 속도를 늦추었다.

승객은 얼마 되지 않았다. 나의 가냘픈 울음소리를 알아차린 미군 병사가 손잡이를 잡고 다가와서 "Why?"라고 괴이한 소리를 질렀다.

그때 지하철이 과장스럽게 브레이크 소리를 내면서 아사쿠사역 플랫폼에 멈추었다. 사람들이 모여들어 나를 들여다보았다. 나는 목이 터져라 울었다. 담요를 걷어차고 두 주먹을 불끈 쥔 채. 도움을 청한 게 아니다. 나를 격려해 주는 승객들이 고마워서 견딜 수 없었다.

맨 먼저 달려와 준 사람은 미군 병사와 시시덕거리던 밤의 여인들이었다.

"아가야, 울지 마. 괜찮아."

보글보글한 빨간색 머리에 머리띠를 두른 여성이 그렇게 말하면서 내 머리를 쓰다듬어 주었다.

"울지 말렴, 괜찮으니까."

립스틱을 바른 요염한 입술을 떨며, 다른 여성이 손가락 끝으로 내 눈가를 닦아 주었다. 기모노를 입은 노파가 말했다.

"모두 네 곁에 있어. 인생은 지금부터 시작이란다."

고맙다. 진심으로 고맙다. 이것은 인간의 입을 빌려서 말하는 신의 목소리다. 이와 똑같은 격려의 말을 나는 어떤 사람의 입을 통해 이미 들었다. 지금으로부터 65년 후, 빈사 상태에 빠진 내게 '죽지 말고 살아라' 하고 계속 격려해 준 하얀 가운의 간호사. 그녀와 똑같은 말을 지하철에 있는 사람들이 이미 말해 주었다.

"네게는 살아갈 권리가 있어. 그러니까 울지 마."

사방모자를 쓴 대학생이 말했다. 두꺼운 안경에 지하철 불빛이 깃들었다. 전쟁에서 돌아온 가난한 복원병(復員兵)이 대학생을 밀치고 내 손을 잡아 주었다.

"너를 죽게 하지 않을 거야. 그러니까 이제 울지 말렴."

순간적으로 무슨 기억을 떠올렸는지, 복원병은 누리끼리한 눈물을 흘렸다. 술에 취한 노동자는 말없이 나를 안아 올리더니, 아직 가누지 못한 목을 능숙하게 받쳐 주었다.

"Merry Xmas."

미군 병사 한 명이 나를 보며 미소를 지었다.

"God bless you."

다른 병사 한 명이 군복 가슴에 손을 대고 말했다.

나는 생각했다. 수많은 사람의 축복을 한 몸에 받고, 지금 지하철에서 태어났다고.

아무도 나를 가엾게 여기지 않았다. 오히려 기뻐하는 것처럼 보였다. 비참한 전쟁에서 제각기 살아남은 사람들은 아이를 버리는 현실을 눈앞에서 보고서도, 그런 것은 아무래도 상관없다는 듯이 하나의 생명을 축복해 주었다. 사람들은 앞을 다투어 나를 안으려고 했다. 마치 전쟁으로 잃어버린 형제나 친구의 환생을 보기라도 한 것처럼 함박웃음을 지으며.

나는 울음을 그쳤다. 말은 할 수 없지만 나를 축복해 줄 때는 웃음으로 대꾸해야 했다. 내가 방긋방긋 웃음을 짓자 사람들이 환호성을 터트렸다.

역무원이 달려왔다. 나는 담요에 감싸인 채 밤의 냄새가 나는 역무원의 가슴에 안겼다. 승객들의 증언 중에 맞는 것은 거의 없었다. 엄마 같은 사람이 아이를 버리고 내린 역도 우에노였다는 둥 이나리초였다는 둥 다와라마치였다는 둥 제각기 달랐다. 엄마의 외모만 해도 행색이 초라한 젊은 여자였다는 것 정도밖에는 기억하지 못했다. 즉, 자의식의 대원칙대로 다른 사람은 우리가 생각하는 것만큼 우리에게 신경을 쓰지 않았다.

그것은 우리에게 다행이었다. 엄마가 어디서 내렸는지 확실히 모르면 엄마는 끝까지 도망칠 수 있다. 절대로 뒤돌아보지 않고 계속 달려서 밤의 어둠 속으로 숨으면 된다. 엄마가 맨발에 게다를 신었다는 사실이 떠올랐다. 나는 간절하게 기도했다. 부디 넘어지지 않기를. 게다 끈이 끊어지지 않기를.

젊은 역무원이 나를 안은 채 사정을 묻는 동안, 늙은 역무원이 벚꽃색 보자기를 살펴보았다. "편지는 없군"이라는 목소리가 들렸다.

"기저귀밖에 없어. 그러면 이름도 모르잖아? 가엾어라. 이름도 없는 아무개구나."

인정이 많은 사람일까? 늙은 역무원은 그렇게 말하면서 나를 위해 눈물을 흘려 주었다.

엄마는 내 이름을 남기지 않았던 게 아니다. 이름을 붙일 수 없었던 것이다. 그것마저 서로에게 미련이 된다고 생각해서. 덕분에 나는 깨끗하게 새 인생을 살 수 있었다. 그리고 아마 엄마도……. 평생 머리를 감싸고 고민하면서 살아갈 바에야 독지가의 성과 프로야구 선수의 이름이면 충분하다.

나는 역무원의 가슴에 안긴 채 노란색 요람에서 내렸다. 이름도 없는 병사가 전쟁터에서 가져온 게 분명한 군대 담요의 틈새로, 따뜻한 빛으로 가득 찬 나지막한 천장이 지나갔다. 역무원의 발걸음은 신에게 제물을 바치는 신관처럼 차분하고 엄숙했다. 생명이 얼마나 존엄한지 온몸으로 아는 사람이 아니면 이렇게 진지하게 걸어갈 수 없을 것이다.

처음 보는 승객들이 잇달아 응원을 보내 주었다.

울지 마, 괜찮아.

울지 말렴, 괜찮으니까.

모두 네 곁에 있어. 인생은 지금부터 시작이란다. 네게는 살아갈 권리가 있어. 그러니까 울지 마.

너를 죽게 하지 않을 거야. 그러니까 이제 울지 말렴.

이런 격려에 힘을 얻어 그로부터 65년을 똑바로 살아왔다. 그

중에서 가장 큰 용기를 준 것은 종착역의 플랫폼에 당당하게 서 있는 지하철의 모습이었다. 군함도 전차도 되지 않은 강철에서 태어난 나. 그런 내가 불행할 리가 없지 않은가. 어쩌면 세계에서 가장 행복한 출생이 아닐까.

이걸로 됐다. 그렇게 생각한 순간, 다시 졸음이 밀려왔다. 나는 눈꺼풀을 감고 역무원의 가슴에 몸을 맡겼다. 빛과 소리가 점차 멀어져 갔다.

눈이 부시다.

나도 모르게 얼굴을 찡그리며 눈을 감쌌다. 어느새 새하얀 빛과 소음의 한가운데에 우두커니 서 있었다. 생각할 것까지도 없다. 아침의 오기쿠보 역이다. JR에서 갈아타는 환승객과 버스 터미널에서 내려오는 사람들이 질서 정연하게 지하철 개찰구로 빨려 들어간다.

사람들의 흐름을 막는 것은 나 하나뿐이란 사실을 깨닫고, 뭐가 뭔지 모른 채 계단을 내려갔다. 왠지 마음이 설렌다. 러시아워가 이렇게도 마음 편한 시간이었던가. 그나저나 지금 어디로 가는 걸까? 정년퇴직을 맞이하는 송별회도 끝났는데.

개찰구를 빠져나와 넓고 얕은 계단을 또 내려갔다. 플랫폼에 나란히 줄을 선 출근길 사람들이 좌우의 차량으로 빨려 들어간다. 각자의 인생을 짊어진 사랑스러운 동료들이다.

"아, 고지마 씨."

움직이기 시작한 지하철 안에서 그녀를 발견하고 나도 모르게 이름을 불렀다. 하지만 우울해 보이는 그녀의 눈동자에 내 모습은 비치지 않았다. 그녀는 문에 기댄 채 그대로 가 버렸다. 크리스마스 이브는 누구와 보낼까? 혹시 애인은 집중치료실 환자들뿐일까?

고맙다고 말할 기회를 놓쳤다. 그것은 내가 가장 못 하는 말이었다. 영어로도 중국어로도 마음 편히 말할 수 있는데, 일본어로는 항상 한순간 망설이게 된다.

이유는 알고 있다. 철이 들었을 때부터 주변의 모든 사람에게 그렇게 말하며 살아야 했다. '고맙습니다'라는 말은 감사의 말이기 전에 살아가기 위해 계속 읊조려야 하는 주문 같은 것이었다.

후배들이 마련해 준 송별회에서 인사말을 할 때, 그 말을 제대로 했을까? 계열사의 일개 임원에게는 분에 넘치는 화려한 연회석과 백 명이 넘는 참석자들을 향해 살아가기 위한 주문이 아니라 진심에서 우러나오는 감사의 말을, 온 마음을 담아서 말했을까?

이런저런 생각을 하면서 플랫폼을 걷는 사이에 잇달아 출발하는 지하철이 출근길 승객을 집어삼켰다. 문득 정신을 차리자 사람의 그림자가 하나도 없는 빛 속에 홀로 서 있었다. 다음 순간,

'아빠'라고 부르는 소리가 들린 듯했다.

인적이 없는 플랫폼을 둘러보았다. 나는 가족에게서 각각 다른 호칭으로 불렸다. 아빠. 아버지. 여보.

"아빠."

두 번째는 확실히 들렸다. 나를 그렇게 부른 남자는 이전에도 이후에도 한 사람뿐이었다. 낮은 천장을 떠받치는 기둥 사이를 돌아다니면서 "하루야! 하루야!" 하고 목청껏 소리쳤다.

"아빠, 여기야."

작은 하루야가 기둥 뒤에서 얼굴을 내밀고 생긋 웃었다. 좋아하던 파란색 블루종에 밑단을 걷어 올린 뽀빠이 바지. 나를 닮았다고 생각했는데 지금 보니 아내의 미니어처였다.

하루야가 세상을 떠난 뒤 아빠와 엄마란 단어는 우리 집의 금기어가 되었다. 누가 먼저랄 것도 없이 하루야와 함께 무덤에 묻었다.

지하철 바람은 따뜻하고 티끌 만한 더러움도 없이 투명했다. 도쿄의 대지가 여과한 청징한 바람 속을, 나는 설레는 마음을 가까스로 억제하면서 하루야를 향해 걸었다.

"아빠, 멋있어."

나는 입을 다물고 어금니를 꽉 깨물었다. 전 세계의 누구보다 네 칭찬을 듣고 싶었다. 지금까지 그렇게 생각하면서 일해 왔다.

"그래? 그런데 가방이 없구나. 이제 가지고 다닐 게 아무것도 없어. 서류도, 명함도."

가까이 다가가 몸을 낮추고 하루야와 눈높이를 맞추었다. 하루야의 작은 손이 새하얘진 내 머리칼을 빗어 주었다.

"왜?"

"정년이 되었으니까."

"정년이 뭐야?"

"나이를 먹어서 회사를 그만뒀어."

"잘린 거야?"

"잘린 게 아니라 졸업한 거야."

"우리 아빠, 멋있다!"

뽀빠이 바지의 허리를 끌어당겼다. 블루종의 목덜미에서는 아직 젖 냄새가 떠다니고 있었다. 그런 나이였다.

"하나도 안 멋있어."

"왜?"

"너를……"이라고 말하려다가 다음 말을 집어삼켰다. 우리 엄마가 아기를 '너'라고 함부로 부르지 않았던 것처럼 하루야를 그런 식으로 불러서는 안 된다.

"아빠가 하루야를 지키지 못했어."

하루야의 얼굴이 일그러졌다.

"하지만 어쩔 수 없었잖아. 아빠는 회사에 가야 하니까. 일을 해야 하니까."

나는 작은 목소리로 하루야를 타일렀다.

"엄마 탓이 아니야. 전부 아빠 탓이야. 남자니까 아빠 탓이야."

이런 식으로 남녀의 역할을 따지는 건 우리 세대까지일 것이다. 아니, 어쩌면 나만 그럴지도 모르겠다. 그래도 나는 시대착오적인 부성(父性)이란 것을 계속 믿어 왔다. 아버지로부터 배우지도 못했으면서.

하루야는 고개를 끄덕였다. 이런 사고방식을 강요해서는 안 된다고 생각했지만 달리 표현할 방법이 없었다.

우리는 지금 고요한 땅 밑에 있다. 바늘을 떨어뜨려도 메아리칠 듯한 정적 속에서. 더러움이 없는 바람을 맞으면서.

나와 아내는 기를 쓰고 살아왔다. 부모 있는 아이들을 가까스로 따라잡고, 더는 늦으면 안 된다고 이를 악물고 달리고 또 달렸다. 그리고 하루야와 아카네를 열등감이 한 조각도 없는 아이로 만들려고 했다. 계속 기를 쓰고 이를 악물고 달리는 바람에 하루야를 짓눌러 버렸을지도 모른다.

"아빠, 여기 앉아."

하루야가 내 손을 잡고 플라스틱 벤치로 이끌었다.

"자아, 이제 앉아도 돼."

나는 지하철역 벤치에 앉은 적이 없었다. 승객이 거의 없을 때가 아니면 지하철 좌석에도 앉지 않았다.

젊었을 때는 그 정도로 세상에 열등감을 가지고 있었다. 나이가 조금 들어서는 남자의 허세로, 허리와 다리가 약해졌음을 느끼고 나서는 건강을 위해서. 한마디로 말하면 남들에게 지기 싫었다.

그래, 이제 앉아도 되는구나.

내가 벤치에 앉자 하루야도 몸을 비틀며 옆에 앉았다. 아직 두 발이 땅에 닿지 않는다. 하루야의 어깨를 껴안고 어머니를 생각했다. 어머니는 작별의 맹세를 지켜 주었다. 서른다섯 살의 아름다운 어머니와 지하철을 탔다. 예순 살의 더 아름다운 어머니와 조용한 바닷가를 걸었다. 그리고 여든 살의 행복한 어머니와 크리스마스를 축하했다. 그때마다 어머니는 자신이 누군지 밝히지 않았다. 그리고 나를 '너'라고 부르지도 않았다.

나는 분명히 어머니를 닮았다. 얼굴도 성격도.

"있잖아, 하루야. 아빠를 데리러 온 거지? 왠지 말하기 힘들어 보이지만."

하루야는 대답하지 않고 고개를 숙인 채 두 발을 허공에서 흔들었다.

"아빠는 아무것도 해 준 게 없는데, 미안하구나."

고개를 흔들며 하루야가 대꾸했다.

"유치원에 데려다줬잖아. 가끔 데리러 와 주기도 했고."

"가끔이지."

하루야가 겨우 얼굴을 들고 나를 보았다.

"아빠, 부탁이 있어."

"뭔데?"

어둠의 끝에서 지하철의 바퀴 소리가 들렸다.

"백 살이 된 아빠와 또 지하철을 타고 싶어."

나는 고개를 주억거렸다. 그날 밤 어머니의 얼굴을 살짝 흉내 내며.

"그걸로 되겠어? 외롭지 않겠어?"

"난 남자니까 끄떡없어. 나보다 엄마랑 아카네 곁에 있어 줘. 엄마를 더 많이 아껴 줘. 아카네를 더 많이 사랑해 줘. 아카네의 아이들도 더 많이, 더 많이."

울지 말라고 야단치면서 나도 울었다.

얼굴은 아내와 붕어빵이지만 성격은 나와 똑같다. 만약 서른다섯 살과 예순 살과 여든 살의 어머니 중 누군가가 겁내지 않고 누군지 말해 주었더라도 나는 조금도 원망하지 않고 잃어버린 시간을 떠올리며 눈물만 흘렸을 테니까.

터널에서 경적을 울리며 빨간색과 하얀색의 지하철이 다가왔다.

하루야가 미끄럼을 타듯 의자에서 내려왔다.

"그럼 아빠, 바이 바이. 다녀오세요."

사택 시절 출근길에 데려다준 유치원 현관에서 그렇게 한 것처럼 하루야는 조금 쓸쓸한 얼굴로 손을 흔들고 지하철을 탔다. 문이 닫혔다. 지하철은 종착역 너머에 있는, 있을 리가 없는 선로로 나아가기 시작했다.

나는 흔들려고 했던 두 손을 가슴 앞으로 내민 채, 기도라도 하듯 잠시 플랫폼을 걸었다. "하루야! 하루야!"라고 아들의 이름을 부르면서. 다만 짐승처럼 울부짖으면서.

그리고 플랫폼 끝에 서서 멀어지는 미등에 고개를 숙인 채 "고맙다"라고 말했다. 결코 살아가기 위한 주문이 아니라 진심으로 고맙다고 말한 것이다.

뒤를 돌아보니 그곳은 종착역인 오기쿠보가 아니었다. 신나카노. 빈사 상태로 실려 간 역이다.

용기를 쥐어 짜내서 걸음을 내딛기 전에 낡은 머플러로 얼굴을 닦았다. 좋아. 살아가자! 고생의 거스름은 아직 남아 있다. 아내를 고아로 만들지 않겠다. 아무도 울게 하지 않겠다.

개찰구를 빠져나와 칙칙한 타일 벽을 짚으면서 계단을 올라갔다. 더러움이 하나도 없는 바람이 나를 밀어 올리고, 겨울 하늘의 새하얀 빛이 내게 손을 내밀었다.

메리 크리스마스. 잊을 수 없는 사람들의 흔적을 가슴 가득히 안고, 나는 지하철에서 다시 태어났다.